河水井水

宁新路 著

人民东方出版传媒
People's Oriental Publishing & Media
东方出版社
The Oriental Press

图书在版编目（CIP）数据

河水井水 / 宁新路 著 . —北京：东方出版社，2023.1
ISBN 978-7-5207-2065-6

Ⅰ . ①河… Ⅱ . ①宁… Ⅲ . ①长篇小说—中国—当代
Ⅳ . ① I247.5

中国版本图书馆 CIP 数据核字（2022）第 223653 号

河水井水
（HESHUI JINGSHUI）

- -

作　　者：宁新路
责任编辑：辛春来
出　　版：东方出版社
发　　行：人民东方出版传媒有限公司
地　　址：北京市东城区朝阳门内大街 166 号
邮　　编：100010
印　　刷：北京文昌阁彩色印刷有限公司
版　　次：2023 年 1 月第 1 版
印　　次：2023 年 1 月第 1 次印刷
开　　本：880 毫米 ×1230 毫米　1/32
印　　张：11.125
字　　数：230 千字
书　　号：ISBN 978-7-5207-2065-6
定　　价：58.00 元
发行电话：（010）85924663　85924644　85924641

- -

目 录

河从一个地方流过，不是无缘无故的事情，好像有它的想法和预谋。

河与人相遇，人与河相遇，总会生出莫名其妙的事端。河从一个村和一个城流过，河的一边和另一边的人，似乎会发生一些截然相反的事情。不管这些截然相反的事情何时发生，总有一天会发生。

有一条叫通官河的小河，小得在地图上找不着它的影子，它与所有大河与人和人与大河一样，会滋生出莫名其妙的故事。这条小河从村的东西流过，把一个叫井家湾的地方劈成了河南河北。从它流过村庄的那时起，就有莫名其妙的事情发生，尤其是发生了导致小河两边人们不同命运的事情。自从这命运不同的事情降临村落之日起，河两边人的对立情绪就没消停过。一边的人高兴得手舞足蹈，一边的人愁苦得撕心裂肺；有人夸这条河，有人咒这条河。

这条小河究竟给河两边的人带来了什么样截然不同的命运变化？还是让故事本身去诉说。

一、一条河的密谋

井家湾与县城一河之隔，一河划出了城与乡之别，也划出了城里人与乡里人之别。这条不起眼的小河，叫河有点夸张，确切点说不算河而是沟。它是燕山老潭冒出来的一股泉水，是有意淌过来的，还是无意流过来的，它宁是从山从川劈了一条沟，把一个村劈成了两半。这河，水少的时候叫沟，水多的时候叫河。井家湾的人喜欢这条沟，沟里的山泉水虽浊却甜，村人牲畜庄稼都离不开这沟水，敬它为圣水神水。而井家湾的人也畏它恨它，它从哪里流过，就把那里割成两块地方，那两边村人的命运就会发生奇妙的变化。

井家湾的村人清楚记得，这条山泉水最初是从城南流出了一条沟，沟的两边都是一村人，自打它把一村割成南北，沟北的人就被划成了城里人。从此沟北的人不再面朝黄土背朝天在土里抛食，乡里人变成了城里人，泥脚穿上了皮鞋，凭"本子"吃上了商品粮，凭户口进厂当上了工人，子孙后代从此也都成了城里人，这让仍是乡里人的村南的人难以接受。这是河的密谋，谁拿河有什么办法，只能怨自己命不好。

那年代的农村人信命，很快就对这难以接受的事情默认了。后来这沟水拐了个弯，不从城南淌了，冲着井家湾淌了过来，把井家湾的一半分割成了两边。这分割的两边，照样发生了城南被沟分割成两边的事情，沟南的村民有一天被划归为城里人，农村户变成了城市户，也继而发生了沟南的人不再面朝黄土背朝天抛食，农民变成了工人，泥脚穿上了皮鞋，凭个"本子"吃起了商品粮，凭个城市户口就可进厂上班。子孙后代不再是乡里人的命运变化，搞得沟北人情绪失控，去闹政府。政府说，要怨就怨沟，闹就去闹河，谁闹政府"法办"谁。村民只好怨沟，骂河，恨河，可山泉水选择的路径却不变，谁也不敢为河水改道。

几年前山泉水又选择了井家湾的如今这条路，把村人又分割成了南北两边。村里大都是何姓和井姓，这水也怪，好像有眼睛，偏偏在何姓与井姓之间的小路淌过，"劈"成了一条沟，把何姓与井姓分成了沟南沟北。村人料想，沟南何家的人又要变成城里人了。可好几年过去，沟两边的人仍是一村人，同吃一沟水，同跨一条沟，站在沟的两边聊天，坐在沟的两边吃饭，两边的狗猫猪羊鸡鸭互相"串门"，该种地仍种地，该互相结亲就结亲，该来往仍照常来往，沟的出现并没把一村人分成两类人，村人断定不会再有奇怪的事情发生。

而事情就出在有一天，沟里的水忽然大了，变成了河。沟变成了河不久，河的一边就有事情发生，河南边的村人，又被县里"规划"掉了，转成了城里人。被转成城里人的，大多是何姓和水姓人。何姓、水姓人都成了城里人，自然井姓人仍是农民。想到成为城里人有脱胎换骨般的好处，看到乡里人与城里人有"天上"与"地下"般生活条件的区别，这又成了河南边人乐翻了天和河北人炸开了锅的事情。

村河南的人转为城里人的文件下发那天，在井家湾出现了河南的村人敲锣打鼓放鞭炮的骚动场面。一些男女老少扭着屁股吼呀叫呀，竟然出现了有人嘲笑叫骂河北边人，河两边人对骂并用铁锨扬水打仗，有小孩跑到对面打架，打得头破血流，两边村人怒目对视并挽袖子叫骂，发生恶斗。尤其发生了何屠汉的老婆何家女人和井屠汉老婆井家女人的叫骂，骂祖宗、骂下流话，骂得两个老女人差点过河打起来。何家女人自私且虚荣，还有"母老虎"的霸道与"小算盘"的精明，要不是她在井家女人"手下"做事，有利益被井家女人制约着，她不会极力"藏"着"掖"着，她会跟井家女人干个鱼死网破；而井家女人的霸道和精明、自私与虚荣，要比何家女人更老到一些，是与生俱来和后天练就的，即使何家女人要干个鱼死网破，那也不是井家女人的对手。尽管何家女人在跟井家女人搭档的过程中，学了井家女人的这些"长"处，有些地方虽比井家女人更"出色"些，但与井家女人较量，总是比井家女人浅薄。好在何家男人与井家男人脾气对头且从年轻时一起养猪杀猪，两家女人才不至于大打出手。

何家女人在井家女人"手下"做事，受了井家女人不少气。长年以来与井家女人积攒了说不清道不明的恩怨，而何家女人是要找机会拿井家女人出气的。最让何家女人解气和最让井家女人结气的，是何家"抢"了井家风水的那桩事。何家在原地拆了老房，照井家北四间、东三间、南四间、院门的样式，盖砖土结合的平房，何家女人故意把房子盖得比井家高出几块砖，房檐比井家高出一头。何家女人听了点屋高一头的"风水"学，相信不等哪天，她会比井家女人高出一"头"。何家的房比井家高一"头"，让何家女人对井家女人解了些恨意，但不足以解她所有的恨意。何家女人对井家女人的恨意里，最恨井家女人的是高她一头的霸道劲儿。多年来，她不得不和她的男人、闺女小子，屈就在强势的井家女人手下，在井家猪场挣钱过活，忍受井家女人的明气暗气。何家女人早就盼着有一天跟井家彻底分道扬镳，有一天她要让井家女人在她面前低她一头。

还有一个让何家女人耿耿于怀的是两家"干亲家"和"娃娃亲"的事。在两家男人好成一个人的时候，为了亲上加"亲"，先是结

了"干亲家"，后又拴了"娃娃亲"。何家男人和井家男人给女儿何水荷和儿子井九羊拴了"娃娃亲"。两家女人虽有矛盾，但两家做着养猪场，何家靠着井家，井家需要帮手，何家女人只好对井家女人忍气吞声，井家女人对何家女人也只能面和心不和。两家女人相斗，两家男人受气，都催促井九羊和何水荷成亲，以此化解两个女人间的积怨。两个女人究竟有什么积怨，那是两张彼此不饶对方的恶嘴积下的怨。嘴上恶语的积怨也罢，相互看不惯也罢，两个女人在猪场的事上却配合得很好，两个男人和小子闺女也把养猪杀猪的事做得很欢实。照两家的"亲家"关系发展下去，照他们两家的合作默契，他们定会成为井家湾的养猪大户，定是井家湾的富裕老大。可这联手养殖屠宰一条龙的产业，这将成为井家湾最富人家的美景，却在何家转成城里人后，被何家女人扭成了麻花——何家成了城里人，那租给别人种菜的自留地被征用，全家人就要变成上班的人，何家女人拉着全家当即离开了井家猪场，让家人把满身的猪屎味和汗味冲洗得无影无踪，换上了漂亮干净的衣服，不再迈到井家猪场半步。

当何家男人把浑身猪粪味洗干净，换上何家女人给他买的西服皮鞋，在街上"晃荡"了些天，体验了一番城里人的感觉，实在浑身难受，便把西服换成了过去的破衣服，对何家女人说，他给村支书说了，还想做养猪屠宰的事，水荷要跟九羊结婚，他和她的户口不转了。接着就是何水荷提出户口不转了，她跟井九羊定的"娃娃亲"，井家做好了婚事准备，她要跟井九羊成亲。何家女人哪能容得父女俩的想法，在跳"农门"的大事上不能有丝毫犹豫，更不能让她男人把这千载难逢的机会给"搅"黄了。她把全家叫到一起，高喉咙大嗓子并以刀子似的眼光盯着她男人和何水荷喊了一顿：

"……何家跟井家是什么亲家？不就是你跟井家男人喝'猫尿'喝高兴了，看井家男人能挣钱舔人家'尻子'，酒桌子上称的亲家、喝醉了给水荷拴的娃娃亲吗？我压根儿也没把它当回事，人家井家女人也没把它当回事……那井家女人的那张烂嘴，竟然说是我们何家上赶子攀了亲家又攀了'娃娃亲'。虽是吵架吵出来的恶言恶语，这话让我的脸都快羞到裤裆里去了……呸，'咸鱼'总有翻身的时候，他井家女人做梦也不会想到，我何家转成了城里人，偏偏就让井家接着做乡里人，真是老天有眼……谁不想当城里人，谁从这家滚了出去……过去我对你嫁井九羊没放'屁'，是井家比我家有钱；如今何家要成城里人了，以后会比井家有钱。何家还不仅仅是有钱，还会比井家人活得有'头'有'脸'……"

何家女人刀子般的目光和刀子般的嘴，把何水荷的小嘴和眉头"锁"了个疙瘩，也把何家男人的眉头和大嘴"锁"了个疙瘩。

何家女人怕何家男人对她家农转非"搅"出什么岔子来，便赶忙放弃提出的高额补偿条件，在打发男人去了趟远房亲戚家几天的当儿，当即签字画押，对自留地的征用顺从了政府的条件，拿着政府给的农村户口转城镇户口的手续，在何家男人回来前，把全家农民户口本转成了"城市居民户口簿"。

何家男人回来，他的户口转完了，与何家女人大吵一场后，问何水荷，愿意跟他回井家养猪，还是要做城里人。何水荷平时很怕也很听她父亲的话，可这次从他参大声问到了厉声，再从厉声问成了吼叫声，何水荷没回答他一个字，硬对抗。何水荷从急切结婚，又变到了迫切转了户口，因为她在转眼间有了新的想法。何家男人，又问儿子，也是瘸子的何干部和小女儿何水仙，跟不跟他去井家猪场接着干。两个人都说不干。何家男人没了办法，加上何家女人给他说了当城里人的这好那好，也看城里人确实比乡下人活得有模有样，便成了一头闷驴，啥也不说了。

何家女人让何水荷不要去井家，更不要去找井九羊了，何水荷去井家一天比一天少了，也不再找与井九羊干养殖场的事了。井九羊就来找何水荷，何家除了何家男人和何水荷对井九羊一如往常地热情，何家女人对他变了个脸似的冷鼻子冷脸，何干部见了井九羊不仅不再叫"姐夫"和"井哥"，眼里纯粹就没见到人。不多久，连何水荷对他也没有过去的热情了。井九羊感到了户口的厉害，何大妈变了，变成真正的城里人了，何水荷也在变，把自己变成城里姑娘了，变得与他井九羊身份不同了。这户口带来的变化，井九羊判断，何家人包括何水荷，已有与他解除婚约的打算了。

何家女人和何水荷流露出的婚约变化，早被井家女人看了个清楚，更从井九羊"吊死鬼"样的脸上看了个清楚，清楚何家女人已在逼何水荷远离九羊，清楚何家女人必定会提出解除婚约。这变化来得太突然，让井家女人憋堵了几天，苦想了几天，她总算想了个清楚：解除了这婚约也好，何水荷长得好看不好看倒罢了，只要井九羊一心想娶她，她就不讨厌这个姑娘，她讨厌的只是何家女人。井家女人太厌恶何家女人了，她那张刀子嘴，出口就伤人，要是成了亲家，还不把她气死，但这婚约绝不能解除，解除了，井九羊吃亏了——她何水荷的户口进了城，与井九羊结婚，就能把九羊的户口"带"进城。井九羊成了城里人，他们生的儿子便成了城里人，井九羊和他的儿子就彻底跳出"农门"了，这是改变井家人祖宗八代乡里人身份的大好机会，不能放过她，放过她就吃大亏了。

二、"土鸡"变"凤凰"

何家女人和井家女人每逢在河边洗衣洗菜，无笑更无语，视同陌生人，因彼此装着在猪场长久以来相斗的恨意。过去，何家女人好像总不记井家女人仇似的，无论井家女人对她脸上是否挂"霜"，她总会找个话茬儿，与井家女人说句话，或者跟井家女人打个招呼。井家女人习惯了何家女人的讨好，便对何家女人脸上挂"霜"越来越多。可何家户口"农转非"后的这些天，何家女人见到井家女人，好像压根儿没看见她似的，头扬得高高的，眼睛翻得白白的，脸上的神情横横的，屁股扭得歪歪的。她是故意做给井家女人看的，也是有意气井家女人的。井家女人当然明白，如今何家女人成了城里人，"土鸡"成了"凤凰"，给她显摆呢，也是在气她呢。

何家女人在井家女人面前，一直很自卑，既自卑长相，又自卑贫穷。井家女人有着小巧的身材，黑里透红的鸭蛋脸，嘴巴小且嗓门声又高又尖又细，一头乌黑油亮的短发，一个长得猪脸窝嘴而身材短粗的女人，一个五十多岁不显老的女人，加上时常穿一身梅花扣的或青蓝或枣红的对襟平绒上衣，时常穿一条或青或蓝的条绒紧身裤子，女人味足，干练利落，便得了个"黑牡丹"的外号。

何家女人的外形除个头比井家女人高，长得比井家女人白，其他地方却与井家女人恰恰相反，白、胖、圆、壮，嘴大唇厚的嗓门声又大又粗又闷，稀而花白的短发染成了栗色，一个五十多岁很显老的女人、一个满脸肉疙瘩而五大三粗的女人，加上冬天喜欢穿裘皮大衣、夏天喜欢穿真丝上衣绸缎裤子，春秋喜欢穿宽肥线衣牛仔裤，追求时尚，滑稽十足，便得了个"圆白菜"的外号。她本来就自卑，这外号使她更加自卑。她的自卑，并不完全来自长得丑陋，来自生了个小儿麻痹的儿子，还有长得不好看的两个姑娘。可井家女人生的两男一女，虽然矮得像长不长的"萝卜"，但个个比她的孩子机灵，比她生的好看。这些自卑，就渐渐变成了对井家女人的妒忌与恨意。她只能妒忌和憎恨井家女人，因为她和她家的人与井家一起合作养猪屠宰做事，实质是给井家打工，等于她在给井家女人打工。井家女人的精明和厉嘴，不是算计就是损人，让她既压抑又生气。

何家女人对井家女人的妒忌与烦恨，从分别嫁给这何井两个男人的时候开始就有了。缘由是两家男人一起做事且好成了兄弟，她和孩子又因与井家做事掺和到了一起，两家近到了鼻子挨着嘴、谁家放屁和谁家喘气彼此都能听到的程度，两个女人和两家人的一举一动几乎都在彼此的眼里，两个女人就成了彼此生活中的搭档又是冤家对头。

何家转成城里户口的这些天，何家女人对何水荷嚷出来的要她与井九羊当机立断的话，被井家女人听了个清楚：

"……如今你何水荷已是城里人，井九羊是乡下人，你何水荷是城里姑娘，城里姑娘怎么可能嫁个乡里小子？除非他井九羊的户口进城，户口不进城想都别想与你何水荷的事……

"……你跟井九羊的身份不一样了，他还得接着养猪种地，你很快会在城里上班……你是个干干净净的城里姑娘，他却是个浑身猪粪味的臭养猪的……什么'娃娃亲'，狗屁！你得嫁个国家干部和军官，不能嫁个养猪种地的……"

还有难听不堪的，清清楚楚灌在了井家女人的耳朵里，也灌在了井家男人和井九羊的耳朵里。好几次，井家女人的火被挑到了头顶，要扑到何家院子，找何家女人吵架，但她不是被井九羊拦下，就是被井家男人拦住。想到自己有的是压制何家女人的办法，她便摁住火气，先让何家女人图个嘴"快活"。

三、身价反转

"给我回来，不许去。你要是去井家小子那里试试！"何家女人压着那粗大的嗓门，朝刚要过河的何水荷吼叫。"贱货一个，你要是去找他，看我怎么收拾你！"

走过小桥的何水荷，被追过来的何家女人连骂带吼吓愣了，也不是被她妈的吼声吓愣了，而是她妈的叫骂声让河边的人看起了热闹，连井家女人也听着了，这才把她吓住，没敢往前走一步。她并不是不敢去井家，她是怕让人看她和她妈的笑话，另外刚跟井九羊闹过别扭，井九羊对她阴阳怪气的，说她成城里人了，该跟她妈一样，看不上乡里人了云云，冷嘲又挖苦，不见也罢。何家女人"敲打"过何水荷，去哪里都行，就是不能去井家。

自从确定户口转城的那天起，何家女人一夜"变脸"，她不再去与井家女人做事，不让她男人跟井家男人做事，也不让何水仙和何干部去井家做事，不仅不让何水荷与井九羊做事，更是不许她与井九羊来往。

何家没转城市户口之前，不管两家女主人怎么合不来，两家都在盘算今年中秋节结婚的大事，而且两家人都在等这个日子。在两家男人女人看来，尤其是在何家女人看来，何水荷和井九羊的婚事再不能拖，拖久了吃亏的是水荷，丢脸的是她何家。何水荷同样着急，自从与井九羊定了"娃娃亲"，就在跟井九羊在一起养猪做事，这几年少不了偷鸡摸狗地"睡"在一起，她给井九羊做过人流，全村的人谁都知道她结婚不结婚都是井九羊的媳妇。至于她给井九羊怀过孩子做过人流的事，村人视为夫妻之间的正常事儿，反正他俩是"娃娃亲"，那张"纸"领不领，怀不怀孩子是迟早的事。

越是村人把她看作井九羊的媳妇，越是村人把她做人流的事看作正常现象，她就恨不得与井九羊立刻结婚，一天也不想等，而她妈却一直让她等着，等得她心神不安。三年前做完人流她就提出与九羊办婚事，井九羊也想立刻把婚事办了，两家都把婚事准备好了，可她妈非要井家五十万块钱彩礼，少一分不干。井家以猪瘟亏本拿不出钱为借口，推三拖四，她妈就不让领"证"。第二年又是猪瘟，井家猪场赔的更多，也是以拿不出彩礼钱为借口，又是推三推四，她妈仍是不让领"证"。这左等右等，筹好的婚礼放"黄"了。婚事搁在了一边，九羊妈深知急的是何家，就跟她妈讨价还价，让她妈少要点彩礼钱，或者欠下以后补上，但她妈少一分钱不干，更是没有欠到"以后"的事，两家更"僵"了。

明眼人谁不知道，婚事"僵"在这里，不怨她妈，实际上怨九羊妈。她太抠又太精，不要说出五十万块钱，压根儿一分钱彩礼不想掏。为这彩礼钱，她妈和他妈又吵又闹，互不相让，很快结下了大"梁子"。后来一提婚事就吵，一时两家谁也不敢提婚事了。她妈不提，他妈不提，她着急，一个要钱，一个不给，她便恨她妈，她也恨九羊妈。

彩礼的事，何水荷总算把九羊妈看透了，视钱如命，六亲不认。虽说因为猪瘟赔了钱，可猪场一直是赚钱的，她们何家也一直在猪场受苦受累，井家在银行存了多少钱鬼知道，不至于拿不出五十万块的彩礼钱。退一步说，拿不出这么多钱，对她妈有个好话也行，却连句好话也没有。没有钱，没有好话，婚事就拖着，拖到了现在。现在又横上了城市户和农村户这道大"沟"，她妈的脸彻底变了，乡里人不嫁。"即使井家给五十万块，甚至给一百万块的彩礼钱，也不让你嫁给乡里人的井家小子"，这是她妈给她见天嚷的话。从此，她妈怕她偷户口本领结婚证，就把她家的户口本藏到了没人能找到的地方。

毕竟跟井九羊是"娃娃亲"，也跟井九羊到了非结婚不可的地步，何水荷劝她妈，也闹她妈；何家男人也劝何家女人，也闹何家女人，可何家女人对井家就拿彩礼钱说事，让何水荷和何家男人把彩礼拿来再说嫁与不嫁，拿不来彩礼的何水荷和何家男人，越说越恼火，何水荷和何家男人把一股子怨气撒到了井家人头上，更是归到自私又诡精的井家女人头上。她一个大活人嫁到井家难道不值五十万块钱吗，他的水荷一个大活人嫁到井家难道不值几十万块钱吗？至少在井九羊妈的眼里，她何水荷不值五十万块钱；至少在井家女人眼里，他闺女不值几十万块钱。何水荷恨上了九羊妈，何家男人也后悔结上了这门亲事。

何水荷有了对九羊妈的憎恨，便对与井九羊的未来产生了怀疑，反倒觉得她妈一遍遍给她"灌"的做城里人的"好处"，未必不是好话。

作为城边上长大的姑娘，城里姑娘的生活方式早已让何水荷羡慕不已。何水荷便拿井九羊与城里小伙儿比较，这使她忽然发现，井九羊长得土不拉唧的、黑不拉唧的，说话木不拉唧的，身上臭不拉唧的，没有多少浪漫情调。比起城里小伙儿的干净、英俊和柔情来，把个井九羊比成了"土包子"。想到做城里人的"好处"，何水荷心里打起了秋千，便讨厌起井九羊来。

户口转城让何家女人兴奋得合不拢嘴，进城的太多好处，有人编成了短信发来发去炫耀，也发到了何家女人手机上，她念给全家人听："远离农田""不耕不种""上班进屋""不顶日晒""刮

风在屋""下雨在屋""出人头地""鹤立鸡群""光宗耀祖""扬眉
吐气""楼上楼下""机关工厂""安排工作""工资福利""吃粮卖
粮""住房分配""吃菜卖菜""吃上井水""公园影院""柏油马路""车
上车下""出门商场""休六休日""节日放假""公费医疗""上
学有学""干干净净""旗袍西装""香水发廊""洋里洋气""歌厅
舞厅"……"这每句话，就是城里美妙生活的实情"，经何家女人
眉飞色舞的演说，何水荷也有点向往城里生活了。想到她就要过
上这样梦寐以求的城里人生活，感到做乡里人太苦了，太委屈了，
她庆幸自家比井家的运气好，庆幸她成了城里人。

　　一纸城市户口，让何水荷有了过去从来没有过的自信和胆量，
尤其是在与井九羊的想法上。何水荷闪出了离开井九羊无所谓的
念头。离开井九羊不一定找不上比井九羊更好的，全县城难道就
找不到比井九羊好的？妈说得好，成了城里人，全县城的好小伙
儿任她何水荷挑，全县农村的好小伙儿任她何水荷挑，甚至省城
的小伙儿任她何水荷挑；在城里挑不到特别好的小伙儿，可以在
全县乡里挑，全县的乡里总有比井九羊好的小伙儿。她妈劝她，
别嫌自己难看，她不算不好看的姑娘，她会找上比井九羊更好的
小子。话又说回来，即使自己长得不好看，只要不干这样的粗重
农活，只要像城里姑娘那样轻松上班和美容健美，照样不会很难
看。城里那么丑的姑娘，一美容都比乡里姑娘好看，没有一个嫁
不出去的。她妈接着开导她，别老担心做过人流除了井九羊嫁不
出去，做人流的事也就是村里人知道，嫁到城里，城里这么大，
谁会知道谁做过人流的事。何水荷觉得她妈说得在理。过去，即
使偶尔冒出不想嫁他的念头，由于感觉自己长得不好看，加上名
声早就成了井九羊媳妇的原因，不想嫁他的心思一有便很快打消。
何水荷相信她妈的话有道理，嫁给城里人，她不说做过人流，他

怎么会知道她做过人流；村里好事坏事好人坏人瞒不住也藏不住。城里真好，城里能藏村里藏不住的东西，可以把一个丑女变成美女。在城里，做个人流算什么，谁会在意谁做了人流呢？何水荷想到城里与乡下截然不同的现象，更觉得做城里人就同进了天堂一样好，更觉得她妈劝她"不要在井九羊一棵树上吊死"的话是为她好。

何家男人后悔水荷与井九羊的亲事，但死活反对何家女人让水荷跟九羊当即分手。因他想起与井家男人过去的兄弟情谊来，现户口进城，当即"翻脸"，脸上发烧。

"我跟九羊爹十几岁就一起做屠汉，做兄弟做了几十年了，两家都处成了一家人，况且九羊爹对我们何家有恩，困难的时候总是他帮我们，我们不能要进城了就翻脸。"何家男人冲着何家女人说："再说了，水荷与九羊的'娃娃亲'，是我和九羊爹山盟海誓定下的，大老爷们儿的红口白牙'拴'下的亲，也是神算杨半仙推算出的好姻缘，怎么能因为户口进城，把这亲事悔了，这让我跟九羊爹怎么交代，让我的脸往裤裆里放呀！"

"你们两个男人年轻时好到穿一条裤子嫌大，那是你们的事，井家帮过何家我没忘，但我们跟他们井家一起养猪杀猪，总是井家得到的多，何家得到的少，等于何家给井家打工，谁帮谁谁欠谁的，脑子还真是让驴踢蒙了。"何家女人粗嗓门喊着说，"什么'娃娃亲'，还是我的那句话，不就是你跟井家男人喝'猫尿'喝高兴了，看井家男人能挣钱舔人家'尻子'，酒桌子上称的亲家、喝醉了给水荷拴的娃娃亲吗？什么年代了，还扯'娃娃亲'！再说了，就井家女人那张烂嘴，那个精明自私的女人，我压根儿也不愿意让她做水荷的婆婆……"

"水荷与九羊定'娃娃亲'，哪是你说的这屁话，纯属九羊与水荷属相相合、'八字'相投,是门好姻缘,当时也是你情愿的。你不情愿,她的亲事能定成吗?"何家男人终于急赤白脸地说,"再说了,水荷与九羊从小到大情投意合,九羊是个好小伙儿,对水荷也好。这门婚事,有什么不对!水荷你说,你跟九羊,有什么不对?"

"就是不对。水荷更想找城里的,水荷你实话实说!"何家女人冲水荷说。

"……"水荷看看爹,又望望妈,哼唧两声,不想说,也不敢说,更是不知道说什么好。

"说呀,你倒是说呀,你不是改变了主意,要嫁个城里人吗?!"何家女人嗓门又粗又大地逼水荷这么说。

水荷还是哼唧着,低头不语。

"你——"何家女人朝着水荷要发火,但又忍了下来。

"你什么你?!"何家男人说,"嫁不嫁九羊,水荷心里有数,你别逼她!"

…………

何家女人和何家男人争执也好,争吵也罢,却有一点心里明白,水荷跟井九羊感情不浅,不是拿城里户口就能把她与井九羊拉开的。这事靠强扭不行,太急了不行。要拆散她和井九羊,得想"招"。

过了一天,何家女人想好了个既让水荷无话可说,又让井九羊退婚的合情合理的"招":水荷要嫁井九羊可以,那就是户口进县城,城里有工作,五十万块钱的彩礼那就凑个双数,六十万块钱一分不少。半年之内户口进不了城,半年之内彩礼送不过来,与水荷的事免提。

何家女人想出这一招的时候,正在厨房切菜,乐得前仰后合,刀把手切破了，疼得哭了起来，便憎恨起井九羊和井家女人，咬着牙恶毒地叮嘱自己：对井九羊和井家女人绝不能妥协，要是妥协，自己就是狗娘养的。

何家女人的这一招，让何家男人无话可说，让水荷无话可说，也让井九羊和井家两口子说不出话来。

井九羊跟水荷结婚可以，但户口得进城，得到城里工作，何家女人要何水荷告诉井九羊，何水荷不干。何家女人要何水荷把井九羊叫到家来，她当面跟他说，何水荷不叫。何家女人只好自己叫，也只好自己说。

午饭吃了，何家女人把何家男人和他们三个从家里"打发"了出去，给井九羊打电话，叫井九羊到她家里来说与水荷结婚的新条件。电话打了一遍又一遍，打了快一个下午，井九羊的手机不是占线，就是没人接。"打发"出去的男人和闺女小子回来了，何家女人的指头都拨麻了，拨出了一肚子火，感觉到这电话再打下去，即使把电话打爆了，井九羊也不会接她的电话。晚上接着打，依然不接。何家女人感觉到了井九羊的异常，他是在故意不接她电话。何家女人纳闷，过去只要她电话打过去，他接得快着呢，即使当时没听着电话，只要她的电话打过去，他会很快回过来。怎么回事？莫非他跟水荷婚事不干了，莫非他知道了她要说什么？何家女人问水荷怎么回事。水荷没好气地说，他不接就别打了。何家女人愣了一会儿，她骂自己，她真是头蠢猪，是井九羊要娶媳妇，她着什么急，急的应当是他；他不急，他不娶，不正好吗？少了他的纠缠，水荷进了城，立马找别人。

井九羊不理何家女人电话，何家女人很快知道，是有人把她的"招"，在给他打电话前，就告诉了井九羊。

四、感情躲闪

何家女人给井九羊出的"招"，是何水荷告诉井九羊的。她一出门就给井九羊打电话，要他不要接她妈电话，见面说。何水荷借故"甩"掉了她爹和弟弟妹妹，一溜烟儿跑到了养猪场，井九羊在小屋等她。井九羊见到何水荷照常要抱，但何水荷不愿走近井九羊，井九羊便收起抱她的姿势，脸上挂上了霜。自从水荷的户口转到城里，她见到井九羊，不仅不主动抱他，他要抱她便躲闪，这让井九羊感到，他俩的感情有了鸿沟。

这小屋是井九羊看养猪场和平日做事休息的地方，也是与何水荷私会的"安乐窝"，见面谁想抱谁随便抱，从没抱烦过。抱，早已不算什么，两人一起睡觉也是常事。做人流的孩子，就是在这屋这床上怀上的。井九羊在这小屋里给了她太多神魂颠倒的喜悦和激动，她一直把小屋当作她和井九羊的家，早已把井九羊当作她的丈夫。尽管她的户口随全家转到了城里，虽然被她妈劝说得与井九羊的婚事有了动摇，但她有一半的心还是渴望与井九羊在一起，也在面对她妈和他的怨恨中，有了新的想法，她要九羊把户口"拉"进城，在城里找个好工作，他们脱离农村，远离猪场，过城里人那种不是"面朝黄土背朝天"的生活。何水荷一口气把她妈为了阻止她与他结婚而想到的"招"说给了井九羊，并告诉井九羊："老条件"又加了十万块钱，六十万块钱了，可以先答应给，但提出分期给，先给一点哄一下她，结了婚不想给就不给。

何水荷给井九羊通风报信对付她妈，与这几天她妈开导她在城里"找一个"动了心而要离开井九羊的念头，简直背道而驰，连她自己也觉得奇怪。她不明白自己一瞬间怎么又跟妈站在了对立面，又想跟井九羊在一起了。她妈想出招给井九羊与她结婚设新"门槛"的话一落，她便觉得她妈这招太刁，半年时间要井九羊把户口转到县城，还要在县城找到工作，谁有这本事？！井九羊没这个本事。这明明是逼着井九羊自动解除与她的婚约的损招，这对井九羊太不公平了。

"户口进城，你们是城里人了，城里人没有嫁乡里人的。"井九羊对何水荷悲愁地说，"这些天你妈不让你见我，你也不见我，我就知道，你妈要你嫁城里人，我俩的婚是结不成了。"

"我俩能不能在一起，与我的户口进城，有关系也没大关系，关键在你，看你愿不愿意与我在一起。"何水荷说，"我妈虽然给我俩的事设了大门槛，但总没把门封死，给你我留了'路'，就看你的了。"

"那要是我的户口进不了城，你就不嫁我了？"井九羊问。

"我不知道。"何水荷说。

"既然你都不坚定，那就是说，我的户口进不了城，城里没有工作，你就不会嫁给我，是这意思吗？！"井九羊激动地问。

"我妈逼我，你也逼我。后面的事我不知道。"何水荷掉着泪说。

"那你这些话，是替你妈说的，还是给我踢'包袱'来的？"井九羊不顾何水荷难过，很难听地说。

"你怎么想，是你的事。"何水荷抽泣着说，"反正我瞒着我妈把她要给你说的话，给你说了，免得我妈给你说时，你跟她'横'起来。我的话说到了，心尽到了，你怎么做，你看着办。"

何水荷的话刚落，手机响了，是她妈的电话。她没接，瞅了眼井九羊，抹干眼角的眼泪，转身走了。

　　何水荷离开小屋时，仍然没有拥抱的意思。这"没有拥抱的意思"里，除了户口进城后她妈"扇动"她嫁给城里人的心乱和对井九羊情感的复杂心情，井九羊的长相、神态、说话，怎么没有过去那么好看了——别人叫他"地老鼠"，这一米六多一点的小个头，真有点"短"得不够尺寸；那圆得像两颗玻璃珠子的机灵眼睛，怎么有点诡异；那张圆乎乎的脸，怎么成了一张恨世的脸……何水荷的异样打量，聪明的井九羊明白何水荷的目光有"问题"。而井九羊看何水荷，却有了异样的看法，怎么比过去好看多了。别人虽在背地里叫她"猪八姐"，她的胖、圆、壮、粗，加上那张同她妈长得差不多的"猪肚子"形的脸，确实丑了点，但近来时尚的头型，紧贴肥美身体的艳红真丝丽裙让胸和屁股翘得有些挑衅，施粉精致而掩饰了雀斑的脸焕发着细嫩的性感光泽，玫瑰色口红让厚而大的唇如肥肉香艳诱人……她变成了个城里姑娘，性感十足又满身韵味的城里姑娘。就在她没有成为城里人之前，只要单独在这屋子，她的身体任他井九羊随时都可以占有，即使在猪圈里也会让他任意接触。而这些天她打扮得越来越美，身体却离他越来越远了，甚至根本不让他靠近她了。这诱惑，这距离，随着何水荷离开小屋，井九羊由对她的不满变成了恼怒，由恼怒变成了憎恨。

　　井九羊脸上的难看相和可怕相，何水荷当然看在眼里，但她却装着没看到。

　　井九羊就此恨起了城市户口，恨起了给何家一群村民划转户口的那些政府的人。

　　何水荷离开小屋，井九羊的妈就来了。井家女人知道，这何家从乡里人变成城里人，何家女人在河边提水和洗菜，不是躲着她，就是见了装作没看见，再就是何水荷几乎不来找九羊了，断定何家女人悔亲是必然的。刚才看到水荷去找九羊，一脸的焦急和忧虑，料想定是给九羊说什么重要的事来了，便等着她走了，就急忙来找九羊。九羊把水荷她妈彩礼费加码和要他户口进城、工作找城里的附加条件转述给了他妈。井家女人听了，冷冷地笑了一声，问起了九羊。

"水荷是什么想法，她是想嫁过来，还是另有想法了？"

"她是想嫁过来，但没有过去那么口气坚定了。"

"你是想娶她，还是实在不行就算了？"

"我当然想娶她，从小长大，知根知底，要不是她户口进城，要不是她妈从中作梗，我们俩好着呢。再说了，这么多年来水荷跟我一起养猪做事，几乎天天在一起，早就成井家的人了。要不是您舍不得给那五十万块彩礼钱，我们早就结婚了。"

"不是妈不给，是何家那老妖婆要得太狠了，五十万，在这十里八乡没听说过谁家彩礼要这么多的。她这是在'坑'井家，哪是在要彩礼！"

"那现在又加了十万块，又加了要我在半年期限内户口进城和去城里工作的条件，她挖了个'鸿沟'，你跳不过去，婚约就自动拉倒。水荷妈算盘得很清楚，这'鸿沟'就等于给我井九羊跟何水荷的婚约挖了个死穴，料想我就死定了。"

"没有跳不过去的'鸿沟'。正好这'鸿沟'也是我盼着九羊和你弟九虎跳过去的'沟'。跳过去，你们好，井家的后代更好。妈问你，这'鸿沟'你想不想跳？"

"谁想在这乡里待下去，我一天也不想在这臭烘烘的圈里跟猪在一起，更不愿让我们井家弟妹和子孙后代'面朝黄土背朝天'修理'地球'。趁年轻，也趁水荷妈的这一逼，跳，彻底跳出'农门'，做个城里人，也给我们井家争口气。"

"料想水荷妈要拿户口退婚，妈和你爹商量过了，花多少钱都舍得，砸锅卖铁也行，也要把你的户口转到城里，离乡里远远的，在城里干事情，在城里买房子、娶城里媳妇、在城里生孩子，给我们井家光宗耀祖。"

"妈，你的话一套一套的，难怪水荷妈说不过你更吵不过你。您是我家的女皇，水荷妈是何家的霸王，你们俩斗了几十年，前面水荷妈跟您斗是下风，下面儿子帮您斗，让您老仍占上风。"

"小子你给妈争口气，把这'鸿沟'跳过去，给妈长脸，也给井家光宗耀祖。"

"考干进城的路，我井九羊走不通，只能花钱了。有您和爹撑这事，只要舍得花钱，我就放开手脚去跳这'鸿沟'了，看我跳过去，水荷妈还有什么损招。"

…………

井九羊有他妈的这番话，面对水荷妈和水荷有了十足的底气。正在琢磨水荷妈给他打了几十个电话没接的理由，水荷打来电话，要他立刻来她家见她妈，要给他说结婚的新条件，嘱咐他，如果跟她结婚的想法没有变，她妈说什么难听的话，新条件再难接受，都听着，也忍着。井九羊说，马上过来；只要她的心不变，她妈让他上"刀山"下"火海"，他井九羊认了。

井九羊赶紧去见水荷妈。水荷家只有她妈，其他人像蒸发了似的，没有踪影。水荷妈一脸的怒气和盛气。看来水荷妈对他说话不会客气。井九羊顿时紧张起来。

"你还真来了，你不来老娘才高兴呢。给你打了多少个电话，你死了还是装死，干吗不接？！"

"怕您，不敢接。"

"怕你娘的脚，你小子啥时候怕过我！"

"早就怕您，真的很怕您。"

"怕就好，单怕你不怕！"

水荷妈听了井九羊的"怕"的话，对井九羊的怒气少了大半。

"想娶水荷吗？"

"想。"

"你当然想。你想怎么娶她？她现在是城里人，你小子还是乡下人，谁会把城里姑娘嫁给乡下人？！"

"当然不会嫁给个乡巴佬。乡下人娶城里人，那是'癞蛤蟆想吃天鹅肉'，水荷是城里人，我想'癞蛤蟆想吃天鹅肉'，怕是'吃'不上了。"

"算你没长成'猪'脑子，知点趣。叫你来，也不给你说你跟水荷的事拉倒了，毕竟你们是从小长大的兄妹，不能因为水荷成了城里人，就把你井九羊一脚蹬了，骂我们何家的人狗眼看人低，无情无义。"

"何大妈不是这样的人，何家人不是这样的人。"

"既然你想娶水荷，水荷也想嫁你，我们做父母的不反对，但也不能让她嫁个乡里人。嫁个乡里人，多丢人呀！我和水荷她爹商量，支持你们的婚事，但你也得理解我们的难处，她不能这样嫁到乡里去，你得到城里来娶她。"

"何大妈您就直说。"

"给你半年时间，把你的户口转到城里，在城里找个工作。在城里结婚，新房安在城里。"

"还有呢？"

"对了，还有彩礼。水荷成了城里人，彩礼当然得涨点。过去要五十万块钱，你妈嫌多，不给。这次涨的不多，只涨了十万块，不多。"

"涨的不多，涨六百万都不多。"

"你在挖苦我呢，小子……半年户口能办进城，工作有了，大妈不食言，给你俩热热闹闹办婚礼；过了半年，这些事情没着落，就别怪大妈翻脸不认人了……"

井九羊早被水荷妈刻薄又刁蛮的结婚门槛气得快要忍不住了。要不是水荷嘱咐他忍住，他哪能忍得住呢，早和水荷妈干起来了。

水荷妈还在说难听的话，井九羊借说"有急事"，扔下水荷妈就走了。

出水荷家，窝了一肚子火的井九羊，把个大门拉了个大响，吓了水荷妈一跳；回到家又把自家的门踢了个嘣响，吓得他妈半天不敢问话。不问，他妈也知道何家女人把她小子气疯了。这在何家户口没进城前，从来没有过何家女人把井家人气成这个样子的。何家女人这"孙子"，成了城里人，"孙子"变成爷了。

五、进城，进城

　　何家女人的成亲条件，激怒了井九羊，更是激怒了井家所有的人。在井家女人看来，这是在跳到井家人头上拉屎，欺负到"家"了。井家女人打定主意，绝不让何家女人占了上风。井家女人对何家女人一向占上风，一向看不起何家女人，何家女人一向不服井家女人，但在井家"屋檐"下不得不低头，长年以来虽吵虽闹，但她只敢小吵小斗，不敢大斗大闹，怕惹恼井家女人，在钱上吃亏。何家变成了城里人，本来就把井家女人刺激得坐立不安，何家女人又给婚事设"招"，逼得井家女人气上加气，决意要跟何家女人斗到底。晚饭过后，她把全家叫到一起，要让全家人为井家祖宗八代争这口气，帮九羊和九虎户口进城，绝不能让何家把井家踩在脚底下。

　　这是牵扯到井家命运的大事，井家每个人都觉得在何家人面前低了一头。井家男人一脸的忧愁，井九羊一脸的恼怒，井凤鸽一脸的着急，连很少听他妈话的老小井九虎也一脸不耐烦，耐着性子听他妈喊叫。

　　"不把九羊的户口弄进城里，不把九虎变成城里人，咽不下何家女人的这口气。"井家女人对井家男人说，"即便把九羊的户口弄进城，娶不娶何家丫头两说，城里有的是比何家丫头好看的；谁吃错了掏六十万块彩礼钱娶那何家丑丫头，谁跟何家女人这样的刁蛮婆子成亲家，谁有病！"

　　"户口进了城，养的娃、娃的娃、娃的孙子都是城里人，九羊、九虎可得使出吃奶的劲儿考'干'，要是当了官又进了城，那可让井家祖坟上冒青'烟'了……"何家男人接着井家女人的话说。

"爹是在白日说梦话。"井九羊恼火地说，"从小你们让我养猪干活儿，上学尽干猪场的事，学没上好，书没读下，大学没考上。一个没文凭的臭农民，上哪里考干去？都是你们把我的人生前途耽误了！"

九羊的话，又狠又准，一下子把没考上大学的责任推到了爹妈身上，堵得何家男人"吧嗒"几下眼睛，说不出话来，也气得井家女人眼睛瞪着井九羊，要张口骂人，却又把话咽了回去。

"那就只能指望九虎了。"何家女人望着井九虎说，"九虎好好复习，考上大学，就能考上干部，考上干部户口就能进城。"

"可别指望我什么，我也考不上。"井九虎说，"我是做兽医的料。这辈子做个兽医也罢，城里人乡里人，一样活人！"

"何水仙不是在追你吗？你把何水仙娶上，户口不就转到城里了？"井凤鸽调侃弟弟井九虎说。

"她长得也不好看，我还没看上她呢。总不能为了户口进城，'委屈'我的眼睛吧！"井九虎跷着腿，牛哄哄地说。

"你就是个兽医，还看不上何水仙，真是脑子进水了。何水仙是城里人，你是个乡下人，人家不嫌弃你就不错了，牛什么呀！"井凤鸽挖苦井九虎道。

"凤鸽说得对。"何家女人说，"有本事你把水仙娶上，有本事让水仙把你的户口转到城里呀！"

"我和九羊都成了城里人，城里有我们的房吗，有我们做的事吗，能挣上想挣的钱吗？没本事、没钱挣、进城准屁用！"井九虎盯着他妈抢白地说，"别看有些城里人看不起乡里人，他们在城里活得连乡里人都不如……"

"少说吃不到'葡萄'就嫌'葡萄'酸的屁话。"井家女人说，"乡里人风里来雨里去土里抛食，城里人坐在阴凉房里'旱涝保收'，不要说有工作，有福利，单位好了能分房，干到退休有保障，生

老病死有人管……这好处，乡里人有吗？城里人的好处，还不光
这些。他们抬脚有柏油马路，晚上有路灯照着，商场医院学校就
在家门口，街头就有公园剧场电影院……城里人的好处，多着呢，
说一晚上都说不完！"

"城里女人擦口红穿裙子喷香水，老了还细皮嫩肉的，谁像你
妈，早就满脸'车道沟'，浑身猪粪气……"井家男人望着井家女
人说，"真像个'驴粪蛋'，难看又难闻……"

三个孩子瞅着他们的妈大笑，笑得井家女人急了眼。

"说什么呢，你这个老不正经的！"井家女人瞪着眼睛还要骂
井家男人，井家男人抬屁股走了。

…………

"进城千种好万般好，我们都进了城，猪场那么多猪谁来
弄？"井九虎问。

"我和你爹弄。"井家女人说，"忙不过来，花钱雇人弄。"

"城里没房子，做什么城里人？"井九虎接着问。

"只管进城做城里人，房子给你们买。"井家女人回答得又爽
又快。

"进城要是没钱花，上哪里找钱去？"井九虎接着说。

"没钱花，老娘给！"井家女人底气十足地说，"你们谁的户
口先进城，先给谁买房子……"

"两个哥呀，这可是牵扯到井家子孙后代的大事，妹子我粉身
碎骨，也要支持你们进城！"井凤鸽豪气十足地说。

…………

井家女人的这个家庭会，就在这"谁的户口进城，给谁买房，
给谁钱"的重奖承诺下，结束了。效果不用说，井九羊决意破釜
沉舟也好，不择手段也罢，也要做个城里人。

六、一口咽不下的气

　　让井家的人和井家村没转城里户口的人大受刺激和心理失衡的又一桩事发生了。转成城市户口的井家湾的各家各户，都给通上了井水管道，水龙头一拧，清亮干净的自来水就"哗啦啦"流了出来，再也没人到河里担水吃了。这是县里给他们通的井水，要求进城的所有居民，只许吃自来水，不许吃河水。为什么不让吃河水？河水不卫生。县里爱国卫生委员会有规定，县城饮用水卫生要接受上级达标检查，饮用水必须是井水，不容许城里居民饮用河水。紧挨河边的何家，自然给通上了井水，从此不再吃河水。吃井水，便成了何家女人和进城的村人炫耀身价的资本。

　　河水比井水甜，河水怎么就不卫生了？没见哪个人吃河水吃死；守在河边吃着不花钱的河水，却让花钱吃管子里的井水，是不是成心拿管子里的水赚钱呀？曾经的乡里人这样问政府的人。政府的人说，城市居民一律饮用自来水，是居民卫生达标的硬性规定；不是你想喝河水就让喝河水的，河水再甜也是卫生不达标的水，哪有城里人在河里挑水吃的，你们到全世界去找，一个也没有！政府的人的回答和质问，让问话人哑口无言。是呀，河水确实很脏，畜生喝了又拉、人洗脏物又喝，怪不得吃这河水的乡里人，比吃井水的城里人得肠道病的多，得癌症的多。这个对比，经人一渲染，河北边的乡下人豁然反应过来，乡里人生病的确实比城里多，生重病的确实比城里人多。这么一嚷嚷，河北边的村民急了：这河边尽是城里的单位和工厂，河水里常有混浊的水和有异味的东西，这是城里人排到和扔到河里的污水脏物。河边的乡下人把生病与生重病同弄脏河水的城里人勾联在一起，把河南边转成城里人就可以从此吃上干净的井水而不生重病勾联在一起，更是对河南边的村民转成城里人的不满，更是对他们转成城里人就不许喝河水而强迫喝井水的不满，要去政府讨个公道——井家湾凭什么把河南边的村民转成了城里人，凭什么把他们转成城里人就非不让吃河水而吃井水，凭什么城里人吃水政府管而乡下人吃水没人管，难道城里人是人而乡下人是牲口吗？凭什么把吃一条河水的村劈成城里人和乡里人，是河惹出来的事还是有人在捣鬼？肯定有人捣鬼！要是不给个交代，就去砸政府的楼！

小河北边的井家湾村民，推举井九羊带头闹政府，让政府要么把河里的水弄干净，要么给吃河水的村民吃上井水。村里几十个火窜在喉咙的年轻人，哗啦啦涌到了井九羊家，让井九羊带他们找政府讨要公道。何家与井家一河之隔，何家吃井水，井家喝河水，这是什么世道？！井九羊对政府不但不满，确切地说是有了仇恨。这不满和仇恨，是被何家女人逼出来的。政府怎么能以河为界划户口呢？把河南河北的人割成了城里人与乡里人，把本来平等的身份变成了不平等，使本来低他家一头的养猪杀猪的何家高了他们一"头"，使他与何水荷毫无障碍的婚姻让户口成了鸿沟。这该死的城市户口，"一张纸"就把人分成了不同身份。井九羊越想越生气，何家户口"一张纸"的变化，造成全村最受折磨的人是他井九羊，被井家害苦了的是他井九羊。那个何家女人，井九羊嘱咐自己，从今往后再不叫她"水荷妈"的尊称，就叫她"何家女人"。何家女人的那个长得同她肥猪妈一样的何水荷，转了城里户口就变成了另一个人——对"猪八戒"，自我感觉变成了"白天鹅"，或者自我感觉"土鸡"变成了"凤凰"，对他井九羊，对他井家人，不是轻蔑的眼神，就是嘲笑的口气。这全是户口进城生出来的事。过去哪有这样的嘴脸，即使他井九羊对何水荷再不好，他井九羊对何家女人再不恭，他妈对何家女人再厉害，她们对他和他妈也不敢不敬，不敢不畏，不敢硬来。可现在，变了一纸户口，都感觉人就变阔了，人脸也变"大"了。人一阔，就变脸，何家的人，还有那些井家湾村转成城里户口的人，都有了"阔"的感觉，脸也变得跟过去不一样了。

井九羊和井家湾的乡里人，对做乡里人的极大失落和政府的极度不满，聚积成了"火药桶"，到了碰到"火"就着的程度。恰恰进了城的井家湾的人，虽同过去习惯一样，站在或坐在河边聊天吃饭闲逛，但谈论的话题不再是地里种什么，圈里养什么，到城里卖什么，卖菜赚了多少钱，而是尽说吃管道的井水比河水清甜不拉肚子，洗菜洗衣再也不用撅着屁股上河边来了，安了抽水马桶再不用蹲臭烘烘的粪坑，安了淋浴器龙头一拧热水就出来了，找到风吹不着雨淋不着太阳晒不着的工厂上班的工作，孙子上了城里的幼儿园和小学那条件好得没法说，不下地不种地不赶牲口不土里刨食……这城里人和乡里人，就是不一样啊……

河南边和河北边男女老少的聊天，自然而然也好，有意或无意也罢，是出于羡慕也好，是出于炫耀也罢，在撕裂河北边老少的心。

何家女人仍是到河边洗衣服，但已把担水的水桶挂到了屋后河边的树上，不再吃河里的水。见到河北边担水的人，她竟然故意说"河水不卫生"什么的，惹得担水的村民既翻白眼又骂出难听的话。她刺激别人骂她，她不仅不生气，反而神经病似的大声笑出来。尤其是见到井家女人，她不是莫名其妙地哼曲子，就是扭着胖屁股搞出莫名其妙的笑声来，气得井家女人恨不得打她几个嘴巴才解气。有一天午后，何家女人又到河边洗衣服，看到提水的井家女人，故意冒出"这水多脏呀。喝了大半辈子脏水，谢天谢地再不喝它了"的幸灾乐祸的话来，气得井家女人舀了盆水直泼向何家女人，把个何家女人浇成了"落汤鸡"。井家女人这水打何家女人的举动，激怒了何家女人，何家女人嚷出了"水荷即使嫁不出去，也绝不会给你这'母老虎'做儿媳妇"的话来。井家女人还要泼何家女人，何家女人要用盆子砸井家女人，看到井家女人操起个锹，赶紧端着洗衣盆跑回家去了。

何家女人的这话，让刚从养猪场回家的井九羊听了个清楚，这一幕使井九羊把何家和井家湾人的城市户憎恨到了极点，把井九羊就要点燃的"火药桶"点"爆"了。不一会儿工夫，井九羊纠集了村里早想讨要说法和讨要公道的十几个男女，去了县政府门口，大嚷要见县长。门口保安拦住不让进，井九羊就带头大喊，后面的人就跟着大喊。这大喊大叫，实在壮胆。接着便是一声高似一声的喊叫，喊声越高，胆子就越大。胆子一大，就不把保安的劝导当回事了，井九羊在后面人的推搡下，就往县政府里冲，保安急了便强拦硬推。保安的推变成了动手打人了，井九羊脑子顿时充血，就朝保安抡了拳头过去，打得保安嘴里流出血来。这一拳打出了麻烦，几个保安一起扑向井九羊，把井九羊制服在地。警察来了，给井九羊铐上了手铐，带走了。

井九羊被拘留，要追究刑事责任，幸亏何水荷托人给井九羊带去"好好认错，尽快回来商量领结婚证"的话，使井九羊态度转弯很快，写悔过书写得深刻，加上井九羊的妈和爹找人疏通，才大事化小，改为拘留十五天。

井九羊被关进去，急疯了井家所有人，也气疯了井家女人和井家男人。先是井家男人把何家男人喊到了养猪场，这是他们一起说话的地方，也是何家男人户口没进城前每天来一起养猪杀猪的地方。两个人从小一起跟他们的父亲养猪杀猪，半辈子了一直在一起做养猪杀猪的营生，脾气相投且亲如兄弟。不管两家女人如何吵闹，他们两个从来没翻过脸。要不是户口进城成了城里人，要不是他老婆死活不让他与井家男人再干老本行，他俩每天还会在这个地方干活儿。如今城乡身份的变换，一个成了城里人，一个还是乡里人，彼此的感觉也在变换，再加上两个女人矛盾的加深，城乡户口让水荷与九羊的"娃娃亲"婚约有了障碍，两个人的来往越来越少，更是有了隔膜。何家男人一向不爱说话，井家男人的性格也是个"闷葫芦"，两个人相互瞅了对方半天，都不知道要张口说什么或怎么说好，尽管何家男人猜出井家男人这么急叫他见面，绝不是说养猪杀猪的事，是说井九羊被关起来的事。

两个人坐在杀猪墩子上，点上烟抽了起来。何家男人等着井家男人问话。这是何家男人一向的习惯，通常井家男人找他，他便等井家男人开口。想来今天找他的话题，是关于九羊的，这话题让他头痛；九羊与水荷的"娃娃亲"婚约，尽管是他和井家男人年轻时约定的，也尽管遭到了他老婆的一直抵触，尽管他老婆以"天价"彩礼来拆这门婚约，但是由于水荷愿意嫁九羊，九羊也对水荷挺好，也由于他一直支持水荷嫁给九羊，这桩婚约就没被他老婆搅黄。谁知道一时因彩礼拖延了的婚礼，却因水荷户口进城，成了他老婆设置婚约门槛且要退婚的借口。他对老婆这借口，给她说了好多好话，也跟她争吵了无数回，但城乡户口毕竟是一道很深的鸿沟，水荷与九羊毕竟一个是城里人一个是乡里人，任他怎么坚持不能悔了这桩婚约，但他老婆要九羊户口进城再说，他不敢怪罪她是在拒婚，他有话说不出来，也不愿跟她吵闹，吵闹也没用。他跟他老婆的妥协，也只能放在"这桩婚事成与不成，全在九羊有没有本事户口进城"上了。他这样一想，觉得不欠井兄什么了，心里坦然了很多。再说，他何家的事，最终也不是他说了算，是他老婆说了算，这一点井兄很清楚，或者说水荷与九羊最终成不成，他说了不算，他没什么责任，也不存在对不起井兄和九羊什么的。何家男人心里"嘀咕"到这里，便打定主意，他跟井兄什么也不想说，也不敢说，就不停地抽烟，等着井家男人开口。

井家男人也不停地抽烟，瞅了好几次何家男人，看他不想张口。井家男人知道何家男人的不张口，实则是不愿张口也难以张口，便打消了问他什么和发一顿大火的动意。两个人抽了一阵儿烟，井家男人就借说有点事，扬了两下手，一句话也没说，一句话也没问；何家男人一句话没说，一句话没问，各自回家了。

井家男人找何家男人，是井家女人让他找他的，让他给何家男人说，九羊为户口和井水河水闹县政府被抓，是何家逼他造成的，他的女人要承担责任，何家要是不找人解救九羊，井家不会饶过何家。井家女人逼她男人去给何家男人说，井家男人尽管不愿为这事逼何家男人，毕竟他与他是半辈子的好兄弟，这种话他绝对说不出来。但他怕她，他不能不应付他的女人，但他也绝对不会让何家男人不舒服。

井家男人回到家，井家女人问井家男人，跟何家男人怎么说的，何家怎么解救九羊。井家男人说，什么也没说。井家女人气不打一处来地说，什么也没说，九羊"进"去的责任，谁来担？任井家女人发火也没用，井家男人不再接她话。井家女人对井家男人没有办法，更不会这么便宜了何家女人。她必须让何家女人和何家男人为九羊的事承担责任，要让何家参与解救九羊。

井家女人把井家男人骂了半天，她不能就此对何家女人罢休，也不能让何家人消停，她把井凤鸽和井九虎叫过来，给他们交代，要井凤鸽去闹何干部，要井九虎去逼何水仙，去何家闹，去何家逼，要搅得何家鸡犬不宁，要让何家付出代价。

　　何家与井家，或者说井家与何家，必然会有纠缠不清的故事。自从他们两个男人从小一起养猪杀猪起，从两个男人有了何家女人和井家女人那天起，也自从何家有了两女一男三个孩子与井家有了两男一女三个孩子起，除了两个男主人之间脾气相投，平静做事，没有故事外，两家女主人从刚见面那天起，小吵小闹和相掐相斗就从没消停过。

　　有意思的是，两家三个孩子之间，倒处得相当投缘，且相互有爱慕之心。井九羊与何水荷不必说，何家二姑娘何水仙喜欢井家老三井九虎，不仅仅是喜欢，就直说"非井九虎不嫁"。两个姑娘都要嫁井家两个小子，气得何家女人老嚷"这是什么事啊"，但又没有办法阻拦。唯有让何家女人心里舒坦和平衡点的是她的老三，也是患小儿麻痹症的何干部，爱上了井家二姑娘井凤鸽，井凤鸽也与何干部处得不错。何干部纠缠上了井凤鸽，何家女人高兴，却气得井家女人七窍冒烟，尽管她想方设法阻挠井凤鸽与何干部在一起，而他们俩却几乎每天在一起。因为何家与井家一起做养猪杀猪种菜的事，井凤鸽与何干部合作做事，形影不离，让井家女人没有办法隔开，却使何家女人十分开心。

　　井九羊出事那天，井凤鸽急得哇哇直哭，她妈骂她说，哭有屁用，找何干部让何家也去想办法呀。她以为她妈是在说撒气话，她没有去找何干部。这会儿，经她妈这么一"动员"，她觉得九羊哥闹县政府并被抓进去，是何干部他妈逼进去的，何大妈是罪魁祸首。她一跺脚，答应她妈去"闹"何干部，让何干部"闹"他妈，让他爹妈也想办法解救九羊哥。为解救九羊哥去"闹"何家，总比她着急与没办法强。井凤鸽去"闹"何干部，也就是去逼何干部，何干部就去"逼"他妈。何干部掉他妈的话很难听，骂他妈是"杀九羊姐夫的不用刀的刽子手"，气得正在做饭的他妈，把个盆碗摔了一地，但又不敢对何干部动一根指头。这刚被何干部骂了，气得摔了盆碗的何家女人，又被女儿何水仙气上了，要她去救九羊姐夫，要她无条件让姐与九羊结婚，不然她就搬到井九虎家住去了。何水仙的这一"闹"，似一把刀，直捅到了何家女人本来就痛的心窝里。何水仙这威胁的话，把个何家女人气疯了，她朝何水仙挥手就是一个巴掌。这一巴掌，把何水仙打到了井家，住到井家不回来了。

何家女人当然明白，何干部和何水仙为井九羊的事"逼"她又气她，全是可恶透顶的井家女人施的"招"，她恨死井家女人了。尤其是何水仙，这个死不要脸的丫头，吃了井家女人和井九虎的什么"迷魂药"，居然真的住到了井家，丢死她何家的人了。

尽管何水仙被她一巴掌打到了井家，打到了井九虎身边，但是在她看来，水仙不是被她打走的，是被井家女人和井九虎哄骗到了井家，让她何家丢人透顶，对她何家欺人太甚，即使两家闹个鱼死网破，也绝不能把她的两个姑娘嫁给他们。

何家女人气到这里，想到事情的深处，也看水荷乖巧不闹，料想她是怕她，也料想她对与井九羊的事还在犹豫中，也许压根儿也不想嫁井九羊了，她便咬牙下了狠心，该是把水荷与井九羊的婚约彻底了断的时候了。彻底断了，不留一点后路。

何家女人这次对何水荷的判断错了。何水荷与她妈料想的截然相反。自从井九羊"进"去，她嫁井九羊的想法忽然又强烈起来。她不敢跟她妈流露出来，但在苦想救九羊出来的办法。她知道九羊已掉进对婚约"破罐子破摔"的绝望中，这会毁了九羊。何水荷便让人给井九羊捎话，要让他不绝望，要让他尽快出来，她在等着他。

不知道水荷心思变化到在怜悯井九羊的何家女人，急切地让人告诉井家女人，井九羊犯罪什么时候出来不要紧，但何水荷绝不嫁给一个坐过"班房"的人，井九羊与何水荷的婚约"一刀两断"。

何家女人下水荷与九羊婚约"一刀两断"的狠心，并不是因为看不上井九羊，心底里她是喜欢井九羊这小子的，她憎恨的是井家女人。憎恨井家女人的精明与自私，憎恨她把何家所有人都"算"到了她井家，何家的人成了她井家的打工仔，她何家三个孩子户口进城又要当她两儿一女户口进城的"跳板"，真是算计得太精了，太缺德了，她绝不能让井家女人得逞。

何家女人恨得没错，井家女人是算计也好，是何井两家缘分很深也罢，反正何家户口进城，对井家女人刺激很大，她做梦也盼望井九羊和井九虎的户口进城，让井家子孙后代都跳出"农门"，扔掉"面朝黄土背朝天"的生活。而要让两个儿子户口进城，考不成干部和考不进大学，只有与城里姑娘结婚，才能户口进城。井家女人清楚，她的两个儿子考学考干门都没有，要使户口进城，只有与城里姑娘结婚一条路。这条路，对于她的两个儿子来说，只有在何家姑娘这里有希望走通，其他"目标"都是幻想。所以，井家女人是不会让她俩小子放过何家两个姑娘的。

井家女人对何家的"算计"，心里有数。

何家女人的"一刀两断"，话中是恨中带狠。

"一刀两断？怕是九羊与水荷真断了，何家女人会后悔到肚子疼。"井家女人也找了个人，给何家女人传话，"告诉何家女人，她真要让水荷与九羊一刀两断，那她何家在井家养猪杀猪场每年的红利，也就一刀两断了！"

这话让人传给何家女人，传话的人说，何家女人当即发疯般地嚷道，要是井家女人不给她家那每年的红利，她就与井家打官司。传话人问何家女人，打官司得有合同才能赢。何家女人说，没有合同，有的只她这条命，打官司也是井家赢……

七、一出绝招

户口进城的何水荷，"脑袋"也跟着进了城，"屁股"也坐在了城里，而一只"脚"好像仍在乡下，应当说心的一半仍在井九羊的身上。一会儿是双脚左右着屁股和脑袋，一会儿是脑袋左右着双脚和屁股，实在是"坐"不进城里，也踏不"稳"九羊，来回相审，是在城里好还是与九羊一起在乡下好，不停地折腾自己。

何水荷也在她妈和井九羊之间来回摇摆，一会儿想嫁井九羊，一会儿不想嫁井九羊；被她妈煽动得动心的时候，觉得城里的好男人在等着她，城里比井九羊有本事挣钱多长得好的男人随她挑。她感到她妈的话实在有道理，既然成了城里人，那就与井九羊彻底断了算了，免得弄得她妈成天为嫁井九羊又吵又闹，也免得让她妈逼得井家鸡犬不宁。而井九羊让她的烦心事越来越多了。眼下的这件事，就让她烦透了，该不该牵挂他呢？何水荷又烦又愁，又让井九羊把她"牵"到了他的身上。

井九羊带人去闹县政府被拘留，传出还要被判刑的消息，着实吓坏了何水荷。在何水荷看来，井九羊去县政府闹户口，是铁了心想跟她何水荷在一起才这么做的，被拘留或要判刑是她逼他的结果，她何水荷不管怎么说也是井九羊从小喜欢到现在的未婚妻，青梅竹马不说，身心早已成了他的人，要不是她的户口进城，她妈对婚事变脸，她与井九羊都成夫妻了。现在就因为两个人的户口分成城乡，就要撕毁婚约，另找他人，逼得井九羊犯了罪，她何水荷就是让井九羊倒霉的罪魁祸首。这样的人，她何水荷不能做。再说了，就在她决意听她妈在城里找一个的那些天，她每天逛街东瞅西望，不瞅高楼，不望风景，在专心瞅人望人，瞅小伙儿和望小伙儿。瞅了许多日，望了许多人，她没瞅上个顺眼的，断定没有她喜欢的小伙儿，也断定他们中没哪个会看上她何水荷。茫茫大县城，怎么就没有一个自己看上的，或者说断定没有一个能看上她的？她说不清楚自己的感觉。在街上走得越多，她感到自卑越重，自卑得感觉虽然成了城里人，而实质是与井九羊没有一丝差别的乡里人。她觉得自己永远也成不了城里人，城里人也不会把她看作城里人，她永远是个又胖又丑的乡里姑娘和乡下女人。她照一次镜子，就又坚信一次自己太丑了，也太土了，城里人不会接受她，她也接受不了城里人，她也当不成城里人，她这辈子定会是进了城的乡里人。

料到进了城还是个乡里人，料到嫁不了井九羊得在城里找对象，何水荷又有了不少担心。万一在城里找的人嫌弃她是乡里人呢，万一在城里找的人嫌她长得"猪"呢，万一在城里找不上比九羊好的人呢？何水荷想到这些担忧，觉得城里哪个小伙儿好，也不会有井九羊对她好；城里这自在那自在，没有与九羊在养猪场自在。于是，何水荷生出了个选择：户口进城就户口进城，在城里工作就在城里工作，选择了井九羊就选择了井九羊，妈阻挠她与井九羊结婚就尽管阻挠，她该跟井九羊怎么走就怎么走。要妈，也要九羊。何水荷想到这里，就知道后面该怎么对付她妈了。

何家女人与何水荷忽然变得平安无事，对何水荷不提与井九羊"一刀两断"的事了。是井家女人捏住了何家女人的"喉咙"。

何家女人被井家女人拿何水荷与井九羊"一刀两断"而要断

何家的红利吓住了。这是每年都会有的分红，何家女人不再敢以解除婚约的代价失去这块"肉"。失去了这块"肉"，她何家在城里要地无地，要营生没营生，就靠他们几个打工收入，往后日子怎么过呢？！井家女人要断何家猪场红利的事，使她后背冒起了凉气。继而"凉气"窜成了生气：水荷不嫁她井九羊不行，水仙不嫁她井九虎难道也不行？她何家怎么就摆脱不掉与井家的纠缠，怎么摆脱不掉井家女人的掐捏呢？这个该死的井家女人，难道要把她何家的便宜占尽不行！

井九羊拘留到期，究竟是放，还是判？从派出所传出来的说法不一。

井家女人不停地找人通融化解井九羊的案子。

何水仙给她妈撂下句话，井九羊出不来，她就住在井家不回来。何家女人扭不过何干部，更怕何水仙住到井家不回来，更怕何水荷嫁给井九羊，更是怕与井家女人结下深仇大恨。这一连串的"怕"，使何家女人憋着对井家女人的一肚子气，她用了吃奶的劲，找人通融化解井九羊的事。何家女人的使劲，还真奏效，井九羊被拘留到第十五天，出来了。

井九羊、何水荷、井家女人站在河北边，何家女人站在河南边，算是迎接井九羊出来，也是何家女人和井家女人在努力拉近相互之间的距离。

何家女人说，是她找关系又花钱，把九羊弄出来的，不然还在"里面"呢，甚至就出不来了。

井家女人听了，说她在"放猪屁"呢，但她领情。

井九羊说，真正帮他尽快出来的是水荷；要不是水荷让他有了信心的话，他在"里面"肯定破罐子破摔，也许现在还在"里面"。

何家女人说，那也是她何家救了他，有"人"的良心让狗吃了。

何家女人骂井家女人，井家女人少有的没还击，转身从河边回家了。

井九羊从派出所出来，何家与井家的关系有点拉近。准确地说是何家女人对井家女人有了惧怕和妥协，这与何水荷依然爱着井九羊无关，与从井家能不能得到的"红利"有关。有这利益拉着，井家女人让人给何家女人传话，九羊与水荷的婚事，让何家确定个好日子，尽快给办了。何家女人让传话人给井家女人说，"娃娃亲"婚约不变，而井九羊户口进城、城里有工作和六十万元彩礼钱的"筹码"不变。井家女人听了，又把何家女人恨上了，也把给九羊户口弄进城又要找到工作愁上了。传话人说，这"筹码"，也是为九羊好，趁何家女人将这一军，自个把九羊的户口弄到城里，井家威风，腰杆子更硬；靠娶水荷把九羊户口拉进城的盘算，即使九羊的户口进城了，那井家人脸上也不好看，至于那彩礼钱多了点，对井家来说，要的也不算多。传话人的话，让井家女人越听越生气。井家女人骂传话人，定是收了何家女人的好处，说话嘴"歪"。随后井家女人知道，传话人生了三个丫头，个个长得水灵，她觉得她仨丫头嫁乡里人，等于鲜花插到了牛屎上；一心想嫁给城里人，即使长得如花似玉，即使都成了城里人，城里好小伙儿谁会娶进城的乡下姑娘。传话人的姑娘，嫁不到城乡好小伙儿，便瞅准了何家女人的瘸儿子何干部，讨好起何家女人。

井凤鸽长得没传话人的丫头好看，传话人的插入，一下子抬高了残疾人何干部的身价，也让何家女人选儿媳有了新"选项"，她是断然不会选井凤鸽的。乡下的"凤凰"宁愿嫁城里的瘸子，也不嫁乡里的好小子。何干部户口没进城时，再丑的姑娘也不嫁他，如今这瘸子成了城里人，乡里漂亮姑娘抢着嫁。这城里户口真是金衣裳，穿在"王八蛋"身上都闪金光。这残酷的现实，让井家女人产生了想法，要不要阻挡井凤鸽与何干部的来往？井凤鸽一心要嫁何干部，何干部尽管是个瘸子，虽委屈了井凤鸽，但她的户口进了城，生的孩子是城里人，对井凤鸽、对井家不是坏事。

井家女人对何女人高人一等的嘴脸，如骨堵喉，难受得气都上不来了。

"凭什么让何家高出井家一头！不管是对何水荷哄还是骗，能把结婚证领了，把户口办进城里，那是你小子的本事；实在不行就花钱买户口，花钱能把户口买到城里，也算是有本事……何家高了井家一头这口气，我实在咽不下……"井家女人给井九羊说。

"我跟水荷的婚，肯定是要结的。我户口进不了城，我井九羊誓不为人！"井九羊给他妈咬牙跺脚地说。

"也不能在何水荷这棵'树'上吊死。要是不靠何水荷户口落到城里，城里有的是比何家丫头更好看的，任你随便挑选。到你随便挑选的时候，何家的人即使跪在地上，求你娶了她的丫头，那妈也不会让你要她。"井家女人气哼哼地说。

"妈，您就放心。这口气，九羊一定给您争到！"井九羊把两个拳头打得咯叭叭响。

…………

被井家女人以"红利"牵着的何家女人，虽然极不情愿把何水荷嫁给井九羊，但又不敢阻拦何水荷与井九羊继续来往。当然，何水荷也不敢不跟井九羊好下去，自己长得丑，万一在城里找不上如意的，或者城里小子没有人能看上她，把井九羊"扔"了，那就只好抱着个城里户口做老姑娘了。城里嫁不出去的老姑娘多的是，她们看不上乡下小伙儿，城里小子又看不上她们，抱着个城里户口睡空床，愁得头发都白了。何水荷每天照镜子时，就感觉每天在变老，自己很快会变老，要不抓紧时间嫁出去，连井九羊也会看不上她。让何水荷后怕的是，井九羊没有过去对她那么好了。何水荷想，她不能听她妈的话，她得先把井九羊这头抓牢了，实在没有比井九羊好的，井九羊就是最好的，免得落到个老姑娘的下场。

正如何水荷感觉到的，井九羊与她在面对城乡户口这堵墙，一心想进城的井九羊，首先需要的是她把他的户口"拉"进城，要是她不把他的户口"拉"进城，要是他自己把户口弄进城，他是不会娶她何水荷的。

何水荷向她妈要户口本，要跟井九羊领结婚证，何家女人不给，要何水荷不要要贱，也告诉井九羊不要白日做美梦：要领结婚证，户口办进城、解决好工作、拿来六十万元彩礼，三个条件一个也不能少。

何水荷把她妈的话告诉了井九羊，同时让井九羊放宽心，让他不要太急，她把户口本偷出来，偷偷去领"证"。

井九羊催何水荷尽快把户口本偷出来，把结婚证偷着领了，生"米"做成熟饭，他井九羊的户口进不进城，自然有人着急……跟有城里户口的人结婚，本来户口就可以进城，傻子才花钱去买进城的户口，除非何家的人脑子进了水，或者成心要跟他井九羊结仇，没有理由让他井九羊买户口，买上户口再花钱买个上班的工作……

何水荷听着井九羊的话，刺耳又窝火，骂井九羊是"王八蛋"，对她妈和何家不敬，但又扔给井九羊硬板板的话：她去偷户口本，让他等着。

何水荷翻遍了家里有可能藏户口本的地方，在她妈上着锁的柜子里也找了，鞋盒子、面袋子、衣服口袋摸遍了，都没找到。

何水荷没有偷到户口本，反而被她妈发现了。何家女人骂何水荷是个十足的贱货，趁早打断偷户口本领结婚证的幻想，要从家里能找到户口本，她这老娘就是狗娘养的，她心里狠狠地骂道。

这粗鲁而又火气冲天的话，吓得何水荷腿都软了，就此没了偷户口本领结婚证的想法。

何水荷流露出找户口本的绝望，井九羊说，他来想办法，他会让她妈后悔得连眼泪都流干的。

井九羊有什么举动，井九羊不说。何水荷也怕上了井九羊。

八、劳命伤财的骗局

何家女人把井九羊逼到了城里。

井九羊在县城最高档的小区租了套房子，又通过亲戚，在县政府锅炉房找了份烧锅炉的工作。

井九羊撒手养猪场，在县政府锅炉房干这份又累又脏的差事，是求他在县政府食堂的亲戚，找个"门路"把户口办进城里。亲戚说，要把个乡里娃子的户口直接转到城里，太显眼了，万一让人告一状，全完了。在县政府锅炉房上班，虽是临时工，但也是县政府的人，后面找人转户口，就说是县里领导给办的，干脆说是县长给办的；说是县里批的户口，县长给办的户口，村里人谁敢放屁。听上去真能掩人耳目，也万无一失。养猪场由他爹和井凤鸽、井九虎盯着，他就尽心经营户口进城的事。

井九羊在城里租了房子，在县政府锅炉房上了班后，才告诉了何水荷。何水荷听了吃惊又喜悦。井九羊对给何家女人设的小骗局暗喜。

井九羊约何水荷到"华贵人家"小区他的房子里见面，然后去见她爹妈。"华贵人家"是县城最高档的小区，何水荷连问了两遍，确认井九羊没有说错，她没有听错，便有了惊讶的声音。

井九羊理了发，胡子刮得一根不留，吹了小分头，一身垂挺的蓝西装，白衬衣上系条金黄色领带，脚底蹬双锃亮的冒牌将军皮鞋，戴了副银边平光装饰眼镜。这样的梳理，这样的穿戴，让一个几天前头上有猪草、身上有猪粪、浑身是臭味的"土锤"变得人模狗样，或者好听点说是变成了干部和学者模样。这些衣服是花了点钱的，井九羊哪舍得买这么贵的衣服，是他妈带他去高档的帝豪商厦买的。井家女人对井九羊说，人是衣服马是鞍，一身西装遮百丑……在城里工作就得像城里人，在县政府上班就得像县里干部，穿得像什么在人眼里就会是什么，城里人舍得穿好衣服才像城里人，乡里人的穿戴别人不会把他看作城里人，穿得像城里人就能成城里人，穿得是"土锤"就当不了城里人……井家女人这一套又一套的顺口溜说辞，得益于她在县城边上住了几十年看到和悟到的现状，把城里人和乡里人某些虚伪说到了世俗的深处。

城边上的女人男人，大多是能说会道的城乡现象的哲学家。井家女人是悟透城里人，又深知乡里人世俗现象的哲学家。井九羊受他妈，也受这城乡世俗哲学的影响，对城里人与乡里人的理解更切痛一些，他佩服他妈的口才和聪明。因为在井九羊看来，何家所有人的脑子"绑"一起，都不如他妈一个脑子。这次，她妈让租最好的房子，他就租最棒的房子；他妈给他租的房子里买高档家具，他就选最时兴的；他妈给他买很贵的衣服，他也没拒绝。

井九羊约何水荷来房子之前，做足了房子家具和衣服形象由乡下人变成城里人的精"装修"的表面"功课"。一色的红木家具、花梨木雕花双人床、淡粉色被褥和床单、响亮名牌的电视和洗衣机，散发着淡香的欧式沙发，尤其是那花梨木雕花梳妆台，古朴典雅又精致玲珑，这般高大上陈设的房子，没有哪个女人见到不眼睛一亮的。再从镜子里瞅自己的穿戴和精心梳理后的形象，帅得连井九羊都不认识自己了。

何水荷见到开门的井九羊，几乎没认出他来，赶忙说"敲错门了"，便往后退。井九羊把平光眼镜一摘说，没敲错门，何水荷小姐请进。何水荷惊讶地说，哟，土猪裹上了人衣服——像人了。何水荷进房子，一步一个"哟"，一直"哟"到了把房子瞅了个仔细。

"家具够气派的。房子租的，还是借的？"

"租的。给你妈说，就说是买的。"

"你就骗吧。"

"只要不骗你就行。"

"即使你骗我，我也相信。你妈舍不得出彩礼钱，但是给你买房子，八成是舍得。"

"上班了？"

"上班了。"

"在哪里？"

"县政府。"

"县政府锅炉房。但给你妈说，就说是在县政府给县长做生活秘书。"

"就骗吧，我妈又不是傻子，她会找人打听的。要是漏了底，那就坏了。"

"只能骗了。不骗能给户口本吗？！"

"还要让我帮你怎么骗，说。"

"晚上你带你妈来看房子，你把她骗信了，顺手把户口本要来，我俩立马去民政局领结婚证。"

"我帮你去骗。"

…………

井九羊给何水荷房门的钥匙，何水荷犹豫着不接，井九羊就把钥匙又装在了口袋，脸上露出不悦。井九羊是有脾气的人，且是发起脾气来吓人的。即将出门的何水荷，脚步犹豫了一下，转身回来，朝井九羊要钥匙。井九羊也犹豫了一下，把钥匙扔到门口鞋柜上，一副爱拿不拿的样子，何水荷把钥匙拿上了，走了。

何水荷的犹豫，是种复杂的心理反应。好些天只有电话而没见面的井九羊，在城里找了工作，租了房子，身上的土"皮"换上了锦衣，一个"土锤"变成了"学者"，这么大的"动作"，这么大的"变脸"，居然瞒着她，变得让她不认识了。他为了户口进城，是不是有了其他想法？起了疑心的何水荷，猜测井九羊在做"两手"准备，她着急了，她决意跟着井九羊骗她妈。

何水荷回到家，给她妈说了井九羊在县政府找了工作上班，在"华贵人家"买了房，人穿得西装革履且戴着金丝边眼睛，两室一厅里尽是高档家具和欧式沙发，电视大得有半个床，电器都是县城有钱人家才有的……何水荷既夸张，又如实描述，给她妈说了个绘声绘色。

"井九羊买的？"

"井九羊买的。"

"花了多少万？"

"花了六十万。"

"花了六十万，没骗我？！"

"没骗您。"

"那全屋子的高档家具，没有十来万也下不来呀！"

"没有十来万下不来。"

"井家女人这'抠鬼'，娶媳妇五十万的彩礼舍不得掏，给儿子六十万的房子舍得买，几十万的家具摆设舍得花，简直是个'王八蛋'！"

"妈，不要生气。九羊说了，只要给户口本把结婚证领了，他家会把六十万块彩礼送过来。"

"井家女人的花花肠子，谁不知道。她这鬼话，骗鬼，鬼都不相信！"

"井家有钱。九羊说了，六十万彩礼钱，一分不会少。"

"有钱怎么不把彩礼钱送过来？！"

"您没答应人家领结婚证，井家怎么送彩礼钱呀！"

"听你这口气，你是又回到原辙里了，不想嫁个军官，也不想嫁个干部，又想嫁这个'喂猪的'了？！"

"九羊不是不喂猪，到县政府工作了吗？很快也会成个干部。他为了娶我，买了那么好的房子，也会成为真正的城里人，嫁他有什么不好？军官、干部，有谁会看上我呢？我跟您一个模子里的猪样，又胖又丑！"

"你这个死丫头，怎么说话呢！你妈胖是胖点，但长得像猪吗，长得丑吗？也就是井家女人那张烂嘴，说我猪，说我丑，村上没人说我长得丑的，我长得哪点不好看了？！"

"妈您不'猪'不丑，是我'猪'是我丑。我这长相还是个乡下姑娘，城里像'样'的小子，谁会看上我呢？没人会看上我。我不嫁九羊，恐怕要在城里做老姑娘了。您就把户口本给我，让我们把结婚证领了，把九羊的户口办进来，省得他再为买户口花大把的钱。"

"你怎么觉得你丑呢，你长得多漂亮呀。你没有在城里相亲，你怎么知道城里好小子看不上你呢？！恐怕是城里好小子挤破脑袋要抢你……你怕嫁不出去？你脑子有毛病。城里再不好看的小子，也比一个喂猪的乡里小子强百倍！"

"九羊不是到县政府上班了，房子也买了？怎么会比城里小子差呢？"

"他既然当了县政府干部，户口算个屁，用得着拿你何水荷的户口当'跳板'吗?!井九羊要想跟你领'证',户口自己解决,六十万彩礼钱送过来再说!"

"妈,您这是坑九羊,也是在害我!"

"妈在帮你,帮你'拔'掉乡里人的根。你成了城里姑娘,你就死心塌地找个城里小子,就跟'根'是乡里人的井家小子彻底断了,省得人在城里,根又在乡里。城里看得上你的好小伙儿多着呢……你在城里一个没找,怎么知道城里的好小伙儿看不上你……等城里的小子没一个看上你的时候,再搭理井九羊也不迟。"

"我会死给你看!"

"少拿死来威胁我。就是你真要去死,我也不会把户口本拿出来!"

…………

即使九羊把户口自己解决了,看来她也不会让水荷与九羊结婚。何水荷对她妈的心想明白了,也彻底绝望了。何水荷恨她妈。井九羊早就恨上何家女人了。

九、必然弄巧成拙

井九羊从何水荷吊丧般的脸上看到了她没拿到户口本，也绝没希望拿到户口本的无奈和恼怒。一提户口本，何水荷就抹泪。井九羊感到要从何家女人手里拿到户口本，比登天还难，便不再向何水荷提户口本的事，即刻打消了通过何水荷进城落户的幻想。不通过考干，不通过投资，不通过特批，一个农村人有什么理由把户口转到城里？没有半点理由，或者说没有半点可能，只能通过自己想办法。井九羊被何家女人逼到了不得不自己想办法解决户口的地步，实质是逼到了不跳出"农门"，没有颜面或难以活下去的地步。这感觉是被何家女人逼出来的，而且逼得越发成了难以忍受的痛苦，他得把这痛苦扔掉，甚至把何家女人也扔掉。

户口进城的路径，没了考县里事业单位干部的可能，没了通过与何水荷结婚的渠道，对井九羊来说，再也没什么堂而皇之进城的门道了，唯一的办法就是买户口。井九羊找遍了县城所有的关系，井家女人也托了好几个人买户口，一时有了眉目，但"好处费"一个比一个要得离谱，把户口买进城至少得三十万块钱。井九羊心里七上八下，井家女人不停地讨价还价。井九羊拿不定主意，是怕买了户口，万一何家女人知道了去举报，那就鸡飞蛋打了。井九羊凭直觉，买户口的事，要让何家女人知道了，她不举报他井九羊，他就是她孙子，这样办得小心；井家女人讨价还价，一来是舍不得这大把的钱，更怕买的户口是不靠谱的假户口，只想花几万块钱，花的少就上当受骗小。而办事的人都知道井家养猪有钱，更知道井家要砸锅卖铁，也要让井九羊成为城里人的迫切心情，所以办事人对"好处费"的数码不让步。一时间，办事的人不降价，井家女人不掏钱，买户口的事，僵持住了。

井九羊对户口如何进城，该想的办法都想到了，也想到了要是实在没"招"了，就与城里的残疾姑娘或拖儿带女的寡妇结婚，与城里的老姑娘或老大妈结婚，或跟孤寡老人认亲作干儿子的手段，把户口弄进城。井九羊想过，这样"进城"虽然丢人现眼，甚至有点有损八辈子祖宗的感觉，但这毕竟是乡下人"脱胎换骨"的渠道，是不花一分钱让户口进城的最省劲的招数，也是条"进城"的捷径。

井九羊也有了个怪异的念头，至于通过这些人中的任何一个人把他的户口弄进城，做他们的干儿子，或跟她结婚，只要把户口弄进城，他就变卦——尽管自己是个养猪种菜的，但他宁可与猪相伴过一辈子，也绝不会跟残废人或拖儿带女的寡妇过下去，更不会和老姑娘或老大妈过一辈子。想到为户口进城专挑城里的"困难人"结婚和认亲的手段，实是骗婚和骗亲行为，井九羊顿时心慌意乱起来。慌乱了许久后，他意识到了这样做的后怕，是引火烧身的感觉。这办法让人后怕，还有什么手段？井九羊又想到了个省钱又快捷的法子，也是把"生米"做成熟饭，逼何家女人就范的法子——买个假结婚证与何水荷结婚，做成事实婚姻后，不怕何家女人不把水荷的户口拿出来。极其好面子的何家女人，准怕让人知道她丫头嫁了个乡里人而没有颜面，她会求他井九羊赶紧把户口转进城。井九羊盘算了一番，觉得这法子虽有可能让他后怕，也有极大的风险，但总比骗婚和骗亲惹来的麻烦要少点，就这么干。

五十块钱一个结婚证，一百块钱两个，做假证的人一口价，

井九羊不还价，把他和何水荷的合影照、出生年月给了办假证的
人。办假证的收了一半费用，告诉他第二天听电话，约定拿结婚
证的地方，再把另一半钱给他。第二天上午，做假证的人约井九
羊在一个公共厕所门口拿证。井九羊到了约定的公共厕所门口，
对方却又改约他在殡仪馆门口拿证。井九羊嫌去火葬场晦气，不
想去取。办证的人说，在火葬场安全，只要拿证不出事，在哪儿
拿不一样，要是不来拿，做好的证撕掉，一半的钱不退了。井九
羊要证心切，也心疼那五十块钱，就去了火葬场门口。他等了好
半天，等到门口无车无人，做假证的人才来。

给他送假证的是个怀抱娃的女人，井九羊把五十块钱给了她，
她给了井九羊一个证。崭新的烫金徽证上盖着大红章和钢印，假
的却像真的。井九羊要另一个证，那女人说，还得给五百，才能
给另一个证，一共六百块，六六大顺。井九羊不给钱，女人不给
证。女人说，婚礼上得用两个证，一个证不吉利；结婚图个顺，
要是不想图顺，就算了。井九羊不再加钱，但里面传来哀乐和哭
叫声，怀里的娃也大哭大叫起来，井九羊骂做假证的女人"晦气"，
扔给她五百块钱，她把另一个证给了井九羊。

"这假结婚证做的跟真的一样。那就把它当成真的用。"井九
羊端详半天两个假结婚证，虽然心跳得慌乱，也感到不安，但他
还是给自己不停地壮了胆。

结婚是两个人的事，结婚证也得让何水荷知道是怎么来的。
井九羊不知道给何水荷怎么说，才能让她接受这个没经她出面而
无中生有的证。给她实话实说，是花六百块钱办的假证？他想了
一番，觉得绝对不能跟她说实话，说实话她会不干，也会流露给
她妈。那就干脆把假证假话说到底——结婚证是从民政局办出的，

花大价钱找人办出来的。

井九羊的谎话，真让何水荷信以为真，但这结婚证该不该绕过爹妈私下办，办了能不能绕开爹妈私下结婚，爹妈迟早会知道，知道了会不会出事？何水荷害怕了。

井九羊对何水荷和她爹妈早已没了耐心，深知何水荷在为耽搁成没人要的老姑娘而纠结，就直接给她摊"牌"了。

"这婚是结还是不结？我要是没有城里户口，那正式工就转不了。转不了，半年后就没临时工岗位，我就得回家接着喂猪。"

"你这玩的是把生'米'做成熟饭，逼我爹妈'就范'的把戏，我可不敢玩！"

"你不敢玩，我俩就算了。"

"什么叫'算了'，难道你要找下'家'？"

"我在城里弄了房子，找了工作，就差户口。我没退路，为了井家的后代是城里人，也不能退，必须把户口转到城里。你不帮我，我只能另想办法，我找了别人，你可别吃'后悔药'。像我井九羊这样长得要样有样、要钱有钱、要房有房、聪明能干的男人，量你在县城里找不到第二个！"

"结婚是人生大事，领结婚证这么大的事，不经过我爹妈同意，这婚怎么结？！"

"要让你爹妈同意？我早看出来了，除非让地球倒转！摆在你何水荷面前的，有两个选择：一个是不理你爹妈，举行婚礼。婚礼结束，即成事实，拿上六十万块彩礼钱，去赔'罪'，不怕他们不'就范'。一个是等着你妈为我俩结婚'开恩'。这要等多长时间？半年、一年、两年？三个月我等得了，半年我肯定不等。半年后，那只能是你走你的阳光道，我走我的'独木桥'，别怪我找了别人，没给你打招呼！"

"我妈接受不了这欺骗。她要是死活既不要钱，又不接受结婚现实，要来硬的，怎么办？！"

"婚礼结束，你跟我住到了一起，她能把你绑走？幼稚！"

"那我跟我妈的关系，不就彻底完了？"

"担心跟你妈的关系完了，怎么不担心跟我完了的后果是什么？你是要你妈，还是要我？！"

"妈也要，你也要。"

"只能选择一个。"

"我害怕。"

"没胆做不成大事。"

"那，那就听你的吧。"

…………

井九羊给何水荷"导演"结婚仪式的事情，何水荷答应井九羊，按他"导演"的做，但对井九羊说，出了事，井九羊可要记住自己是"大男人"，要全担着。井九羊说，出了事，全是他井九羊的，她尽管做新娘。何水荷说，那还差不多。

井九羊给了何水荷一张银行卡，给她半月时间，让她去准备嫁妆。何水荷瞒着她爹妈和弟妹购买嫁妆，把嫁妆偷偷置办到了井九羊租的新房子里。

很快到了举办婚礼的日子。这日子来得太突然，更是来得太快，突然和快得让何水荷实在难以接受。但这日子是井九羊定的，也是井九羊妈定的。何水荷在极力推迟，而井九羊怕"夜长梦多"坚决不肯更改，井九羊妈更是恨不得能提前就提前，或草草办了、入了洞房，目的达到算完。何水荷对井九羊和他妈设计的这结婚动机，从害怕到了反感，从反感到了憎恨，虽跟井九羊争论和吵过，但却被井九羊的话"吓"了回来："你不想嫁，我绝不娶。半年之内，这新房里绝对会有新娘进来，那肯定不是你！"何水荷不认为井九羊的这话是气话，他和他妈是能做出来的，这新房里的新娘会是别人，她毫不质疑。判断出这样的结果，又想到自己又胖又丑的样子，再想到她做井九羊媳妇的名声和做人流的恶语，早在井家湾村传了个遍，自己这"生米"早让井九羊做成了"熟饭"的现实，想来不嫁他后果不堪想象。看来她何水荷早已成井九羊案板上的"肉"，只能由他摆布，没有她反抗的筹码，或者说不顺着他"走"的结果，是她何水荷倒霉——井九羊虽差个户口，而户口不靠她何水荷，他照样进城。她何水荷在井九羊这里，是步步为输，而井九羊却是怎么走都会赢。她何水荷在井九羊这里输不起，得配合井九羊把她妈骗到底。

十、不正当的婚礼

井九羊和他妈精经心选择了举行婚礼的场所，离城很远的、井九羊熟人开的"城外城酒楼"，以防婚礼上出现不测。井九羊给他开酒店的熟人交代，婚礼场内场外的保安要加倍，一旦何家的人闹上场来，绝不能让他们进门，更不能让他们进场。

酒店老板把何家人的照片给所有保安和服务人员看了个仔细，要求严防死守，不得马虎。酒店内外，层层是穿着制服并提着警棍的人。可何家女人，偏偏就出现在了门口。保安让何家女人出示请柬，何家女人吼叫着说，她是新娘的妈，要他妈什么狗屁请柬。保安即刻认出来是何家女人，是老板又让看照片，又死劲叮嘱的那是绝对不能让进场的女人，便拦住她不让进。面对手握警棍的一群保安，何家女人把打人的巴掌收了回来，转身走了。保安把何家女人要进门未遂，被保安吓了回去的经过告诉了井九羊，井九羊塞给保安两百块钱作奖励，婚礼按时进行。

婚礼请的人虽不多，除了井家的亲戚，基本上都是城里人。当然大都是一般干部或与政府部门沾边却不是政府部门的人。井九羊和井家男人女人，请不来股长科长，更请不来局长县长，只能以不掏钱并白吃白喝送礼品的祈求方式才请来了一些人捧场。婚礼请了青一色的城里人，抬高婚礼的规格，让有身份的人为他这不正当的婚礼，或者说为他造假结婚证的不安壮胆，也是为压住何家找他麻烦而造的"势"。这是井九羊精心设的局，为此他不惜代价置办了最贵的宴席和为来宾准备的数百元的礼品。所以，来宾等吃好菜，等领礼品，没人离席。

水荷妈找到婚礼宾馆，是谁给她走漏的消息，她是果真离开了酒店门口，她会不会找人来搅婚礼？以井九羊对何家女人性格的判断，她一旦得知井九羊在骗婚，何水荷在帮助骗婚，那就把"火药桶"点着了，不但憎恨井九羊，也会憎恨何水荷，不会咽下骗她瞒她欺她的这口"气"，她会让这婚结不成。井九羊想到这里，浑身一个颤抖，有点牵不住水荷的手了。

婚礼正进行到证婚人致辞，要给新郎新娘"颁发"结婚证书的时候，何水荷挽着井九羊的胳膊，井九羊的表情紧张，脸上不停地在出汗，胳膊在颤抖，她被井九羊的神情和颤抖吓得有点站不稳了。井九羊和何水荷意识到后面的情况有点不妙，恨不得让婚礼尽快收场。

后面门口吵吵嚷嚷，进来几个穿制服的人，是警察。迎宾先生急忙迎上前来，给警察安排席位。警察把迎宾一把推了开来，直奔婚礼典礼台。有迎宾又把警察拦住，警察狠狠地把迎宾推了开来。警察直奔新郎井九羊和新娘何水荷，一个警察把他们手里的结婚证书抢了过来，一个警察随即把手铐戴在了井九羊的手腕上。这两个动作，两个警察做得如闪电般迅速，待井九羊和何水荷反应过来，警察已经大声说话了。

"有人报案，经查实，井九羊与何水荷的结婚证是伪造的，是假的。是井九羊买的假结婚证，欺骗了何水荷。井九羊非法制作假结婚证，并用假结婚证骗取婚姻，构成了违法行为……"

井九羊吓呆了，说不出一句话来；何水荷吓瘫了，一屁股坐到地上，哇哇大哭起来。

警察把井九羊胸前"新郎"花带揪下来扔了，把井九羊带走了。

参加婚礼的人惊呆了，站着也不是，坐下来也不是，不知道怎么办好了。井九羊被带走，婚礼现场一时乱了，有的随即离场了，有的朝迎宾要礼品，也有的坐下来仍吃仍喝……

警察带井九羊走后，何家女人出现在了典礼台上，她扶起何水荷，拉何水荷走。何水荷软得走不动，她像拉一头肥猪那样，强拉硬拽地把何水荷拉了出去。

十一、两个疯狂的女人

何家女人把事情弄大了。井家女人像头疯了的母狗，要"咬"一个人。看到河边洗菜的何家女人，她提着菜刀扑了过去。在井家女人正要跳过河沟，菜刀向何家女人砍过去的当儿，幸亏被眼疾手快的井家男人拉住，迅猛地下掉了她手里的菜刀，才没让惨剧发生。何家女人被瞬间扑来的井家女人和那闪着寒光的菜刀吓得没了魂儿。瘫了片刻，她赶忙跑回了家，把个院门锁了个结实。

井九羊被警察在婚礼上"铐"走，当然是何家女人报的案。何家女人去婚礼现场，本来是想去搅乱婚礼的，却被门口层层保安拉住没进去，拉住不说，还推搡她，她一气之下产生了报案的念头。派出所的警察不相信这样的报案，谁会做假结婚证结婚呢？从来没听说过；又有哪个丈母娘会让警察去抓正在举行婚礼的女婿呢？除非是神经病。警察没把何家女人当回事。而何家女人对警察说，她的女儿是被骗婚受害者，要是他们不管，她就上县公安局找局长。这把值班民警吓住了，查无井九羊与何水荷的结婚登记信息，他们才相信了何家女人的话，跟何家女人去了婚礼现场，毫不犹豫地抓了井九羊。

何家女人报案并带警察到婚礼上抓他井九羊，井九羊做梦也没想到。井家女人想到过何家女人有可能闯到婚礼上来，但她觉得她翻不了大浪，最多闹一下完事。闹，是丢她的人，她要是不要脸就尽管闹。闹了又怎样，生"米"做成了"熟饭"，她得接受她女儿和九羊结婚的事实。可结果却让井家女人出乎意料——何家女人竟然心狠手辣到如此地步！

井家女人手里的菜刀，若不是被井家男人下掉，那真不知道砍开了门，会不会把何家女人砍了。

被下了手里菜刀的井家女人，情绪仍然失控，汹汹的气势仍像把菜刀，直扑何家的门，咣当咣当摇门，一脚连着一脚踢门。井家男人望着赤手空拳发疯般踢门的女人不管。是他不敢管，还是支持她去何家闹事？也许两者都有。井家女人好像得到了她男人默许似的，由踢门变成了踹门，踹得院门上的砖掉了下来。门锁得太严实了，门太结实了，门没被踢开，她却抱着脚在门口哭喊起来。是踢门踢伤了脚？还是落砖砸了脚，井家女人抱着脚，哭叫得一声比一声大。井家女人抱着脚哭喊的痛苦状，好像井家男人压根儿也没看着，拿着菜刀回屋里去了，没理她。井凤鸽从养猪场回来，看到她妈在何家门口哭叫，赶忙把她妈扶了起来，想拉她走，她把井凤鸽的手狠狠扒拉开，由哭喊变成了叫骂。

"何家'圆白菜'，你开门，你给我出来！"

井家女人站在门口重复地喊叫了几十声，何家女人既没开门，也没搭理。井家女人嗓子喊哑了，何家的门没有一丝动静。何家的院子里也没一丝动静，这让井家女人火气难消，也骑虎难下。井凤鸽想拉她走，她仍是把井凤鸽的手扒拉开，井凤鸽不敢再拉她，任她发泄。

"何家'圆白菜'，你听着，害人害自己，害井九羊就是害何水荷。井九羊娶何水荷不管用了什么手段，那也是你家何水荷让他用的手段，是何水荷纵容他干的，即使被"法办"，何水荷也得一起坐牢……公安局不是你家开的，法院也不会光凭你那张烂嘴给人定罪，井九羊出不来，何水荷也得进去，不信你就等着瞧……"

井家女人这狠话，何家女人，何家所有的人，没有一个不悉心听着，没有一个不被井家女人的汹汹气势吓着。被井家女人的叫骂吓得不敢出屋，甚至不敢吱声的是何家女人和何水荷。井家女人的"井九羊出不来，何水荷也得坐牢"的话刚落，何水荷就被吓得哭了起来，"哇——"的脆亮的哭，吓得何家女人哆嗦起来，把何家男人吓了一跳，也把何水仙和何干部吓了一大跳，但谁都不敢出屋，他们没有一个不怕井家女人的。

在几十年与井家交往的无数次的碰撞中，井家女人的火暴脾气上来，要打人，气急了会提刀砍人。井家男人就挨过她的刀砍，手腕和胳膊上有他女人砍的刀伤。何家女人虽没被井家女人砍伤过，但有好几次差点被她砍的险情。后来她跟井家女人吵架，吵到井家女人一旦要发疯的时候，她就赶紧服软和躲避，以免逼她提起刀来。因为怕她，何家女人与她吵架每次气都出不来，每次都以窝了一肚子恶气而收场，每次都把对井家女人的恨之入骨埋在心里。她只好送上软话，"挤"出笑脸，才不会激怒井家女人，才会避免挨打或被刀砍。

井九羊被抓的事，何家女人虽然当时出了口恶气，但想到井家女人不会饶过她，她害怕极了，越来越腿软，从酒店出来，腿软得抬不起来了。刚才要不是井家男人把井家女人手里的刀下了，她早被那疯婆子砍死了。意识到这可怕的结果，任井家女人如何踢门砸门，何家女人也不敢出屋，把屋门反锁了个结实，也摁住家里所有人，不许出屋，即使井家女人把院门踢开了，也不让开门。何家女人这害怕的情绪，也让何家所有人跟着她惧怕起井家女人来。尤其井家女人说何水荷也得坐牢，吓得何水荷大哭起来。

何家屋里的哭声，当然被井家女人听到了。这哭声顿时成了井家女人怒气的"解药"，她刚听到了几声，便破怒为笑了。井家女人怕听错，便戛然停止，耳朵贴着大门门缝，悉心听是不是有人在哭，是谁在哭，好像是何家女人哭，好像又不是她哭，是何水荷在哭？是何水荷在哭。怎么不是那个肥猪婆哭呢？井家女人有心疼，有失意，便扯起嗓子，又喊叫了起来。

"……肥猪婆，你听好了，如果九羊这几天放不出来，我保证让何水荷进去陪井九羊坐牢……如果井九羊有事，我保证把你的一条腿砍断……如果井九羊出事，我保证让何水荷像臭猪屎一样嫁不出去……我保证让你的后半辈子活得猪狗不如……"

"哇——哇——"何水荷的哭声比刚才更大了。

何水荷哭得更厉害了，那就是她更害怕了，那就让何家女人也更害怕了，她吓唬她们的效果达到了，她把"火球"扔给何家女人和何家的人了。井家女人深信，为九羊着急的不单是她井家的人，何家女人一家对井九羊比她井家的人还会着急。

闹到这里，想到这里，井家女人一个坏笑，拍掉屁股上的土，对井凤鸽说声"走——"，把块砖头使劲砸在了何家大门上，又拾起块砖头朝河里的何家鸭子打过去，然后拉着井凤鸽回家了。

就在井家女人又砸大门又叫骂的时候，何家男人和何家女人在屋里闹得不可开交。

何家女人去闹婚礼，却闹成了报案，抓了井九羊，这都是瞒着何家男人干的，这让何家男人窝火透顶。他与井家男人做屠汉做成了亲兄弟，把水荷和九羊拴成了"娃娃亲"，要不是户口进城，要不是他女人拿城里人和乡里人户口"鸿沟"说事，要不是她女人对水荷与九羊的"娃娃亲"不认，给井家女人以重彩礼设成婚障碍，他俩都结婚了。何家男人尽管反感她女人与井家悔婚，但渐渐觉得悔得也有点道理。自从户口进了城，他对自己也奇怪，顿感户口进城，他同井家男人无话可说了，更不愿意在一起了。

尤其在城里找了份临时工的班上以后，他越发觉得城里人和乡里人是两种人，越发觉得他女人那"城里姑娘嫁乡里小子，那是花朵在往牛粪上插，全把水荷的前途毁了"的话不再难听，也觉得成城里人的水荷总比乡里人的九羊有前途；水荷是工人，九羊是农民，工人嫁农民，一个在厂里，一个在田里，裤裆开了两"叉"子，有话说难以说得来……他的女人悔了"娃娃亲"没什么，天大的事情说变也会变，他和九羊爹酒桌上的约定那就是个"屁"，如今何家是城里人，何家不再靠井家吃饭，悔约了井家能把他何家怎么样？伤不了一根"毫毛"！而何家男人虽然想到了他家户口进城，与井家分道扬镳是必然的，但他不愿让井九羊和水荷出事。要不是井家女人刚才上门来闹，要不是他从水荷这里问到实情，他仍不知道九羊被抓是他女人操弄的。知道了他女人这般手狠，他的气从肚子鼓到了嗓子眼，他真想跟他女人动手了。

"要是不把九羊弄出来，要是再把水荷牵扯进去，看我怎么饶过你！"听着井家女人在门口没动静了，何家男人给他女人扔下句狠话，出去了。

"看你这个软蛋，一个井家婆子，就把你吓成这个样子。她要是把我逼疯了，我用吃奶的力气，也要让井九羊把牢坐实了……"何家女人也撂出狠话，气得也是吓得何家男人嘴鼓成了包子，不敢吱声，更没了对她动手的冲动，赶紧走人。何家老小，没人不怕何家女人的蛮横霸道。

何水荷对她妈只有以哭来反抗，别无他法。

井九羊被警察带走，都三天了还没放出来。传出来的消息很不好，骗婚与伪造结婚证性质极其恶劣，伪造结婚证骗婚实属1949年10月以来全县首例，要把此案作为打击骗婚的典型案件审理，从严从重处理。

井九羊会不会被判刑？井家女人找人打听了一圈，有人说不会判刑，有人说会判刑，而判不判刑，轻重取决于女方家对取证提供的证词了。但井家男人打听到的情况是，井九羊够不上判刑，最多是拘留几天。可一周过去了，还是没有放回来。井家女人恨不得把何家女人砍了，几次手里提起菜刀要去何家，都被井家男人拦了下来。井家男人提醒井家女人，不要惹何家女人，九羊能不能尽快放出来，全在何家女人那张嘴上，她要为九羊开脱罪责，会说那是她让井九羊做的假结婚证，是逗九羊玩的；他给水荷爹叮嘱过了，让他老婆对警察这么说；她要往坏里说，那九羊就全担着，那事情就放大，会成案子，保不住会判刑。井家男人这么一说，井家女人对何家和何家女人刚才的狂骂砸打有点后怕了。

⋯⋯⋯⋯⋯

井家女人让井凤鸽给何家女人送去了一个猪头，又大又肥的猪头，算是跟何家女人服软。何家女人不要，让井凤鸽拿回去。井凤鸽只好拿回来，而井家女人又让井凤鸽送过去，送给了何干部，何干部给他妈，何家女人才收下了。

何家女人收下了井家女人的猪头，就去了拘禁井九羊的派出所。

何家女人去了派出所的第二天，井九羊被放了出来。

何家女人说，要不是她替井九羊开脱，他的牢坐定了。而井九羊却说，他的这点事，够不上坐牢，她去不去派出所，他也该被放出来了。这话经井家女人朝何家女人嚷出来，何家女人把那送的猪头从河边扔到了井家。井家女人也不生气，便把猪头拾起来，在河水里洗干净，提回去了。

十二、私奔，私奔

被拘留过的井九羊，逼何家女人"就范"失败，丢了县政府锅炉房的工作，便把"华贵人家"租的高档房子退了，接着谋划逼何家女人"就范"的手段。

井九羊想出了一个让何家女人拿他没办法的办法。

何水荷收到井九羊的短信，让她到"老地方"商量事情。何水荷瞅短信瞬间涌喜的表情，被她妈看了个清楚。

"你要是去井家小子那里，妈跟你断绝母女关系，不信你试试看！"

何水荷要出门，又不敢出门。

"你要是还想嫁给井家那小子，妈死给你看，不信你试试！"

何家女人料想，她是把水荷吓住了，水荷跟井九羊不敢往前走半步。

何水荷没敢出门，但手机不停地在跟井九羊"说话"。何家女人装着没看见，任他们聊，聊什么她也会知道。她有看水荷手机短信的毛病，井九羊做假结婚证，骗水荷结婚的短信，是被她偷看到的。要不是偷看了她的手机短信，那井九羊真就把"生米"做成了"熟饭"，她气死也得吃这"熟饭"，对井家小子和井家女人会没有一点办法。可井九羊与她私自约定结婚的消息，是谁告诉她妈的，是何水仙，还是另有其人？她妈带警察婚礼上抓九羊，又准又狠，她怀疑是何水仙当了"叛徒"，把她的事告诉给了妈。她逼水仙说实话，水仙才告诉她，妈一直有偷看她手机短信的习惯。水荷知道了这真相，简直难以接受，这哪是妈干的事情，是

"下三烂"才会干的事情。她憎恨她这手段太卑鄙，对九羊下手太狠毒。何水荷把她妈恨到这种程度的时候，对井九羊有了强烈的内疚感和罪恶感，她决意按九羊的"策划"干，干出点让她妈无可奈何的事情来，自己的事情自己做主，跟着九羊走到底。

在何水荷对她妈从憎恨到厌恶的节骨眼儿上，井九羊发短信试探问她，敢不敢与他私奔。何水荷问，怎么个"私奔"法。井九羊得寸进尺地说，逃到个喜欢去的地方过日子和生孩子。何水荷当即回复说，那就走。何水荷说，不去可别闲扯。井九羊说，胡扯是孙子。何水荷说，定个时间。井九羊说，一会儿午饭吃完家人睡午觉的时候走。何水荷说，这么急。井九羊说，想好了走就抓紧走。何水荷问，去什么地方。井九羊说，跑个让她们找不到的地方……

就在何水荷憎恨和厌恶她妈的片刻间，何水荷毫不犹疑地接受了井九羊的"私奔"想法，更是毫无顾虑地顺从了井九羊的要求。

何水荷瞅正在做饭的妈，她妈也在瞅她，两双眼睛"对"在了一起，她妈是狐疑的眼神，她是恼怒和充满恨意的眼神。她妈在瞅她的手机，瞅的眼神很吓人。何水荷赶紧把她与九羊的聊天短信删除了。删除了还不放心，设了手机开启的密码。设了密码还不放心，把手机装到了内衣兜。装到兜里还不放心，把衣兜拉锁紧紧拉上了。这一切都被她妈瞅在眼里，瞅得她妈有点喘不过气来了。

"水荷十有八九在跟井家小子短信说了什么事，肯定仍在弄骗她的把戏。她和他在短信里说了些啥呢？！"何家女人眼睛死瞅着水荷的脸和兜，在暗自发急：水荷定是知道了她偷看她手机的事，所以她把手机装了个严实。眼睛几乎要喷出火来的何家女人，在急想，她怎么能拿到水荷的手机，看他们是不是又弄出了骗她的把戏。

何水荷从她妈冒着"火"的眼睛里，看出她在急什么，她在火什么。她装出没有一点怕她的样子，趁她妈做饭的当儿，她赶忙收拾出行的东西。

何家女人从何水荷不停地看短信和发短信的神情中，猜到水荷与井家那小子又在"嘀咕"什么见不得人的事，又在给水荷挖什么恶心的坑，所以水荷的一个表情和一举一动，都被她盯得丝毫不放。尤其是何水荷在往出远门用的旅行箱装衣服的慌张样，也自然被她从窗户瞅了个清楚。她想破门而入问她，把她的手机看个清楚，把她箱子踩个稀巴烂，让她趁早死了跟井九羊做坑妈又坑爹的勾当。

何家女人的怒火已冲顶，她哆嗦的手恨不得把门打成碎片。但她的火只是往上虚冒，她的手只是哆嗦，她的一份"后怕"摁住了她的怒火。她怕把水荷逼急了要出事。在天黑前，在她离开家前，只能做到的是对她盯紧和跟紧。压住了怒火的何家女人，就同她知道了井九羊骗何水荷办假结婚证结婚怒火冲顶时一样，她当时忍住了，她以成功地搅了井家婚礼的骗局，成功地让井九羊进了"局子"为自信，她相信他俩跳不出她的手心。这次，她也要沉住气，该出"手"时再出"手"，不能伤了水荷，要伤也要伤井家那小子。

何家女人断定自己太聪明了——打井家，不能伤水荷；打井家，就是要沉住气，要打得准，还要打得狠。

何家女人断定水荷要出走，而且她断定水荷是今天夜里出走。

判断准确了水荷出走的时间，何家女人便赶走了满腔的怒气，没搭理举动反常的水荷，赶紧做饭、吃饭、午睡，躺倒后就像肥猪一样打起了呼噜。

水荷在她妈呼噜声最响亮的时候，也是等她爹躺在他炕上，等水仙和干部关上自己屋子的门，她手脚轻巧地提上箱子出了门，随即打了辆出租车，去了和九羊定好的地方。

水荷怕她妈跟踪，一开始后面没车跟着，但很快有辆出租车紧跟了上来。水荷没当回事，可拐了两条路，那辆车还是紧跟在她的后面，且她让司机拐进了胡同，那车也跟着进了胡同，这让水荷紧张了起来，她断定是她妈在跟她。水荷给司机出双倍的车钱，要他把后面的车甩掉。司机急轰油门，过了两个路口，就把后面的车甩得不见了踪影。

甩掉了后面的车，但感觉甩不掉她妈的眼睛和影子，好像这眼睛和影子在紧紧跟着她，会在她与九羊会面的时候，突然出现在他俩中间，把他俩两棒子打开，打得九羊爬不起来。想到这些画面，何水荷本来就要跳出来的心脏，顿时跳到了嗓子眼儿，气喘不上来了。虽然后面没了那辆跟踪的车，但水荷害怕得不知道怎么办好了。

"已经被妈发现，还走不走？"水荷问了自己好几遍，而实在无法决定怎么办好，就打电话对九羊说她妈跟踪，她害怕。井九羊只说了一句话，不容她犹豫的狠话："不走，等死啊？！"本来约在火车站取票厅见面，就改让她在候车室见面。何水荷骂井九羊缩头乌龟，井九羊催她快点，何水荷害怕又生气，但还是去取票了。取票前，她躲到取票厅的角落，看她妈是否跟在后面，盯了半天，没见她妈的影子。她飞快地取了票，在门口观察好一会，也把入站口附近瞅了个细致，没见她妈的影子，她便拉着箱子拼命往进站口跑去。

两个警察把水荷拦住，要让她出示身份证。警察看完她的身份证，要她去警务室。何水荷以为她妈找了警察来抓她，就对警察说，她回家，别带她去警务室。警察说，先去警务室再说。水荷怕警察把她关起来，一种从未有过的害怕，变成了惊恐，继而精神失控，拉着箱子不顾一切地向站台下跑去。警察追上何水荷，拦住她，把她劝到了警务室。

"你慌慌张张，贼头鬼脑地，是遇到了坏人，还是干了什么坏事？！"警察问。

水荷一听，警察叫她到警务室问话，与她妈没有丝毫关系，便对警察不以为然了。

"问你话呢，是遇到了什么意外事，还是在找人？"警察接着问。

"我在找我男朋友。"何水荷撒谎说。

"找男朋友哪有慌慌张张、贼头鬼脑地找的？"警察问话的声调忽然高了起来。

"他在候车室等我。"水荷赶紧说了实话。水荷感到只有九羊才能解她被警察怀疑的困境。

"打电话给你男朋友，让他来证明你的慌慌张张和贼头鬼脑，是找他，而不是遇到了坏人，也不是干了什么坏事！"警察的声调仍然高得吓人。

何水荷给井九羊打电话，告诉他她在车站警务室，要他来证明她没跟警察撒谎。井九羊没说来，也没说不来，随即把电话挂了。何水荷接着给井九羊打电话，井九羊的手机关机了。

叫不来男朋友，警察怀疑她和她男朋友有问题，但又没有怀疑的证据，更没有继续询问何水荷的理由，也没有抓她男朋友来询问的理由，就把她放了。警察并不是轻易把她放了，对她说，一旦发现她和她男朋友有事，会随时抓人。警察的话，让她背上了块石头，也让她顿时恨上了井九羊。井九羊——这个危机关头当缩头乌龟的"王八蛋"，为他'私奔'值得吗？！

何水荷发现她妈打给她的好几个电话，一定是她没跟踪上她，气坏了，理她还是不理？何水荷想到当缩头乌龟的井九羊，眼里的泪止不住往下流："妈是多爱我呀，一心要我找个城里人结婚，她不让我跟井九羊一起，也许压根儿是对的……"

回家，还是进站？何水荷瞅着车票，不知道腿往哪里迈。一串连一串的泪流在脸上，掉在了车票上，感觉是给可怜的她妈流的，也是给痛苦难忍的自己流的。泪虽流个不停，而脚还是迈到了进站口，还是把身份证和车票递给了检票员，把箱子放到了安检机上，接受安检，似乎双脚有人推似的，去了候车室，找到了井九羊。

见到井九羊，何水荷一肚子的委屈和怨恨好像蒸发了，眼泪也没了，竟然心里涌起了喜悦来。

"赶紧上车。"井九羊好像刚才什么也没发生似的，催何水荷。何水荷紧跟井九羊上了车。

何水荷的手机响了，又是她妈的电话，她没接。又响了，又没接。又响了，她把手机干脆关了。

井九羊看着不接电话又关机的水荷笑了，何水荷也哭一样的表情笑了。井九羊把何水荷的手机拿过来，装到他的提包里，也把自己的手机关了，与水荷的手机放到了一起。他要与所有的人失联，要让水荷也与所有的人失联。

何水荷不问井九羊为什么去这个地方，井九羊也不说为什么带她去这个地方。何水荷跟他紧坐在一起，走了。

井九羊递给何水荷香蕉，何水荷吃了。她觉得九羊给她的香蕉特别甜，她继而骂自己"特别贱，贱货一个"。

火车越来越快，车轮的"铿铿"声越发欢快，闷热的车厢凉风嗖嗖，何水荷全然抛却了刚才对井九羊的失望和怨恨，感到幸福的时刻就此降临，轻轻地倒在了井九羊怀里，深深地呼吸，享受已有好久没闻过的酸臭咸腥麻香的男人味。这味道过去一直令她迷恋和激动，更让她产生过长久的身体冲动和精神的依赖。他身上的这味道，还是那么浓烈，同样唤起了她远去已久的兴奋。何水荷旁若无人地紧紧搂起井九羊的后背，热吻井九羊的胸膛。井九羊虽没何水荷的深情和冲动，但她的抱与吻，好似给他注入了兴奋剂，立马"挑"旺了他的爱火，他顺势把何水荷紧紧搂在了怀里……

究竟要去哪里，私奔到哪个地方住哪，住多长时间，靠什么生活？何水荷没有问的意思，好像她压根儿也不想知道，这让井九羊很纳闷，也让井九羊的心里很沉重。水荷这么单纯又爱他，前面的路是黑的，可别把她带到坑里。随着列车往远方飞驰，井九羊的心里越发沉重。

十三、地不留人钱留人

何水荷在井九羊怀里睡着了，也许是装睡，沉沉的头和身子，让井九羊有种难以喘上气来的负重感。

井九羊带何水荷"私奔"去的究竟是个什么地方？他怕跟何水荷说，也怕何水荷问。怕说，怕问，是井九羊实在难以张口说出去的这个地方，它不是碧水连天的海边，也不是山青水秀的江南，是沂蒙山区的一个小镇，一个小镇的一个村，一个村的养猪哥们儿家，一个树少、水缺的小村。这养猪的哥们儿，是井九羊几年前做猪繁殖时结交的。山区条件虽差但此人人好，老是叫井九羊务必带上嫂子"来住一段时间"，要给他杀最肥的猪吃，要与他交流祖传的养猪技巧，要一起合作做番挣大钱的产业。这让井九羊有了"想法"，他想哪天带水荷"私奔"，就去这个山旮旯地方，想住多久住多久，既不花钱又能挣钱，他的爹妈找不着，水荷的爹妈更找不着，一年后与水荷抱着孩子回家，不怕水荷爹妈不让他们结婚。

井九羊产生带水荷私奔的想法和胆量，来自沂蒙哥们儿的热情邀请和这吃住不花钱的偏僻地方，更来自生下孩子逼何家"就范"的冒险盘算。井九羊知道，"私奔"在水荷心中是诗意梦幻的，是浪漫刺激的，也是愿意背叛她爹妈而冒险的，她对"私奔"好像有点默认和渴望。井九羊猜测，在水荷心里的"私奔"，定是去个富丽堂皇的深宅大院人家，或者去的是青岛海滨梦幻般的别墅和公寓，去个依山傍水的小桥流水画中村镇。井九羊决定带水荷私奔的时候，想过"私奔"是冒险，他应当带她去人间天堂的苏

扬杭,去流光溢彩的"北上广",实在不想花太多的钱应去天津承
德石家庄,而带她去沂蒙山区的养猪场,这"私奔"太"土"了
不说,简直就是欺骗和糊弄她,她能干吗?她去了要是一天也不
想待,那这"私奔"不就成了泡影和耻笑了吗?搂着水荷的井九羊,
越想越害怕,越搂越紧张,感觉水荷的头和上身要把他压成肉饼
似的,越发难以承受她无比沉重的身体了。

　　水荷感觉到了她已让九羊不舒服,她把双臂和身体从九羊身
上"撤"回来,擦完满头的汗,问九羊,去的地方叫什么。九羊
撒谎说,去离青岛不远的地方,有山,有大山。水荷听了兴奋不
已,又问,大山叫什么山。九羊不敢说是沂蒙山,便说是崂山。
水荷看过电影《崂山道士》,古庙奇峰、云雾飘绕,简直那是想象
里情侣双双"私奔"的好去处。想到崂山的美景,想到私奔游山
玩水的快乐,水荷又把井九羊搂了个紧,又把头贴在了他的胸脯
上,激动地吻他的胸脯。何水荷这次的热吻,井九羊已完全没了
欢愉的享受感,倒有了种肉皮发麻和身上寒冷的感觉。

　　何水荷的亲吻让井九羊胸前发热,而他对何水荷的撒谎,却
让他后背发凉。井九羊对撒谎的结果很害怕,私奔去这山沟里的
养猪场,吃住在臭气熏天的猪圈旁,与浪漫的"私奔"牛头不对
马嘴,何水荷又会骂他是骗子,一气之下会不会离他而去?井九
羊判断,"私奔"住猪场,要让何水荷住得安心,几乎是白日做梦。
尽管断定"私奔"去养猪场何水荷会让他难堪,但井九羊考虑到
"私奔"到这里偏僻安全无成本不说,还能与朋友合作挣到钱,他
又觉得骗水荷的险冒得值得。当然仅有这一点安慰,还不足以让
井九羊心安理得,让井九羊最终不怕何水荷给他难堪的一招,他
出门前就已筹划好。他确信他的这一"招",定会降服水荷,让她
顺溜地听他的,更会让她觉得住在养猪场的"私奔",比住苏杭五

星级酒店的浪漫值得。

想到对付水荷有十分灵验的招，井九羊对自己设计的这下作的"私奔"有了莫大的宽慰，也有了得意的窃喜。

很快到了"私奔"的终点站，井九羊一脸的窃喜不见了，何水荷一路的欢喜也不见了，水荷的眼睛盯着窗外，越看脸拉得越长；井九羊的眼睛盯着水荷，越盯脸上的肌肉越发紧。车越是往终点走，窗外的荒山秃岭就越多——去的是荒凉的山沟沟。当何水荷惊讶的眼睛转到了井九羊脸上，眼睛里放出巨大的"问号"，脸拉成了"叹号"时，井九羊知道何水荷的情绪不妙，下车后就有好"戏"给他看，骗她说，去的地方是"人间仙境"。何水荷说，骗她没有好果子吃。

何水荷的这狠话，让井九羊后背又冒起了凉气。好在老天帮井九羊的忙，火车到站，下起了暴雨，坐不上大巴，只好等到雨停。等到雨停坐上车天黑了，赶到朋友的养猪场，一路上什么也没看见。到他朋友养猪场的山，那是草木不见的荒山，这要是让水荷看到了，一气之下会半途下车回家。雨和夜色，帮井九羊把何水荷骗到了沂蒙山区的石头垒墙和七扭八拐的养猪场，也是一户人家。一个个头矮胖且长着一张猪腰子脸的小伙儿等在门口，把他们迎接到了小院和屋里。小伙儿的这张脸和满院子的猪粪味，让水荷反胃，她想吐却忍住了。

土石院墙、土石屋子，屋里是土地土炕土灶，墙上梁上家当上有灰土。这土不拉唧的屋子和土得掉渣的人，让何水荷越发反胃，就想立马提上箱子去车站回家。何水荷瞅井九羊的眼里冒着怒火，井九羊装着没感觉。井九羊摸一下内衣口袋里的银行卡，更不把何水荷的情绪当回事了。好在饭菜准备得丰盛，矮胖子全家待她热情有余，使得她有了"明天再走"的一丝留意。

井九羊深信他口袋里的银行卡会把何水荷"摆平"在这里。

在决定带水荷"私奔"到这偏远的荒山沟时，井九羊就已担心何水荷到了这山沟沟会断然不待，让"私奔"成为笑话，让他逼水荷妈"就范"的策划落空。他给何水荷准备好了一笔钱，想用钱"解决"她。只有钱才能"摆平"她。没有几个女人不爱钱的，何水荷也一样，不贪钱，却爱钱。井九羊推想，当她到了那山沟沟闹着回家的时候，当他把里面存着二十万块钱的银行卡塞到她手里的时候，当让她选择是去住苏杭一天上千块的五星级宾馆，还是住猪场每天挣上千块钱的土房，她一定不会去苏杭，她更舍不得一天花成千的钱"私奔"，她会揣着银行卡住猪场的土房，她也会兴奋地揣着银行卡挣另外一份钱。

当然，自感精明的井九羊心里明白，二十万块钱的银行卡虽然揣到了何水荷的兜里，实际上还在他井九羊的兜里——怀上了孩子，生下了孩子，逼她妈领了结婚证，人全成了他的，孩子也是他的，她兜里的银行卡自然还是他的，是他这个一家之主的。盘算到这里，井九羊的害怕与担忧彻底变成了从容和窃喜。

从进门就阴着脸的何水荷，让小胖子和他老婆不知做错了什么，堆着笑脸不停地给何水荷夹菜讨好，而何水荷的脸上仍挂着阴云，丰盛的接风饭让主和客吃得很紧张，也吃得很败兴。败兴的是饭还没吃完，何水荷说她明早要起早，回屋睡了。井九羊听懂了何水荷明早要回的话意，仍不搭理她，接着跟小胖子喝酒，越喝越欢，养殖合作一拍即合，且有利共赢，井九羊断定"私奔"到这山沟沟来对了。

天还没这亮，何水荷就把沉睡中的井九羊摇醒了，对井九羊厉声说，她要回家。井九羊没搭理她，何水荷就下地收拾行李，抬腿就出门。

井九羊不得不理何水荷。

"这是二十万块钱的银行卡，是为我俩'私奔'准备的花费。花完了，我俩就什么也没了。要去苏杭北上广住豪华酒店，就去把这二十万块钱花掉，要是住在这山沟里做事，这钱没地方花还会挣钱，这钱全归你，挣的钱也全归你；你是让我带你去大城市花掉这钱好呢，还是把这钱给你好，你看着办。"井九羊赶紧拿出那张银行卡，一边躺着，一边把银行卡举得高高地说。

何水荷望着井九羊手里晃悠的银行卡，装箱子的手一动不动了。她把银行卡从井九羊手里抢过来，打量一番，把银行卡扔给了井九羊。

"你是骗子高手，拿个破银行卡骗我，你以为我是几岁的小毛丫头呀，这么一哄，我就信啦！"

"我要是骗你，我就是'王八'。"

"你还少骗过我？你做了多少回'王八'了？你早就成'王八'了！"

"这次没骗你，骗你真是大'王八'。"

"银行卡里是空是有，只有在银行才能验证你骗人还是没骗人。这荒山野村的，哪里去找银行验证？大骗子！"

"你先别骂我骗子，再穷的山沟也有银行，谁敢拿空卡哄你。倒是要问你，是想让我带你去天南海北玩一趟，把这钱花光心甘，还是把这钱给你好？你说句痛快话！"

何水荷脸色变了，变得有了喜色。她又把银行卡从井九羊手里抢夺过来，问银行卡的密码多少。井九羊故意生气地说，"你有眼无珠，卡背面的那六个数字是什么？！"

"什么时候去查卡里的钱？查了卡里有钱，我再决定回还是不回。"

"你想什么时候去查，就什么时候去。"

"我在这沟里放屁的工夫都不愿待，吃完早饭就去银行。"

"随你。"

…………

井九羊带何水荷，赶了十里山路，找到了银行，查了银行卡的存款，一分不少，二十万块钱。何水荷望着取款机上显示的金额笑了。何水荷让井九羊走开，在银行门口等她。井九羊怕水荷取现，只是站在了一旁不肯走，看她究竟要干什么。水荷知道他不肯离开，就开始操作。操作不是取钱，而是在修改银行卡密码。井九羊看了个清楚，装着无所谓，装着没看见。

水荷出了银行，一路翻山越岭走得腿肚子抽筋，虽疼得哇哇直叫，却没提回家。走到村里，回到猪粪味扑鼻的土不拉唧的小院和屋子里，从此再没提回家的话。二十万块钱把水荷牢牢地"拴"在了山沟的养猪场，这是井九羊料想到的，他夸自己太聪明了，甚至怪自己的愚蠢也是太聪明。

"私奔"到这山沟养猪场的半月有余，相安无事，井九羊对何水荷悬着的心，落了下来。井九羊与朋友小胖子的合作，互相的感觉越来越好。井九羊设计生孩子的事情，没想到水荷默认了。一切按井九羊的谋划在实现。井九羊相信，在这山沟只要一年时间，他可以同水荷抱着孩子回家，逼水荷妈让他跟她结婚，他和孩子户口就可以转到城里了。私奔到这山沟里虽然苦不堪言，但想到苦一年就能熬成城里人，他觉得这折磨太值得了。

二十万块钱的银行卡，让何水荷彻底与井九羊妥协了，愿意跟着井九羊侍弄猪的事情，她什么要求也不提，只是要井九羊把手机还她。井九羊对何水荷说，她的什么要求都会满足，唯独手机不能还给她，唯独不能跟她家里人和亲戚朋友联系。何水荷问井九羊，什么时候才能跟她家人联系。井九羊说了，生完孩子，手机奉还。何水荷说，也许她生不出孩子了。井九羊说，又不是没怀过。何水荷听了这话，要发作，但却忍住了。

…………

井九羊以为，他的私奔生子的妙想，"放"在这偏远的山沟里，简直太好了，自然会如期实现。对于井九羊的窃喜转为狂喜，何水荷却嘲笑井九羊是"掩耳盗玲"。井九羊对何水荷的讽刺不以为然，尽管令井九羊恼火的是，他与何水荷的事，每到"节骨眼"上总会闹鬼，但他坚信这次的谋划是绝招，定会让他如愿以偿。

十四、"飞"来的手铐

两周刚过的一天早上，与小胖子正在院外猪圈喂猪的井九羊，看到几辆警车晃悠着开进了胡同，开到了矮胖子家门口，一伙子警察进了矮胖子家，继而"嗖——嗖——"出现在了井九羊身边，问他，是不是叫井九羊。井九羊回答说，他不是井九羊。尽管井九羊说他不是井九羊，警察不再问他不是井九羊是谁，亮铮铮的手铐，闪电般地"咔嚓"在他双腕上了。

"你们抓错人了，放开我！"

"你们凭什么抓我？！"

"放开我，我不是井九羊！"

井九羊一边嚷，一边坐在地上不走。警察就拉他走。

警察把井九羊拖拉到了警车上，何水荷已经在车上坐着，没给戴手铐。警察拿出井九羊的照片，问何水荷，让她如实回答他是不是井九羊。何水荷犹豫片刻，看到警察刀子般的眼光，赶紧实说，是井九羊。警察又让井九羊看照片，大声问他，照片上的人是不是井九羊。井九羊情绪失控地嚷说，不是怎么样，是又怎么样，他犯了什么法，你们不明不白地抓他？警察说，他们不会抓错人。警察掏出了拘留证，并对井九羊宣布说，何水荷的母亲朱最香，报案井九羊拐骗她女儿何水荷，失去联系半月之久，怀疑何水荷有生命危险。公安机关接受朱最香的怀疑和报案，至于拐骗罪是否成立，调查取证完，自有结果……

"我是拐骗了何水荷？何水荷是我拐骗到这里来的？你们问何水荷呀，看她怎么说！"

此时的何水荷只哭，警察问什么也不回答。

"何水荷，你难道哑了，怎么不放'屁'？！你倒是快说呀，你是我井九羊骗来的，还是心甘情愿跟我来的？！"

井九羊怒吼般的问话让何水荷发抖，但何水荷仍是哭，不回答。

"难道这是你和你妈给我下的套子，要把我往牢房里送不成？！"

何水荷歇斯底里地大哭，仍不说话。

"井九羊听好了，既然当事人何水荷默认对你的拐骗嫌疑，那你有什么好说的，有什么好号叫的，要是再抗拘，后果很严重！"

面对警察的话，井九羊望着何水荷，两眼凶光如两团火，恨不得把何水荷熔化成灰。

看来申辩是无用的，抗拘的后果是可怕的，他井九羊只好任人陷害，自认倒霉了。

…………

警察让何水荷把她和井九羊的物品装到行李箱中，警察帮她提到车上。问何水荷，还有什么漏拿的物品，何水荷摇头，车就开了。警察把他们带到了车站，把他们带上了火车。警告井九羊，路上别弄出什么"动静"来，不然饶不了他。

井九羊不理警察。冒火的两眼"盯"完警察，又盯在了何水荷眼上。面对面的双人座，井九羊对着何水荷，他俩一边一个警察。何水荷无奈地瞅井九羊，眼光里想表达什么，但却被警察锋利的目光吓回去了，而井九羊的双眼像两把寒光闪闪刀子，更是吓得她不敢面对他。

从井九羊双眼如刀的目光里看出，井九羊要不是双手被铐，他那又壮又大的拳头会向她抢过来。她领教过他发怒时的畜生脾气，惹怒了他会打人。这毕竟是她妈又折腾出来的一幕闹剧，他情愿让井九羊打她几拳，把他的怒火全发泄出来，也不要怨她。

面对井九羊对她的愤恨，何水荷心里翻江倒海般地绞痛。她从警察把她带到警车上那刻起，就对他无法做出一句辩解，这一路上更是无法给他一句解释。

何水荷多么想让井九羊知道，就在两个警察"抓"九羊的同时，另外两个警察把她从屋里带到了警车里。两个警察给她亮出证件，是她家小河南派出所的警察，另外两个是小胖子家当地的警察。老家的警察给她说明了抓井九羊的缘由，是她母亲朱最香报案成立而实施的抓捕。何水荷一听就急了，对警察说，她是井九羊的未婚妻，与他"私奔"是她自愿的，她妈的报案是陷害井九羊。警察却说，朱最香报的人员失踪案，事实上半个月来办案民警打她和井九羊的电话打不通，案件成立……井九羊是不是拐骗妇女，是不是农村青年拐骗城里姑娘，从户口上看井九羊是农村户口，何水荷是城镇户口，城里姑娘哪个会找乡里人的？从这一点上看，有拐骗的可能性，井九羊有犯罪嫌疑……受害人在警察面前说话，不能掩盖事实，不然要同井九羊一并承担法律责任……要是朱最香陷害井九羊，那朱最香得承担法律责任……要是说谎，为井九羊开脱，那何水荷就得承担法律责任；张口说谎，还是闭口沉默，可得掂量明白……

警察那不容她抗拒、不容辩解、不容张口说话的硬话，尤其是那"承担法律责任"的警告，使何水荷听着心惊肉跳，这使得她脑子里首先"蹦"出的想法，不能让她妈犯法，她和井九羊有事，也不能让她妈出事。在这样的惧怕下，何水荷任凭警察把她带上警车，任凭警察把井九羊抓上警车，任凭井九羊对她吼叫，任凭井九羊刀子似的眼睛"刺"得她不敢面对，她也不敢张口说话。

这八个多小时的车程，对何水荷来说是地狱般的感受。井九羊那愤怒的脸和如刀的眼，把她的心绞成了碎片，她恨不得跳到车轮下，向井九羊洗刷自己的清白，也让她与井九羊的情爱立刻消失算了。她知道她跳不到车轮下面，她也知道，尽管她与井九羊的婚恋难上加难，但她真是舍不得扔下井九羊。这一路比死还可怕的折磨，让她对她妈越发憎恨了。她已想好，要让她妈对这恶劣的折腾，付出代价。

到站，下车。警察把井九羊和何水荷带到了派出所，分开问讯、做笔录。

井九羊对警察来了硬的：拒不接受拐骗嫌疑，拒不回答警察的拐骗问话，说他与何水荷是"娃娃亲"的事实婚姻，是她情愿跟他私奔的，她妈朱最香对他是陷害。井九羊越说越来劲，他指责两个警察，收了朱最香的好处，徇私枉法，制造冤案，他在北京公安部有远房亲戚，要是谁冤枉了他，谁倒霉，连你们所长、县公安局局长也会倒霉。不信，就试试……

井九羊的这狠话，井九羊的强硬态度，就地把两个讯问的警察吓愣了，尤其高个子警察脸上挂了紧张相。两个人对视片刻，谁也不敢问了。讯问的这两个警察，就是去沂蒙山沟拘他的那两个人，一高一矮，矮个子警察全听高个的。高个子警察对井九羊极其蛮横，随时都有对井九羊动手的可能，只差井九羊轻微抗拘或对他出言不逊。井九羊看出来高个子警察随时会对他动手的蛮横，叮嘱自己"好汉不吃眼前亏"，忍到派出所再说。井九羊一路上想明白了一个问题，即使何家女人买通了办案的警察，他睁着眼睛胡办案，那他井九羊是真的拐骗城里姑娘吗？可笑，扯淡，村里谁人不知道他与何水荷定了"娃娃亲"，是同居了多年的事实夫妻；就因为何水荷成了城里人，他井九羊是乡里人，她跟乡下人私奔就成了拐骗？就因为他井九羊是乡下人，城里人的何家女人就能报警，警察就能奔波数百里杀气腾腾地来抓他？高个子警察已经把他井九羊当成罪犯，他不能让高个子警察得逞，不能让朱最香的陷害得逞。

在好几小时的火车晃荡中，井九羊苦想各种解脱自己的办法，想来想去，想到了最简单又没有成本的办法——警察最怕警察，"小"警察怕"大"警察，派出所所长怕公安局局长，地方官员最怕上层官员，这派出所的民警不怕老百姓，最怕上面的大官，撒就撒个弥天大谎，干脆说公安部有亲戚。井九羊一想也不是撒谎，的确有个远房当兵的亲戚在公安部门口站岗，还常有电话联系，这让井九羊有了十足的底气。

井九羊说他公安部有亲戚，让高个子警察脸色大变。

"你别吹牛皮，我了解过，你井九羊家就是养猪杀猪的，县里'毛'的亲戚没有，省里和北京连亲戚的'影子'都没有，骗谁呢？！"

"我从不骗人，我说的是真话，信不信由你！"

"你即使在公安部有人，犯法照样办你！"

"那你就把我办了，我等着，我会告你们与朱最香串通一气陷害我！"

高个子警察一巴掌拍到桌子上，指着井九羊怒吼起来。

"你——你——你——，十足的骗子，骗色、骗城里姑娘的骗子！"

"我没骗人，何水荷是我未婚妻，公安部我有亲戚！"

"你在公安部亲戚是干什么的，叫什么？！"

"没有必要告诉你他叫什么，他是给领导当警卫员的。我一个电话给他，上面就会有人找你们所长，你信不信？！"

"你敢给公安部的亲戚打个电话，证明你没有骗人吗？！"

"把我的手机还给我，我这就给他打。我给他说我被县里派出所陷害了，让他找县公安局局长，还我个清白！"

"你这个乡里小油子，你要是胡说八道，你要是骗人，信不信我弄死你！"高个子警察站起来指着井九羊大吼道。

"我没骗你，我真的在公安部有亲戚。你把你们所长叫来，我要见你们所长！"

…………

井九羊的这话，吓住了两个警察。高个子警察不敢再发火了，瞅着井九羊一时无语，怒脸转成了笑脸，对井九羊是明显惧怕了，给井九羊扔一根烟，井九羊没理，让矮个子警察出去，像是要吓唬他，又像是要打人，吓得井九羊头发都竖起来了。

"现在就我俩，你实话实说，公安部，你真的有人？说真话，我把你放了。骗老子，在这里继续待着！"

"真的有人。他给大领导当警卫员。"

"你说你在上面有人，上面一句话就能把你户口塞到城里的什么地方，还用得着拿骗城里姑娘的办法'进城'吗？！"

"不知道他的一个电话就能把我户口办进城，你这一提醒，我让他给县公安局局长打电话，省得一次次被这'王八蛋'丈母娘折腾，也被你们捉来捉去的！"

"我信你一回。只要你在公安部真有人，算你小子有造化，如果真能跟县局领导说上话，我会立马放了你。"

"公安部有人千真万确。我没犯法，我要是犯法，肯定他会救我……你放不放我，你看着办！"

"你这乡里油子，给你脸，你真不要脸了。刚才我的话，你要是说出去，看我怎么弄死你！"

井九羊感觉高个子警察已怕上他了，他会放了他。井九羊望着高个子警察，什么也不说。高个子警察瞪着他，想说什么又不敢说什么。

"那你可以回家了。"

"你是说我没有拐骗罪？"

"有没有罪等待再调查。如果有事，会随时拘你回来。还有一点，看你臭嘴胡说不胡说。要胡说，随时把你拘进来！"

"不胡说，不胡说，保证不胡说！"

"赶紧走！"

井九羊提着行李箱，赶紧离开问询室，走到派出所门口的墙角，听到一个熟悉不过的女人声，循声看到一个熟悉不过的女人的背身，是何家女人的背身，她正接一个称"朱警官"的人打来的电话。朱警官，就是那个追拘和问讯他的警察。她和他说话声调紧张。井九羊躲到门口大榆树后听她说什么，何家女人嗓门大，尽管压低了嗓门，他仍听了个一清二楚。

"……你听我说朱警官，送出去的钱，泼出去的水，别还给我，我不要……你大老远地把人都'抓'回来了，罪名也给他找定了，能让他坐牢，就赶紧让他坐牢……你怎么说变就变了呢……如果那个数不够，我再加。只要能让他坐牢，我豁出来多放点'血'……

"……你说他'上面'有人？真可笑，你个大警官，怎么让个喂猪的吓唬住了。他骗你，骗不了我，他就是个臭屠汉的儿子，八辈子都是种地的农民，没一个当官的，'上面'哪来的'人'……

"……别还给我呀，你答应我要把他'办'进去的……我在派出所门口……那我就不进来了。"

随即，高个子警察提着个包出来，见到何家女人，闪电般地打开包，让何家女人看了眼包里的东西，把包扔给了何家女人，说，看好了，收好了，一捆不少，一张不少，这忙不敢帮，再别找他。何家女人急了，欲把包塞给高个子警察，高个子警察火了，把包使劲一推，转身走了。

高个子警察把何家女人像个屁放了似的扔下不再理睬，且对她厌恶的样子和口气，把何家女人气得转不过神来。何家女人赶紧看包，包里只有五捆钱，如果"一张不少"的话只是五万块钱。她送给他十捆钱，怎么少了一半？既然案子不办了，把那十万块钱全退给她呀。何家女人手哆嗦了起来，但她还是给高个子警察拨了电话，对方一接电话便给她发火，何家女人说，朱警官您先别发火，包里只有五捆钱，送您的是十捆，十万块，要不办全退给她。朱警官不知给她说了什么，何家女人越听脸上越紧张，越听越手抖，没等对方说完，就嘴软了，对朱警官说，井家小子告她诬告，诬告罪会坐牢？……求求朱警官手下留情，那五万块钱不要了……对，对，包里没装过十万块钱，压根儿是五万块钱，全还给她了，一分不少……

何家女人还要说什么，对方把电话挂了。

"什么东西，翻手说井九羊犯法，覆手说我朱最香犯法，说话像放屁一样随便，骗了老娘五万块钱，缺德透顶的东西……"

朱最香边骂边走了。待朱最香走远，躲在榆树下的井九羊才回家。

"真个儿把这孙子吓住了，井九羊你太聪明！"井九羊暗夸自己。

井九羊望着何家女人气得直喘粗气，乐得他捂着肚子喘不上气来。井九羊乐是乐，继而悲愁却涌了上来：就因为转了城市户口，就因为变成了城里人，就因为他井家还是养猪农民，就因为他井九羊仍是乡里娃子，过去靠他井家吃饭的主，在他们家的人面前大屁不敢放，对他井九羊表面客气有加的何家女人，居然变

成了讨厌乡里人、和他井家誓不两立的仇人，竟然一次次不把他置于牢狱不罢休，这样歹毒的丈母娘要她个"鸟"，更没必要破财又受罪地围着个水荷转。去她的，去她的"娃娃亲"，离了何水荷，就不信他井九羊的户口进不了城……

井九羊从派出所刚回家，何水荷的电话就来了，井九羊不接。何水荷接连打了好几个，井九羊才接了。何水荷要来找井九羊，井九羊不说让她来，只说把他给她的那二十万块钱的银行卡还给他。何水荷问，是急着用钱，还是什么意思。井九羊说，这跟用钱没关系。何水荷问，究竟什么意思。井九羊说，钱不想给，人不想娶，就这个意思。何水荷反而不急不火地说，银行卡不给，人不能不娶，她一个大姑娘让你"睡"成了小媳妇，给十张二十万的银行卡，可以不娶。何水荷的这话，气得井九羊把电话挂了。何水荷再打电话过来，井九羊不接。井九羊铁下了心，要跟何家为敌，要把何水荷彻底扔了，扔得远远的。

十五、全都听我说

　　井九羊带何水荷"私奔"的失败，差一点让何家女人把井九羊弄进牢房，着实在井家引起了恐慌和对何家女人的刻骨仇恨。井九羊刚从派出所回来，又累又饿，但他妈全然不顾他喊累喊饿，冲着他大呼大叫地说"有话要说，全过来"，九羊把他爹和凤鸽、九虎喊到堂屋。井家女人用喷着"火"的眼睛瞅着井九羊，吼叫般地骂了起来。

　　"……真是个蠢猪，你要成这般蠢猪，我们井家还有什么希望！弄假结婚证结婚，你弄巧成拙，扔出去一大把钱不说，不但没把生'米'做成熟'饭'，把何家女人套进去，反倒让何家女人把你办进了牢房……'私奔'，也是你想出来的招，你说你会做得天衣无缝，你不是说连鬼也找不到你们吗，你不是说何水荷全听你的吗，你不是说这次何家女人只有'就范'的份儿吗？我天天替你捏着把冷汗，我的心里天天吊着，结果呢，山沟子里还没待稳当呢，就让何家女人买通警察，把你们捉回来了。算你撒谎撒到了点子上，让警察怕了你，才免了坐牢一劫……"

　　九羊一听就急了，"腾"地站起来要嚷。

　　"妈您听我说——"

　　"你说个屁，听我说。我知道你要说什么，你要说的不就是要与何水荷一刀两断吗？尿包一个，让何家女人把你折腾了几下，就吓得尿裤子了。当妈的为你担心，是担心你承受不起伤害，不是怕何家女人。我从来没怕过何家女人，只有何家女人怕我的份儿，哪怕是她家户口转到了京城，我也瞧不起她。在我眼里，何家女人就是我井家的下人，成了城里人也是我井家的下人，哪里有主人输给'下人'的……"

"妈您听我说——"

"你说个屁，听我说。我井家虽是个养猪杀猪的，但没窝囊到连何家女人这样的'下人'都敢欺负的份儿上。她何家女人以为摇身一变成了城里人，就以为猴子穿上马甲成人了？她永远是猴子，永远是城里的乡下人，永远是我井家的下人。她怎么欺负我井家，我井家就怎么给还回去；她何家女人让我井家破了多少财，我会让何家吃多少钱的亏。反正她家参股的份子钱在我井家手里，她让我井家丢多少钱，我让她何家破多少财……"

"妈您听我说——"

"孩子他妈，你听我说——"

"你们说个屁，听我说。知道你们要放什么屁，冷屁少放！不能做缩头乌龟，不能就这样输给了何家女人，井家不能就这样做乡里人，至少你们三个不能做乡里人——不吃馒头要'蒸'口气，不能便宜了何家，更不能让何家高井家一等……我说的什么意思？意思很清楚，九羊跟何水荷的事上，扔进去多少钱了？就这么不干了，那就正中了何家女人的下怀，那我们何家吃了亏不说，会落了个丢人现眼。九羊得跟何水荷结婚，得'踩'着何水荷的户口进城，不'踩'着何水荷的户口进城，还能'踩'着谁的户口进城？除了'踩'个城里的瘸子瞎子姑娘进城，城里哪个姑娘会嫁给你个乡里娃子……放走了何水荷，你井九羊就一辈子做乡里人吧……"

"妈您得听我说——"

"孩子他妈，你听我说，也得让九羊说话——"

"你们说个屁，九羊闭嘴，你也给我闭嘴。后面的事，听九羊的就会输给何家女人，听你的也会输给何家；九羊与何水荷的事听我的，井家与何家的事最好还是装你过去的聋子哑巴，还有九虎和凤鸽，也得听妈的。怎么听？九虎听着，你要是能把何水仙'弄'到手，结婚生子，算你有本事……凤鸽听着，你要是能嫁个城里人，户口进了城，那也给井家长脸了……要是实在不行，只要户口能进城，嫁给瘸腿何干部我也认了。村里村外也有好几个水灵灵的大闺女嫁给城里残疾人的，凤鸽嫁给何家瘸子，也不算什么太丢人的事，毕竟户口进城做了城里人，还是比做'土包子'高人一等，生的孩子也比乡里娃子高人一等。再说了，这可不是妈要让你嫁何家瘸子，你跟何干部不是'偷偷'好上了吗，你不是想嫁给他吗，何干部不是也想娶你吗，你不是要一心帮你哥九羊娶成何水荷吗，那妈就忍痛割爱，支持你嫁给何干部……"

"妈听我说，凤鸽为了我嫁何干部，我接受不了！"

"妈，凤鸽有话说！"

"妈，九虎有话说，不能把凤鸽嫁给何干部！"

"都给我闭上嘴，知道你们要说什么。凤鸽嫁不嫁何干部，全交给凤鸽选择，妈从来不逼她。没逼她，她不是跟何干部好上了吗，不是妈能拦得住的。再说了，凤鸽不嫁给何干部，嫁谁去？嫁城里像样的，人家要吗？不嫁何干部，难道要她嫁给村里地都种不明白的王老二儿子，嫁给个一辈子修'地球'的乡里娃子不成……都给我闭上嘴，你们要想要清高，养猪种地没人拦着，做农民总比做畜生强。要不然，何家那几个满身猪屎味的人，还有小河南的那些地里抛食的'土锤'，凭什么吃上了商品粮，凭什么娃从乡里学校转到了城里学校，凭什么'泥腿子'成了穿皮鞋的工人，凭什么一条小河'割'出了两种人……这让人能接受吗？打死我也接受不了，接受不了何家女人'土鸡'变成'凤凰'的现实。再说了，我井家不能输给何家，我不能让何家女人比我活得好。我就是要让何家女人这辈子围着我井家转，就是要让何家女人做我井家的下人……"

"……小子闺女的事，不能任你乱点'鸳鸯谱'，总得听他们的，也得听我这个当爹的……要我说，你和何家女人成了粪坑里的蛆，一个见不得一个，井家小子闺女与何家的婚事拉倒算了，'踩'着人家小子闺女的户口进城，纵容凤鸽去嫁个瘸子，丢尽我老井家的人了……"

"你与何家男人'拴'的'娃娃亲'，把九羊晃荡成了老大不小的人，你们的约定在何家女人那里，连屁都不如，不丢人吗？你老井祖宗几代当了农民当屠汉，当了屠汉当猪'司令'，住在城边上，老死也是个乡下人，不丢人吗？当乡里人你当去，绝不能让小子闺女做乡下人……我这可是为你井家今后子孙后代好，你要是胡乱放屁，我可不管了……"

"你给我最好装糊涂，我给九羊、凤鸽和九虎都说过，别扯什么爱不爱，喜欢不喜欢，也别嫌人家腿瘸不瘸，也别恨那个何家女人人丑嘴臭，先把他们当作户口进城的'跳板'，结了婚，户口进了城，能过就好好过，不能过就离婚，反正户口进城了，离了在城里重找，不是什么难事……"

井家女人对井家男人的这话一摆出，井家男人顿时没话了，他呆若木鸡地瞅了半天井家女人，一拍屁股走了。他清楚，他能降住一头肥母猪，但降不住他老婆。井家的人都知道，这是他认输了，不管了。爹给妈认输了，爹对他们的事不管了，他们再不敢跟妈较劲。对她不满和较劲都是无用的。他们知道，他们的爹，能降住一头肥猪，降不住他们的妈。他们明白，井家的事情，是妈说了算，不听妈的，没什么好果子吃。

九羊、凤鸽和九虎憋了一肚子的话要说，但话都让他妈说完了，话都让他妈说绝了，话都让他妈说死了，也让他们妈的霸道吓住了，都有话要说，但都不敢说了，都感到说了没用。尤其是那"结了婚，户口进了城，能过就好好过，不能过就离婚"的话，让九羊听着喘起了粗气，让九虎听着瞪大了眼睛，而凤鸽的脸上却露出了笑容。这话的意思，井家女人没有私下跟九羊和凤鸽流露过，井九羊既接受，也反感。

九羊憎恨他妈霸道，他憋了一肚子气没处说。他妈的霸道话，让他不停地回放他被警察铐回来，一路受到的惊吓和内心痛苦的画面。他早把水荷妈和何水荷恨到了十八层地狱。他铁了心要把何水荷扔掉，可他妈铁了心要让他"踩"着何水荷进城，更是铁了心要让他把户口弄进城，还老把户口进城扯到"井家子孙后代"上，这让井九羊与何水荷的断离，向他妈的强硬态度妥协了。

早已过了吃晚饭时间，凤鸽和九虎嚷着饿死了，但井家女人就是不做饭，看谁不服，谁不服谁去做饭，这一点井家的人没人不清楚。倘若井家谁把她惹恼了，全家都得一起饿肚子。饿肚子的滋味不好受，井家男人不会做饭，井家的小子闺女也不会做饭，这使得井家女人在家有着说一不二的权威，井家男人和小子闺女谁也不敢向她挑战。

话说到这份儿上，井家女人感到九羊、凤鸽和九虎没哪个不敢听她的，也说不出理由不听她的，她会让她的小子闺女"踩"着何家闺女小子的户口进城，她与何家女人的较量，她一定会赢。掂量到这里，井家女人瞅瞅小子闺女霜打了似的，没人敢跟她叫板，便做晚饭去了。

⋯⋯⋯⋯⋯

晚饭后，井九羊把井凤鸽叫到了养猪场，他有很重要的话要对她说。这话，他与何水荷"私奔"前装糊涂，不跟凤鸽说，或者说是默认凤鸽的做法，更确切地说是很感激凤鸽为他的付出。可他现在的想法变了，他不想让凤鸽这么做，更不要为他这个哥这么做。

"……凤鸽，我问你，你要嫁给何家瘸子，是为了促成我和何水荷的婚事，还只是为了自己的户口进城？"

"为你，也是为了我。"

"你就别为我了，我跟何水荷成不了，我要跟她断了。"

"妈不会让你断的，水荷姐也不会与你断的。"

"反正我下了与何水荷断的决心。你可别为我嫁给何家瘸子，万一我真与何水荷断了，那你就冤死了。"

"你不娶水荷，你的户口怎么进城？除了水荷，你还能'踩'着哪个姑娘的户口进城？难找，找不上。"

"户口进不了城，又死不了人，做乡里人照样活人。"

"靠气话活不成人。你的户口不进城，我的户口进城有什么意思？"

"那你就别嫁何瘸子，嫁个身体没毛病的，听哥话。"

"我自有我的想法。我嫁谁，哥你别管！"

"那就不管。但哥要把话说清楚，你要是嫁何家瘸子，跟哥我没关系！"

"哥把心放在肚子里，我嫁何家瘸子，是我自作自受，跟你一点关系没有！"

…………

井九羊与井凤鸽的交流，井九羊越说越难听，井凤鸽越听越难受，便以井九羊大吵一架，委屈地大哭了一顿而结束。

十六、何家女人的眼泪

刚从派出所门口回来的何家女人，像是挨了顿暴打一样，头发散乱，脸挂哭相，眼睛红肿，喘着怒气。何水荷只知道她刚去了派出所，不知道去派出所发生了什么事，看样子发生了对井九羊有利的事情，不然怎么会把她妈气得哭成这个样子。她妈冲着她怒气冲冲，一副饶不了她的样子。何水荷浑身颤抖，背上冒起了凉气。

怒气冲天的何家女人，眼睛像刀子般放着寒光，盯着站在院子里的何水荷，也朝大屋小屋喊"都给我过来"。在等晚饭吃的何家男人和何水荷、何水仙、何干部，听这口气，不是叫吃晚饭，没有晚饭，便知事情不妙，她有大火急火要发，赶紧到堂屋，谁也不敢说话，等她发作。这不做饭先"作"人的脾气，是她跟井家女人学的。何家的"饭神"同样是何家女人，何家男人不会做饭，何家闺女小子做不出可口的饭。她学了井家女人一招，何家谁要惹怒了她，她就不做饭，让都饿着。尤其在饭前，谁也不敢惹她。何家女人学井家女人的霸道，不仅仅是霸道，还比井家女人多了层厉害。

看她妈像头被激怒的母猪，泪眼盯着她，嘴哆嗦着，手也哆嗦着，要骂人，要打人的架势。水荷吓得浑身发抖，没等她妈张口和动手，她便趴在炕上哇哇大哭起来。何家男人看水荷吓成这个样子，赶紧哄水荷，向老婆求情。何水仙吓得一脸的惊慌，赶紧劝慰水荷；何干部看他妈的这架势，要打水荷姐，把拐猛扔在地上，吼叫说："先做饭，饿死人了！"何家女人冲何水仙吼道：

"滚开，你要劝她我打你。让她哭，我还没有动手呢，我几个嘴巴上去，一定让她哭个爽快！"何家女人接着对何干部吼叫道："老娘不想做饭，先饿着。也有你何干部的事，等我把话说完，饿不死你！"何家女人冒火的话，吓得何水荷不敢哭了，吓得何水仙不敢劝了，也吓得何干部不敢叫了。

"收拾"定了闺女小子，何家女人朝何家男人吼道："要不是你这老东西暗中支持，她能做出与井家小子偷户口本不成，用假结婚证结婚，跟着那小子'私奔'的勾当吗？你当爹的怎么连脸都不要了，为了成全井家小子户口进城的黄粱美梦，放着城里有'身份'的人不找，却被井家小子的'迷魂汤'灌倒醒不来，给何家丢尽了人。你这当爹的就是猪变的，有肉没脑子，她跟井家小子睡一起你瞎着眼，跟井家小子偷着结婚你瞎着眼，跟井家小子私奔你也眼瞎了。你就接着'瞎'吧，你'瞎'我可不'瞎'。何水荷与井家小子的事，你没资格说话，他们俩的婚事要是与井家沾边，你最好少放屁……你要是再多说一句，你要护着何水荷，看我不把这家砸了！"

何家女人的凶话对着一个又一个，谁胆敢对她顶嘴，她真会把这家砸了。何家女人被高个子警察讹走五万块钱的伤口正在流血。五万块钱没了，井家小子毫发无损，这似割了她心头一大块肉，也让她心头塞了块大石块，又疼又堵，忍不住且化不开。她要和何水荷算账，让她彻底跟井家小子了断，也让何水仙和何干部与井家小子闺女彻底了断，让何家与井家从此断绝任何关系。何家男人看他女人要疯了，立马像被放了气的皮球，一句话不敢再说了，点上烟，由他女人随便发泄。

何家女人从派出所回来的路上，憎恨完高个子警察，就憎恨井九羊，憎恨完井九羊，便憎恨何水荷，恨得她恨不得要杀人了。

恨完高个子警察，她又不恨高个子警察了，她想他办井九羊的事出尔反尔，讹了她五万块钱，不能就这么白白拿走了，她再给井家小子找个抓他的事，他还会帮她忙的。放过了高个子警察，她把恨全放到了井九羊和何水荷身上，她要让他带水荷私奔付出代价，她要打何水荷，要抽她十几个嘴巴，要打得她发誓永世不再跟井家小子拉扯，不然她这口恶气出不来。

憋着一肚子气的何家女人，是决意要打何水荷十多个嘴巴的。打何水荷的冲动，是何水荷跟井九羊私奔那天下的决心，她发誓不抽她嘴巴，她就不是人。虽然有"打女不打脸"的说法，但这次回来，她必抽她嘴巴才能解了心头之气。至于打肿了她的脸，打破了她的脸，会是什么后果，她没有想，也不愿想。她就是要打得何水荷向她求饶，保证跟井家小子一刀两断。刚在院子里见到何水荷的她，就想扔下手里的包，去劈头盖脸地抽何水荷，可她被高个子警察气得浑身没了一点力气，无力打她，只好等自己缓过劲来，使足劲狠狠抽何水荷。可刚缓过些劲，在火冒三丈的气头上，要抽何水荷，不料何水荷的号哭，让她心有点发软，再加上她男人、何水仙和何干部对她一脸的怨恨相，她浑身没劲了，没有力气抽她，只好把气恨用到嘴上，何水荷才躲过一打。

"……大丫头你给老娘听好了，今天老娘是要抽你大嘴巴子的，但身上没劲打不动你。这顿打你等着，哪天我养精神了，我一定会补上……你这个吃里爬外的东西，你胆子是越来越大了，不让你跟井家小子结婚，你挖空心思偷户口本不成，就跟那小子用假结婚证结婚，逼我'就范'。幸亏让我给来了个硬招，才把骗婚骗人的勾当挡住，没让我何家当孙子；骗婚骗人不行，你又跟井家小子'私奔'，八成是想抱着孩子回来，逼老娘'就范'，老娘就会乖乖地拿出户口本，让你和井家小子结婚，井家小子就会毫不费钱费力地把户口转到城里？幸亏让老娘找警察把你们'捉'回来了，让你们的欺骗勾当鸡飞蛋打。井家小子拐骗妇女，等着坐牢吧……"

何家女人说到这里，何水荷"哇——"撕心裂肺般的大号大哭起来，好像井九羊真被她妈弄到了牢房里似的，何水荷要崩溃了。何家女人看水荷对井九羊的这般感情，到了要他不要妈的地步，好似火上浇了汽油，扑上来打何水荷，却被什么东西绊了一下，重重地摔到地上。何家男人眼看他女人摔到在地，他站起来，却没上前扶。何水仙赶忙去扶她妈，何干部冲他爹喊"爹，快帮姐把妈扶起来呀！"，但何家男人没理何干部的喊叫，"腾"地坐下了，点支烟望着门外大口抽起来。

何水仙使出吃奶的劲儿，把她妈拉扶起来，可何家女人一把推开何水仙，吃力地抡起拳头，扑向水荷。何水仙赶紧抱住她妈胳膊，何家女人挣扎好几次，也摆脱不了何水仙，便有气无力地瘫倒在地上。何水仙不再敢拉扶她，任她躺在地上。何干部冲何水仙和他爹大喊，要他们把妈扶起来，也冲趴在炕上仍在哭的何水荷大喊，可谁也不去扶。何家女人"哇"地大哭起来，哭叫了一会儿，看没人拉她起来，感到再要躺着不起来，都看她笑话，或者都在幸灾乐祸地看着她，感到不赶紧爬起来，她一家之"虎"的威风就会即刻扫地。她强忍着没人扶她一把的屈辱，爬起来，是不敢打水荷，还是浑身无力打她，软绵绵地坐稳了，用她很脏的手背把眼泪擦了，伤心地呻吟两声，眼睛狠狠地望着何水荷，发青的厚唇颤抖，是要骂，是要说，好像找不到出口。

"妈你有话快说，天都快黑了，我都要饿死了！"何干部在炕沿上敲打着拐子，发急地说。

"……大丫头，你给老娘听仔细了，这次井家小子被公安'捉'

回来，犯的是拐骗妇女罪，而且拐骗的是城里姑娘，罪加一等。他有没有罪，他坐不坐牢，就看我怎么说了。我咬定他井家小子是骗人骗色，警察已经相信，不然不会去那么远的山沟里'捉'他。警察把他'捉'回来，就是要给他判刑的，即使把他暂时放了，那也是随时会把他'捉'回去的。警察会不会再把他'捉'回去，警察还要问我，我给警察怎么说，取决于你大丫头跟他难舍难分，还是一刀两断……井家小子已经是'二进宫'了，他前面的'犯事'，公安登记在案。上次没坐牢，不是他小子命好，而是老娘的心好，不然他还在牢房里呢。这次'犯事'，加上前面的'犯事'，都是诈骗行为，这叫屡教不改。两个罪加起来，那就是重罪。老娘心肠慈悲，念你跟他好过一场，刚才我在派出所向警察求情，把井家小子暂时放了。警察现在放了他，不是他没事了，我要让他有事，他就跑不掉。他要想平安无事，他得离你远点，你得离他远点，不然警察随时会抓他……"

善良的何水荷生怕井九羊有事，她也深信她妈的手段，会把他折腾到"局子"里。她怕她妈，也恨她妈。怕是惧怕，恨是憎恨。为了九羊安好，何水荷顿时想好了对策，依然向她妈服软，装疯，卖傻。她妈吃她这一套。上次跟井九羊弄假结婚证偷着结婚，气得她妈花钱要把九羊送进去，她妈也饶不过她，她向她妈发疯装傻加上跪地求饶，她妈立马就心软了，放过了井九羊，也放过了她。想到她还是一心要嫁给九羊，为九羊做什么委屈的事也愿意的份儿上，她从炕上下来，"扑通"跪到了她妈的面前。

"给老娘起来，少来这一套！"

何水荷依然跪着不起来。

"少给老娘来这套，起来！"

何水荷仍然跪着不起来。

"你给老娘跪地求饶，老娘也饶不过你这贱货！"

何水荷低着头，稳稳当当地跪着。即使她爹叫她起来，何干部求她起来，何水仙想拉她起来，她也不起来。

"就凭跪一下，你就像上次犯贱一样，老娘就能饶了你了？老娘饶不过你。你得当着全家人面发誓，从此跟井家小子一刀两断，老死不相往来。给我大声说！"

何水荷装聋充哑。

何家女人又重复了几遍要何水荷发誓的话，何水荷只是不停地低头，还是装聋充哑。何家女人身累，但气已消，估摸这死丫头仍是口服心不服，再逼只是让她难堪，就给自己找了个台阶下，"扔"下水荷不理，指头指着何水仙，让她站着听话。

"二丫头，你给老娘听着，井家老二，一个兽医，'癞蛤蟆'想吃'天鹅肉'，他妈让他打你的主意，也想'踩'着你进城。我何家的人给他井家打了几十年小工，也等于当了几十年下人，占了我何家几十年便宜，如今我们成了城里人，他们的小子丫头想进城，死拽着我们不放，要我们把他们拉到城里，亏他们算计得多周到。井家女人一直把我何家的人当傻子，她真是缺德透顶，总怕我的日子过得比她好，总想把我踩到她脚底下，门都没有……如今我何家是城里人，她井家仍是跟猪在一起的乡下人，我在'天'上，她在'地'下，想踩着我上'天'，白日做梦……从今往后，只许跟井家老二一起做事，不许跟井家老二谈情说爱，你是城里姑娘，管你姐嫁出去嫁不出去，你先找个城里小伙儿，赶紧嫁出去……你要是跟你姐的脚后跟，死皮赖脸地缠着井九虎，看我不把你腿打断……记住我的话了吗？！"

何家女人，连问何水仙好几遍这话，何水仙也不回答。何家女人知道水仙的脾气，倔强又逆反，再逼着问下去，难堪的是她这个老娘。看何干部早已不耐烦了,她就放过何水仙,对何干部说,要他仔细听她说话。

"小子,你听好了。你跟井凤鸽的事,妈改变主意了。妈前段时间支持井凤鸽嫁给你,觉得那丫头不错,你也喜欢她,嫁给你不亏。但妈现在的想法变了,我何家的丫头小子,离得井家小子丫头越远越好。我何家一个也不嫁井家的人,他井家一个也别娶我何家的人……你得听妈话,让那井凤鸽离得远远的。你别怕你找不上好姑娘,你是城里人,多少乡里丫头想'钻'进城里,城里小子谁要?没几个人要的。乡里那么多俊姑娘,任你挑,挑上哪个,妈把哪个给你娶回来……"

"好了,赶紧做饭吧,饿死了,尽扯这些烦人的淡……谁会听你的,逼谁谁也不会听你的。你再逼我一句试试,我一头栽到炕下,我死给你看看!"何干部把拐子往地上狠狠地一扔,冲他妈喊叫道。

何家女人看她瘸腿儿子想一头栽倒在地,就在于她再多说一句话,吓得连说十多声"好",赶忙做饭去了。

这一场又一场的发威,好似碰到了一块又一块又硬又臭的石头,碰撞不得,让她奈何不得。何家女人感到后背发凉,她不知道她的丫头小子听不听话,也感到井家女人在望着她冷笑。她边抽泣边说,都成城里人了,怎么还摆脱不掉井家,这命怎么这么苦。她的两行眼泪边说边掉在了炒菜锅里。

十七、姐妹偷会兄弟

何家女人和井家女人的家庭会，都表现出了女人的霸道，二人力图斩断两家小子与闺女之间扯不断的勾连，尤其是何家女人恨不得与井家断得一干二净，但两家闺女小子从小玩到大感情勾连，不是因为成了城里人就能分割开的。在何水荷和何水仙的潜意识里，她们还是乡下人，她们跟井家分不开。要不是何家女人挂在嘴边城里人有多好，乡下人有多糟，何家闺女对做城里人不会有多少感觉。虽然何家女人让水荷和水仙对做城里人有了兴奋感，但她们很快明白，她们仍是户口进城的乡里人，她们跟九羊和九虎是一类人，跟井家的小子在一起心里欢快踏实。何家俩闺女的这个感觉，是见识了城里不少大妈大叔和小子得出的，他们没人看得起乡里人转成城里人的人。尽管这一点她们的妈死活不接受，但她们也死活不接受户口进城就与乡下人的井家小子不相好。同样，井家的小子更清楚，他们除了找何家闺女，找城里任何一个未婚的、离异的、老姑娘、残疾人，都会让对方骂出"癞蛤蟆想吃天鹅肉"和为户口进城"攀高枝"之类的难听话来。也就是说，城里任何一个姑娘和老少女人，压根儿不情愿嫁给他们这乡下"土锤"的。只有何水荷和何水仙，才是他们的最佳"匹配"，也是他们户口进城的最佳"跳板"。这一点，尽管井家女人心里清楚，但她为了比何家女人高出一头，她不相信她的小子闺女找不到城里的姑娘小子，她要让她的小子闺女成为真正的城里人。尤其是已是城里人的何家，尤其是乡里人的井家，各家的闺女小子找城里人，还是找乡里人，是牵扯到各自家人前途命运的大事，两家女人拿出了吃奶的劲在一"攻"和一"守"。虽然何家女人和井家女人一个赛一个厉害，她的闺女小子和她的小子闺女会不会听她和她的，她们心里也一直是七上八下。世上的事情，往往事与愿违，何家女人和井家女人根本不会相信这一点。

何家闺女小子和井家小子闺女，各有各的想法。

何井两家的晚饭，吃得很晚，也吃得两家闺女小子心急火燎。何水荷与井九羊下午下车被警察带进派出所，两个人再没见到面。高个子警察说给何水荷做笔录，但却没做，让她回家。何水荷提出要见井九羊，跟井九羊一起回。高个子警察说，他能不能回家，不好说。何水荷不走，要等。高个子警察说，不想走，就把她拘起来。何水荷赶紧走人。出了派出所，何水荷给井九羊打电话，电话关机。拨了几十次，仍然关机。井九羊究竟有没有事，她不清楚，她心急如焚。刚才听她妈的口气，好像九羊还在关着，又好像被放了。这七上八下的分分秒秒，让她心如刀割难以忍耐。她妈开的家庭会又臭又长，她担心九羊的心快跳出来了。

晚上，何水荷逃离她妈盯她的视线，给井九羊打电话，电话通了，水荷"喂"了一声，挂了，因为她听到她妈的咳嗽声了。水荷给井九羊发短信。

"……可打通你电话了。九羊你在哪里？！"

"我在牢房呢。"

"派出所没放你回来呀？"

"把我'法办'了死在牢房，不正合你和你妈的意吗？"

"你胡扯什么，我妈与我不是一回事！"

"我坐牢，你不就解脱了，想嫁谁就嫁谁，你和你妈都如愿。你们母女心如毒蛇！"

"你别糟蹋我，你这个蠢猪。我这会儿去找你，我看到你屋子有灯光了，你回来了。"

"我回来也不想见你。你是城里人，我是乡里人，高攀不起，我俩一刀两断了。"

"我现在就过来。"

"千万别给我惹麻烦。你那个心狠手辣的妈，再胡编个罪名，买通警察把我抓进去，我井九羊不想坐牢。"

"我妈是我妈，我是我，跟我没关系，见面给你说清楚。你听我说完了，你要一刀两断，我不拦你。"

井九羊半天没回短信。何水荷见井九羊心切，心切到这夜晚的一分一秒也等不起，她要去找井九羊，她要给井九羊说清楚，她让井九羊消除误解，她要给井九羊怀孩子，她要做井九羊的女人，管她生下孩子户口是城里人还是乡里人，管她妈要死要活，她要做井九羊的女人。她妈对她的恶言恶语，还有对她的霸道和狠心，让她一分钟也不愿待在家里。

何水荷关灯，轻手轻脚出门。走到大门口，还没动手开门，后面传来她妈的喊叫声。她原来在厕所。

"你要去哪儿？！"

"我，我不去哪儿。"

"不去哪儿，你出去干什么？！"

"我，我去商店买个东西。"

"买东西，莫不是去找井家小子吧？！"

"我真的去买个东西。"

"你骗我张口就来。什么买东西，定是去找井家小子。你走出这门试试，你要是从今往后再去找井家小子试试！"

水荷不敢往门口再走一步。水荷妈过来把大门锁了，拿着钥匙回屋了。

何水荷回屋，实在按捺不住想念井九羊的心切，便去敲水仙的门，求水仙去妈屋子里偷大门钥匙。水仙偷回了钥匙，打开门，放水荷走了。

何水荷直奔猪场井九羊的小屋，也是她户口没有进城前，一直与井九羊住在一起的"乐园"。敲门，不开。再敲，再敲，井九羊终于出声了。

"给你说了，我俩一刀两断了，不见了！"

她接着敲门，用拳头砸门。

"开门，再不开，永远不见你了！"

"你回吧，要让你妈看见，我又要倒霉了。"

"我走了，你别后悔！"

"不后悔。女人多的是，不缺你一个！"

井九羊话刚落，门被何水荷踹开了。

躺地床上的井九羊被破门的巨大声吓得坐了起来，望着破门而入的何水荷，吓得一脸的惊慌。

站在井九羊面前的何水荷，拉出一副不依不饶的架势。

"你要干什么？你可是城里姑娘，这么野蛮，门被你踹坏了！"

"踹坏个门算个屁。门破了我赔你，人被你弄'破'成现在这样子，你怎么赔？我从十多岁的黄花闺女，被你玩弄到了快三十岁，你把我玩腻了，玩成破媳妇了，你怎么赔？！"

"你，你怎么胡扯呢？话说得多难听。你怎么变得跟你妈一样刁蛮！"

"你口口声声要一刀两断，你把我一个大姑娘'睡'成了媳妇，说断就断，就不考虑我的感受啊！"

"我也想接着'睡'呢，你是城里人了，我一个乡里人，我还敢'睡'你吗，'睡'了你，让我去坐牢？！"

"不让你坐牢，尽管'睡'，让你'睡'到老……"

井九羊瞅着虽胖但仍很性感的水荷，想把她拉过来，但又没拉。他克制了自己的冲动，他已下决心与她一刀两断，他提醒自己，不能碰她。

井九羊越是冷若冰霜，何水荷越是来气，越是想发泄一肚子的压抑。她不理井九羊的反常情绪，扑到了他怀里，又是吻，又是亲。井九羊把她狠狠推了开来。被推疼了的何水荷，也像是被井九羊往心头浇了一盆冷水，趴在床上哭了。

井九羊感到推她推得太狠了，手不该这么重。何水荷的哭声如刀子刺着井九羊的心，他的心一软，就给她擦眼泪。没料到，他越擦她哭得嗓门越高了。门大开着，井九羊怕这哭声被人听到，赶紧去把门弄好。弄好门，锁严实了，他接着哄何水荷。何水荷从大哭变成了放声大哭。这高嗓门的哭声，一河之隔的何家，会听个清楚。想到水荷妈会听到，井九羊腿都软了，赶快用手把何水荷的嘴捂上，赶紧把水荷紧紧地抱在怀里，何水荷的哭声这才渐渐小了。既然抱能给她止痛，紧抱能让她不哭，井九羊就把她紧紧地搂在了怀里。搂了一会儿，何水荷从小哭成了抽泣，井九羊便闻到了何水荷的体香，也感觉何水荷身上的热气让他的浑身发热。井九羊身不由己摸何水荷的身体，何水荷不抽泣了，紧紧地吸在了井九羊的身体上，发疯地亲井九羊的胸部，井九羊的脑子充血，顿时打消了"私奔"是水荷与她妈有勾结的怀疑，把"一刀两断"的决心抛了个无踪无影……

井九羊对何水荷的怀疑，在与何水荷狂热而陶醉的融合中，得到了答案。两人又好到了难舍难分的程度。他们说了很多话，不管是他们的户口是城是乡，不管她妈要死要活，他俩各撂出一句狠话：他井九羊对何水荷不离不弃；她何水荷跟井九羊到死不变。

不到天亮，井九羊把何水荷推醒，送她回家。何水荷回到家，锁了大门，去给水仙送大门钥匙，水仙的门开床空，到哪里去了，是偷会井九虎去了，怎么还没有回来？何水荷打水仙电话，关机。大门锁了，要不要不锁，给她留着门？不能留门，她妈一会儿开门发现水仙夜不归宿，必定饶不了她。水荷把钥匙悄悄放到她妈的炕头，回到自己屋，再也睡不着了。

她不是为水仙夜不归宿睡不着，水仙与井九虎过夜，说是跟她这个姐学的，让水荷装聋作哑，水荷就装作啥也没看见。水仙找井九虎。水荷也觉得姐妹俩找他们兄弟俩不妥，结婚是做姐妹，还是做妯娌，别扭。而水仙却是支持她跟九羊好的，让她别管她的"闲事"。这话硬似"骨头"，水荷从此不敢干涉她的事，更不敢得罪水仙。尤其是她妈疯了似的阻挠她和井九羊的事，水仙的态度非常重要，得罪了水仙，她跟九羊的事就多了个对头。对于水仙爱上井九虎，或者说是井九虎和水仙好上了，水荷只能顾自己，水仙与井九虎的事她不敢管。这是她早就想明白的事，她只能护着水仙，别无选择。因而她把水仙的事立马翻过去了。她不愿想水仙与井九虎在干什么，她要想她与井九羊干了些什么。她像放电影一样回味她和井九羊"私奔"的日子和昨晚的苦恼与兴奋。她回味这痛苦与甜蜜，终于把痛苦的根源寻找到了户口上——这"王八蛋"城里户口，让她本来与井九羊结婚没有屏障的事儿，给立了堵高墙，让她一度迷城里人生活迷到不知道自己是谁了，也让她妈变成了疯子，也让何井两家变成了仇人。何水荷想到了天亮，把这城里户口恨到了天亮。

水仙精灵得很，约莫她妈开了大门并做早饭的时候，她溜回来了。水荷装作没看见，两个人平安无事。

水仙迷九虎，比水荷迷九羊还要巧妙和诡异。

九虎和水仙在家里是一个角色，既要帮九羊和水荷喂猪场的猪，又要帮他和她的爹杀猪卖肉当下手，还要帮他妈和她妈种菜卖菜。这种没有固定事情做，给谁都充当下手的杂工，在哪头都累得要死，在哪头都难以落好，在哪头都会挨骂受气，都想摆脱这东拉西扯的杂工角色。何水仙想学兽医，学了兽医就既可摆脱干又脏又累的活儿，又可自立"门户"独干一摊。

何水仙知道女孩单枪匹马干不了这个，就鼓动井九虎带她一起学。井九虎一听这妙想，简直是太妙的招数，与水仙一拍即合。井九虎去县兽医站报了个学习班，也给何水仙报了名。拿着报名证，井九虎给他妈去说，何水仙给她妈去说。井九虎的妈埋怨他，不好好复习考大学，学什么兽医；做兽医，哪个城里姑娘愿意嫁个给畜生看病的。井九虎说，照这样东拉西扯干杂活儿，能找到大学的门见鬼去；兽医也是医生，他要是考进县兽医站，户口不但进城，连城里姑娘也要抢着嫁给他。井家女人转怨为笑说，要是户口能进城，做畜生也干。井九虎摆脱了农活儿杂活儿。

井家女人死活不让水仙学兽医。水仙跺着脚问，为什么不让她去。井家女人说，哪有大姑娘做兽医的，成天跟畜生打交道，嫁谁谁不要。水仙灵机一动说，井九虎说做兽医能考进兽医站，解决工作转户口，就成城里人了；村里乡里的猪是"摇钱树"，挣钱一人一半分。井家女人一听这两大好处，想来水仙是初中文化，考不上大学，也没什么前程，只能跟井九虎混了，便转怒为喜，夸水仙有点"脑瓜"。水仙也就此摆脱了家里的杂活儿，跟着井九虎学兽医，天天偷着乐。

也就在昨天晚上，何水荷去找井九羊，在小河桥上，与井凤鸽碰了个满怀。灯光下，井凤鸽望着何水荷笑，何水荷瞅着井凤鸽笑，两个人什么话也不说，都知道去哪里。何干部刚才瞅水仙给水荷开了大门的锁，并给水荷留了门，赶紧让凤鸽过来，凤鸽就过来了。何水荷知道井凤鸽与何干部好上，她断定井凤鸽的动意是帮她哥九羊促成与她的婚事，也断定井凤鸽也是想"踩"着何干部户口进城，不管是什么用意，都是在帮她何水荷，她与何干部做什么，她便装着看不见。

男女之事，有个奇怪现象，越是有人阻挡，两个人的关系就发展越快；越是有人阻挡，本来成不了的，结果会成了。何井两家的闺女小子与井家小子闺女，就出现了这般奇怪现象。井何两家昨天下午到晚上的家庭会，井家女人和何家女人以少有的愤怒和粗暴，让小子闺女和闺女小子一刀两断，再不来往，可何家的闺女小子哪个也没把她们妈的狠话当回事，疯了似的偷会井家的小子闺女，且都放开胆子与他和她过夜。

何家闺女小子和井家小子闺女偷会过夜，何家女人和井家女人做梦也想不到。

这样一来，何家闺女小子与井家小子闺女的好戏在后头，何家女人与井家女人的好戏更在后头。

十八、一场预谋的好戏

何家闺女小子和井家小子闺女这晚的偷会，一对又一对地在情爱的缠绵中说了好多话，合计了如何对付他们那刁蛮的妈，误解和疑惑都在甜蜜的相会中消除了，胆子更大了。尤其是横下心要与何水荷一刀两断的井九羊，何水荷的蛮横和缠绵，把他的铁石心肠揉成了软泥，不到天亮就把他的"一刀两断"扔到了九宵云外。

何家俩闺女偷会井家俩小子，井家闺女偷会何家小子，全在井家女人的觉察当中。何水荷砸井九羊的门大响，何水荷在井九羊的那小屋里大哭大闹后又有了笑声什么的动静，井凤鸽贼头鬼脑地去找何干部，何水仙轻手轻脚地溜进了井九虎的屋子，井家女人坐在她炕上，就能看和听个清楚。她看何水仙溜进了井九虎的屋子，捂着嘴笑；她看井凤鸽溜出门进了何家，想必与何干部的关系发展快得出乎她意料，其喜悦与苦涩让她心里作痛——凤鸽这么漂亮的好丫头，嫁给个猪腰子脸的瘸子，要不是图个户口进城，真是鲜花插到了狗屎上。唉，只能图一头了，谁让人家瘸子成了城里人呢，谁让凤鸽是乡里人呢！想到能让凤鸽户口进城，进城做城里人的很多好处，对促成九羊娶到水荷的好处，井家女人暗夸凤鸽帮她哥也帮自己真是懂事。就在井家女人想清楚她的凤鸽嫁给瘸子不是亏本买卖的当儿，水荷的敲门又砸门声，让她的心提到了嗓子眼上。九羊给水荷门都不开，真会一刀两断？井家女人生怕水荷敲不开门转身走了。水荷这要被气走了，这"一刀两断"八成就真断了。这可急坏了井家女人，她下地要去帮水荷把门砸开。她刚出门，就听见门被砸开的声响，听到了她进屋与九羊的吵架声，又听到了水荷的哭声，又听到了水荷笑声，她提着的心落地了，她感到何家女人肯定会输得找不到北。

这一夜，井家女人一想到她的小子闺女，要"踩"着何家闺女小子户口进城，笑得瞌睡都没了。井家女人一会儿怒一会儿笑，搞得井家男人在炕上"烙烧饼"似的，被吵得睡不着又拿她没办法。井家女人的厉害，早让他把苦头吃够了，他哪敢干涉，哪敢说话。

笑得没了瞌睡的井家女人，断定水荷在九羊屋子过夜了。这两个人一过夜，九羊信誓旦旦的"一刀两断"，就会被扔得无影无踪，水荷与他关系又稳定了一步，她跟何家女人的较量又多了胜算。想到这里，井家女人更是喜得笑出了声。井家男人骂她"神经病"，她一脚就踹了过去，井家男人就赶紧闭上了嘴。他不知道她这半夜里瞅着窗子笑什么，猜想她定是看到了对何家不利的事情。井家男人与何家男人是几十年一起吃苦的兄弟，他不愿让何家吃亏，但他没有办法阻止两个女人斗。井家男人在生他女人的气，也生城里户口和乡里户口的气，更恨屋前的那条河，让何家和井家生出了城里人和乡里人的恶心事来，使得两家生出这么难缠的事。井家男人也只能眼看着两家女人狂妄嚣张，心里骂人，暗生闷气。

兴奋的井家女人此时虽感到她跟何家女人的较量渐有些把握，但感觉还不踏实：何家闺女小子毕竟是城里户口，她的小子闺女毕竟是乡里户口，何家女人一百个不愿意嫁娶井家的人，而她又一百个愿意娶嫁何家的闺女小子，何家女人骂她的难听话，要多难听就有多难听，这让她很伤自尊。怎么能让何家女人闭上骂她的臭嘴，把她的闺女嫁过来，把她的闺女娶过去，她想了对付何家女人的一招。

这一"招",井家女人想好了几个"花"步,先跟她的小子闺女说定了,要给何家"唱"一出假戏真做,用水家这假戏"激"出何家的真"戏",要让水家的闺女小子刺激何家的闺女小子,刺激何家女人,让何家女人跟井家联姻"就范"。她要去找水家,让水家配合,她怎么说,水家就跟她怎么说;她想怎么做,水家就跟她怎么做。井家女人对这一招把握十足。水家贫困,水家缺钱,给点钱就能跟着她走。还有,水家女人与何家女人有过节,正找不到对何家女人出气的地方呢。

水家是谁家?水家是小河南的井家湾的农民,是与何家一道由乡里人转城城里户口的人。水家与何家一样有俩闺女一小子,闺女小子水灵英俊,但就是不爱上学,都没有初中毕业,即使户口进了城,也找不到合适的工作,靠卖菜打工生活。进了城,还过着乡里人的生活,城里人看不起,乡里人也看不起。井家女人瞅准水家女人是"开涮"何家女人的对头,她把她的企图告诉了九羊、九虎和凤鸽,警告他们水家是跟她演"戏",不得露馅,出了岔子,绝不轻饶。井家小子闺女犹豫半天,觉得这游戏虽损,但用意不坏,答应跟着演"戏"。

跟小子闺女说明白了"戏"路,井家女人从柜子里数了一千块钱,又数了一千块钱,分开装到包里去水家。

水家也临河而住,与何家墙挨墙。井家女人出门过河去了哪里,会被何家女人瞅个清楚。井家女人出门,正巧何家女人在房上晒东西,井家女人去了哪里,她尽"收"眼底。井家女人去了水家,水家女人在院里纳鞋底,看到井家女人,把自来水笼头打开,冲着流水边洗脸边说,用上井水爽死了。她是炫耀给井家女人看的,城里人和乡里人吃水的差别与身份的高低,那可是吃井里的自来水和吃又脏又臭的河水的差别。井家女人夸水家女人有福，成城里人就是好。水家女人的嘴乐成了一朵花。水家女人擦完脸，给了井家女人个小板凳坐，井家女人要拉水家女人进屋说话。水家女人说，闺女小子和他们爹去卖菜了，太阳这么好，就在院子里扯吧。井家女人还是把水家女人拉到了屋子说话。何家女人预感井家女人找水家女人与她何家有关，预感井家女人是折腾她什么坏事情去了。

"怎么个事，不能在院子里说，非要在屋里说。"

"隔墙有耳，还是在屋里说好。"

"你不是跟某人（何家女人）有仇吗，给你个出气的机会。"

"什么机会，你不是给我挖坑害我吧？"

"看你说的，我能害你吗？！"

"你们都是厉害女人，你和她我谁也惹不起。"

"谁让你去惹她了，只要听我的，给她演演'戏'就行。"

"演什么戏，我可不会演戏。你可别给我下套！"

"不会给你挖坑，也不会给你下套，有好处呢。"

井家女人把她小子闺女要与何家闺女小子的事给水家女人说了一遍，要水家帮忙。

水家女人听着嫌烦，没好气地说："这事全村人哪个不知道，你的俩小子要娶何家俩丫头，你的丫头要嫁何家的瘫子。你的算盘打得好，'踩'着她的闺女小子进城。你和何家结亲家，户口进城大喜事，你们的好戏，我怎么掺和！"

井家女人告诉水家女人怎么帮忙演戏——让她的闺女小子假装跟她的小子闺女谈婚论嫁，做成真的一样，刺激何家女人和她的闺女小子，把她的闺女嫁过来，把她的井凤鸽娶过去。水家女人一听是这么回事，当即拒绝了井家女人。井家女人赶紧掏出一千块钱，塞给水家女人。水家女人用眼睛"数"了一下钱，眉头皱成了疙瘩，把钱塞给了井家女人。井家女人又赶紧掏出另外一千块，一起死劲往水家女人手里塞。水家女人用眼睛"扫"了一下钱，便知是多少，紧皱的眉头尽管稍微松弛了些，但还是推着不要。还是嫌少，这个贪心的穷鬼女人，是嫌钱少还是怕惹事？定是嫌钱少。井家女人把钱扔在水家女人的针线盒里，水家女人不知是对钱动心了，还是被井家女人的生气吓住了，不敢再跟井家女人较劲。

"井家大嫂，我们水家的人笨，这戏跟着你怎么演，你说说戏的路数。"

"很简单，就是让你的闺女小子，大闺女跟九羊，二闺女跟九虎，小子跟凤鸽，假装谈情说爱，论婚娶嫁。"

"要是光见两次面，这个忙我能帮，这两千块钱我就收下。"

"那你得让你的闺女小子要装出来真在跟我的小子闺女谈情说爱才行呀，光见两次面，能让何家女人相信，你的闺女要嫁我的小子，我的闺女要嫁你的小子？"

"那得装出真谈恋爱和真要结婚的样子，让何家女人信以为真。"

"你的小子闺女，都是会谈恋爱又会上床的老手。我家的闺女小子，没见过对象不说，连恋爱怎么谈都不知道，怎么跟你的小子闺女谈恋爱，还要谈得让何家女人看不出漏子？！"

"怎么放屁呢，说的这么难听。我家的小子闺女从小喜欢上了何家的闺女小子，何家的闺女小子也从小喜欢上了我家的小子闺女，都很专一。即使他们睡在一起，一方想娶一方想嫁，又不是胡来，亏你胡咧咧的那么下作。要不是何家变成了城里人，就凭我井家的经济条件，何家女人巴不得把她的闺女嫁到井家呢。何家这可就了不得了，户口进城，感觉'土鸡'变成了'金凤凰'，看不起乡里人了，让闺女死活不嫁井家。这你都门儿清，还用得着我咧咧。"

"我给你帮忙气一下何家女人，跟着你演演'戏'行，来真的，我的闺女小子干不了。再说了，我的闺女小子跟你的小子闺女假戏真演完了，我的闺女小子坏名声出去了，谁还找我的闺女，谁会嫁我的小子？那我水家的损失可就大了。"

"'戏'演完了，再你加点钱。"

"你井家是'猪大王'，有的是钱，给我个十万八万，你也穷不了。但我水家的损失，可不是这点钱能补偿的。"

"八万、十万，你是狮子大开口，想钱想疯了！"

"你别嫌我要这么多。何家女人给你开出了娶水荷六十万块钱的彩礼，你不是也答应了吗？答应了，人家也不嫁你儿子，你儿子是乡里户口。你拿六十万，能买来个城镇户口吗？买不来！我的闺女小子也是城里户口，让你家小子闺女把名声弄臭了，只能找乡里人了。再说了，万一你的小子把我的闺女'祸害'了，那怎么办？"

"演演'戏'，就会把名声弄臭了？只要你交代你的闺女小子，管好自己，不要胡来，能出什么事？！"

"我有言在先，演完了'戏'，你的小子闺女娶了嫁了何家的闺女小子，给我六万块钱；你的小子要是把我的闺女'祸害'了，那就把我的闺女娶了。"

"你把我儿子看成流氓了，见女人就上。只要是你的姑娘不犯贱，我儿子能做出那样的事吗？再说了，你的闺女虽长得有点人样，但她是结巴，我儿子看不上；你儿子大字不识一筐，脸上还长个肉疙瘩，我姑娘哪能动心。你就管好你的姑娘，什么事没有……演'戏'就是演'戏',只能付点劳务费,'演'完两万块钱,扔给你的是两千,完事给你补一万八,干就干,不干就拉倒!"

"我水家也毕竟是城里人了,你总不能像打发'乡巴佬'那样,给点小钱就给你打工,如今我们进了城,也得要脸面……这事啊,我做不了主的,等闺女小子和老水回来,我跟他们说一下,他们干不干,我晚上给你回个准话。"

水家女人"城里人"和"乡里人"的话中话和口气,那城里人比乡里人的高人一等,乡里人比城里人低人一等,摆了个清楚,把个井家女人气得嘴鼓成了包子。没转城里户口时,水家女人对井家女人总是好话和笑脸,井家女人从没把个水家女人正眼瞧过,村里很多人也没正眼瞧过水家女人,因为她家穷,也因为水家女人不合群。

井家女人坐了半天,没给倒水喝,偏偏说到这个时候,水家女人给井家女人倒了杯白开水,说:"你尝尝,这城里的井水,到底还是比河水又甜又清。不光甜,不光清,还没有难闻的味道。"

水家女人的这水这话,让井家女人脸色"唰"地变青了。井家女人瞅一眼水杯,没喝,更没搭理水家女人的话,又把一股气早涌到嗓子眼上。

井家女人还想跟水家女人周旋一下这事,但水家女人没了好口气,让井家女人顿感从没有过的掉价。水家女人起身送井家女人,瞅了一下筐里的钱,井家女人也瞅了一下筐里的钱,水家女人没给井家女人还钱的意思,井家女人也没要那两千块钱,把屁股拍了个大响,气呼呼地走了。

井家女人走到河边,眼前浮现出水家女人倒的那杯清亮亮的井水,忽然天旋地转,幸好扶住棵树,不然就会掉到河里。这是被水家女人趾高气扬的那股小人劲儿气的,也是河把她"气"的。

水家女人摇身一变成了城里人，说话就变了脸变了腔，言语举止已高她一等，这让本来对做乡下人感到很自卑且屈辱的心，好似被刀捅到了深处，痛到了极点。出门看到河，更让她觉得这条河就是魔鬼，把本来平起平坐的一村的人，分成了城里人和乡里人，把何家女人和水家女人等很多"烂"人，分到了城里，这是个什么事呀！

井家女人被水家女人刺激得一口气堵在喉咙里出不来，给全家做好了中午饭，自己一口也吃不下，躺在炕上回味水家女人的怪气怪味，越想越恼火，越恼火越恨水家女人，越恨门前这狗娘养的河，越恨这狗日的城里户口。

井家女人压根儿不会料到水家女人会这般张狂和放肆，这让井家女人气昏了头，不知道怎么办好了。她把水家女人拉出城里人的牛"逼"嘴脸和演"戏"要六万块钱的狂妄给小子闺女说了，问他们怎么办。小子闺女一听气不打一出来，都说拉倒，跟水家不干了。井家女人虽然被水家女人气昏了，但却恨上了水家女人，如果跟水家"不干了"，她这口气咽不下，她想让水家女人尝尝她的厉害后"不干了"。有了这股气在喉咙，井家女人对水家女人又有了新的想法。

对水家女人有了新的想法，井家女人堵在喉咙里的气，消了大半。气消了大半，冲动就上来了，便把小子闺女往回拉。

"你们仨听着，城里人乡里人户口这道坎儿，把何家水家这样的蠢货人家'砍'成了城里人，把我们井家这样的好人家'砍'到了城门外。井家不能认倒霉，你们仨都得进城，不管花多少钱，不管受多大屈辱，都要把户口办进城里。进城吃井水，进不了城喝河水。井水甜，河水脏，你们甘心一辈子喝脏水吗？蠢货才愿意呢！那怎么办？拉水家玩到底。水家的闺女虽然比何家的有点'样',却是结巴;水家的小子虽不是残废人,但长得太难看,万一不找何家的闺女小子,水家的闺女小子你们找上也能'凑合'……反正是为了户口进城,拿她们当'跳板',再好不过。答应给她六万,让她们跟着演'戏','戏'演成了,何家女人逼'就范'了,你们就跟何家闺女小子领'证'。'戏'演不成,也好在有水家闺女小子作'备胎'呢……"

"跟水家不干!"九羊说。

"跟水家不干!"九虎说。

"跟水家不干!"凤鸽说。

"你们仨听着,何家女人铁了心肠不让闺女嫁过来,这几天不仅给两个闺女介绍男人,也在给瘸子介绍女人,她放出话来,即使她的闺女嫁城里的聋子瞎子和猪狗那样难看的'丑八怪',即使嫁给任何一个乡里人,或娶乡里的哪怕是'猪八戒'姑娘,也不嫁给井家的小子,也不娶井家的丫头……"

"你们仨听着,何家女人到处给人说,井家想让小子闺女成为城里人,真是'癞蛤蟆想吃天鹅肉';他们井家压根儿是养猪喂猪杀猪的乡下人,一身的臭猪味,配做城里人吗?连做乡里人都不配……井家的人,还是在'井'里待着吧……你们说,这气怎么咽下去!"

"太他妈生气了!"九羊把碗往桌子上一摔吼道。

"太让人生气了!"九虎气得把筷子一扔说。

"太生气了!"凤鸽气得直跺脚。

井家女人问小子闺女,干不干。九羊说,干。九虎说,必须干。凤鸽说,干到底。

…………

晚上,水家女人让她的儿子水雷给九虎打电话,让他妈到他家来一下，有话说。九虎感觉水雷妈端"架子"，想给水雷发火，但又忍了。水雷跟九虎学兽医，跟九虎来往多。九虎把水雷的意思给他妈说了，井家女人一听就不高兴了，让九虎给水雷说，她头痛，过不去，让他妈有话回头说。九虎把话传给了水雷，就把电话挂了。不一会儿，水家女人来了，井家女人对她半冷半热，水家女人也阴阳怪气，让坐不坐，让喝水连杯子也不碰。不知是屋子里有臭味，还是水有异味，她故意捂起了鼻子。水家女人的怪异，是城里人嫌弃乡里人脏的怪异，让井家女人很恼火。井家女人的怒火，已挂在了脸上，但她不敢发作，只好冲着水家女人坐在舒服的靠背椅上，任凭水家女人捂鼻子，任凭水家女人站在地上，她像审问人的老爷，跷起二郎腿，催水家女人有话赶紧说。

"……跟何家演'戏'的事，我跟老水商量了，也跟闺女小子说了，他们不情愿，但到底还是听了我的，只要给我要的那钱数，这忙就帮一下。大闺女水花帮九羊，二闺女水鱼帮九虎，小子水雷帮凤鸽。你让你的小子闺女，找我的闺女小子。"

"六万太多，五万！"

"少了六万，不谈！"

"那就六万！"

"六万就六万，什么时候给钱，那就什么时候开始演'戏'。"

"先演，演完再给。"

"先给一半。"

"先给两万，'演'得好给一万，演得有效果再给两万，'演'完给一万。"

"那就先给两万。"

"给你一万八。"

"两万，为什么给一万八？"

"上午去你家，给了你两千块，不是钱呀？！"

"最后了少给我两千，先给我两万吧。"

"一万八。"

"那就一万八吧，你这就给我。不过，先小人后君子，你得给我写个后面四万块钱的欠条。"

"我家是银行呀，这会儿哪来的这么多钱，那得明天去银行取。"

"那就明天给。那你给我写个欠条。"

"明天写给你。"

"那就明天给我一万八千块钱，把欠条也写好，等你送过来再说。"

"等着。"

"不过，还有个条件。"

"说，什么条件？"

"条件不高，也对你井家有利。除了给六万块钱，让水花、水鱼和水雷在你们猪场寻个事做，给他们一人每个月开上三千块钱。你也知道，他们连初中都没毕业，在城里找不上个好差事，成天满街卖菜，总不能卖一辈子菜吧。"

"还有什么条件？"

"没有了，没有了。"

"告诉你，水婆子，要钱就别提条件，要条件就别要钱，两个挑一个！"

"我也告诉你黑牡丹，钱和'条件'，一个都不能少，少了一个我都不干！"

水家女人说完，扔下井家女人，转身走了。

水家女人的又臭又硬，井家女人上午已经领教过，这会儿的又臭又硬，再加上算计精明的花花肠子，几乎把井家女人气昏了过去。水家穷得"叮当"响，水家女人过去在她面前都是低三下四的嘴脸，怎么这么放肆又牛"逼"，她哪来的这么大底气跟她叫板？这个问题，上午被水家女人气回来的当儿，被她找到了答案，是水家女人坐到了城里人的"茅坑"上，感觉跟乡里人拉的是不一样的屎。水家女人本来就是条闷狗，转成城里人就变成了叫狗，这都是户口转成城里户口变的。想起这答案，井家女人对水家女人的嘴脸，不再那么生气了，更加觉得对水家女人不能放手，得让她跟着好好演"戏"，为她井家所用。

井家女人不在意水家女人的嘴脸后，打定主意，不再给水家女人一分钱，但还得让她配合井家把"戏"演好。

井家女人好几天没理水家女人，水家女人也没理井家女人。水家女人等井家女人回话，而井家女人不但不回话，还放出话来，说是水家的两个闺女要嫁给井家的两个小子，水家的小子再娶井家的闺女，水家嫁女不要彩礼，水家的闺女和小子要到井家养猪场上班了。这话传到了水家，水家女人气得闯到井家，井家女人不给水家女人让坐，若无其事地坐在靠背椅子上，看水家女人发火。水家女人怒问井家女人，谁说不要钱来着，六万块钱没给，欠条一个字没写，水家还没答应开始演"戏"，怎么没影儿的事情传得有鼻子有眼？！井家女人说，两千块钱不是钱吗？不是说好了跟着井家演"戏"吗？早说晚说有屁关系？！井家女人的话，噎得水家女人嘴唇发抖，说不出话来。井家女人装着没看见水家女人的恼怒，催她，有话赶紧说。

"……话被你说出去了，那就赶紧把一万八千块钱给我，再给我写个四万块钱的欠条，安排我闺女儿子上班。"

"水婆子，给你说了，要钱和安排上班两个选一个。"

"那就选要钱吧。"

"那等着，我取好了，你来拿。"

"那我等你信儿。"

井家女人没吱声，水家女人一甩手，气哼哼地走了。

水家女人边走边想，井家女人不会连钱也不给吧？井家女人望着水家女人冒着火气的背身，已经想到，她会让水家女人一分钱得不到。

十九、好戏开始了

　　水家的俩闺女要嫁井家的俩小子，水家的小子要娶井家的闺女，传到何家女人和何家闺女小子耳朵里，是截然不同的反应。何家女人听了边乐边怒。乐的是谢天谢地她的闺女小子终于摆脱了井家小子闺女的纠缠，不给井家小子闺女当进城的"跳板"了。刚这么一乐，她的气又冒了起来，她恨起水家女人来，恨她跟她作对，更恨起井家女人来，"赔"了水荷的身子没捞到井家的好处，再加上几次为弄井九羊"砸"给警察的冤枉钱，她何家亏吃大了。还有，她不让水荷嫁给井九羊，井家女人把她家参股猪场分红的钱，不仅拖着不给，还放出一分钱不会给的话。要是不给，光凭口头协议，没有入股的字据，她何家对井家女人真没办法。这亏更是吃大了，这该怎么办？何家女人想到这里，感到事情不妙，井家女人太阴险了，她用很少的钱就能把水家的俩闺女弄到手，水家俩闺女便嫁了健全人，让井家俩小子和闺女的户口就这么轻易进了城，这还了得。她井家小子闺女全成了城里人，她井家女人和她男人的户口也会随子女转成城里户口，全家都成了城里人，她的算盘那就打得太如意了，她井家真是占大便宜了。唉，这亏何家死也不能吃。正在做晚饭的何家女人，气得把个盆子一脚踢到了门外，正巧砸到了何家男人腿上，疼得何家男人"哎哟，哎哟"抱着腿直叫唤。

　　"干吗呀，乱踢什么，把我的腿砸断了！"

　　"砸死了活该！"

　　"谁惹你了，我惹你了吗？又疯掉了！"

"你不惹我，你不害我，我能疯掉吗？！"

"真是疯掉了，疯婆子一个！"

"能不疯掉吗？你跟井家'拴'的那狗屁'娃娃亲'，让井家女人折腾出多少事来，耽误了水荷的婚事不说，'赔'人又赔钱，要让何家吃多少亏呀？！"

"事情都是你折腾出来的。人家井家又不是不认'娃娃亲'，是你翻脸不认这门亲的。你要是不跟井家作对，水荷早跟九羊成亲了，干部也把凤鸽娶过来了，两家怎么会有这么多别扭鸟事！"

"井家女人占我何家便宜占了几十年，居然要'踩'着我的闺女小子户口进城，这样的便宜也不放过，井家女人简直不是东西，这口气我咽不下。即使我的闺女小子嫁不出去和当光棍，也绝不给井家当'跳板'，死也不让井家占这便宜！"

"你这是无事生事。城里户口又不是你花钱买的，即便是当'跳板'，让井家的小子闺女进了城，占的是国家的便宜，不掉你一根毫毛，你为什么抱着个户口不放，耽误了水荷，也耽误了水仙，更耽误干部的终身大事。两个闺女好说，耽误几年随便也能嫁出去，干部拖不起，你给干部张罗了不下一个排的对象，哪个愿意嫁给一个拄着拐的人？没一个。除了凤鸽，哪个好姑娘会嫁给干部？！"

"你把一千个心放到肚子里吧，俩闺女城里的好小子找不到，乡里做梦都想户口进城的俊小子多的是，一时找不到，慢慢找，总会找到好小子。何干部也一样，城里姑娘没有嫁，有的是嫁他的乡里姑娘，一时找不到，急什么，总会有找上门的。听明白了吧，城里户口花几十万块钱还不一定买到，就这么轻松地让井家把便宜占了？休想！我何家的闺女小子嫁哪个乡里小子，娶哪个乡里丫头，也不嫁井家小子，更不娶井家丫头！"

"你不嫁不娶井家的小子闺女，人家找了水家的闺女小子，你应当高兴呀，发什么疯？！"

"即使不嫁不娶，我也不能这样便宜了井家女人，我得让她给水荷赔身体损失费。何家现在是城里人，不能亏吃在井家这乡里人身上！"

"别坐个箩筐当轿子。户口进了城，你就是城里人了？在城里人眼里，你还是城里的乡下人。你这坐上鸡毛上天的感觉，会把闺女小子害了。你这是无事生非，自找苦吃！"

"你给我闭上臭嘴，少管闺女小子与井家的事。要不是你跟井家男人酒桌上定那'娃娃亲'，哪来的与井家一连串的破事。你要么什么屁都别放，要么就听我的。你要是左右摇摆，我可饶不了你！"

"我可以闭上嘴，不放屁，那你能让闺女小子闭上嘴吗？他们的婚姻他们要做主，水荷铁了心要嫁九羊，即使水家插进一杆子，也拦不住水荷嫁九羊，你就凭不给户口本能拦得住她？怕你到头来落个里外不是人……你去看看吧，闺女小子在干什么，都在寻死寻活地哭呢。水家与井家结亲这事，是你逼井家逼出来的鸟事，弄不好我家要出人命了……"

何家女人一听，急了，赶紧放下手里做饭的活儿，去水荷的屋子，水荷和水仙各自在抱个枕头哭呢。姐俩看她妈进来了，哭的声音不仅更大了，并且边哭边嚷"不活了，死了算了""活着有什么意思，不如死了痛快"。何家女人听这哭这嚷的阵势，哭腔虽大，嚷声很高，像是假哭，更像是假嚷，没理睬，转身走了。

何家女人又进了何干部的屋子，何干部坐在炕上，手里拿把匕首在愣神。像是要自杀？何家女人吓坏了，赶紧去抢何干部手里的匕首，何干部把匕首一闪，放到了脖子下，一副抹脖子的架势，表情一副绝望的样子。何家女人要何干部把刀子从脖子上移开，把刀子给她，何干部反而把匕首架到了喉咙上，这下把何家女人吓得魂飞魄散了，"扑通"跪在了地上，问何干部什么事想不开。何干部不说。何家女人说，只要把刀放下来，有天大的事，只要妈能办到，都会满足他。何干部说，如果是水家水雷娶走了井凤鸽，他就用刀抹脖子。何家女人赶忙答应，只要是他不胡来，想要井凤鸽就娶井凤鸽。何干部让他妈发誓。何家女人就说，妈要是阻拦他娶井凤鸽，不得好死。何干部一听这话，便把匕首插到刀鞘里。何家女人向何干部要匕首，何干部不给，却变戏法似的，不知把它藏在了哪里。匕首顿时"挂"在了何家女人的心头上，她"哇"地哭了。何干部害怕了，下炕赶紧拉他妈起来。何家女人瞅何干部，跟刚才拿刀时的表情判若两人，怀疑同两个丫头一样，是在吓她，扔下他回厨房做饭去了。

姐弟三个这一幕戏的确是有人导演的，是何水荷导演的，只是演得似像非像，似真似假，让她妈似信非信，但有点真信。这是井九羊对付她妈的一招，他让水荷演戏给她妈看，也让九虎和凤鸽跟水仙与干部一道，演戏给他们的妈看。水荷跟水仙和干部一碰头，一拍即合，便做了这一出哭闹戏。他们合起来要拿水家闺女小子嫁娶井家小子闺女的传闻，逼他们妈"就范"。

水家的闺女小子嫁娶井家小子闺女演戏的花招，九羊、凤鸽和九虎在他们妈去水家时，就立马各自告诉了水荷、水仙和干部，让他们听到传闻，不要当真，但要对爹妈当真，一起逼他们妈"就范"。何家姐弟便一屁股全坐在了井家这边。

…………

何家女人边做饭边思量，这闺女小子的哭闹和轻生，是真是假？似乎是真的，又似乎是装的，如果是假装闹倒没什么，要是真的，那可没准儿真会出人命。再说，这齐刷刷地哭闹又轻生，像是商量好的，又像是有人给"导演"的，那到底是谁给他们传了井家小子闺女要娶要嫁水家闺女小子的话呢？一定是有人给何家捣鬼。想到这儿，何家女人的冷汗直往外冒。

晚饭全家倒是全来齐了，何家女人瞅俩闺女的表情，像是伤心过度的样子，眼睛又红又肿像真的大哭了似的。再瞅何干部，又回到了刀子架在脖子上那寻死的愤怒样。再瞅她男人，一副受气包和苦大仇深的嘴脸，感到井家女人坏透了，这不是逼她"就范"吗？她要是不"就范"，她的闺女小子就会死给她看。想到这里，何家女人身上的冷汗冒得越来越厉害了，眼泪也掉出来了，掉到了碗里。尽管何家女人难受得泪水汪汪，但她的闺女小子好像都没看见，没人给她递纸巾擦眼泪，没人劝她一句，低头吃完饭又各回各屋了，连她男人也好像压根儿没看见眼泪，吃完到院子里抽烟去了。

何家女人伤心地哭出了几声后，狠狠地把眼泪擦了个干净，洗碗洗锅，不再掉一滴眼泪，心里在翻腾对井家的仇恨，也翻腾着对水家的仇恨。

"赔了水荷'身子'，一分钱赔偿没得到，就这么便宜了井家小子，就这么便宜了井家女人，亏吃大了。不能就这么让井家与水家结成亲……"何家女人又想出了对付井家女人的招儿。

对这招儿，何家女人琢磨井家女人的反应，越琢磨越来劲，既能搅井家与水家的"局"，又能得一笔钱财，真是一举两得。

一想到要让井家女人难受，何家女人就兴奋。兴奋的何家女人，着急地等天亮。吃早饭的时候，她把这新招儿给她闺女小子说了，让他们去跟井家小子闺女说。早饭还没吃完，何家女人就给闺女小子说，她想通了，答应水荷、水仙嫁给井九羊、井九虎，井凤鸽愿意嫁何干部，她也不反对，只是每个小子先给她十万块订婚金，才容许让水荷、水仙和干部跟她的小子闺女来往。水荷、水仙和何干部听了这话，以为是逼妈"就范"了的结果，全乐了。何家女人给闺女小子补了一狠话，见不到井家的订婚金，谁也不许跟他们小子闺女来往，要是来往，她见一次，打一次。

何家姐弟把她妈的话告诉了井家兄妹，井家兄妹把这话告诉了他们妈。井家女人一听就乐了，对小子闺女说，订婚金没有问题，等凑够了钱，就给送过去。井家兄妹把他们妈的话转给了何家姐弟，何家女人也乐了，给她闺女小子又补了句狠话，订婚金没拿来，谁要是与井家小子来往，跟井家丫头来往，她见到谁就打谁。

二十、好戏接着演

　　水家闺女小子要嫁娶井家小子闺女的绯闻，传了全村好几个遍。有的传说，水家的闺女小子嫁娶不上城里人，嫁娶乡里人又遭嫌是结巴和脸上有疙瘩，没人娶也没人嫁，便看上了井家的小子闺女，一分钱不要也情愿把闺女嫁给井家小子。有的传说，井家为小子闺女借水家闺女小子户口进城，把半个养猪场给了水家，水家发了笔大财。有的传说，水家收了井家三份很重的彩礼，正选定吉日，张罗娶嫁的事呢。

　　这些流言，在河边的男女堆里传到了东家西家，当然也传到了何家和水家人的耳朵里。水家女人要疯掉了，何家女人醋吃大了。最受不了的，当然是水家女人。

　　水家女人去质问井家女人，传言说她的闺女小子嫁不出娶不上，看上了井家的小子闺女，是谁瞎编出来的？一定是她井家女人瞎编出来的……说好了是帮演'戏'，怎么编出这么恶心的话糟蹋她水家的人？说井家给了水家半个猪场，水家连一条猪鞭都没见着，水家上哪里发财去？说给了水家三份很重的彩礼，彩礼在哪里，赶紧拿出来呀！水家女人一条条质问井家女人，井家女人只管看水家女人又喊又叫，只怒不语。质问完了，井家女人回答说，这传言与井家无关，谁说的这些传言，朝谁要半个猪场和彩礼去。井家女人这话一撂，把个水家女人气得差点瘫在地上。水家女人这才感到，跟她说好给六万块钱的演"戏"钱，她压根儿不想给，给她闺女小子安排到猪场上班的事，压根儿就没影子。井家女人在玩不给钱，却拿她闺女小子逼何家女人"就范"的把

戏，她在"涮"她。水家女人思量片刻，她拿不出"收拾"井家
女人的招儿，斗不过这个女人，只能以选择不干来"拿"井家
女人，就对井家女人说，给何家演的这出"戏"，井家爱怎么演就怎么演，
她水家不掺和了。水家女人想以此"拿"一把井家女
人，水家女人没想到井家女人说出这样的话来，那就不用她的闺女小子掺和
她家与何家的事了，把那给她的两千块钱还回来，两清了。

　　面对井家女人这么说，水家女人不知道怎么说好了。她的问
话，不仅没有"拿"住井家女人，反而让井家女人把她"拿"住
了。她水家闺女小子嫁娶井家小子闺女的传闻，假的被说成了真
的，就这么不干了，井家的好处一点都没落下，亏吃大了。好在
水家女人是个会装"蒜"的人，断定她已败在井家女人下风，便
破怒强笑地对井家女人说，传言已经出去了，"戏"已经演得何家
女人真假不分了，那就帮忙帮到底，把那说好的一万八千块钱给
她，写个四万块钱的欠条，再把她闺女小子安排到井家猪场上班，
她让闺女小子把这"戏"接着演好了。井家女人说，那就接着演，
钱和欠条，如果何家女人信以为真了，一分不会少。

　　上次见面，井家女人让水家女人要钱和安排人上班，二选一，
水家女人选了安排闺女小子上班，而今天既要钱又让安排人上班，
想来她在跟她玩心眼，井家女人没接水家女人要安排她闺女小子
到猪场上班的话茬儿。水家女人再不敢多说什么，再也没有什么
法子能"拿"住井家女人，只好给井家女人说好话，免得让水家
亏吃大了。井家女人面对水家女人的转眼间由怒转笑，只好给了
个笑脸。水家女人对井家女人的笑脸，不知道是对着她真笑还是
假笑，不知道是乐还是哭，客气地给井家女人说"快忙"，忍下了
一肚子的屈辱，脚下颠三倒四地走了。

水家女人走了，井家女人琢磨了两个事，一个是何家女人被她拿水家闺女小子逼得有点"就范"，要订婚金二十万块钱的事，另一个就是水家帮着演"戏"要钱，究竟给不给钱的事。她叫来九羊、九虎和凤鸽，合计这两件事。其实不是跟他们合计什么，而是告诉他们对付何家女人的办法。她告诉小子闺女，答应给何家二十万块钱的订金，井家拿不出现金，用肥猪来顶订婚金，一头一万块钱，给何家二十头猪。"一头猪哪能卖一万块钱，水荷妈又不是傻子。"井九羊嘀咕道。井家女人没理井九羊的话，叮嘱他们兄妹三个，就照她说的给何家说，也照直给何家闺女小子说。

井九羊让何水荷把以肥猪顶订婚金的事告诉了她妈，就地把何家女人气得跺脚骂开了人，她让何水荷告诉井家，过几天抓猪卖猪。何家女人"敲打"何水荷，订婚金没拿到之前，还是那句话，若是跟井家小子来往，见到一次，她会打她一次。何家女人也"敲打"何水仙，订婚前兽医不做了，跟井九虎不许在一起，要是让她看见在一起，见一次打一次。何家女人也"敲打"了何干部，你腿有毛病，但你是城里人，没看见城里男人打光棍的，有的是姑娘嫁给你，先跟井凤鸽离远点，等妈拿了订婚金，跟她来不来往妈不管。何家闺女小子面对这司空见惯的"敲打"，不以为然。

何家女人和水家女人，是绝对不愿意在井家吃亏的货，尤其是不愿意在井家女人这里吃一点亏。她们不仅不愿吃一点亏，还在绞尽脑汁地想怎么能占到井家女人的便宜，也就是在井家女人这里占到上风。这占便宜和占上风的心理，她们的户口没进城前虽有却不敢表露出来。自从成了城里人后，她们觉得跟井家女人和所有的乡里人不是一类人了，已经高出一头，对井家女人等小河北的人没有必要客气相待。尽管他们在村里有钱有势，但他们在城里人面前，仍是低一等。这也难怪，在井家湾的人眼里，城里是当官的住的地方，不是官和干部的城里人，也是高高在上的官和干部。因为有这样的认定，住在小河北的井家女人，哪怕她再有钱，在何家女人和水家女人眼里，也是低一等的乡里人。城里人哪能在乡里人面前吃亏，吃亏的只能是乡里人。何家女人和水家女人与井家女人的较劲，成了横在她们跟前的一道壕沟。

何家女人打定主意，既不让水荷、水仙嫁给井家俩小子，也不让干部娶井家丫头，又要在井家女人手里弄一大笔钱。即使闺女小子找不上对象嫁不出去，实在不行还得找井家的小子丫头，那也得狠狠地"敲"几笔钱再说。这当城里人虽精神"光鲜"，但比起真正的城里人来，要是何家这样下去，那就是城里人中的乡里人，假装荣光，但口袋里没钱。这般境地，已让何家女人越发恐慌。

让何家女人恐慌的是，她家成了城里人才一年多，口袋里的钱越发不够花了。户口没转城，那几亩地种什么卖什么，冬春的高温大棚、夏秋的时令蔬菜，还有跟井家一起养猪屠宰，几块的收入每年十多万，积蓄在增多，手头也宽裕，想买什么，想吃什么，没为钱犯愁过。还有，没进城前，吃菜吃肉从没花过一分钱，且吃的是带露水的没上农药的新鲜菜，吃肉吃心肝吃肥瘦吃猪头吃蹄子自己挑。成了城里人，都说再不能做农民的活儿，更不能像农民一样活着，要像城里人那样穿料子时装，穿皮鞋上班，烫头擦油抹口红，吃菜买菜，吃肉买肉，吃粮买粮，再别跟土坷垃打交道……别让城里人看成是进了城的乡下人，别给进城的井家湾人丢人现眼。这都是进了城的村里人相互提醒的，做城里人就得把乡里人的"土"丢掉，"壳"蜕掉。

何家女人"土壳"蜕得很彻底，她让她男人不与井家男人做屠汉了，去县肉联厂找了份打工的差事，她让何水荷离开家里的养猪场，去街道的菜铺子做了个售菜员，她让帮井九虎料理养猪场的何水仙学了兽医，她让在井家猪场做事的何干部去水厂。全家彻底干净地做了城里人，地没了，菜不种了，粮不种了，跟井家的养猪屠宰也分手了，猪不养了，鸡不养了，牛不养了，没有不花钱的肉蛋奶吃了，统统提上篮子买着吃，每月每人给八百块钱征地补偿费，五口人四千块钱，一年不足五万块钱。虽然有她男人和水荷、水仙一个月挣近两千块钱，干部能挣近一千块钱，一年也就十万多块钱，但不久水荷和水仙没了工作，家里又少了收入。这点钱，光给干部治腿残加风湿治病，就得花掉一半，还得有几万块钱供大手大脚的干部花销，再加上她这一分钱不挣，白吃闲饭的，那点生活补偿费，还要看病吃药，还要交这费那费，还要给她男人闺女小子穿戴得人模狗样的像个城里人，也还要让她自己穿戴得像个城里有钱人，那点生活补偿费，花光这个月盼下个月，让何家女人每月不到月底就为钱犯愁了。

　　没进城时的何家女人，给全家人做什么吃的？大块红烧肉，肥瘦相宜的肘子肉，脆而不腻的猪头肉，又香又臭的猪大肠，大葱爆炒猪心肝，鲜嫩美味的血豆腐，又肥又大的猪蹄子——肉随便吃，蛋随便吃。进了城没那么多钱买菜买肉买鸡蛋的何家女人，烧不起过去那半锅红烧肉，也炖不起半锅猪蹄子，更吃不起想吃就吃的猪心肝，只能量钱买肉吃。实在炖不起半锅肉，就让她男人在肉联厂买点猪下水炖。菜呢，过去随便吃，现在买着吃，贵的买不起，就买便宜的。至于菜上有没有农药，全然不在乎了。反正城里人都买菜吃，买菜吃是城里人和乡里人不同身份的体现。何家女人即使买乡里人不吃的烂菜，也觉得比乡里人高出一头。这个感觉，不光是何家女人有，所有村里进城的人，甚至连城里的贫困人，也是这样的看法。这种打掉牙往肚子里咽的难言之痛，好面子的何家女人虽然说不出口，但想到全家是城里人，想到与井家和那些吃河水种大田的乡里人相比，这点城里人的委屈感，是个屁，连屁都算不上。何家女人这感觉，使得她在井家女人面前，也不仅仅是井家女人面前，在所有小河北乡里人的井家湾人面前，也不仅仅是在乡里人的井家湾人面前，在所有乡里人面前，有了十足的高人一等的底气，从此远离多年来离不开的井家，从此与高她一头的井家女人调了个儿，从此可以把井家女人不当回事。何家女人下了狠心，不在井家挖块"肉"，她绝不罢休。

井家女人何尝不是这样的心态呢？她虽没有何家女人那样变得相当势利，但她同所有户口进城的井家湾村民一样，就像穷人一夜变成了富豪，立马就会跟穷人翻脸一样，对井家女人这样的乡里富有女人，也觉得比她低了一头。虽然有了这样的感觉，她也明知这是户口进城给她带来的优越感，但日子过得比当农民种地的时候差多了。她的闺女小子在乡里时既种田又卖菜还打工，而进了城只有打工，打工也难打，钱很难挣，就只好卖菜，只好把乡里人的菜购上，再在城里摆摊去卖，不卖菜日子就过不去。小河北的井家村人取笑水家的人，抱着城里人的户口，在给乡里人当打工仔。何家女人骂水家女人"城里人的丢人货"，而水家女人当没听着，菜贩子照做，城里人照当，在乡里人的井家村人面前，照样穿戴打扮得有点像城里人。在这样的生活境地下，水家女人愁的是能让闺女小子有个稳定的工作，有个不跟更多的人打交道的差事，省得闺女的结巴和小子脸上的包造成心病。

水家女人找她演"戏"之前，水家女人甚至还想过井家的猪场，那怕是给井家猪场当饲养工，虽然脏臭，却不用跟人打交道，风吹不着雨淋不着，那也比贩菜卖菜强。刚想到在井家猪场找个差事，井家女人就找上门来了，帮她给何家女人演"戏"。她琢磨了一番，既要挣井家女人的钱，也要让闺女小子去她的猪场上班。尽管井家女人让她要钱和来猪场上班二选一，她打定主意，两个都要选。当然，她也生过这样的动机，万一何家闺女小子不嫁不娶井家的小子闺女，要井家出笔大彩礼，把她的闺女嫁给井家的小子，让井家的闺女嫁给她小子。反正井家女人想让小子闺女户口进城急得像热锅上的蚂蚁，朝她多要点钱，她也得给。水家女人料想，何家女人是不会把她闺女嫁给井家小子的，也不会让何家小子娶井家闺女。想到这里，水家女人"咯咯咯"地笑了。

二十一、两个女人的狡猾

　　水家女人见天等着井家女人叫她的闺女小子给何家演"戏"，只是时不时地有传闻说，她的闺女小子已跟井家小子闺女订婚，井家小子闺女的户口，婚礼前会轻而易举进城之类的流言蜚语。水家女人清楚，这是井家女人放出来的谎话，实则是井家女人在给何家唱"独角戏"。这"戏"好像只用了她水家这个"影子"，没打算让她的闺女小子做"演员"，不打算给她给"演出"费，更不会让她闺女小子去猪场上班。水家女人预感事情不妙，就给闺女小子交代，要他们不要等着井家的小子闺女上门，拉下脸来去找他们，隔天去井家"闪"一圈。水花帮井九羊去喂猪，水鱼去给兽医井九虎做下手，水雷去给井凤鸽做帮手……就是要让井家女人害怕，她跟水家玩虚的，水家跟她玩实的，看到底是她玩虚的占便宜，还是玩实的吃大亏。水家女人的话，水家闺女小子听懂了，觉得他们妈说得对，不能让水家把他们当"皮影"耍了。再说了，水家闺女小子是同井家小子闺女从小玩着长大的，水花喜欢井九羊，要不是水荷跟井九羊定了"娃娃亲"，水花会跟九羊形影不离。水花去找井九羊，没什么不好意思的。至于水鱼和水雷，是小学到中学的同学，去找井九虎和井凤鸽，也没什么不好意思的。

　　水花、水鱼和水雷依照他们妈说的，去找井九羊、井九虎和井凤鸽。井家女人假装没看见，即使水花、水鱼和她打了招呼，她也假装没听见。他们到井家不一会儿，何水荷就来井家了，她把水花、水鱼和水雷一顿臭骂，全被她骂走了。

　　这一幕，都被河边洗东西的何家女人看在眼里。何家女人本来就怀疑水家闺女小子嫁娶井家小子闺女，是井家女人买通了水家女人作的戏，但也怀疑井家女人为了让小子闺女户口进城，把水家结巴姑娘和丑八怪小子当"跳板"，甚至为了户口进城让小子闺女跟他们结婚的可能性，这让她对水家闺女小子真要嫁娶井家小子闺女的传闻有点信了。

井家女人又拿水家闺女小子当进城的"跳板"，要说何家女人高兴才是，她何家的闺女小子不再受井家小子闺女的骚扰了，她何家也就彻底与井家没瓜葛了，但何家女人如物堵喉，太难受了。这难受是对井家女人由过去的憎恨变成了仇恨。怎么让水家的闺女小子嫁娶不成井家的小子闺女，直白了想，怎么让井家的小子闺女的户口进不了城，何家女人想好了主意，要让井家女人的痴心妄想成为泡影。

何家女人着急要做的，是让水家的闺女小子，远离井家的小子闺女。正是吃晚饭的时候，何家女人推开了水家的大门。虽然一墙之隔，因何家女人与水家女人曾为浇地争吵又动手，结下仇怨，从不来往。何家女人突然闯进来，叫水家女人出来说话。水家女人吓了一跳，放下饭碗，迎何家女人进屋。何家女人说，就在院子里说话。

"水家婆子，我问你，你明明知道我家水荷与井家大小子定了'娃娃亲'，他们迟早是会成婚的；水仙也跟井家二小子一起学兽医，一起做事，私下定了终身；那个井家丫头，也是为了户口进城，扑着要嫁给何干部，都跟何干部'睡'上了。即使我不答应，他们的婚肯定是要结的，你为什么让你的闺女小子插上'一杆子'，你捣的什么蛋，你安的什么心？！"

"听着，水荷她妈，你上我家来，你是客，我会对你客气三分，但你不要蛮横不讲理。你去问问小河南和小河北的人，哪个人不知道你说的话，打死你也不嫁不娶井家小子闺女的？你既然不嫁不娶人家的小子闺女，别占着茅坑不拉屎，我水家的闺女小子，怎么就不能嫁娶井家的小子闺女了？！"

"水家婆子，你的姑娘结巴，也能嫁出去呀，为什么专找井家的那几个'破烂货'，你贱不贱啊？！"

"既然井家的几个是'破烂货'，那你的闺女小子'抱'着不放，看来你也死抱着不放手，玩的什么把戏？"

"你也不嫌恶心，井家的两个小子就是流氓，把我的姑娘'糟蹋'惨了，也让你的姑娘受祸害啊？！"

"少跟我说这恶心透顶的话，你要嫁娶井家的小子闺女，你就赶紧嫁人娶人，要是不嫁娶，少在这里放屁。我水家的闺女小子嫁谁娶谁，井家的小子闺女娶谁嫁谁，各有自由，你没权利干涉我的闺女小子嫁娶谁。你赶紧走人，不然我要提扫把赶人了！"

毕竟在人家院子里，何家女人眼看站在一旁的男人和丫头小子，早已在眼里冒火了，不等水家女人提扫把，赶忙走了。水家女人的扫把扔到了大门上，吓得何家女人腿都软了。

水家在吵闹。何家女人回家立马爬到房顶上听水家在吵闹什么，但屋子门被紧关着，吵闹的话，她一句也没听清。

…………

虽然被水家女人赶了出来，何家女人心里相当舒服，她想她达到了想要的效果。她本来就是找水家女人吵架来的，她对水家女人的恶劣态度，早有心理准备，即使打架，即使是被打伤，她也做好了准备。她甚至想，即使被水家女人打了，她也要跟水家女人闹一番，只要让她的闺女小子远离井家，让井家女人的进城美梦破灭，那也值得。

何家女人走了，水家男人就骂水家女人"拿着自家闺女的脸面，给井家做这丢人现眼的事"，水家女人怕她男人大吵大嚷让何家女人听见，就把他男人和闺女小子推到了屋里，对着男人也火了起来。

"火什么，是要帮何家女人气死我呀？你们几个也别看何家女人凶恶，就吓成了孙子。帮井家跟何家演'戏'，都跟你们商量过的，对我水家有多大坏处，还会有好处。何家女人压根儿也不想与井家结亲，压根儿也不愿意让井家的人户口进城，但还想在井家捞一把，让井家人财两空。何家女人早已放出话来，井家的人只配跟猪在一起，水家的人只配在田里做牛马，下辈子也不配进城做城里人。听了这话，恨不得把她撕成几块。就凭她这恶言恶语，再加上过去浇地的时候对我动手，我怎么就不能帮井家一把，我怎么也得把这几口恶气出了……"

"你把闺女小子给井家充当戏子，你就不怕何家女人到处坏我闺女小子的名声吗，就不怕何家女人跟我家结下深仇，坏我闺女小子的婚姻大事吗？！"

"我的闺女小子哪会是她闺女小子那样的'破烂货'，没领'证'就'睡'上了，名声早臭了。我的闺女小子要明嫁明娶。怕她坏了名声？你怕我不怕……再说了，我倒要看看何家女人跟井家女人怎么弄，她何家女人要是占着茅坑不拉屎，井家很快会跟她不干，井家女人让她闺女小子跟谁结亲，都是冲着户口进城。她除了何家，再找不上我家闺女小子与她家小子闺女年龄相当的进城户了，井家女人早把我水家当'备胎'了。一旦何家与她家彻底闹翻，井家就会跟我水家结亲……"

"那井九羊跟何家大丫头，都'睡'成不是夫妻的夫妻了；那个井九虎，背个兽医药箱，领着何家水仙到处跑，早不是什么好东西了。他们另找别的姑娘，跟离过婚的有什么区别?!我家水花、水鱼都是水灵灵的鲜花，宁可嫁个城里的光棍或乡里种庄稼的老实人，也比嫁给井家的小子强⋯⋯"

"⋯⋯嫁城里的光棍，嫁乡里种庄稼的老实人?打光棍的，就以为是老实人?这样的人，要不是性格古怪和品德不好，怎么会打光棍呢?我家的闺女，宁愿嫁个离过婚的，也不嫁那城里的光棍。嫁乡里种庄稼的老实人?这样的人，大字不识几个，八杆子打不出一个屁来，就知道像牲口一样干活儿。这不叫老实，叫愚笨。我的闺女，宁可嫁像井家小子这样的机灵能干的人，也不愿嫁个把庄稼种成一朵花的人⋯⋯说白了，井家的小子在乡里能养猪、进城能做事，种庄稼的只能种庄稼，我闺女是城里人，总不能嫁给乡里人种田去吧?你脑子有毛病啊!"

"你这扯来扯去，是要闺女非嫁井家小子不成?"

"我巴不得何家女人赶紧让她的闺女小子与井家断干净，把水花、水鱼嫁给九羊和九虎，也让水雷把凤鸽娶过来。他们急着要户口进城，我也看好了井家摇钱树一样的养猪场。跟井家结亲，从此有钱花，闺女小子还能去经营养猪场，不再东奔西跑卖菜了，这对我水家是多好的事啊⋯⋯"

水家女人说到这里，问水花、水鱼，真要嫁井九羊、井九虎，愿不愿意。水花不吱声，水鱼说愿意。水家女人也不问水雷愿不愿意，直说"你小子要是娶上凤鸽这样的好闺女，也就是你占个城里户口，要不是你是城里人，你给井凤鸽提鞋，人家还看不上你呢"，说得水雷"噗哧"笑了，赶紧抹流出来的鼻涕。

闺女小子情愿嫁娶井家的小子闺女，水家男人不吭声了，只管埋头吃饭。

水家与井家结亲的好，被水家女人说透了，也把男人抚平顺了。水家女人长长地松了口气，说："有这城里户口真是好，不然井家女人怎么会求上门来呢，不然怎么会有把握让井家娶我的闺女，让井家的'凤凰'嫁我的小子呢？要是还在乡里，想都别想。"

水家女人拿出户口本，翻了一遍又一遍，看了一遍又一遍，脸上笑出了一朵花。

…………

水家女人越想越觉得她的闺女小子嫁娶井家的小子闺女，简直是再好不过的事情。她的结巴闺女和脸上长疙瘩的小子，实在太难找到合适的对象了，正因为她俩有点结巴，便被当"废品"一样看。上门说亲的虽没断过，而城里人找上门的，要么是光棍汉，要么是死了老婆的，要么是无业游民，要么是劳改释放犯。而乡里人找上门的，要么是说话不利索的，要么是聋子和身上有残疾的，要么也是光棍汉，要么是离了婚的老男人。以为户口进了城，还在城里找不上好的，可在乡里也找不上合适的。倒是有不少户口在乡里的小伙儿上门，长得都人模狗样的，要学历有学历，什么本科的、专科的、职高的，都在城里有份临时工作，都想在城里有份固定工作，都想在城里娶妻生子，但没有城里户口，单位难以正式录用，继而城里姑娘不嫁，就想急于解决户口。他们找到水家，要花钱假结婚，办了进城户口再离婚。

水家女人和水家男人虽对可观的"结婚费"动过心，但水花、水鱼死也不干，从而堵死了水家女人和水家男人的贪财念想。至于水雷，人长得壮实不矮，但就因为左脸上那包子似的疙瘩，户口没进城时，黄花闺女嫌弃，连离婚的媳妇也看不上，有寡妇和残疾女人倒情愿找他，而水雷宁可打光棍也不情愿。要是户口还在乡里，八成是打了光棍了。户口进了城，乡里姑娘情愿嫁的倒有好几个，有的是冲他的户口来的，有的提出要他有工作，有的

提出要给她城里安排上班。自己是个卖菜的,上哪里找工作去,
又上哪里给她找工作去,他怕过不长,干脆拉倒。水雷的婚事,
也成了水家女人的心病。水家女人看好了凤鸽,即使水雷娶了她,
她的户口进了城,她也不会离开养猪场,水雷也去养猪场,与水
花和水鱼一道,把猪养得肥头大耳,这该让她多省心呀。琢磨到
这里,水家女人赶快去找井家女人,她要给井家女人点紧张。

天刚黑,井家院里的灯把河边照亮了一片,垂柳落在井家院
墙内外,还有那屋后养猪场明亮的灯光,让井家显得家大业大。
水家女人过这小河时,有种奇怪的感觉,转成城里人的小河南,
与仍是乡下人的小河北,河南边暖些,河北边冷些。这一条小河
分开的两边,竟让她有这样的感觉,相信小河南的风水比小河北
的好,小河南人的命比小河北人的命好,但她不相信何家女人命
比她好,她这嘴像人像狗像猪的女人,不该有当城里人的好运气,
只配跟猪在一起。但她庆幸井家在小河北,她要是住在小河南,
她家的户口要转到城里,她比井家村的谁都有钱,那还不"牛逼"
到天上去了。

井家女人还是舒服地坐在那把椅子上,边看电视边喝茶,还
是见到水家女人一动不动地坐着,不让茶也不让坐。瞅着她,也
是催她赶紧有话就说。

水家女人把晚饭前何家女人上她家破门而入,大骂大闹的事
给井家女人描述了一遍。井家女人淡淡地说,这有什么大惊小怪
的,她闹得越凶,证明这边的"戏"演得越好,接着好好演。水
家女人火冒三丈地说,这戏都是井家在演"独角戏",想怎么演就
怎么演,得意的是井家,背坏名声的却是她水家,太损人了。井
家女人说,你是来要钱的,还是来吵架的。水家女人说,不是要

钱，也不是吵架。井家女人说，那你来干什么。水家女人说，这"戏"还要她水家帮着演还是不演。井家女人说，演，只能演到底，不能演砸了，演砸了后果水家全担着。水家女人说，那她就帮着演，但还是前面提的条件，让闺女小子到井家猪场上班。井家女人厌恶地说，急什么，等把"戏"演完了，再来猪场上班。水家女人说，这"戏"要演多久才能演完？井家女人说，半年，一年，三年。水家女人说，这无利的买卖，不要说三年，恐怕连半年也演不下去，他们要吃饭，万一何家女人买通了哪个闺女或小子，帮何家女人演"戏"，可别怪罪她。

井家女人一听这威胁的话急了，赶紧答应让水家闺女小子上班。问水家女人一个人要多少钱工资。水家女人说，每月的工资不多要，三个人每人三千块。井家女人故意生气地说，三个人每月就要挣走她三头肥猪的钱，她掏不起，最多一千五百块。水家女人暗骂，狠心贪财的井家女人，她那么能干的大小子大姑娘，一千五百块连吃饭钱都不够，给得太少了。但水家女人没有讨价还价，她要的是让闺女小子在井家做事，干脆接受了井家女人给的一千五百块再说。井家女人看水家女人一千五百块都干，她没堵住水家女人的要求，脸上挂上了怒云。水家女人赶紧说，那就让闺女小子明天来上班。尽管井家的猪场没了水荷、水仙和何干部做帮手，九羊和凤鸽忙不过来，但她实在不愿意让水家的人掺和。但水家女人的厉害之处，让井家女人不敢拒绝。井家女人不高兴地说，想来就明天来。井家女人答应明天来上班，水家女人又提出了个要求说，干活儿钱少没关系，还得有个雇用协议，不能来了几天，说不让干就赶走了，那让闺女小子在人面前抬不起头来。井家女人一听要签订劳动协议，"腾"地站起来，一巴掌拍到桌子了，火气冲天地对水家女人喊，能让来就不错了，还要签什么狗屁协议,真是得寸进尺!水家女人不急不恼地说,签订劳动协议,其实对井家好,不然闺女小子如果嫌猪场又臭又脏,干上几天不干了,这"戏"还怎么演下去。井家女人一听这话,火气消了一截,问水家女人,协议签订多长时间。水家女人说,井家与何家的"戏"演多长时间,就签订多长时间。井家女人说,那就先签一年。水家女人说,那就签订一年。井家女人说,谁起草协议?水家女人说,她来找人写一个,明天带闺女小子来时带上。井家女人没吱声,水家女人转身走了。

水家女人又是扔下井家女人走了,这样的不告别的甩手走法,等同于不满、愤怒、藐视,这让井家女人最为恼火。在井家湾,在小河南的村人户口没进城时,家家养猪都求井家的好猪崽,没人对她和井家的人小看,更没哪个女人对她无礼和放肆。这户口一进城,有些人的嘴脸就立马变了,对她笑脸少了,好听的话没了,这让井家女人受不了。尤其受不了的是何家女人、水家女人这样的货色。她们的户口没进城时,总是围着井家转,想养猪给便宜猪崽,吃不起肉给低价或白给,从不敢给她脸色看。何家女人更是这样,几十年来全家靠井家做事、靠井家挣钱,何家女人虽会对她小吵小闹,但从不敢大吵大闹,更不敢有话不听,恨不得让水荷不到结婚年龄就嫁给九羊,更不要说她的水仙,只要她和九虎想要,她答应得会比谁都快。可户口一进城,她的嘴脸全变了,变成了蛮横不讲礼的女人。

更令井家女人难以接受的是水家女人这样的货色,日子过得捉襟见肘,总是低着头走路,在她面前从不敢多言多语,可户口一转到城里,那头扬得高高的,说话把舌头拐到了城里人的语调上,见了小河北的村人如见陌生人,见到她总是头一扬,好像不认识似的,这让她无法接受。要不是为了小子闺女的户口进城,

要不是为了制服何家女人，她才不会找水家女人，打死也不会找
她。想到这一点，井家女人实在无法接受水家女人、何家女人等
就因为户口进了城，比她高了一头，她比她们矮了半截的现实。
对于井家女人来说，井家面临头等大事，不是把猪养得越多越好，
不是钱赚得越多越好，是小子闺女的户口进城进得越快越好。小
子闺女的户口一天不进城，她就要低人一头，小子闺女的户口永
远不进城，子孙后代那就都是乡里人，那她的子孙后代永远要比
何家、水家等城里人矮一头。这厉害结果这么一想，井家女人明
白了，再有钱的乡里人，仍然是低她一头的乡里人，这是没法改
变的现实。改变这一现实的，只能是户口。城里户口会让"土鸡"
变成"凤凰"。把何家女人和水家女人的翻脸，归结到户口让人脸
变成了"鬼"脸上，井家女人对何家女人和水家女人趾高气扬，
强迫自己接受了，也强迫自己妥协了。

井家女人对水家女人忽然提出要签订劳动协议的事，觉得是
件怪事，对井家不是件好事，但她猜不透水家女人的真正心思。

出了井家的水家女人，本着绝不能在井家女人这里做赔本买
卖的念头，成功地完成周旋，乐出了声。她更为自己灵机一动要
与井家签订劳动合同的得逞，乐出了声。她乐自己怎么就想出了
要与井家签订劳动合同的一"招"呢？没想到她这临时一"招"，
竟然逼井家女人接受了。她把这胆略和聪明，自然归结到了比井
家女人高一头的那张城市户口的纸上。她觉得井家女人再有产业
再有钱，在城里人面前还是心虚的，她跟井家女人得好好玩一把，
井家女人再厉害也没什么好怕的，她毕竟还是个乡里女人。井家
女人有钱，她要是不跟她玩，真是亏了。这进了城没了地的日子，
比没进城难过多了，不想点"办法"让闺女小子活得好点，光抱

着这城里户口，屁用也没有。

　　一个老农民，转眼成了城里人，转眼比小河北的人高了一头，转眼比曾高她一头的井家女人高出一头，水家女人感觉这城里户口，给她和全家带来的身价，真是花钱买不到的。她为她这辈子，也为她全家人有这天上掉馅饼的好事，做梦都在笑。让她笑得最开心的人，是家大业大的富婆井家女人，她在让她低她一头不说，还要折腾她，让她拿水家没办法。她一定要好好折腾一下井家女人，让她也尝尝她水家女人脸上不高兴的滋味。

二十二、一招高出一招

何家女人算计井家二十万块订婚钱的一"招"，没想到井家女人用肥猪抵订婚钱的把戏化解，这是在羞辱她，实在是太损了。井家女人以为她的应"招"，何家女人不会接"招"。如果何家女人不接"招"，她会对她提出先订婚，后补上订婚费的"招"。井家女人给何家女人提出的订婚，可不是搞个仪式那么简单，是要让井九羊与何水荷领了结婚证的订婚。要说领了结婚证，就算结婚，但领了结婚证，对于井家仍有最关键的，也是最核心的，也是最盼望的，是井九羊要通过何水荷，把户口转到城里。如果何家女人牢牢摁住何水荷的户口，井九羊的户口就办不进城里。所以井家女人提出先订婚，何家女人提出先给钱，都不过分。尽管何家女人可以用户口扼制井家女人，但何家女人要先给订婚钱，再做订婚事，底牌是要坑井家一笔钱，压根儿也不会做真订婚的事。出于这个目的，何家女人哪能放过井家的几十头肥猪。肥猪卖了就是钱，那就到井家抓猪卖猪。何家女人悄悄找好了十个壮汉，打算第二天上午去井家猪场抓肥猪。

何家女人去井家抓卖肥猪的策划，她既没告诉何家男人，也没透露给闺女小子，只是雇的人和车快到井家猪场时，才让何水荷打电话告诉井九羊，她妈雇人来抓当订婚费的四十头肥猪。水荷急了，她让她妈别干这样的事，订婚钱迟早会给，何必上井家抓猪卖猪，多不好看。何家女人没理睬何水荷的苦劝，让她赶紧告诉井九羊，让他帮着挑选肥猪，帮着装车。何水荷急了，跟她妈发火，她不理她。何家女人打电话指挥雇的人和司机，赶紧去了井家猪场，挑选最肥的猪抓。

何水荷没给井九羊打电话，穿上外套要出门，被何家女人扯住了衣服，厉声警告何水荷，与井九羊只许打电话，不许迈进井家半步，更不许与井九羊私下来往，一旦让她发现去了井家，看到跟井家小子来往，别恨她手下无情。可抓猪的事情紧急，弄不好要出大事，何水荷赶快给井九羊打电话，告诉他她妈雇人和车去猪场抓猪了，要他处理好，千万别与雇的人发生流血事件。井九羊让她放心，他这就把猪场大门打开，想抓哪头，随便抓。何家女人听到水荷在电话里对井九羊说的话，打电话告诉雇的人，给井家说好了，想抓哪头，随便抓，挑最肥的母猪抓，抓够四十头，一头不能给她少抓了……

自从与井九羊"私奔"回来，何水荷就丢了街道菜铺的工作，与户口进城前一样，帮着井九羊打理猪场的事情。可她妈为了让她与井九羊彻底断离，宁可让她在家没事可干，也不让她出门。这段时间又以"井家不给订婚费不能见面"为由，把她死死地盯在家里，并警告她，乖乖待在家，别逼她动手打人。何家女人不许何水荷出门，这可不是她的气话。要是何水荷走出院子，她那真会动手，对此何水荷不敢轻易挑衅。

何水荷怕井家猪场出事，踩着凳子看井家猪场的动静，好半天既没人吵，也没猪叫，而抓猪的车却开出了猪场。何家女人当即接到了抓猪的人电话说，猪场全是又小又瘦的猪崽，找不到一头肥猪，小而瘦的猪抓不抓？何家女人说，抓那么小的猪有屁用。抓猪的人要辛苦费和出车费，何家女人就把电话挂了。就在这当儿，何水荷给井九羊打电话问什么情况，说抓猪的人，没抓到回了。何水荷问井九羊，猪场的猪呢。井九羊说，飞了。何水荷听到没抓到猪，猪"飞"了，笑得从凳子上摔了下来，摔了个四脚朝天。何家女人看到何水荷笑成了这个样子，笑成了一朵"花"，没伤骨头没伤皮，气就"腾"地朝何水荷来了。

井家猪场至少有五六十头肥猪，怎么会一头都没有了呢？尽管水荷装得对她雇人抓猪的事一点都不知道，她怀疑水荷跟井九羊串通，把肥猪偷着卖了。

"你这个吃里爬外的东西，你这个白眼狼！"何家女人就地把气撒到了水荷身上。

何水荷虽然摔得很疼，虽然她妈对她撒恶气，但对去的　人没抓到一根猪毛，乐得没在乎她妈骂她什么，回屋里给井九羊电话热聊去了。

何家女人还在骂何水荷，骂完何水荷骂井家女人，骂完井家女人骂井九羊。正骂着，有人敲门。是她雇的去井家抓肥猪的几个人，上门来要出工费和车费。何家女人正在火头上，对来人没好气地说，一头猪没抓上，要什么钱。来人说，没有肥猪抓，怎么怪他们没抓上。何家女人说，之前谈好的，抓运四十头肥猪，车费两千，雇的十个人每人五百块；没抓到，但动了车也用了人，那就两辆车各给五百块，每人给三百块，一共四千块。何家女人一听急了，还是那句话，一头猪没抓上，要什么钱。来人更火了，问她，要不要把猪儿子抓来，才能给钱。何家女人接着这话茬说，去抓呀，猪崽也是钱，卖了猪崽付车费工钱。来人一听这话，扭头就去抓猪崽了。

井家猪场传来"吱咛——吱咛——"的乱叫声，抓猪的人在抓猪崽。不一会儿，何家虚掩着的大门被人推开，紧接着三五成群的猪崽，窜进何家院子。正在院子里边摘菜边骂人的何家女人被窜进来的猪崽吓得把菜扔了一地，大喊大叫起来。转眼工夫，几十头猪"哗啦啦"窜进了院子。猪崽欢快地乱窜，有些扑向撒在地上的菜，有些溜到这屋那屋，有些还窜进了厕所，把个何家女人吓得满院子躲避。紧接着屋里传来何水荷、何水仙和何干部的叫喊声。紧接着，抓猪的其中几个人进了院子。领头的大胖子说，四十头猪崽，全抓来了，车和十个人的费用不多要，一共五千块，赶紧给，人和车都在门外等着，拖的时间长了，还得加钱。

几十条猪崽好像到了个新奇的好去处，放开撒欢儿，到处乱窜。何家女人不知道怎么办好了。一头猪崽能卖五百块钱，四十头猪崽能卖两万块钱。何家女人的脑子里迅速过出了这个数。如果卖了，付掉抓猪的人车费，还剩一万五千块，也不算白抓一趟。抓猪的人催着要工钱。何家女人说，卖了猪给。抓猪的人不干，把院门敞开说，要是现在不给钱，他们就把猪崽全赶出院子放走。何家女人急了，赶紧给拿钱。抓猪的人，拿了钱，走人，把门拉了个严实。

何家女人给何家男人打电话，叫他回家赶紧卖猪崽。何家男人问明白了是怎么事，当即告诉何家女人，屠宰厂不收猪崽，城里没地方卖，养猪的人都是卖猪场的猪，何家卖不出去，赶紧还给井家。何家女人被何家男人顶了回来，只好厉声叫水荷、水仙。水荷从屋里出来了。何家女人对水荷说，赶紧叫井九羊，把他的"仙人"抓走。水荷故意说，愿意要就养着，九羊的猪场有的是猪崽。何家女人的火又被激出来了，嗓门高了一大截，骂水荷是吃里爬外的东西，肥猪一定是帮井九羊藏到什么地方去了，还不如实告诉她。水荷任她妈骂什么，扭头就又进了屋。

脚底下尽是跑的猪崽，猪崽围着她叫唤。何家女人怕被猪咬，站在院子里不敢乱动，拿水荷没办法，只好叫水仙给井九羊打

电话，让他赶紧过来，把猪崽给她抓走。水仙扯高嗓门给井九羊打电话，让她过来把猪抓走。井九羊说，让你妈养着吧，他不要了。水仙把井九羊的原话转告给了她妈。何家女人就朝水荷嚷道，告诉井家小子，中午吃饭前，如果不把猪崽抓走，她就宰了卖乳猪肉了。水荷没吱声，却给井九羊打了电话。井九羊带着几辆三轮车来了，水荷和水仙欢快地帮井九羊抓猪崽。猪崽好像仇视何家女人，神情里透着对她的恨意，可对井九羊、何水荷和何水仙很是亲近。他们一出现，猪崽都跑过来往他们身上扑。他们轻易地把猪崽一个不少地捉住，装进了麻袋，抬到了车里。正要拉走，何家女人拦住井九羊问，圈里那么多肥猪，到哪里去了，一定是水荷和他串通戏弄了她。井九羊说，要说和水荷没串通，说了也没人相信；这四十头猪崽，就是肥猪，它们很快就会成肥猪的。何家女人说，订婚，就给这猪崽当订婚钱，这把戏也就井家的人能玩出来，母子都是十足的大骗子。井九羊说，这四十头猪崽几个月就成肥猪，卖好了能卖三十多万块……井家的人会骗人，这"嗖嗖嗖"每天都在长肥的猪，不会骗人。何家女人说，那行，她等这四十头猪崽养成肥猪，她把它卖了，再说订婚的事。井九羊没理她的话茬，叫水荷、水仙去他家玩。何家女人朝水荷、水仙急赤白脸地说，谁要是敢去井家半步，看不把腿给打断。水荷对井九羊说，电话说话，赶紧回，别把猪崽捂坏了。井九羊同三轮车要回猪场，何家女人忽然把拉猪崽的三轮车拦住了，对井九羊说，抓肥猪的人抓个空，又是个骗局，抓猪崽花了五千块钱，给钱把猪拉走。井九羊爽朗地答应说，五千块钱他出。井家女人说，给钱走人。井九羊说，让水荷跟他去拿。何家女人说，别想好事，去拿，拿来再把猪崽拉走。井九羊就去拿钱，很利索地把钱拿来给了何家女人。何家女人把钱数了两遍，数到一张不少，才放行了三轮车。

就在何家女人等井九羊回家拿钱的空儿，她听到井家猪场的猪叫声，是很多大猪的叫声。井家猪场有大猪呀，听上去有不少大猪，怎么没抓到大猪呢？一定是井家小子又骗了她。她真想过去看一眼，但去猪场得经过井家院门，怕碰到井家女人。碰到井家女人，会发生意想不到的事情。自从跟井家女人撕破脸后，她连井家的门都没进过。她怒问何水荷，井家猪场有很多大猪叫唤，最好给她说个清楚。水荷说，都是怀仔的母猪和配种的公猪，不信自己瞅去。水荷知道她妈不敢去看，就既撒谎又横地说。何家女人信了水荷的话，不吭声了。

何水荷是骗了她妈。其实，井家猪场有五六十头肥猪，她妈那晚上电话雇人第二天上午抓猪，雇的工头叫什么，水荷听了个清楚，立马给井九羊发了短信。恰巧井九羊认识那工头，她妈给了他五千块钱，让他当即去他家打点，让他带人到猪场不抓猪，转一圈回去骗何家女人说，猪场没肥猪。既不抓猪，又能得钱，大好美事。工头当即答应说，就按九羊弟说的，骗她何家女人没商量。何水荷又给井九羊的通风报信，让井家避免了四十头肥猪的损失。虽然前后损失了一万块钱，让幕后的井家女人揪心地疼，但她心里很爽，她花了点小钱，玩赢了何家女人。

二十三、花招丛生

何家女人用订婚套井家二十万块钱的花招，被精明的井家女人搞成了泡影。没有骗上井家钱的何家女人，对于她的闺女小子嫁娶不嫁娶井家小子闺女这事，实在是进退两难。就这么跟井家断离了，她没有得到井家的补偿，还会让水家女人钻了空子，让她的闺女小子立马填补她的闺女小子的"空缺"，等于成全了井家小子闺女户口进城的美梦不说，也成全了水家闺女小子做梦都想嫁娶井家小子闺女的美梦。这个局，她不能退，一退全输。何家女人想到这个要命的问题，突然有点发晕，随之有点天旋地转，好不容易才站稳。眩晕过去，她便咬牙切齿地恨起井家女人来，愤恨中又有了对付井家女人的新招儿。

何家女人没得到二十万块钱，抓肥猪卖钱也落空了。何家女人敲诈井家骗局的落空，实则是井家女人把她看透了，这让她感到要补偿回来在井家的"损失"，或者说占到井家的便宜，不可能了。看来井家女人想以水家闺女小子替代她的闺女小子的传言，真怕逼成真事。要是逼成真事，井家小子闺女的户口，那就"嗖"地迁进城里了。要是逼成真事，不要说水仙、干部，那水荷干不干？不干。水荷会不会寻死？难说。何家女人想到这个地步，身上的冷汗便出来了。

后怕归后怕，有一点何家女人心里很明白，水荷与井九羊的婚还是要订，至于订了婚，让不让他们结婚，那还是她说了算。拖上他一年两年，拖到水家闺女小子嫁了娶了别人，拖到给水荷、水仙和干部找到了合适的对象，最好拖到井家小子闺女年龄不小了，在城里找对象不好找了，再把他们扔掉。这虽然让她的闺女小子很受折磨，但水荷、水仙和干部与井家小子闺女不一样，他们是城里人，他们是乡里人，城里的闺女小子找对象不怕年龄大，可乡里人年龄大了很难找。还有，她实在不甘心这么输给井家女人。想到这里，何家女人越发觉得订婚钱还得要，只有要到订婚钱，才能把井家小子闺女拖住。想定了这主意，她又想定了另一个主意，向井家要订婚钱的事，她再也不跟井家女人交涉，交给水荷、水仙和干部三个人分别要。水荷一个人二十万块，水仙二十万块，干部十万块，谁要来，谁订婚；谁要不来，谁就别想跟井家小子闺女来往，谁把自己的婚事拖黄了，由自己担着，别怨到老娘头上。何家女人想出这个主意后，心里乐了。她夸赞自己，"生姜"还是老的辣，谁喜欢井家的人，谁去跟他们较量去，井家女人要想跟她玩下去，那就拿钱说话，不给钱就拖着。拖着，拖黄了，罪责全在井家女人身上。

何家女人把闺女小子与井家小子闺女的事想了个清楚，便把水荷、水仙和干部叫来，给他们说了这么一通话，两个闺女想嫁井家小子，干部想娶井家丫头，她不阻挡了，能不能订婚，能不能结婚，先由订婚费说了算；订婚费拿不来，要是把自己的婚姻大事耽搁了，别怪老娘。她给他们说了向井家各自要订婚费的钱数，并郑重地说，谁把订婚的钱要来，谁订婚；钱没要来，不能来往……不要把她的话当儿戏，要是让她发现偷着来往，试试看，老娘绝不轻饶……

何家女人的话音刚落，何水仙就"哼"了一声回她屋了。何干部骂了她妈一声"女暴君"，使劲用拐子捅了好几下地，喘着粗气走了。何水荷对她老娘的"宣言"，火在心里，但不敢怒，不敢言，不敢走。自打她家的户口进城，她妈对井家和对她的"花招"，一个接着一个。她反抗过多少次，反抗不仅没用，反而给井家折腾出很多事端来，也给她折腾出咽不下的苦头来。何水荷清楚，她能不能跟井九羊结婚，取决于她能否跟她妈耐心较量，跟她闹翻了，后果明摆着，户口本在她手里，她不给户口，订了婚也没用。看来没有二十万块钱，她跟井九羊连面都不能见了。不让见面的后果，不堪设想。井九羊有没有二十万块钱？他妈愿不愿拿二十万块钱出来？何水荷想到这关键之处，她妈骂她跑神跑到鬼那里去了，给她撂下一句"要是敢把我的话不当话试试"，去水仙屋子了，接着传来水仙的大吵大闹声。

…………

何家女人给何水荷、何水仙和何干部"下达"向井家分头要订婚费，要到订婚费才能见面的"命令"。何家女人的话刚说完，井九羊、井九虎和井凤鸽就知道了，随之井家女人也知道了。何家的闺女小子和井家的小子闺女都在热恋当中，过去每天都要见面，每天都"泡"在一起，这段时间被他们妈限制住不让来往，大的小的，丢了魂似的，不是电话。就是短信，他们妈的任何动向，井家的小子或闺女都会当即知道，井家女人也会当即知道。

何水仙给井九虎发短信说："虎哥，你说我妈多缺德，给我分配了向你家要二十万块订婚费的任务，休想。放心，你会全身得到我，让她一分钱得不到。爱死虎哥了……"井九虎回复说："我也爱死你了……"何水仙就这么出卖了她妈，就这么向她心爱的虎哥表达了忠心。何水仙知道，即使她妈不要一分钱彩礼，井九虎也会对她常说"我也爱死你了"的话。井九虎并没有把她爱到要死要活的程度，这好听的爱的誓言，是她需要的，但不是他真心想说的。

井九虎在暗自下功夫复习考大学，用他的话说"考上大学户口什么的全有了"，那言外之意考上大学会有老婆，不一定是她何水仙。他跟她好，或者说他勉强爱上她，是因为她对他的迷恋和对他情感的炽热，还有他妈逼他户口进城这个因素。是不是还有万一考不上大学，找她何水仙，也是不错的选择？她不知道他有没有这个想法，她感觉他有这个想法。井九虎对考大学跳"农门"，心里下着一股狠劲，且他坚信自己一定会跳出去，不再看到猪，不再下地干活儿，不再进城卖菜，不在乡里生儿育女。何水仙几次问井九虎，他要是考上大学，还"要"她吗？井九虎说，没想过这个问题。何水仙还问井九虎，要是大学毕业留在城里工作，会不会娶她。井九虎说，几年以后的事谁知道呢？因为有跳出"农门"的强烈冲动，井九虎对何水仙的感情，是忽热忽冷的，是应付性的，是边走边看的。井九虎也会因她妈的折腾，随时离开她。她是一头热，他是不冷不热，这让何水仙对她妈反感透顶，也对井九虎因她妈麻烦离开她而担心透顶。尽管何水仙对井九虎心里七上八下，但何水仙对井九虎既没办法，又放不下。

何干部答应跟井凤鸽私订终身，用井凤鸽的话说"与干部死也要死在一起"，但何干部说"这话听上去别扭"。何干部腿残很自卑，在户口没进城前，没哪个姑娘会嫁给他，即使是"丑八怪"姑娘也不会嫁给他。用他的话说，只有母猪母狗不嫌弃他。他压根儿也不敢想井凤鸽会喜欢上他。他对井凤鸽"喜欢"上他，不相信，也不踏实。在何干部眼里，井凤鸽长得真是姑娘中的凤凰，小家碧玉的模样，虽黑点、脸长点，差一点就像电影《小白菜》里的"小白菜"，是他从小做梦都想娶的女人。他们一起玩耍、一起长大，井凤鸽对他很好，但不是喜欢上他的好，何干部感觉井凤鸽不会喜欢上他，更不要想会嫁给他。随着长大，何干

部在井凤鸽面前越发自卑。他曾不甘心自暴自弃，给井凤鸽写了
封求爱信。井凤鸽看了不仅没感觉，反而挖苦他"错别字连篇，
不知道写的什么"，把信塞给了他。他从此更加自卑，自卑到了恨
自己，也恨井凤鸽的程度。他恨井凤鸽太漂亮，让她和他一个在
天上，一个在地上，隔着万里天涯。她跟他虽一起干活儿，但跟
他说话越来越少。可自从他的户口进了城，自从她妈死活不愿意
把他姐嫁给他哥九羊起，井凤鸽跟他没话找话了起来，有事没事
找他的时候多了起来。不仅找他的时候多了起来，而且好听的话
更是多了起来，还给他洗起了衣服，给他送起了好吃的东西。再
后来，他故意"碰"她，她不再躲闪，甚至井凤鸽大方到主动亲
吻他的地步。再后来，井凤鸽就对他说了，她要嫁给他。他不相
信井凤鸽真心嫁给他的话，他相信她是为了促成水荷嫁给九羊而
假嫁他的谎话。他妈也对他说，井凤鸽的心思不在他身上，是在
她哥"踩"着水荷户口进城上，她压根儿不想跟他结婚，即使跟
他结了婚，她的户口一进城，也会跟他离婚。她把井凤鸽看到了
这一步，井凤鸽对何干部缠绕得越紧，何干部对井凤鸽就越自卑，
越没底，甚至越反感。何干部也反感他妈：男人娶媳妇，朝女方
要十万块钱订婚费，有这样的事吗？天底下也找不到这等事；他
腿虽瘸，但也是个大老爷们儿，怎么把他当作女人一样，收起订
婚费了？这明明是没把他当男人看。这会儿，正窝着火的何干部，
对井凤鸽的短信，直截了当说："我俩的事，算了吧……我妈让我
向你家要十万块订婚费，太缺德了，让我太丢人了……"井凤鸽
回复说："要钱没有，要命一条……要不我俩也'私奔'吧！"何
干部没有回复井凤鸽的短信。

何水荷心急如焚，她感觉她妈逼要订婚费，是冲着她来的，

她比谁都急。她发短信急问井九羊："订婚费又加码了，我和水仙一人二十万块，干部十万块，不见到钱，不许见面。快想办法，怎么对付她……"井九羊回短信说："你妈疯掉了。一时想不出好办法，见面商量对付办法。办法肯定有……"何水荷回复说："她盯着我呢，不让见面，见面会惹出事来。赶紧想个不给钱，又能订婚和结婚的办法。"过了好半天，井九羊回说："别再想骗过她的美事了，她要是收不到银子，我俩的事会被她理直气壮地拦死，我俩寸步难行。对了，把我带你'私奔'时给你的二十万块钱给她，她就不会阻拦我俩来往了，也就可以订婚了。快给她。"何水荷回复说："这钱留着我俩结婚用，不能给她。你家即使有钱，也一分不要给。给了她，她也不会让我俩结婚。给她钱，等于是'肉包子'打狗——有去无返……"井九羊说："水荷你真好，真是我的好媳妇……"

井家女人对何家女人让闺女小子要订婚费，不给订婚费不让见面的新把戏，不以为然。井家女人暗自嘲笑何家女人：是何家的闺女小子离不开井家的小子闺女，还是井家的小子闺女离不开何家的闺女小子，这个问题没搞明白，还一个劲给井家设障碍，真是脑子有病。井家女人心里清楚，她的小子闺女，没有一个离不开何家闺女小子，只要在城里找到合适的姑娘小伙儿，随时可以跟何家的闺女小子离得远远的。井家女人骂了何家女人几十年"蠢货"，在井家女人眼里，她就是十足的蠢货，她跟她明争暗斗了几十年，让井家女人纳闷的是，她没有一次不败倒在她脚下。她深信这次"踩"着她闺女小子户口进城，不管她何家女人使出多少"花招"阻拦，她的闺女小子的事，她做不了主，是她井家女人说了算，等着瞧。

井家女人琢磨到这里，她有点盼望水家女人带着她的闺女小子来猪场上班了。

井家女人告诉井九羊、井凤鸽和井九虎，水家女人第二天会带着她的闺女小子和"劳动协议书"来上班，九羊帮她签协议。签了协议，这给井家演的"戏"，就算正式开场了。听好了，演的是恋爱"戏"，九羊对水花、九虎对水鱼、凤鸽对水雷，一对一带他们做猪场的事，把"戏"给何家演好看了。

井家小子闺女明白，这是给何家演"戏"，逢场作戏，不来真的，想得简单，没什么好说的，便顺溜地做准备去了。

用水家的闺女小子帮着给何家演这出"戏"，井家女人和井家小子闺女想得简单，而水家女人却不是个简单的女人，水家女人在这出"戏"里，不会那么简单。

二十四、两个诡异的女人

　　水家女人说是跟井家女人见面的第二天，带她的闺女小子来井家猪场上班，可过了好几天也没来，也不说为什么不来，即使在河边水家女人看到她，她也不提这事，井家女人装着没有这事，对她不理不问。水家女人玩得什么花花肠子？随后井家女人听到确切消息，是何家女人在给水家闺女小子介绍对象，水家女人在忙着给闺女小子相亲呢。究竟是跟哪家的人相亲，相成了没有，井家女人没打听出个子丑寅卯，倒是让她心里堵了块东西，便猜忌：水家女人与何家女人一个见不得一个，怎么黏在一起了，分明是何家女人又有了对付井家的新花招，水家女人会不会把帮井家演"戏"的事抖搂给何家女人？水家女人会不会与何家女人合起来对付她？井家女人得出的结论是，就凭水家女人好贪小便宜的德行，何家女人只要给她足够的好处，她会倒在何家女人一边。如果这样的话，那她就得跟何家女人好好折腾一下了。

　　又是几天过去了，水家女人即使在河边见到她，也还是不理不睬。几次，井家女人想开口问话，但看到水家女人没看到她的样子，她终于没张口。她要看看，水家女人究竟给她"唱"的是什么戏。

　　井家女人在焦急中又等了好几天，终于等到了水家女人的"动静"，她带着水花、水鱼和水雷，上井家来了，手里拿着《水家与井家劳动协议书》。

　　井家女人对水家女人到底还是带着闺女小子来上班，又怒又喜。二十多天前来求她给她的闺女小子在猪场安排差事，那个急，

急得让她反感，但她答应她第二天上班，却玩了一把这拖而不来
的把戏，让她琢磨不出来。这女人"玩"了多少对她不利的鬼把
戏，她有太多的话想问，有一股恶气想对水家女人发作出来，但
她感到今天站到她面前的水家女人，对她有点惧怕，不敢张口，
更不敢对她气"粗"，这是为什么？她等水家女人解释点什么，可
水家女人什么也不说，只是把《水家与井家劳动协议书》递给了
她。井家女人赶紧叫九羊、九虎和凤鸽过来，跟他们见面，让沏
茶，给端水果。水家女人进门时一脸的紧张，被一番少有的热情
化解得舒展了许多。井家女人把往上窜的火压住，让水家女人和
她的闺女小子坐下，还是以对来人少有的客气，让喝让吃，也是
在等待水家女人解释点什么，可水家女人只喝只吃，什么话也不
说。井家女人琢磨，水家女人是不会给她解释什么了，她只好装
着什么也没发生过的样子，瞅了一眼协议。协议的内容让她的眉
头缩成了个疙瘩，她把协议给了井九羊。井九羊看完，笑得前仰
后合。水家的闺女小子，也跟着笑。井凤鸽一把抢过去，看完也
是笑得前仰后合。井凤鸽把协议扔给了井九虎。井九虎看完，也
是笑得捂起了肚子。水家的闺女小子跟着笑，但不知道在笑什么。

井九虎大声念起了协议书：

水家与井家劳动协议书

井家养猪场需要员工和演员，干活儿喂猪，给"猪"演戏，
看准水家闺女小子，找水家给予支持。水家与井家历来没有过节，
两家孩子自小愿意来往。水家再三考虑，答应了井家的请求。经
水家慎重考虑，让水花、水鱼、水雷去井家养猪场工作，也让他
们配合井家给"猪"演戏。三个大活人给井家做事，要吃饭，要
生活，得有个"君子协定"。为了保证水家和井家双方利益，特订
立以下协议：

井家猪场的活儿，还有给"猪"演戏的角色，听从井家的安排。水花配给井九羊，水鱼配给井九虎，水雷配给井凤鸽。

井家每月发给水花、水鱼、水雷每人一千五百块工资。发足现金，不能拖欠，不能用猪下水等实物替代。

水花、水鱼、水雷把井九羊、井九虎、井凤鸽要当作自己的亲妹亲哥对待，活儿要多干，但不能让累着。

水花、水鱼、水雷与井家的劳动协议一年。一年内，除非水家闺女小子提出不干，井家不得解除协议。一年后，水家愿意再续协议，由水家自愿，不得强迫。

水花、水鱼、水雷在跟井九羊、井九虎、井凤鸽在做事和演"戏"中，不能做出出格的事情。如果井九羊、井九虎与水花、水鱼，水雷与井凤鸽发生男女生活作风问题，责任都在井家。井九羊得把水花娶了，井九虎得把水鱼娶了，水雷得把井凤鸽娶了。

…………

井九虎边念协议边疯笑，井家的人狂笑不停，水家的人跟着难为情地笑，笑得水家女人脸红脖子粗，笑得井家女人脸上挂上了怒气。

"谁这么有才，协议写得这么怪腔怪调！"井家女人带着怒气，朝水家女人问。

"我妈给律师口述，律师'划拉'了一下。让你们见笑了。"水雷说。

"写得可笑的地方，那就赶紧改掉。"井家女人接着说。

"真是小看你了，你这么这么有才，把男女关系都写上了，听上去别扭，细琢磨，亏你想得'老到'。"井家女人朝水家女人说。

"我想的一点不多。我的两个大闺女对你两个大小子，我有点不放心，也是应该的。"水家女人说。

"听到了没有，这是敲打你们俩呢。一起干活儿就干活儿，别对水家的姑娘动心思……"井家女人对九羊、九虎说。

井九羊望着水花直笑，不说话。

井九虎对水鱼说："水鱼长这么漂亮，我要爱上她，我就娶她……"

井九虎的话，惹得井家水家的人一阵大笑。

水家女人问井家女人，协议还改吗？井家女人问她的小子闺女改不改。井九羊说，话虽怪，但条款没错，不改了。井九虎说，很精彩，不用改。问井凤鸽，协议改不改，井凤鸽不吭声。协议没改，井九羊替他妈签了字，水雷替他妈签了字，一家一份，正式生效。水家闺女小子，跟着井家小子闺女，去猪场干活儿了。

屋里剩下水家女人和井家女人。没了人，可以敞开说、放开吵。井家女人想跟水家女人聊何家女人是怎么回事，但水家女人生怕多说一句话，扔下井家女人回家去了。

水家女人什么也不说就走了，井家女人仿佛前胸后背被水家女人落上了"石头"，心里又沉了半截："她怎么也得跟我扯一下何家女人介绍对象的事呀。究竟瞒着我什么事情，是不能说，还是不敢说？"

井家女人想到这一点，感到水家女人让她的后背越来越发凉。

二十五、要钱不要脸

水家的闺女小子刚到井家养猪场，何家就闹翻了天。何水荷、何水仙、何干部把何家女人堵到厨房。何水仙问她妈，要是井九虎跟水鱼好上怎么办。何干部问他妈，井凤鸽被水雷"祸害"了怎么办。何水荷问她妈，水家要是把水花嫁给井九羊怎么办。三个人一人一个"怎么办"，问得何家女人火被"腾"地掀起来了：少跟她问"怎么办"，拿来订婚费，好办；拿不来"订婚费"，就说明井家不想干；正好，水家闺女小子要是缠上井家的小子丫头，那就烧高香了，何家就不用当他们进城的"跳板"了，给你们找比井家小子丫头更好的人……

何家女人这般发横的话，引来的是母女母子间吵嚷，而何家女人对闺女小子的吵闹，丝毫不让步——拿不来订婚费，不许来往。何干部骂他妈"又硬又臭"，何水仙骂她妈"要钱不要脸"。何水荷给她妈撂下狠话，要是井九羊被水花"抢"走，她就死给她看。接着，何水仙、何干部也说，他们也不想活了。

何家女人听他们三个人吵的事，嚷的话，好像有人给教唆过似的，她怀疑又是水荷扇动的吵闹，便没把他们的狠话往心里去，该干什么干什么。因为她明白，吵闹是迟早的事，他们三个迟早都得与井家的小子闺女彻底分手，她何家死也不会嫁娶井家的小子闺女的。

何家女人对水家闺女小子要嫁娶井家小子闺女的传闻，前段时间很上心很紧张，生怕这事成了，就给水家闺女小子介绍了几拨对象，有机关的，有部队的，有当老师的，还有做老板的，对于水家闺女小子来说，都是高攀对方，大多见完面就回绝了，但也有老板和当干部的看上了水花和水鱼，让等着回话，可就是等不到回话。水家女人实在看上了这两个人，虽然都是离过婚的，但当干部的有房，做老板的有钱。水家女人催了何家女人好几次，不是让等着，就是让等着，不知道何家女人"葫芦"里卖的是什么药。水家女人不想让闺女小子风里来雨里去卖菜，急着要他们去井家猪场上班，但水家女人怕得罪何家女人，怕那介绍的对象黄了，就一拖再拖，不敢跟井家女人说去或不去。正在她犯愁的时候，没想到何家女人鼓动她，赶紧让她闺女小子去井家猪场上班，但何家女人提了个要求：到井家猪场上班可以，跟井家的闺女小子混在一起也可以，但不能与井家的小子闺女搞对象；那个干部和老板，肯定是会娶水花和水鱼的，要是水花、水鱼、水雷跟井家的小子闺女好上，那这水花跟干部和水鱼与老板的好事，成不成全凭她一句话。何家女人这话，把个水家女人吓住了。水家女人盼望她的水花和水鱼嫁给干部和老板，离没离婚的无所谓。

何家女人的弯，转得真快。她此时的想法，又多了层新的考虑，她要让水家闺女小子把井家小子闺女与她的闺女小子"拖"开。有了这个招，她巴不得水家的闺女小子拖住井家的小子闺女，好让她闺女小子与井家小子闺女断了，她给闺女小子找了新的对象，她再给水家闺女小子物色了对象而离开井家，让井家落个何家水家两空。她把给水家女人给的好处和给她闺女小子物色的对象的想法告诉水家女人，水家女人咧着嘴笑了，她俩便把过去的怨恨就地放下了。

…………

这吵闹，确实是何水荷鼓动何水仙和何干部，故意跟她妈吵闹的。没想到她妈不但不服软，还是那么横，看来她妈对水家的姐弟去井家猪场上班，根本不在乎，好像水家的姐弟要是把井家的兄妹勾搭上，她妈巴不得呢。尽管井九羊给她信誓旦旦地承诺，水花跟着她干活儿，只是给何家演"戏"，他绝对不会对水花有半点非分之想，让她一万个放心。说放心，她能放心吗？那个水花嘴巴是不太利索，但脸蛋和眼睛，比哪个姑娘都会"说话"。她要是动真的，井九羊能"扛"住？难说！何水仙对水鱼也是这样的感觉，水灵又机灵，那小巧的嘴巴笑起来甜得像水蜜桃，井九虎本来就对何水仙不上心，她要是给他送上"甜蜜"，井九虎还不让水鱼给缠上？十有八九会被水鱼缠上。至于井凤鸽，何水荷倒不担心她，量她也不会对那脸上长着疙瘩且鼻涕擦不干净的水雷有"感觉"。何水荷想到这里，感到她和水仙的"危机"已经出现，她必须跟九羊多见面，不见面或少见面的后果会很严重。何水荷给水仙说，可要把井九虎看紧了，即使她妈这里下"刀子"，想去见井九虎，就去见，别让水鱼钻了空子。水仙对水荷说，她要跟她妈拼命……水鱼要是钻"空子"，她就跟水鱼拼命。

何水荷的担心，不是多余的，她对水家女人和水家丫头太熟悉了，她嘴不会说，但心里什么都清楚，对自己有利的事情，不会放过。虽然她妈给她们介绍了一个干部和一个老板，她们巴不得嫁给这样有钱有权的人，但她妈是不会让她们成的，况且她妈给老板和干部，又介绍了另外两个姑娘，至少不结巴，比她俩有优势，那老板和干部就在水家姑娘和那两个姑娘之间犹豫不定。

水家女人已经感觉出来，何家女人给她闺女介绍对象是假，让她和水仙、干部彻底断离井家小子闺女是真，她闺女跟老板和干部的事也许没谱。虽然何家女人为了拉拢她，给了她一对玉镯子，说是和田老玉，少说也值几万呢。水家女人估摸它也就值百八十块钱，推了好几次不要，但何家女人就要发火，就暂且收下了。虽然何家女人一边给她闺女热心介绍对象，却一边嫌弃闺女是结巴。这让水家女人感到自己闺女小子的缺陷，的确是低人一等，健全的人不愿找，乡里的穷光蛋不能找，老光棍不敢找，离婚拖儿带女的不能找，什么样的人合适而人家愿意找，思量了多少个来回，就觉得能与井家小子闺女成亲，是不错的选择。井家这么大的猪场，井家小子闺女也不等于是有钱的老板吗，嫁娶了井家的小子闺女，他们全家再也不用卖菜了。水家女人"吃"准了井家女人想方设法要让她的小子闺女跳出"农门"的急切心思，不会放弃她闺女小子这块"跳板"，一旦何家闺女小子离开井家的小子闺女，井家女人肯定会与她水家结亲，这会是桩再好不过的事。想到这一步，水家女人决意把闺女小子送到井家猪场上班，给的钱少也忍了，她要让她的闺女小子跟井家的小子闺女，混得难舍难分。

水家女人怕她的闺女小子跟井家的小子闺女处不好，干不上多长时间就回来了，就把她的想法给闺女小子流露了一点。水鱼听了坚决不干，说她看不上井九虎，井九虎"油"还"傲"，相处让人不踏实，宁可不嫁人，也不嫁这样的男人。水花难为情地说，怕是井九羊看不上她。水雷也说，恐怕他也是"剃头匠"的担子——一头热。水家女人很生气地说，水鱼听好了，干也得干，不干也得干，像井九虎这样又聪明又好学的小子，真是难得，嫁给他，错不了……水花别放笨，井九羊是个养猪能手，嫁给他，比嫁一个老板靠谱，能不能得到井九羊的喜欢，得好好动心思……水雷她不管，能跟井凤鸽好上，算是有本事，好不上，那就找个乡里"丑八怪"去……都灰什么心呀，就凭水家的闺女小子是城里户口，井家的小子闺女再心高，也在城里人面前低人一等，他们得求水家，不信走着看……

何水荷被关在家里不让出去，她不敢惹得她妈神经失常，只能给井九羊打电话说话，也只能踩着凳子站在自家的院墙边，看井家的猪场有什么动静，是看井九羊在做什么。今天踩着凳子看井家猪场的人，多了一个何水仙。今天上午水家姐弟去井家猪场上班了，井九羊的电话打给何水荷，何水荷就屁股下如同扎上了针，怎么也坐不住了，就踩着凳子看起了井家猪场。井九羊带着水花，在猪圈里走来走去。不知井九羊给水花说什么，水花"咯咯，咯咯"笑得好欢快。井九虎与水鱼的一幕更浪漫，井九虎背着喷雾器，水鱼把着喷洒杆，一个压，一个喷，两个人有说有笑地在给猪圈喷药消毒呢。何水荷心里备受刺激，也把水仙叫了过来，让她看这场景。

何水荷的醋劲顿时窜到了鼻子里，她给井九羊打电话，电话不接。何水荷看井九羊与水花欢笑得忙着哪，看样子他把她何水荷早扔一边了，根本没有心思看手机，心里早没了她。猛烈的醋劲，"酸"得眼泪都下来了。泪眼越看越模糊，越看越像水花与井九羊拥到了一起，好像在亲嘴什么的……她实在看不下去了，她要去猪场，她要看水花跟井九羊究竟亲热到了什么程度。她跳下凳子就想往外跑，但是被她妈厉声吓住了。在院里洗衣服的何家女人，早就虎视眈眈地在看何水荷和何水仙呢。何水荷只好回自己屋，接着打电话。打不通，接着哭。

那边猪场还是演着浪漫剧情，两人喷洒，猪在哼，人在笑，是水鱼的笑声，像是井九虎惹出来的水鱼的欢笑声。这景这情，与何水荷同样，就地把何水仙的醋坛子给打翻了。何水仙给井九虎打电话，井九虎不接不说，两个人反而你笑他笑，笑得那个开心。这情景，在何水仙看来，要是往前走一步，还不抱到一起……这才是第一天在一起干活儿，要一起干长了，还有她何水仙的什么事呢？想到这儿，何水仙叫她妈过来看井家猪场。何家女人看到了水鱼与井九虎的"潇洒"场面，也看到了井九羊跟水花又亲又近，就乐得站不住了，跳下凳子还在笑。何水仙对她妈不但不恼，反而笑，傻了眼。她压着十足的火气问她妈，怎么幸灾乐祸呢。何家女人朝水仙和水荷的屋子嚷骂道，看看井家的小子，哪有个好东西，遇上水家的两个风骚货，真是苍蝇遇到了臭屎……

…………

何家女人的话刚落，早把"醋坛子"打翻的何水仙说，她这就去找井九虎。何家女人说，敢出这院子半步，小心打断她的腿。何水仙理都没理她妈的狠话，就跑出院子。何家女人追到院门口紧喊水仙，给我回来，要是跑过河试试。何水仙头也不回，何家女人眼睁睁地看着何水仙转眼跑过了河，进了井家猪场，直奔井九虎和水鱼干活儿的猪圈。井九虎与水鱼的浪漫"潇洒"，仍在笑声中进行。何水仙跳进猪圈，从水鱼手里狠狠地抢过喷洒杆。何水仙的突然出现，把个井九虎和水鱼吓了一大跳。

"你、你干什么，抢、抢我手里的喷洒杆干、干什么？！"水鱼愤怒地冲何水仙喊道。

"干什么？你们在干什么，是在打情骂俏，还是在干活儿？！"何水仙朝水鱼和井九虎吼叫道。

"水仙，我和水鱼在喷药，怎么会是打情骂俏呢？！"面对何水仙的醋劲大发，井九虎轻声地说道。

"井九虎，你俩一个吹'箫'，一个摁'眼'，你逗她，她逗你，不是在打情骂俏在干什么？！"

"何、何水仙你，胡、胡说八道！"水鱼嚷道。

"水鱼你回家吧，放你假了，今天的活儿，我替你干了！"何水仙对水鱼说。

水鱼瞅着井九虎，意思让井九虎裁定，井九虎一句话不敢说。水鱼看井九虎惧怕何水仙，二话不说，回家了。

何水仙举着喷洒杆，叫井九虎压喷雾器。井九虎不敢不压。喷头喷洒出细雨般的雾液，何水仙把喷头冲向一头老母猪，喷得老母猪哼哼乱叫。何水仙喊叫井九虎，让他把眼睛闭住使劲压，井九虎把眼睛闭住使劲压。喷头急速地射出药液时，何水仙把喷头朝向井九虎，"唰唰唰"把个井九虎从上到下喷了个遍。喷头不喷了，何水仙扔下喷洒杆，掏出手绢，把井九虎眼皮上的药液擦掉，也把头上的药液擦掉，扭头翻过了圈墙。

井九虎喊何水仙站住，何水仙没理井九虎，回家了。

水花好像被何水仙的一幕吓着了，赶紧离井九羊远远的。

这一幕幕短戏，被在不远处干活儿的井九羊和水花看了个一清二楚，被站在河边的何家女人看了个一清二楚，也被又踩着凳子看猪场里的情形的何水荷看了个一清二楚。

二十六、棒打柳下"鸳鸯"

何水仙闹猪场，吓得水花就此离井九羊远远地干活儿，这让何水荷心里舒坦了很多。但水花一个下午时不时地去井九羊屋里，是喝水，还是干什么，就如自己的屋子一样随便进出，虽然井九羊不在屋里，但她心里很不是滋味。这猪场的小屋，多少年来都是她何水荷自由出入的地方，也是她何水荷与井九羊度过无数个美妙夜晚的甜蜜港湾，也是她在多少个白天与井九羊幽会缠绵的温情摇篮，从没有哪个姑娘随便进出过，可水花在井家上班的第一天，俨然就成了这小屋的女主人，这让何水荷心里如吊桶打水和着火，七上八下且火烧火燎。为了监视井九羊与水花，她在她家院里那凳子上，不知张望了多久。这一天她观察到的井九羊和水花，给她两大刺激：上午两个人说笑不停，干活儿几乎靠到了一起；水花竟然把井九羊与她的"小天地"当成了自己的"小天地"，而且井九羊居然把她"切换"成了水花，俨然就是一对恋人。这才是水花跟井九羊干活儿的第一天，第一天就火热和随便到了这般程度，那要不了十天半月，也许连十天半月也不要，两个人就会好到她不敢想的地步，也会好到水花能替代她何水荷的地步。何水荷想到这里，连杀水花的心都有了。

晚饭吃了两口，何水荷就吃不下了，急着要见井九羊，她要当面给他敲警钟，要当面给他约法几章，要让他跟水花演"戏"可以，不能来真的，不然她今晚睡不着觉。她给井九羊打电话，她要见他。井九羊让她来猪场小屋。何水荷不敢惹她妈恼怒，要井九羊晚上趁她妈睡了觉来她家。井九羊就等着何水荷妈早点睡觉，等着何水荷的短信一来，他就立马过去溜门而进。可偏偏是，今晚她妈不知跟她爹在说什么，迟迟不睡。她妈屋里的灯不灭，何水荷就不能让井九羊过来，而等她爹妈屋里灯黑了，给井九羊发短信，井九羊不回复，给他打电话，电话不接。不接，接着不停地打，仍是不接。这让何水荷想了很多，是他睡着了，还是电话静音没听着？是他故意不接，还是跟水花在一起在做什么，不敢接？想到后面的悬疑，何水荷感觉头皮都发麻了，她赶紧披件外套出门，要去看井九羊到底是跟水花睡在一起，还是睡着了。而院门紧锁着，她去她妈的屋里偷钥匙，没偷着，踩上凳子想翻墙，但看到墙下阴冷的河水，腿软了，只好作罢。

这一晚的何水荷尽想她与井九羊在那小屋里的缠绵情形，更尽情联想井九羊与水花在那张她熟悉的大床上的浪漫与缠绵。这一想，她感觉心要从肚子里跳出来了，想对她妈大喊大叫，大吵大闹一场。哪怕把她气疯了，气死了，她也要跟她闹一场，逼她一场，让她把户口本立马给她，她明天就跟井九羊领证结婚。她憎恨她妈憎恨到极点时，她闪念出她妈最好明天就"咔嚓"一下死了，她与井九羊的事、水仙与井九虎的事、凤鸽与干部的事，都没人阻拦了多好。恨完她妈，她又恨起水花来。她一遍遍回放今天水花与井九羊的一举一动，她给水花下的"定义"是，别看她是个结巴，她绝对是个挺有心计的狐狸精，她的那笑，她的那表情，会轻而易举把个井九羊弄"迷糊"了。了解井九羊的莫过于她何水荷了，他跟那很会发情的猪没什么两样，他的几个表情和动作，还有他那说笑和挑逗的嘴巴，几下子就会让水花欣喜若狂到神魂颠倒的地步。她憎恨起井九羊来，他借与水花演"戏"，勾搭水花。何水荷甚至想，今晚井九羊真要是把水花留在了他屋子，她该怎么办呢？何水荷想到这里，哭了，哭了很久才睡着。

一清早，井九羊的电话过来了。何水荷故意不接，待井九羊打了好多次，她才接。何水荷等井九羊说话，井九羊说，昨晚等不来她短信，他睡着了。何水荷气愤地说，打情骂俏累的。井九羊说，不是早说过了，水花是配合他演"戏"而已。何水荷说，是不是昨晚演"戏"演到床上去了，不敢接电话。井九羊说，何水荷要是不尽快嫁他，说不准他真跟水花假戏成真了。何水荷气急败坏地说，少胡扯，午饭后她妈睡觉时，来河边她家的柳树下，有话要说。井九羊让井水荷来他小屋，何水荷说，尽想美事，她妈死死地盯着她，不敢过河。井九羊说，看到她就身上起鸡皮疙瘩，他更怕被她看见。何水荷说，怕就拉倒。井九羊只好顺从何水荷。

井九羊与何水荷几乎同时到了河边柳树下。河边近处没人，长长的柳条垂在河边，柳树下像个亭廊，强烈的秋阳从柳条间洒进来，使这柳下天地，很有诗意。爱恨交织的何水荷，拳头雨点似的打井九羊，井九羊顺势把何水荷拉到了怀里，何水荷顺势把头投向了井九羊的怀里。两人一句话还没说，就传来何家女人找何水荷的喊叫声。何水荷吓得不敢应声，井九羊紧张地推何水荷，此时的何水荷好像比平时胆子大，把头沉沉在靠在井九羊怀里，一动不动地深呼吸。何家女人的喊叫声又粗又高，井九羊紧张不已，赶紧推何水荷，而何水荷磨磨蹭蹭，仍是依偎着井九羊不起身。正在这当儿，何家女人找到了河边，回头一眼就看到了井九羊抱着何水荷，把何水荷抱得软绵绵的，好不下流。自从何家人的户口进了城，她憎恶透顶了井九羊。

何家女人看这情形，顿时恨怒冲上头来，大骂道："井九羊，真不是个东西，'偷'我女儿'偷'到河边来了。"她抓起河边的一个扫把朝井九羊抡来，扫把没打到井九羊，却偏偏打在了何水荷的头上，把个何水荷打到了河里。河水很深而急，何水荷就地被河水冲走了。井九羊慌了，何家女人也慌了。何水荷不会水，井九羊也是"旱鸭子"，见河怕河，愣了，不知道怎么办好。井九羊正在跳水救人与害怕之间犹豫的当儿，何家女人冲他吼叫道："赶紧救我女儿！"井九羊说："我不会水呀。"心急如焚的何家女人不管会不会水，跳到河里扑救何水荷，连呛了好几口水，连喊救她。井九羊赶忙跳了下去，没管何家女人的死活，先去救何水荷。

何水荷在河里"扑腾"了几下，手就在水面上不见了，显然已被水冲沉到了河底。井九羊凭着浑身的劲，憋了口气一头扎到河里。井九羊的运气真好，扎到河底，就抓到了何水荷的胳膊，经过几个扑腾，终于把水荷拉到了河边，脱险了。接着，井九羊又去救水荷妈，又把喝饱了水的水荷妈救了上来。河边顿时站满了围观的人。母女俩虽吐破了苦胆，但没有大碍。又羞又恼的水荷妈要井九羊送她和水荷去医院。

缓过劲来的水荷，死活不愿去医院，水荷妈坚持要去，拦了辆三轮车，两人送水荷妈去医院。做了各种检查，除了肺部有点问题，其他都正常。水荷妈要求住院治疗，水荷拉着妈要走，水荷妈躺在急诊床上装死，医生怕病人万一有危险，承担责任，就开了留观急诊的住院单。井九羊只好交住院留观押金。押金不够，赶紧去找人借了三千块钱，才算办好了住院手续。

水荷妈住进了急诊留观室，让井九羊把押金条给她，就赶紧滚。井九羊就即刻离开了医院，何水荷也随后跟井九羊出了医院。她拉井九羊去她家换衣服。井九羊把何水荷送到她家门口，没敢进去，怕惹来她爹的白眼，就赶紧回家了。

何家女人在医院待了不到个把小时，就要求出院。医生又查了她一下，确实没啥问题，就给她开了出院单。押金三千块，医院扣了三百块钱的检查住院费，何家女人揣着两千七百块钱，不知有多高兴地回家了。

何家女人把两千七百块钱安顿到了柜子里，虽然笑得半天合不上嘴，但想到水荷破了她的规矩，去私会井家小子，却转喜为怒了。她去看何水荷，实则是去敲打她。何水荷虽被淹得不轻，但安然无恙，躺在炕上开心地与井九羊聊呢。何家女人的气便"腾"地起来了，她把水荷的手机抢过来，扔到了炕上，气哼哼地说，要是"订婚费"没影子，再要让她见到与井家小子黏在一起，还是那句话，饶不了他，也饶不了她。

何水荷两眼直直地瞪着她妈，欲哭欲怒，但又强忍住了哭和怒，没发作出来。正好手机响了，是井九羊的电话，何水荷照接不误，照聊不误。何家女人看水荷可怕的样子，只好走人。何水荷恨她妈恨到了咬牙切齿的程度，她背地里喊道"何家女人快滚"。

二十七、墙头"风流"闹风波

何水荷又约井九羊见面，说有极其重要的事与他商量。井九羊说，怕死何家女人了，最好她出来，去城里租的那楼房里见面。

何水荷做好了跟何家女人鱼死网破的打算，约好了晚上去楼房的时间。而时间好约，门却难出，门被何家女人锁得牢牢的。何水荷只好等到她爹妈屋子灯关了，约莫爹妈睡着了，去求水仙偷钥匙，但是水仙没偷来钥匙。何水荷叫井九羊来她家，翻墙进来。井九羊一听让他翻墙去她家，想到何家女人的厉害来，腿都软了，让何水荷有话打电话说，面就不见了。而何水荷却不干，说必须见面，不见面不行。井九羊听出何水荷话里有"内容"，就让何水荷翻墙，他来接应，去猪场小屋，折腾什么事也安全。何水荷让他来她家院墙下接她。井九羊到何水荷家院墙下接她。可是井九羊到了何水荷家院墙下，忽然一想，把何水荷从墙头上接下来容易，可要把她送回家，她翻墙下去没人接，虽让何家女人发现了死不了人，可万一摔断了腿怎么办。想到这结果，井九羊爬上院墙，何水荷也从墙头探出了头，井九羊把她的头摁了回去，他翻过了墙头。踩着凳子的何水荷接井九羊下来。正在这时，何家女人屋子灯亮的同时，跑出来一个人，是何家女人。何水荷被突然出现的何家女人吓得从凳子上腿一瘫软，摔了下来。

正要翻到墙头的井九羊，也被突如其来的何家女人吓得手一软，从墙头上摔了下去。"哎哟——"随着重重地摔到地上的声音，井九羊喊叫起来。何水荷急了，踩上凳子，爬上墙头，看井九羊躺在地上，手捂着腰，在不停地"哎哟"。何水荷看井九羊摔坏了，不知哪来的劲，一跃爬上了墙头，正要把一条腿往墙头上搭时，何家女人把她从墙头上拉了下来，把她从凳子上拉了下来。何家女人把墙跟的凳子踢到了一边。何水荷为井九羊着急，拉过凳子又要爬墙，何家女人把凳子抢了过来，压着愤怒的嗓音说，不要命了，要跳下去腿摔断怎么办。何水荷大哭大叫地说，赶紧开门要救人，九羊摔坏了，人躺在地上。何家女人说，他扒别人家院墙，即使摔死，跟别人也没什么干系。何家女人这狠毒的话，让何水荷几乎疯了。她伸手要院门钥匙，何家女人不给，她便拿了院门边的铁锤，拼命砸门锁。何家女人不敢靠近何水荷，呵斥她住手，而何水荷砸得更猛了。

院里的吵闹声把何家男人"吵"到了院子里，也把何水仙和何干部"吵"到了院子里。门锁没砸开，门却被砸了个口子。何水仙朝她妈要院门钥匙，不给；何干部朝他妈要院门钥匙，也不给。何家男人朝何家女人要钥匙，仍不给。何家男人便从何水荷手里抢过铁锤，对水荷说，爹来把锁砸开。何家女人阻挡何家男人不许砸锁，但朝她要钥匙却不给。何家男人把何家女人猛然推开，两三锤下去，锁掉门开。门开了，何水荷往外跑，却被何家女人撕了回来，并拼命把住门说，老娘最恨井家的人，订婚费拿不来，别想见面。何家男人骂何家女人是疯子，他把何家女人推到一边，把门打了个大开，让何水荷出去。紧接着，何水仙、何干部也跟着何水荷出去看井九羊。

院墙外没有井九羊。灯光下，井九羊被一个穿花外衣的人搀扶着过了河，一瘸一拐地往他家门口走去。何水荷喊井九羊，井九羊和那个人停下脚，转过身来，搀扶他的人像水花。何水荷走近再看，搀扶井九羊的人真是水花。何水荷问井九羊怎么回事，井九羊什么没说，让水花扶他回家。这莫大的刺激，气得何水荷直跺脚。水仙看水荷无台阶可下，赶紧上前把水花扒拉开，叫她

姐来搀扶。何水荷便搀扶起井九羊，把他送回了家。水花跟着井
九羊和何水仙后面，去了井家。这幕情景，着实把何水荷刺激得
要跳河了。何水荷脑子一昏，一心想死。她往河边走去，扔掉了
外套，真要跳河，这可吓坏了正在河边的何干部。拄着拐杖的何
干部，用尽了吃奶的劲，才把水荷拉回了家。

…………

过了好半天，何水仙才回来。何水荷躺在炕上哭，何水仙说
她趁机偷会了一下井九虎。何水荷问何水仙，水花是不是还跟井
九羊在一起，她怎么会搀扶井九羊回家。水仙说，水花把井九羊
送到井家院子里，就回家了，至于为何搀扶九羊姐夫回家，她不
得而知。水仙话刚落，井九羊的电话打过来了。何水荷不仅不接，
反而把手机关了。

这中午的相约相会，井九羊挨了顿打又折财。这晚上的相约，
让他摔伤了腰。井九羊急于要问何水荷话，有什么话不能在电话
里说，非要见面不成？不是她与何家女人串通一气，要害死他？
可何水荷的手机彻夜关机。井九羊的痛和气，折磨得他彻夜难受。
而何水荷也在彻夜难眠，中午她落水，井九羊迟迟不下水救她，
她被差点淹死。虽然他把她救了上来，最终没有危险，但井九羊
的表现让她沮丧透顶。而晚上从墙摔下去，一定是他给水花打电
话，让水花来搀扶他的。在这关键时候，他不叫她，却叫水花，他
的心里必然有"名堂"。这几个心结，着实让何水荷闹心了一晚上。

而真正闹了一夜的是井家女人和井家男人。昨夜摔伤的井九
羊被水仙和水花搀扶到猪场小屋，被井家女人从窗户看见了，从
何家墙头上摔下来的事，也没瞒过她。井家女人一看腰摔得不轻，
赶紧找来药敷上。井家女人问怎么摔伤的，井九羊说得前后颠倒，
追问水仙、水花也都支支吾吾，井家女人断定九羊摔伤与何家有

关，便把水花叫到了她猪场僻静的地方问话。趁井家女人和水花
出去，水仙离开井九羊，去了井九虎的屋子。水花哪能抵挡得住
井家女人的厉声追问，或者说水花心里巴不得让井家女人知道井
九羊摔伤的缘由，井家女人便轻易知道了摔伤的真相。水花虽结
巴，但给井家女人比画描述得详细。尤其是何水荷和何家女人说
了什么，院子里发生了什么，给井家女人说得很结结巴巴，但说
得却活灵活现。井家女人怀疑地问她，是她瞎编的还是真看真听
到的。水花说，她和水鱼在河边洗东西，要不相信，去问水鱼。
井家女人相信了，脸上顿时难看了。水花立马脱身回家了。

…………

当晚井家女人越想越来气，要井家男人跟她一起去何家，她
要跟何家女人算账，被井家男人拦住了，但一口恶气堵在嗓子里，
让她越想越恨何家女人。井家女人好不容易忍到了天亮，她去看井
九羊的腰轻了还是重了。要是轻了见好，她就放何家女人一马。如
是不见好，重了，她得去找何家女人算账。井家女人看井九羊的腰
青而肿，虽能下地走路，但好像比昨晚重了，便加重了对何家女人
的仇恨。井家女人等何家男人和何干部上班走了，便去了何家。

何家的院门紧锁着，这些日子大白天也紧锁着门，就是为了
关住何水荷和何水仙，在没拿来订婚费前，不让她们跟井九羊和
井九虎见面。当然，有人敲门，门还是会开的，只是院门的钥匙，
被何家女人牢牢把持着，她不开门，谁也进不去。

门被敲了好半天，何家女人问谁在敲门。井家女人没应声，接
着敲门。何家女人说，不说是谁，不开门。门由敲变成了砸，何家
女人感觉来者不善。何家女人昨晚就怕井家女人找她来算账，她断
定是井家女人上门了。何家女人从门缝里一看，吓得她抽了口冷
气，果然是满脸怒气的井家女人。井家女人手里的半截砖头，快把

门板砸劈了。何家女人多少年来最怕井家女人那张脸，只要是井家女人一发怒，她身上就会不由自主地颤抖，这是她在井家做事，被厉害的井家女人吓出来的病。何家女人不敢开门，警告何水荷和何水仙不准出声，躲到了屋里。可井家女人是不达到目的不罢休，不占上风不收场的人，尤其是在何家女人这里，她是不会敲门不开就走人的女人。她敲门不开，便知道何家女人怕上了她，她便搬起门口的一块大石头，往门上扔了三四下，门就被砸开了。砸开了门，她就径直往何家女人屋子里走。何家女人下了好话，有事好好说，可不能乱来。井家女人气冲冲地说，把井九羊从墙头推下去，心狠手毒的女人，腰摔坏了，是赔钱还是给治腰，选一个。何家女人也气冲冲地说，井九羊偷情爬墙，做贼不成摔下了墙，关何家屁事。井家女人吼叫道，明明是她推下墙的，还死不认账，在河边洗东西的水花看得一清二楚。何家女人说，井家婆子听好了，这是县城居民区，可不是在乡里，想撒野就撒野，有话说话，有屁放屁……

何家女人说到"县城居民"后，嗓声提高了八度，大有对井家女人不放在眼里，大有不依不饶的劲儿。眼看两个女人要打起架来，站在院里的水荷、水仙不敢劝，也不敢拦。何家女人拦着井家女人不让进屋，井家女人把她猛然推开，搬起条凳子就砸屋里的东西。何家女人怕挨砸，赶忙去叫水荷、水仙救命。水荷没过来，水仙跑来了，把井家女人抱住，抢了手里的条凳。井家女人对何水仙喊道，水仙放手，不然别想做井家的媳妇。水仙立马松手，躲到了一边。井家女人抢起条凳，几下子把何家的锅碗瓢盆和电视机砸了个稀巴烂。井家女人说，砸烂了老娘赔新的，但这口气她得出了。气急却无奈的何家女人给派出所打电话报警。井家女人说，报警好，打官司更好，井九羊治腰的钱，看谁掏……有水花做证，看谁倒霉…… 何家女人眼睁睁地看着井家女人想砸什么砸什么，不敢拦，不敢骂，生怕条凳抡到她头上。

砸够了，气出了，井家女人对何家女人说，砸这点破东西，解不了她的气，如果井九羊的腰断了，摔成残废，让她倾家荡产不说，还要送她坐牢。井家女人的这话一出，吓得站在一边的何家女人一副要哭要叫，但又哭不出来叫不出来的可怜相。

…………

井家女人刚出何家，派出所的高个子警察就来了。这高个子警察是何家女人花钱让他去沂蒙山里抓井九羊的那个警察。高个子警察看院门被砸坏了，又看厨房和客厅的东西被砸了个满地，掏出手铐，急问作案人是谁。何家女人指着墙外的房子说，是井家女人。高个子警察问作案人原因。何家女人却说没有原因。高个子警察说，乡里人砸城里人的家，把派出所和他这片儿警不放在眼里，真是无法无天了，这就去井家抓人。

警察去抓井九羊的妈。何水荷急了，她给井九羊打了好几个电话，井九羊不接。井九羊在怀疑昨晚被摔是与她妈串通一气造成的，何水荷也为昨晚井九羊被摔水花搀扶回家的事怀疑两个人关系不一般，从昨晚被摔到现在，两个人互不理睬。井九羊不接电话，何水荷就让水仙给井九虎说，警察会马上抓人，让他妈躲一下。井九虎赶紧告诉了他爹妈。井家男人吓坏了，赶紧催井家女人躲了。井家女人不怕也不躲。井家男人急了，对井家女人说，不怕？待抓进去后悔就来不及了；人家何家是城里人，井家是乡里人，乡里人砸了乡里人的东西，那叫村民纠纷没人管，乡里人砸了城里人的家那是案子，是案子就会抓人，成了案子就会判刑，赶紧走，躲得越远越好，免得让警察带到派出所。井家男人的话，让井九虎和井凤鸽吓出了汗，但井家女人端着茶碗该喝茶喝茶，不急不慌地对井家男人没好气地说，等他来抓，她还正等着跟何家女人打官司。让法官判一下，她砸坏的是何家的东西，她何家女人故意摔坏的是她儿子的腰，看谁的事情大……城里人把乡里人当孙子，她偏不当孙子……井家男人在屋里急得转圈圈，井凤鸽也一个劲劝她妈赶快到远方的姨妈家躲一下，毕竟何家是城里人，井家是乡里人，乡里人斗不过城里人。凤鸽的话，让井家女人有点害怕了，她虽嘴还硬，却收拾起了出门的东西，凤鸽也收拾起了东西，要陪她妈去远方姨妈家躲祸。

井家女人刚要出门，高个子警察就进了院子。高个子警察堵住井家女人和凤鸽问，哪个是井家女人，边说边把手铐掏了出来。井凤鸽说，进错门了，这院里没井家女人。高个子警察说，何家女人明明指着这院子说，这是井家女人家。井凤鸽还要辩解，井家女人不让井凤鸽说话，突然毫不惧怕地说，她就是井家女人，何家女人的家是她砸的。高个子警察问，为什么砸人家。井家女人说，她摔坏了她儿子的腰。高个子警察说，他要看摔坏的人。井家女人带高个子警察去了井九羊的屋子。井九羊仍在床上躺着，高个子警察一眼就认出了他是谁，带着何家丫头私奔的井九羊，这个在公安部有"人"的养猪的小子。高个子警察了解了他被何家女人推下墙摔坏腰的全过程，就把手铐装了起来，客气地安慰了井九羊一番，也对井家女人客气地说，这事何井两家自行处理，他要忙其他案子。说完他对井九羊说，腰好了来派出所玩……

井家女人知道这是井九羊欺骗高个子警察北京"有人"的奇妙效应。

…………

这场墙头摔人、破门砸家的闹剧，以不了了之收场，何家女人和井家女人的旧恨新仇、井九羊和何水荷的猜疑误解，又有了新的伤痕。

二十八、水花的柔情

　　昨天发生伤害井九羊的两桩事，还有前面发生的几桩事，都让井九羊怀疑是何水荷串通她妈干的，虽然桩桩都与她没有丝毫关系，但桩桩都有她妈图谋的用心。这让何水荷与井九羊有了不停的怀疑，也有了不断的隔阂，也让她与井九羊走在一起的希望每次都成了泡影，甚至被她搅得连影子都越来越远。她憎恨她妈，憎恨到了难以容忍她的地步。因为憎恨到了难以容忍的地步，她就在昨天中午约井九羊到河边，跟他商量怎么对付她妈，也就是要给他说她"豁出来"的想法。"豁出来"的想法，就是以怀孕逼她妈"就范"，让领证结婚。昨天中午被她妈搅了一场，没与井九羊说成这件事，反倒在憎恨她妈的无奈中，产生了说"做"就做，就让井九羊来她家"做"的报复式冲动，就让井九羊来她的屋子，完成"生米"做成"熟饭"对她妈的报复。可是，这个冲动，又被她妈打成了碎片，还把井九羊的腰摔伤了，两个人的误解更深了。"豁出来"的想法，一时无法实现，何水荷只有来回不停地恨她妈。

　　在何水荷心里，早就不想叫她妈为妈了。自从井九羊恨起她妈，叫她妈"何家女人"，她听到他第一次在她面前称她妈"何家女人"，她对井九羊很是反感，反感到想臭骂他，但一想起她的恶行来，她却把骂井九羊的话咽到肚子里去了。何水荷想，她妈确实不是个东西，把井九羊的心伤透了，只要是他不骂她妈难听的话，即使在她面前称"何家女人"也无所谓，容他发泄一下，没什么大不了的。而井九羊把"何家女人"在她面前叫多了，她暗自在心里把她妈换成了"何家女人"，这让她很解气，也感到跟她吵起架来完全可以撕破脸。今天中午她和井九羊的约会，她本来是要跟他商量筹措"订婚费"的事，赶紧给她妈二十万块钱算了。她把私奔时井九羊给她的二十万块钱的银行卡，想给井九羊，让他赶快把"订婚费"给何家女人，赶紧把何家女人的嘴堵上，她便与井九羊随时随地可以见面，免得给那狐狸精般的水花乘虚而入，也免得给见了水花好像骨头发软的井九羊移情别恋。可何家女人这几扫把，竟然把她打到了河里，给她灌了一肚子水事小，差点就变成鬼了——可恶的何家女人！对她妈这个何家女人恨到了不知道骂什么话好的地步的何水荷，决意与她妈情感断裂——什么订婚费，什么彩礼钱，她会让井九羊一分钱不给，她也会不再顾及什么母女脸面，不再配合她与井家周旋，该做什么抓紧做，怎么痛快怎么来……

　　何水荷与井九羊的事解决不了，何水仙与井九虎的事就没门，何干部与井凤鸽的事也就没戏，这是明摆着的事情。井家的人都在恨何家女人。何家的人，除了何家女人不恨自己，所有人都在恨她。何家男人憎恨何家女人，并不是完全憎恨何家女人，而是来自对何水荷的偏爱。何家男人虽也看重让水荷找个城里人，比找乡里人井九羊好，但又胖又显丑的水荷，城里的好小伙儿，没哪个看得上。嫁不上城里人，真要嫁给乡里人，还不如嫁给井九羊算了，他们毕竟是"娃娃亲"，水荷毕竟成了井九羊没领证的媳妇，再要阻挠下去，吃亏受罪的不是别人，是他的何水荷。但何家的事情，就如井家的事情一样，男人在家里只有干活儿的份儿，大事小事都是女人说了算，何家男人恨也没用，只好时不时地对何水荷说，想跟井九羊怎么好，就去好，只要心里痛快，做错了，爹不埋怨。有了她爹的这话，何水荷要找井九羊做冒险的事了。

　　要急切地"做冒险的事"，成了何水荷一时一刻不能等的事情，她要跟井九羊见面，她要跟井九羊商量敲定，或者不用商量，怀上再说。她给井九羊打电话，井九羊不接。井九羊还在误解水荷。这一天出现的两次误解，尽管何水荷的解释短信给井九羊写了一大堆，但井九羊一字不回，电话不接。让何水荷心里火烧火燎的不单是他不接电话，还有比火烧火燎更为难以接受的是水花在他身边，从早到晚几乎都在照料他。水仙告诉水荷，九羊哥的腰摔得不轻，水家女人特别关心，又是给请大夫，又是给做好吃的，还让水花照顾他……水花一边干点猪场的事，一边照顾九羊哥，又是端饭，又是给端水，那手脚欢实得让人看着讨厌……水仙的几句描述，让何水荷不仅是心里火急，而且是醋意大发，她想她必须把水花从他身边赶走，她要与他尽快把"冒险的事"做了，她不能再给水花跟井九羊亲近的机会，不能让水花把井九羊抢走了。而事实上，水家女人自从动了把水花嫁给井九羊，把水鱼嫁给井九虎，再让水雷把井凤鸽娶了的心思后，她在井家女人这里低三下四地让她的闺女小子进了猪场上班，也不停地给她的闺女小子交代，在井家打工不要看重挣钱多少，让他们跟井家小子闺女相处时要脸皮厚些，不要跟何家的闺女小子一般见识……该追就追，追上算是有真本事。有水家女人的这般敲小"鼓"，本来走东串西卖菜且见过世面的水家闺女小子，本来也对井家小子闺女高看半截的水家闺女小子，不仅卖力干活儿，而且事事顺从，很是讨井家女人的喜欢，也很是讨井家小子闺女的喜欢。水花在努力替代何水荷，而在误解水荷且在憎恨何家女人的井九羊，被水花的柔情似水的照料，痒酥酥的心里已不停地往里装着水花，在一点点往外"移"着何水荷。水仙的这话，着实把何水荷的心提到了嗓子眼上。

何水荷给井九羊发短信，让他务必立马回短信或打电话过来，有重要事要说。井九羊回复说，说话腰更疼，不想打电话说话，有话发短信。何水荷给井九羊写短信说，她要做件"冒险的事"。井九羊立马回短信问，做什么冒险的事。何水荷回复说，你猜。井九羊写道，不想猜，快说。何水荷写道，"私奔"没干成的事，接着做。井九羊写道，他腰疼，做不了。何水荷回复道，那她就自己干。井九羊问，自己怎么干。何水荷回复道，疼你的腰，她一个人干，一个人表演。井九羊回复道，可别瞎胡闹。何水荷回复道，他别跟水花瞎胡闹就行。井九羊对何水荷的这短信，没有回复。何水荷知道井九羊不回复的缘由，一定是他对水花移情别恋，对做这"冒险的事"心不在焉，这让她更加迫切地想把"冒险的事"做真了。

要真做这"冒险的事"，只能在医院找熟人出个怀孕报告单。何水荷打电话给熟人说好了帮她弄个假单子。清早，何水荷看她妈有很多活儿在忙，便给她妈说，她要去医院做检查。何家女人问，做什么检查。何水荷说，妇科。何家女人问怎么不舒服。何水荷说，恶心了好几天，想吐。何家女人打量了何水荷半天说，放下手里的活儿，要她陪水荷去医院。何水荷叫水仙陪她去，而何家女人执意她要陪水荷去。

何家女人陪何水荷去医院，应当说是何家女人怕她跟井九羊相会而跟着她的。何水荷没想到她妈会跟着她，那她就不敢找熟人，只能挂号走诊断化验的程序，这个化验肯定是正常的，是浪费时间浪费钱而已，但何家女人跟着，没办法脱身找熟人做假孕报告单。而恰恰熟人给她打来电话说，假孕报告单盖不上章，这个忙帮不上。好在化验单第二天才能出来，做假孕单的事还有时

间办。但何水荷焦急，明天她要去医院取化验结果，何家女人定
会还要跟着她，也有可能何家女人瞒着她去医院拿化验单。她完
全可以找个熟人把她的化验单拿出来，她有这方面的手段。如果
是让她看到化验单，虽然使得她的这次预谋失败，她会把她看得
更严，她要在短时间里弄出个假怀孕来，那是不可能的。而现实
紧迫，她要不与井九羊把结婚证领了，要是水花对井九羊"下手"，
或者井九羊跟水花弄出点"冒险的事"来，那何水荷就没戏了。
何水荷想到这里，给井九羊打电话，这次井九羊接了电话。何水
荷给他说，假孕报告单，找了人弄不出来，让他再想办法，下午
办好，最迟明天上午，弄不好会出事。井九羊问，会出什么事，
他没办法弄。何水荷说，明天一早她妈有可能会去医院拿化验单，
拿到的单子肯定不是她想要的结果，那她想好的"冒险的事"就
做不成。井九羊说，做不成，以后再找机会做，急什么。何水荷
说，她急，一天也不能拖。井九羊仍然说，他没办法弄。何水荷
抽泣着说，井九羊听好了，今天下午，最迟明天一早，要是不把
假怀孕化验单拿到她手上，要是让她妈去医院拿到了化验结果正
常的单子，她跳河死给他看。井九羊迟疑一会儿便说，单子弄好，
怎么送给她？何水荷说，给医院的熟人就行。井九羊埋怨地说，
这是逼人上"梁山"。何水荷说，不逼会出大事。何水荷把医院熟
人的电话发给了井九羊。

井九羊在医院也开不出来假单子，只好打电话找做假证的人，
花了五百块钱做了个医院的怀孕报告单，让人一早急送给医院何
水荷的熟人，等何水荷来医院拿单子。

第二天一早，何水荷给她妈说，她要去医院拿化验报告，何
家女人说陪她去。这是何水荷预料中的，她什么也没说，就让她
妈一起去。何水荷让她医院的熟人拿着假的化验单在门口等着。

二十八、水花的柔情

没进医院，何水荷就拿到了怀孕报告单。何家女人问送报告单的
"白大褂"，单子上什么结果。"白大褂"说，单子上结果很清楚，
一看就明白。说完就转身走了。何水荷假装看了一下单子，"啊"
了一声，转身就走。何家女人急问什么结果，要抢报告单。何水
荷把报告单装到了包里说，回家看。

何家女人就跟着何水荷回家。何水荷装出一副痛苦不堪的样
子，何家女人就不停地问是什么结果，何水荷就唉声叹气直管走
路。面对何家女人的逼问，即将面对何家女人看到怀孕报告单的
反应，想到那反应定是暴跳如雷的大骂，也许是气急败坏的巴掌，
何水荷发抖了，腿软得几乎走不动了。何家女人看何水荷走路摇
晃，大体猜出了报告单是什么情况，赶紧扶她，但脸上已挂上了
怒色。何水荷没让扶，何家女人问她，要吃酸的，还是想吃甜的。
何水荷听这话，在问她怀孕的反应，便壮起胆子说，想吃酸，也
想吃辣。何家女人一把拉住何水荷，怒气冲天地对她吼叫道，是
不是怀孕了，快说。何水荷不理她，甩下何家女人往家走。何家
女人气得好像要对何水荷动手了，但碍于路上行人，忍住了，只
好跟着何水荷后面回家。

走在何家女人前面的何水荷，感到身后有股寒气在浸入她后
背。她知道，后面的何家女人，不知道气成了什么样子，把她恨
成了什么程度，能想得出来。回到家，她会不会控制不住情绪发
疯？她要发疯，那是要砸东西的，打人的。何水荷感到往家迈一
步，心就往外面跳一截，腿就越来越软。但想到爹在家等她回来，
她对何家女人的惧怕少了几分。

就是在昨天晚上，何水荷给她爹说了她要弄个医院的假孕报
告单，以怀上井九羊的孩子，逼她妈拿户口本，让她与井九羊结
婚。何家男人心疼水荷，面对水荷执意要与井九羊结婚，也面对

她女人死活不让水荷与井九羊结婚，他拿他蛮横的女人没办法，水荷想做什么，包括用假结婚证结婚、与井九羊私奔，他都暗中支持。何水荷想出的以假怀孕逼她妈的这一招，何家男人觉得挺好，但又怕会把她妈气疯，闹出事来，不知道怎么办好了。医院的报告单拿来，会把何家女人气疯不说，说不定会对她大打出手。谁能拦住发疯的何家女人，水仙不行，只有她爹。何水荷求她爹，要他明天上午别上班。水荷爹就没上班，坐在院子里等着他女人和水荷回来。

何水荷前脚进院，何家女人后脚进院。何家女人催何家男人去上班，何家男人没理她。何家女人朝何水荷要化验报告，何水荷把化验报告给了何家女人。何家女人看了一眼化验结果，挂在脸上的怒气，顿时变成了愤怒，"怀孕，你女儿怀孕了，看看吧！"何家女人把化验单扔给何家男人。何家男人没理何家女人，也没理扔在他旁边的单子。何家女人有点疯了，指着何水荷的鼻子，扯着嗓门问话。

"怀的谁的？"

"还有谁的！"

"井家小子的？！"

"明知故问。"

"你这个不要脸的东西，打算怎么办？！"

"跟他结婚。"

"我要不让你结呢？"

"不让结，我也要把他生出来！"

"你反了天了。明天就去医院，打胎！"

"我把话挑明了说，这次不是你想怎么样，我就会怎么样，孩子我生定了！"

何家女人被何水荷气得拿起扫把要大打出手，被何家男人抢过来扔了个老远。水仙也从屋里出来了，把她妈往屋里拉。

何家女人真疯了，把水仙推了个老远，抢起巴掌要打何水荷。何家男人拦她，水仙也拦她，但疯了的何家女人歇斯底里地往何水荷身上扑。打算豁出来的何水荷，站在原地一动不动。何家女人被何水荷的不怕不动，气得真疯了，拼命往何水荷跟前扑，连何家男人也拦不住了。眼看何家女人要扑到水荷跟前，水仙抱住了她妈的腿。何家女人尽管被拦着，腿被抱着，但还往何水荷跟前扑。

"放开她，让她来打，她要是打我一指头，我就去跳河死给她看！"何水荷冲着她妈喊叫道。

何家女人一听，被吓呆了，手脚像被什么凝固住了似的，不敢往前扑不说，浑身瘫软地溜到了地上，哇哇大哭起来。

何家女人瘫坐在地上，哭得一声比一声高，何家男人和水仙拉她起来，何家女人屁股撅得像陀螺一样，拉不起来。拉不起来，何家男人就把她抱了起来，抱到了屋里，把她满是灰土的外衣脱掉，又抱到炕上让她躺下，还给她盖了块毯子。何家男人的这一抱、一脱、一盖几个举动，着实让何家女人感受到了很多年以来何家男人对她没有过的抱。当何家男人宽厚的胸脯和强壮的胳膊，在被他用足了吃奶的劲将她抱起，并将她紧紧地贴到他身体前面时，她的哭忽然变成了破涕为笑，继而又变成了哭笑着捶打何家男人的真喜和假怒。

何家男人的这一抱，不仅让何家女人感受到了他男人依然雄壮的身体，也着实把何家女人的脸面，从她男人和俩闺女面前"收"回来不少。何家男人给她的脱衣和盖上暖融融的毯子，这也是她多少年来从没有享受过的爱意，这让何家女人觉得，她从被她男人抱起来的那瞬间起，她得到了自打生完三个孩子以来没有过的肌肤之爱。感到了何家男人肌肤之亲的何家女人，也感觉到了她的男人是爱她的，顿时感到水荷怀孕没那么气人了。何家女人的气消了大半，便舒舒服服地躺着想如何处置怀上的孩子，怎样跟井家女人较量的事。

虽然躺下来舒服，但所想的事情如一块石头，沉重的压得她喘不过气来。事已如此，是让结婚生子，还是让立即打胎？当何家女人闪出这两个问题的第一选择——立即打胎。她想她无论如何，也不能接受这"生米"做成"熟饭"的敲诈，绝不能让井家小子的敲诈得逞。水荷是城里姑娘，给一个乡里小子怀了孩子，让全县城的人把牙都笑掉了。她何家丢不起这个人，她更是咽不下这口气。何家女人毫不犹豫地做出了任何人别想改变的决定——打胎，想尽办法让水荷嫁个城里人。

二十九、打脸的笑话

何家女人的急性子，向来是遇事等不到天亮。午饭的饭碗刚放下，何家女人就又把化验单看了几遍，把化验单存锁到柜子里，叫何水荷别走，她有话要说。何家女人的火气虽消，但怒气还在脸上挂着，那是随时会发作的。只有何干部回自己屋子去了，何家男人和水仙怕水荷挨打，不敢离开饭桌。

何家女人警告何家男人和水仙，要么走开，要么她问水荷话时不能插嘴，要插嘴她就把饭桌掀个底朝天。

何家女人望着何家男人和水仙，何家男人说，只要不打人，有话放开说。

…………

"……是让井家小子陪你去打胎，还是我陪你去？"

何水荷不吭声。

"那我陪你去？"

何水荷不吭声。

"那让井家小子陪你去？"

何水荷不吭声。

"你是想生下来？"

何水荷不吭声。

何水荷不吭声，何家女人明知是白问，这是她和井九羊逼她的恶毒招数。

"想拿怀娃娃逼我'就范'，是谁的主意？"

何水荷不吭声。

"我就实话告诉你，井家小子想出这样的缺德损招，逼我给你们户口本，门也没有。你乖乖地把胎打了，不给何家丢人现眼，我兴许会悄悄咽下这口气，不去找井家小子的麻烦。要是执意拿怀孕逼我，我就跟井家干个鱼死网破……"

"我也把话撂在这里，不管闹出什么花样来，既然怀上井九羊的娃娃，那我就不会打掉。给不给户口本，我跟井九羊肯定要住在一起。别逼我打胎，要是把我逼急了，我跳河死给你看！"

何水荷一说跳河寻死，何家女人就被"噎"住了，话不敢再说，火不敢再发。她料到，这丫头这次怕是真豁出来了，要逼她打胎，便宜了井家小子不说，保不准真会逼出人命来。

母女俩的话又说到快要刀枪相见的地步，又到了让何家女人没有台阶可下的程度，她的火快压不住了，何家男人"赶"走了何水荷和何水仙，他急着有话跟他女人说。

何家男人要劝何家女人一番，劝她的话虽然憋了一肚子，其实是一句话：事已如此，什么城里人乡里人，嫁出去算了。这话，他一直憋在嗓子里，不知道怎么说，不敢说。何家男人太了解她女人，她是绝对不会嫁给乡里人的，更不会把水荷嫁给井九羊。他劝她，定是劝了屁用不顶，她会反过来跟他吵架。

何家男人的劝话一出口，他女人的怒脸，果然就甩了过来。他的话不但屁用不顶，还把她没敢跟水荷发的邪火，全发给了何家男人。

何家男人赶紧上班走人，多一句话不敢说了。

何家女人拿着水荷怀孕的报告单，独自哭了一阵又一阵。她憋了满肚子屈辱，发不出来。家里都是跟她做对的人，好不容易成了城里人，不好好找城里的对象，找什么乡里人，找什么井家的"土包子"。这些"土包子",都是养猪和种田的,他们配做城里人吗?不配!她怨自己的命不好,闺女儿子不争气,男人两头摆,都是出卖何家的货。接下来该怎么办?孩子怀在自家闺女肚子里,不能让他们领证结婚,又不敢逼丫头打胎。何家女人想来想去不知道该怎么办。何家女人终于想出个让自己不太吃亏的办法——骗井家赔十万块钱,再哄水荷把胎打掉。谁去给井家女人摊牌呢?只有她去。

何家女人清楚,她这当妈的,被她丫头和井家小子逼到了"孙子"份儿的地步。她要来硬的,井家女人就会支持井家小子和她丫头合起来,想法儿让孩子生出来。到了这一步,那简直把何家的人丢尽不说,井家女人和井家小子那就会不着急,甚至上何家求婚都不用求,一分彩礼钱不用掏,就看谁着急,井家小子不着急,井家女人不着急,是她何家女人着急,是她的丫头着急。井家女人坐家里一边看她的笑话,一边等她上门求他们把何水荷赶紧娶了,井家小子的户口如愿以偿进城,井家小子就成城里人了,井家女人就彻底把她做成"冤大头",她就彻底成了井家女人和小子的"孙子"了。想到这个地步,何家女人感到,她现在已经成井家女人和小子的"孙子"了,也成她丫头的"孙子"了,她绝对不能来硬的,她得装"孙子"。

何家女人在河边看井家女人在院子里晾东西,心里堵着的一团火,快要窜出来了,就想与井家女人对水荷的事,有个鱼死网破的快速了断。尽管她不愿为这"打"脸的事跟井家女人较量,但感到一时一刻不解决这个事情,如鱼刺卡喉,一分一秒坐立不安,不要说今天下午怎么忍过去,今天晚上很难熬过去。要是忍到熬到明天,她等于一个人扛着这么大的"包袱"受罪,等于让

井家女人看着她笑话偷着乐。于是，她拿着水荷怀孕的报告单去
了井家。

　　跨出她家门槛的时候，她提醒自己，跟井家女人不能怒不能
吵。但见到井家女人那副冷冰冰的面孔和不正眼看她的眼神，她
那刚压住的火又窜了出来。

　　…………

　　"井嫂，你和你儿子坑我何家，有这么缺德坑的吗？！"

　　"狗嘴一张就咬人。怎么缺德了，怎么坑你们了？！"

　　"你看这单子，怎么办吧！"

　　"水荷怀孕了！怀孕了好啊，给你生个大胖小子抱上多好！"

　　"你闭着眼睛说瞎话，太缺德了！"

　　"我缺德什么，孩子又不是我给她怀上的！"

　　"那不是你纵容井九羊干出来的罪孽吗！"

　　"既然是九羊的孩子，那也是你家水荷心甘情愿的，还用得着
我纵容九羊吗？你家水荷巴不得让他给怀孕呢！你家丫头不纵容
我儿子，我儿子能给你姑娘怀上吗？况且，你丫头跟九羊也不是
头一次怀上孩子，你跟我火个屁！"

　　"你让你儿子把我丫头'祸害'了，你们得承担责任！"

　　"责任井九羊担，孩子井家认。你让她们俩结婚，不就得了。"

　　"我家水荷是城里人，绝不嫁乡里人！"

　　"那你想怎么弄？那你就让她把孩子生在娘家吧！"

　　"打胎，必须打胎！"

　　"那就让你闺女去打啊，来我这撒泼干什么？！"

　　"给身体损失费！"

　　"没嫁的丫头，是何家的丫头，这孩子就跟井家没有毛关系。
再说了，既然你丫头是城里人，怎么会找乡里人井九羊怀孩子，你

一定是搞糊涂了，那肚子里的孩子说不定是哪个城里人的野种！"

井家女人这话一出，何家女人的怒火被点着了，她发疯似的操起根棍子，又号又叫地把井家女人晾的菜呀衣服呀打了个满院散落。听到吵架从猪圈跑过来的水花、凤鸽，把何家女人拦腰抱住，夺掉了手里的棍子，拉何家女人进屋，何家女人沉重地倒坐在地上，呼天抢地大哭起来。

大门口，河边上，挤满了看热闹的人。

"何家和井家的人，都让你给丢尽了！"井家女人一边冲何家女人嚷，一边叫赶过来的凤鸽和水花把何家女人送回家。凤鸽和水花把何家女人扶起来，连抱带拖，拉回了她家。

没压住火的何家女人，在井家女人这里吃亏受辱不说，还把何家的人丢大了，也把她闺女的脸丢尽了。

何家女人自从户口进城，早已把自己与井家女人调整到了城里人和乡里人的等级差别上，哪能咽下井家女人的这口恶气，哪能放过乡里"土锤"的井九羊"坑"她丫头。她已想好，事情已闹到全村几乎都知道的份儿上，那她就闹一下，让井家小子和井家女人付出割肉一样痛的代价。

何家女人闹完走了，井家女人到猪场问井九羊，何水荷怀孕几个月了。井九羊的腰已经好了，但他给何水荷说，他的腰坏了，他拒绝了何水荷在与他见面把"生米"做成"熟饭"的要求，怀孕是她在做戏。他对她妈十分厌烦地说，好几个月都没见过她面，哪来的怀孕。井家女人又疑问，是不是几个月前"私奔"时，怀上了孩子。井九羊一时语塞，井家女人就害怕了。井家女人害怕何家女人告上法庭。何家女人对付她井家的办法，不是报警，就是打官司。

　　城里人大小事喜欢报警和打官司，村里人除了杀人放火偷盗事，大多事习惯忍让和私了。何家女人进城后，发现报警和打官司很能吓唬井家，这便成了她对付井家女人的手段。何家女人因为要与井家女人斗，有意结交了几个律师、法官、警察，凡是她斗不过井家女人的时候，她就找他们。这次，她找了法院的人，要起诉井家女人纵容儿子玩弄女人的犯罪行为，要求赔偿。法官让她找律师写诉状。何家女人去找律师，一个小有名气的律师。律师便先找当事人何水荷调查取证。律师看医院化验单，是怀孕结果报告，就问何水荷，是自愿，还是井九羊逼迫。何水荷不回答。何家女人说，是井家女人伙同她儿子逼迫的。律师让何水荷自己确认。何水荷仍然不回答。何家女人对律师说，这还用得着一遍遍问吗，不是强迫，一个大姑娘家，一个城里大姑娘，怎么会与一个乡里人发生关系。律师问何水荷，井九羊是在什么地方并以什么样方式逼迫她发生的关系。何水荷仍然不回答。何家女人说，就是他养猪的小屋，逼迫她发生的关系。律师问，怎么逼的，得提供具体细节。何水荷不说话，何家女人就说，是何水荷不情愿，井九羊强行把她推到床上，强迫发生了关系。律师说，强迫到什么程度。何水荷不回答。何家女人说，实际就是强奸。律师问何水荷，强迫与强奸是有所区别的，究竟是强迫还是强奸。何水荷不回答，何家女人坚定地说，乡里人强迫城里人，就是十足的强奸。律师说，是不是强奸，先不能定性，待调查完对方再说。

　　律师找井九羊，问他与何水荷是什么关系，井九羊不回答。问他导致怀孕，是不是强迫，井九羊不回答。问他是在哪里强迫她发生的关系，井九羊不回答。律师问不出井九羊一句话，就找井家女人，问她何水荷与井九羊什么关系，井家女人说她不知道。

问她何水荷怀孕知道不知道，井家女人说不知道。律师说，井九羊导致何水荷怀孕，何家女人说是强迫或强奸导致的。井家女人说，是何水荷自愿的。律师说，自愿或不是自愿以受害方事实依据定性。井家女人慌了，问律师，何家丫头怎么说。律师说，女方的言辞，对井九羊不利。井家女人急了，问律师，那不利会怎么样。律师说，那会判刑。律师的话，更是把井家女人吓坏了。井家女人问律师，她花点钱，有没有办法弄成不判刑。律师说，不敢保证，但只能试试。井家女人给律师塞了五万块钱。律师说，他尽力。

....

强迫和强奸怀孕的证据不足，律师又找何水荷调查。一遍遍问何水荷是自愿的，还是强迫的。何水荷被问烦了，就对律师说，是强迫的。律师听到这个回答，喜悦不已，又接着紧逼问，是强迫的，还是强奸的。何水荷气愤地回答，强奸多没劲，就写强暴。

有了何水荷的认定，律师就从何家女人手里拿了可观的律师费，起草了诉状，起诉井九羊强奸何水荷。

案子简单，有受害人取证的录音为证，法庭受理开庭。受害人何水荷、强奸嫌疑犯井九羊，如时到庭。井九羊不要辩护律师，法庭给井九羊指派了辩护律师。法官读完起诉书，问何水荷，事实有否出入。何水荷不回答。法官问井九羊，事实有无出入。井九羊不回答。当法官反复问何水荷和井九羊，对强奸事实有无申辩时，何水荷和井九羊仍是不回答。最后，当法官宣判井九羊强奸罪成立时，何水荷开口了，她说，她没有怀孕。法官问，医院的化验报告单清清楚楚是"怀孕"，法庭采信医院的报告。何水荷说，那报告单是假的。法官一听又惊又气，当即宣布休庭。

律师难堪，何家女人不干，声称何水荷在法庭撒谎。法官要求律师提供何水荷复检报告单。律师要她由他指定的医院去复检。何水荷不去，何家女人强行带何水荷去复检。

复检的结果让何家女人很喜悦且很生气，何水荷没怀孕。

何家女人起诉井九羊强奸案成了一个"打"脸的笑话，也成了那个小有名气律师受到法官指责的笑话。最让何家女人受不了的不仅是"打"了自己脸，丢人丢到了法庭，没从井家女人手里拿到一分钱赔偿费不说，还让她损失了好几万块的律师费和败诉费，她不知道用什么办法惩罚这吃里爬外的丫头何水荷，也不知道再用什么办法报复那欺人太甚的井家女人。

三十、赔了钱又丢脸

何水荷的假怀孕之闹，让她妈何家女人花了好几万块钱且丢了脸，让井家女人花了五万块钱且也丢了人，让井九羊丢了人且加深了对何水荷的误解，也让水家女人对她的闺女担心起来。而这些花钱呀，丢脸呀，误解呀，担心呀，却统统化成了彼此的怨恨和失望。

何家女人、井家女人和水家女人，都在想接下来怎么办的事情。

——何水荷与井九羊越扯事越多的关系怎么弄，何水仙对井九虎"黏糊"得越发难分怎么一刀两断，何干部与井凤鸽要不要彻底切断？跟井家骗要小子闺女订婚费的游戏还玩不玩？何家女人左思右想后，得出了坚定的判断与想法，井家女人和她的小子闺女对户口进城又急又切，而井家女人压根儿也看不上水家闺女小子，却让她小子闺女"抓"住水荷、水仙、干部不放手，这样下去年龄搞大且把名声搞坏的是她何家的闺女小子，吃亏的仍是她何家。再说了，满城找不出哪家闺女小子跟乡里人谈婚论嫁的，她何家要再这样下去，真是给城里人丢脸。何家女人想到这个层面，便下狠心彻底切断她的闺女小子与井家小子闺女的"拉扯"，让她的闺女小子找"门当户对"的城里人是正事。

——从法庭回来，井家女人把舍财又丢人的怒火发给了井九羊。井九羊也把一肚子怨气发给了他妈。

井家女人的怒火，当然是给了律师的"肉包子"打狗有去无回的五万块钱，还有让何家女人告上法庭给她的惊吓，骂何水荷是井家的"扫把星",自从提亲起,就让井家没有安生过。

井九羊责怪他妈,舍不得掏"订婚费",却舍得给律师扔钱"打水漂";要是掏了订婚费",也不至于有这上法庭的丢人事。这话把个井家女人气得要打井九羊,她扫把杆子举了起来,却放下了。是井九羊的腰还没好利索,她才忍住了,但她的眼泪却下来了。她擦了几把眼泪,对井九羊说,儿子,不是妈舍不得在婚事上掏钱,而是何家女人一提钱,她的气就往心上窜。这次花钱又丢人的事妈忍了,不跟何家女人算账了,反正她何家的股份在井家,不愁给她何家打了"水漂"的钱回不来。但不能跟何水荷这样下去了,她就是个"扫把星",给井家破财又招灾,再拉扯下去,要害人坏事……县城那么大,就不信找不上个媳妇,好的找不上,寒碜点的总能找上……从今天起,要认这个妈,就跟何水荷彻底断了……

面对一边抹着眼泪,一边劝他的妈,井九羊什么话也不敢说了。他望着泪眼汪汪的母亲,顿时心痛起了她,都是为他和弟妹进城受的罪,那就听她的,与何水荷断了就断了。

——井九羊越发看不清楚何水荷了,这一个人自导自演的假怀孕,把他推到强奸犯审判席上的假怀孕,着实把他吓得够呛。幸亏没有怀孕,要是真怀孕,她妈"何家女人"操纵那个见钱无德的律师,保不住会把他弄成强奸犯审来审去,最后假的审成了真的去坐牢。尽管他不相信法官会犯审案的低级错误,把他审判成真正的强奸犯,最后没把他审判为强奸犯,而让他背上了如同强奸犯一般的恐慌,因那顶强奸犯的"帽子",恐怕在村人的嘴里已经给他"戴"上了。要去掉这"强奸犯"的帽子,只有跟何水荷结婚,否则这"帽子"会在他头上一直晃着。一个戴着"强奸犯"帽子的人,哪个姑娘不嫌恶心,哪家姑娘会嫁给他。不要说城里姑娘离他远远的，连乡里姑娘都会把他看作狗屎一样躲开。

井九羊对何家女人这一次次的折腾，总是有何水荷故意操纵她妈的感觉，但情理上似乎不应当是何水荷故意的。前面的几件事，何水荷曾给他"掰"开了，是何家女人一手干的，与她没关系。但这次在水花的刺激下，她要以怀孕逼她妈"就范"，想尽快与他结婚，她的心是好的，但他拒绝了，因他有点喜欢水花了，他在疏远她，她感觉到了。她逼他做了假怀孕报告单，闹出了这场差点成了"强奸犯"的闹剧。这假戏虽被她最后戳穿，让他有惊无险，但强奸犯的恶名出去了。这让井九羊痛苦和纠结，何水荷对他井九羊的情是真的，他深爱何水荷，但这件事的恶心影响让他恨上了她。

——水花陷入了极其痛苦的境地。井九羊以"强奸嫌疑犯"被告上了法庭，水花感觉如同掉到了十八层地狱，见人羞愧得头都抬不起来。村人用异样的眼光打量她，好像她跟井九羊成天在一起，就被井九羊也强奸了似的。她妈居然问她，井九羊没把她怎么着吧，气得她不知道说什么好。更有人竟然问她，井九羊把何水荷强奸了，问她没事吧。村里也传出闲话来，听说井九羊强奸的姑娘，不止何水荷一个，法院查出了好几个……原来井九羊是个流氓货……尽管难听的话很多，但水花并没把井九羊看成"强奸犯"。在跟她给何家演"戏"的这几个月里，她对井九羊的好感又加深了。从小到大，她就对井九羊有好感，只是他跟何水荷定了"娃娃亲"，他跟何水荷常在一起，她跟井九羊单独相处少，但井九羊吃苦耐劳，她对他早就暗自喜欢。这些天他腰摔伤，她照料他时尽管有身体接触，但井九羊从没出过格。井九羊不是那种人，她真想嫁给井九羊。甚至水花真希望他被法院判成"强奸犯"，她等他坐牢出来，何水荷已彻底离开她，也没人愿意嫁给他，她水花嫁给他。

但她妈恶狠狠地对她说，从井九羊跟前滚开，滚得越远越好。她妈那口气里，好像井九羊对她怎么着了似的。

——水家女人的心情比井家女人好不到哪里去。井九羊被何家女人以"强奸"女儿告上法庭，全井家湾的人在说三道四，说井家的小子都是流氓，说不准水花和水鱼被井九羊和井九虎"祸害"了。甚至有人对水家女人和水家男人说，把黄花大闺女送到"强奸犯"跟前干活儿，就不怕让他把闺女给"糟蹋"了？何家男人骂何家女人，瞎了眼了，图井家的小便宜，把闺女往"狗窝"里送，坏了名声，嫁谁谁会要……水家女人心里难受得翻江倒海，但只好认骂。可不，两个闺女本来就是结巴，遭人嫌弃，井九羊这"强奸犯"的名声出来，也听说井九虎也跟何水仙说不清楚，更怕坏了她水鱼的名声。水家女人后悔死了，骂自己鬼迷心窍帮井家给何家演"戏"，骂自己瞎了眼想把闺女嫁给井家小子。有了这样的后悔莫及，水家女人当即改变了把闺女嫁给井家小子的念头，让水花、水鱼告诉井家女人，她们俩解除在井家打工的协议，半个月的工钱不要了，人从此不去了。

——何水荷从法院出来，跟井九羊要说话，井九羊没理睬她，而何家女人盯着何水荷，不让她靠近井九羊。井九羊不理睬何水荷，他俩便各走各的路。还没有到家，何水荷就收到了井九羊要跟她彻底离断的短信。随后她打井九羊电话，井九羊不接。何家女人把何水荷"盯"回了家，压根儿也不顾何水荷失魂落魄的样子，对何水荷歇斯底里地大发怒火，发完火把何水仙和何干部叫来，先对何水荷哀求般地说，再别跟井家小子"黏"下去了，他个乡里喂猪的"土锤"，"黏"着他会毁了自己，也害了何家……好赖在城里找一个，比找他这样的乡里人，要好上百倍……就听

妈这一次，只要跟井家小子一刀两断，妈今后全听闺女的……水
仙也一样，妈求你了，那个井九虎也是个"花心"萝卜，你也看
到了，那水鱼跟他干活儿，跟她姐水花一个德行，一个跟井九羊
"黏"来"黏"去，一个跟井九虎打情骂俏，一个也靠不住，井
九虎更靠不住，赶紧离开，在城里找个像样的人，免得将来后
悔……何干部跟井凤鸽了断了吧，那丫头虽然人品不错，但她是
真跟你好，是真想嫁给你？假的。早给你说了，井家女人压根儿
也不想让她嫁给你，她从心底根本不愿嫁给你。她跟你好，想嫁
给你，因为你是城里人，你是喝井水的，她是喝河水的，她想成
城里人，她想喝上井水，她就想嫁给你……这心思，连傻子都明
白，你怎么不明白呢？！

——何水荷面对她妈何家女人的哀求，也面对井九羊给她的
彻底决断的短信，她痛苦的泪水几乎天天暗自流淌，而她妈何家
女人不会因她的多少眼泪而转变固执，她把对井家女人的仇恨，
全结了与井家有关的事上。她不能接受井家小子闺女进城的现
实，她不能给井家小子闺女"踩"着她闺女小子户口进城的机会。
除非她死了，她和井九羊的事、水仙与井九虎的事，还有干部与
井凤鸽的事，才会没有障碍。可是她怎么不死呢？何水荷在极其
痛苦的时候，脑子里会"蹦"出这个诅咒的念头。但水荷冷静下
来，却觉得何家女人不管好赖是自己的妈，即使她对自己与井九
羊千般阻挠，纵然有多么恨她，也不能咒她死，井九羊不要自己，
自己还得靠妈呢。井九羊一大半心已在水花上，加上她和何家女
人把他折腾得里外不是人，他这次说不要她十有八九是真的。在
这样的折磨中，何水荷只好选择走听她妈的话这条路，在城里随
便找一个什么人嫁了算了。

——井凤鸽要嫁给何干部的动机，何家女人说对了一点。井

凤鸽当然梦想自己的户口进城，成为城里人是所有乡下姑娘企盼跳出"农门"的渴望。进了城不种田，祖祖辈辈不种田；喝干净的井水，穿干净的衣服，祖祖辈辈干净……而城里的小子怎么会找她乡里人井凤鸽呢！她这样的乡里姑娘，什么样的城里人会找她，没有结过婚的，只有何干部这样的会找她。在井凤鸽来说，找何干部仅仅是她一个想法，更大的目的，是想通过找何干部，帮九羊娶到何水荷。但还有另外一点，原来是前面的两个动机，近来她真是爱上他了。何干部尽管腿瘸，但聪明，人又好，跟他在一起有意思。尽管她妈和何干部他妈眼下极力反对，但她和他想好了怎么对付她们。

　　——何水仙早已迷恋上井九虎，这不是何家女人靠几句哀求的话，就与他断了的，也不是拿找城里有"身份"的什么人，能把她拉回来的。尽管她知道井九虎大半心思不在她身上，几乎全部心思是在考学上，尽管她知道一旦考上大学他会把她"蹬"掉，但何水仙仍感觉井九虎是喜欢她的，他万一考不上学，她相信他肯定会娶她。接下来，她妈会给她，他妈也会给他介绍城里对象，这让何水仙非常恐慌，她怕井九虎让城里女人抢走了，她要井九虎也同她一道对抗他妈，别再给他介绍城里的什么对象。井九虎说他怕他妈，她给他"介绍"对象他拦不住。何水仙没办法，只能在电话里哭。井九虎答应何水仙他只会假"找"不真找，何水仙就笑了。何水仙是哭笑，她自己心里清楚。她能对井九虎哭了又笑，谁让她那么喜欢他呢。

　　…………

　　何家女人和井家女人眼下急于要做的，是以快刀将两家人的瓜葛斩断。

三十一、闹剧又开场

　　何家女人四处托人，给何水荷、何水仙和何干部介绍对象。井家女人也一样，从县城到处托人，给井九羊、井九虎和井凤鸽介绍城里的对象。

　　何家女人向媒人给她闺女找对象画了个"圈"，非军干、老师、工人、警察、干部不见，乡镇干部免提，也给何干部介绍对象"圈"了个范围，县城的优先考虑，乡镇干部和老师也可考虑，乡里家庭条件好且漂亮姑娘可以考虑。媒人一听何家女人的这条件就笑了，两个闺女既没职业又不漂亮，还有那小子还是瘸腿，找公务员，找漂亮的？真是"癞蛤蟆想吃天鹅肉"，痴心妄想。但何家女人给了媒人可观的介绍费，媒人就按她的条件物色。因媒人把何水荷和何水仙说成了"一朵花"，把何干部的瘸腿说成了小毛病，一时冲着何水荷和何水仙来的，隔三岔五地接二连三，不是残疾人，就是离婚不好找、拖儿带女的主，还有就是同她闺女小子一样"泥腿子"上岸的"农转非"，他们虽是干部工人，虽不是乡里人，虽让何家女人觉得哪个都比跟猪混在一起的井家小子强，但在何家两个姑娘眼里，这些人比井九羊、比井九虎，是人与猪的感觉。至于何干部，城里找上门的不是残疾人，就是乡里的"丑八怪"，何家女人一见就火了。骂媒人，她家闺女小子是城里人，介绍的怎么都是些歪瓜裂枣，是眼睛斜了，还是心眼歪了，成心欺负她何家不成？！媒人哭笑不得，又拿了丰厚的报酬，接着给何家闺女小子物色对象。

　　井家两口子看到何家走马灯似的找人相亲，急得如热锅上的蚂蚁，赶紧托人给闺女小子物色对象。井家女人让人必须介绍城里人，是不是干部工人无所谓，只要是县城户口，只要是未婚姑娘小子，只要她的小子闺女看上了，对方也看上了她的小子闺女，她会给女方男方家大彩礼。媒人问井家女人，大彩礼是多少，说个数，跟对方好说好谈。井家女人说，最少十万块，多则三十万块。尽管有了井家女人的大彩礼数额，但有意的姑娘小子，与井家女人的要求相差太远，应当是难以入目。什么老姑娘、寡妇、残疾人，什么带孩子的、奇丑无比的、贫穷无业的，没一个像样的城里人，这让井家女人感觉备受侮辱。井家女人也是给了媒人可观介绍费让物色对象，结果介绍来的却是这等"货色"，数落媒人是在作贱她井家的小子闺女。媒人说，不是给多少万块钱的彩礼费，人家就把好闺女好小子找来的，别忘了谁是乡里人，谁是城里人，想在城里找对象，花这点彩礼钱，哪里找像样的去。媒人的话，把个井家女人顶到了沟里，顿时爬不起来。她便问媒人，那乡里人找城里人，多少钱彩礼够。媒人说，跟城里人结婚，就是乡里人进城，那可祖祖辈辈不用种田了，三十万块钱肯定不够，究竟多少万块钱彩礼够，那得以人家的闺女漂亮程度，得看人家小子长得帅气程度，还要看人家是干部还是工人，是临时工还是没有工作，不看这些，不跟人家谈，谁能说得出彩礼多少够。井家女人听了这话，肉皮发麻头发晕了。

　　媒人的话虽然听着实在不舒服，但井家女人心里门儿清，媒人说的都是那么回事。对乡里人来说，城里户口太诱人了，要是找不到办户口的"门道"，拿多少钱也买不到。即使找到暗地里办户口的"门道"，听说也得花几十万块钱。如果花比三十万块更多的钱，能让小子闺女娶到嫁给城里人，那井家人的脸上该有多亮的光彩啊。想到这一点，井家女人打算把整个猪场的猪"搭"进去，把家里所有存款拿出来，也要让小子闺女找城里人结婚，把户口办进城里。

井家女人把这想法给媒人说了，只要城里姑娘小子嫁娶她家的小子闺女，彩礼费好说。媒人有了井家女人的这句话，就去张罗城里像样的姑娘小子。

井家女人为给她的小子姑娘找城里姑娘小子，砸锅卖铁都要干，井家男人不干，井九羊也不干，井九虎也不干，井凤鸽更是不干。

正是吃午饭的时候，井家女人做了全家最爱吃的饺子，可井家男人和井九羊神色沉重，而井家男人就是不动筷子，井九羊也不动筷子，好像都有话要说，都有火要发。井家男人吃到一半，终于忍不住了。井家男人对井家女人有火要发，有要紧话要说时，他不敢单独跟井家女人发火，也不敢跟她单独"较量"，他女人的厉害嘴巴，他不是对手；三句不过，她女人的火总要比他的还大，他常选在一家人吃饭的时候，尤其是井九羊在的时候，因井九羊常常向着他爹说话。

井家女人忍着，等着他的话呢。

"……你疯了，为个户口进城倾家荡产也干呀？！"井家男人给井家女人发火，并对她说了狠话，"我井家宁可祖宗八代还是乡里人，也不把猪场'搭'进去当'彩礼钱'！"

"小子闺女户口进了城，我俩的户口按政策，也会进城，全家都成城里人了，还要这臭气熏天的猪场干屁用？！"井家女人对井家男人一点都不让步。

"我是个屠汉，就喜欢跟猪打交道。当了城里人，没了猪养，没有田种，没了猪宰，没了庄稼种，我干什么去？像何家男人那样，到肉联厂打工去？！"井家男人嚷道。

"都是城里人了，还想干你那又脏又臭的营生，还想种那累死

也赚不了几个钱的地，城里的亲家谁能看得起这等‘土老帽’！你这是丢自个儿的人，更是丢小子闺女的脸！”井家女人说。

“成了城里人，城里能有你房子，能喝上井水？还不是照样住在乡里，照样同乡里人一样喝河水。”井家男人说：“我问你，进了城不让我宰猪，不让我种地，让我干什么去？进了城不让小子闺女养猪种地，让他们干什么去，靠什么吃饭？”

“干什么，当工人！”井家女人说：“何家男人不也是屠汉吗，不也在肉联厂穿着皮鞋上班、干着杀猪的老本行吗，你怎么不行？！闺女小子也一样，户口进了城，谁再跟猪和地‘搅’在一起，猪和地租给别人去弄，在城里找工作，正儿八经做城里人多好。”

“做城里人？能喝上井水吗？还不是喝你的臭河水。”井家男人接着说：“房子还在村里，还喝着河水，谁会把你当城里人，这不是自己哄自己开心吗？！”

“喝不上井水？我让小子闺女全吃上井水。”井家女人对这事好像早就想好了似的说：“给闺女小子在城里租房子，凑够钱了买房子呀，这不就成地道的城里人了？！”

“真是想进城想得昏头了，你在白日说梦话。”井家男人说：“人家女方男方问你要离谱的彩礼费，你掏得起吗？租房子一年要花多少钱，买房子又要多少钱，钱从哪里来？！”

“钱从哪里来，你问我，我问谁去？”井家女人说：“钱从哪里来，你是大老爷们儿，你想办法去。你说我白日说梦话，我在替谁操心呢？是为你，为你井家子孙不当乡里人在操心……你以为我愿意花钱啊，我一个子都不愿花。不花钱娶嫁城里姑娘小子，简直是痴心妄想……我怎么不想少花钱，少花钱，能娶城里媳妇吗，城里小子娶你吗，户口能让你顺溜地迁进城吗……”

井家女人这一连串的“问”，问得井家男人嘴巴大张，一时说不出话来了。

而井九羊等了半天，也憋了半天气，有话正等着说呢。

"妈，彩礼这账还得算明白了，何家要的彩礼不算多。我就想不明白，你给何家多少都不干，而要换个人家，看来你倾家荡产也干，这是什么想法，真是昏了头了……"井九羊对他妈嗓子里冒着粗气说。

"你是闭着眼睛说瞎话呀，何家女人伙同她的大丫头何水荷，给你给井家挖了多少坑，哪个坑不是花钱，要不让你坐牢，要不就让你摔个半死。照这样下去，何家女人不把你弄进牢房，也会把你和我弄死。"井家女人嗓子扯大了说，"死了跟何水荷那条心吧，城里有的是好姑娘，只要多花点钱，找的不比她差……九虎听着，赶紧跟何水仙断了，在城里给你找个比何水仙好看的。还有，凤鸽听着，你想帮九羊促成与何水荷的事，心是好的，但赶紧收住，再不能跟那个瘸子来往了。再说了，即使想进城，也得找个胳膊腿齐全的……"

"妈，过去你不是也有意让我找何干部的吗，怎么说变就变了？！"井凤鸽对她妈急了。

"我不变行吗，人家在打'脸'，你还要把脸伸过去呀！你不看何家女人全变了吗？她在给何干部到处物色对象，竟然说跟井凤鸽那样的不要……你去河边听听，何家女人损井家人的话，要多难听有多难听……"

"难听的话，是她一个人说的。她就是个疯子。水荷背地里骂她是疯子，水仙背地里也骂她是疯子，干部老在我面前说她是'疯婆子'。跟个疯子，有什么较劲的……你花那么多钱在城里给我们张罗对象，即使张罗成了，户口是进城了，但钱花光了，成了穷光蛋，谁能看得起你。"井凤鸽接着说，"我跟何干部的来往，家里最好别管，我有我的想法……"

"凤鸽打住，赶紧打住！凤鸽我告诉你，你别为我和水荷的事糟蹋自己。"井九羊说，"我以前跟何水荷好时，你帮我，我拦不住你。往后我跟何水荷怎么样，还不好说呢。你没看见吗，何家在走马灯似的给他们仨介绍对象，妈给我们介绍城里对象，赶紧跟何干部断了，免得让何干部把你给'闪'了，把妈介绍的好对象错过了！"

"九羊哥，你跟水荷姐的事上，一会儿一摇摆，一会儿要非她不娶，一会儿要跟她彻底断了，尤其是水花跟你眉来眼去后，你更是跟水荷的关系来回摇摆……我知道水荷姐怎么想的，不管她妈给她介绍什么样的人，她都是给她妈装装样子看，心里面还是装着你……你和妈真是误解水荷姐了。要是城里找不上好的，你还是找水荷姐合适，她会乐意帮你养猪，换个城里别的姑娘，不要说帮你养猪种地，都会嫌弃你浑身猪臭……我也是，九虎哥也是，我们进猪圈干活儿，何干部和何水仙肯定一起进猪圈……我跟何干部的事，妈别管，九羊哥也别想多了，我跟何干部怎么样，不是为你，是为我自己……"井凤鸽这话，气得井九羊和井家女人"腾"地站了起来，都要教训井凤鸽，眼看一场争吵就要发生了。井家男人不干了，把饭碗一扔，狠狠地说："都坐下，全闭嘴，凤鸽的话我看在理……何家、井家的事，都让你们两个女人搅乱了！"

"井家的事，还不是你和何家男人弄'娃娃亲'搅乱的，自己惹下的乱事，却怪罪到我头上来了！"井家女人很有底气地说，"小子丫头给我听好了，找对象结婚的事得听我的，你们说什么都没用！"

…………

三十二、闹剧很热闹

对于何家女人来说，赶快给她的闺女小子找上称心如意的对象，是让闺女小子摆脱井家小子闺女的好办法。尤其是赶快把何水荷嫁出去，接着赶快把何水仙嫁出去，让井家两个小子彻底死了心，就彻底断了井家利用她闺女进城的"跳板"，那她就在井家女人这里出了一口恶气。人要对谁憋上一口气，那一定会干出奇怪的事情来。何家女人在做奇怪的事情。

"……谁给我点菜，谁去吃，我不吃！"何水荷对媒人和何家女人撂出一句狠话。

媒人刚给何家女人说完给何水荷物色好的几个对象，何水荷就冲着媒人和何家女人喊叫开了。

"妈给你点的菜，总比井九羊这盘菜好，你吃也得吃，不吃也得吃……"何家女人对何水荷心怀井九羊的幻想，毫不让步。

何家女人不停地催媒人给闺女小子张罗对象，媒人也就不停地给"拉"来男人女人。说拉来的是"男人女人"，是因为介绍来的大多是年龄大的，大多是何家女人不满意的。这就使得何家相亲的人，走马灯地在门口进出，在院里晃荡。

何家的一举一动，都牵着井家小子闺女和井家女人的神经。

井家小子闺女和井家女人的神经，被何家"热锅上蚂蚁"似的相亲，刺激到了心急火燎的程度。

井家的媒人也卖力地给井家的小子闺女"拉"对象，门口和院里很快就有来相亲的男人和女人走动起来。

井家女人虽然忙着自家小子闺女的相亲，但没放过何家门口和院里的动静。除了井九虎和井凤鸽，对何家的相亲无动于衷，井九羊跟她妈一样，虽然忙着自个儿相亲，也没放过何家门口和院里关乎何水荷的相亲动静。

井家女人坐在自家院门口，或坐在自家炕头从窗户里，或者在河边洗什么东西，或在河边地里干活，都能瞅到何家院子里进出的人。

井家女人看何家的动静纯属心里找平衡的好奇，看了一天又半日，看何家媒人带来的不是年龄大的，就是身上有残疾的，边看边乐，断定何家女人给她的闺女小子找不上像样的人，看了一阵子，便没兴趣看了。

…………

对于何水荷相亲，井九羊不要说看到有男人相亲上门，就是对她相亲这两个字，都觉得在心里窜着个火球，让他坐立不安。尽管他也会有相亲的女人上门，但他盼望何水荷的相亲，不会有一个成的。

自从相亲开始，何水荷与井九羊已经不接对方电话，也不给对方发短信了。他们在互相吃醋，在互相赌气，都把心提到了嗓子眼上，怕相亲"相"成了真的。尤其是井九羊，究竟是跟何水荷断，还是不断，在来回扯拉。这让他处在既想相亲，又怕彻底失去何水荷的忐忑中，对何水荷的相亲动向，牵肠挂肚到了难以自拔的程度。

井九羊在养猪场的高棚上，可以清楚看到何家的院里和院门口进出的人。井九羊几乎不停地在看何家院里院外的动静，竟然看到了几幕场景，尽管看到的只是皮毛，但着实让他窃喜不已。

一幕是，媒人带着个比何水荷低半头的小子到了何家门前。矮小子像是在工厂干体力活儿的，脸胖体壮，脸上黑不溜秋，脱

发的头皮油光泛亮。本来矮，却穿一身藏青色肥大的西服，加上
那条雪白衬衣领上的血红领带，显得有点滑稽。当媒人与小子出
现在门口的何家女人面前时，何家女人像看猴似的，看出了一脸
的惊奇、一脸的不悦，不说让进屋，也不接媒人递过来的烟酒水
果，让媒人和小子站在门口，不知怎么办好。何家女人对这来相
亲的小子大所失望，好像不只是大所失望，而且是恼羞成怒了。
媒人也不顾何家女人的脸色和态度，拉着小老男人进门并进了屋。
何水荷和何水仙一起在窗户里瞅了这个小老男人。何水荷和何水
仙瞅到这小男人的第一眼，一个怒了，一个坏笑。

何水荷看这小男人是电影院门口检票的小子，在电影院门口
尽跟人吵架的人见人烦的小丑，居然跟她相亲来了。这个子这长
相很难看，再加上他那张跟人吵架时唾沫飞扬的大嘴，不要说跟
她相亲，就是让她多看一眼，她都觉得恶心。这样丑态不堪的小
老男人，媒人怎么会拉来跟她相亲呢，她在媒人眼里难道是"处
理品"？这简直就是对她极大的侮辱。何水仙没生气，反而捂着
肚子笑。这坏笑，让何水荷心里的自卑与愤怒全窜上来了。何水
荷在恨何家女人的同时，直恨起媒人来。此时的何家女人，也像
受了小老男人长相的刺激，满脸的不高兴，随媒人和小老男人进
屋，而好一会儿过去了，她没叫何水荷过来。再过了一会儿，媒
人带着小老男人走人，何家女人把小老男人勉强送到了院子里。
媒人带小老男人走到院子里时，何水荷又从窗户瞅了一眼这小老
男人，还是刚才的那种恶心感觉，心里很不是滋味。

媒人送走小老男人回屋见何家女人。何家女人对媒人火冒
三丈。

"你的心是往哪里偏的，怎么给找了这么个三寸钉长的武大郎
来相亲，这不是糟蹋我家水荷吗？！"

"我是一片好心呀，小子是个子不够尺寸，长得黑点丑点，但人家条件好，父母过世了，有房子有存款，一个人没拖累，水荷嫁给他，又清静又享福。"

"长得多丑多老呀，哪能配得上水荷！"

"哟，丑男是块宝，没人抢来没人要，比起那些油头粉面的男人来，女人省心。再说了，也别把你的水荷当成金枝玉叶，胖又不俊，虽然户口进城了，在城里人眼里，还是乡里人……"

媒人是何家女人在县城婚姻介绍所选的，个头不高，嘴巴能说，做媒成功率高，何家女人出高价请了她。她的这话，噎得何家女人说不出话来。但媒人撂下句"相亲，相上就谈，相不上就罢，又不是抢亲，何必自找气生"，让何家女人对媒人没了怨言。

媒人说，县城就屁股大的地方，城里好小子都被盯着抢着，像样的也轮不上老百姓家的丫头，只能在那些真正城里姑娘挑剩下的里找，可不要高看了自己，不然就找不上。媒人问何家女人，是接着找，还是没有"好"的就算了。何家女人说，接着找，接着相亲。媒人说，相不上，别怨她。何家女人说，相上相不上，媒人费一分不差。媒人说，那就接着相。

一幕是，一个六十多岁的男人，从锃亮的黑奥迪车里下来，背着手，等着媒人敲何家的门。媒人赶忙敲门，何家女人赶紧开门。何家女人瞅这大叔年龄的男人，问媒人怎么回事。媒人说，来相亲的，是邱主席。何家女人愣住了。媒人说，快让邱主席进门，进去说。

大叔男人仍然背着手，进了何家院子。媒人给何家女人介绍说，这是邱主席，刚从县政协副主席高位上退下来的大领导。邱主席清瘦的长脸，打理个像是染过发的稀疏分头，身穿藏青色的羊绒外套、宽松的西裤，脚上是闪亮的皮鞋，给何家女人抱拳致礼。这样子，哪里是来相亲的，像是大领导来访贫问苦的。就在何家女人开门时，何水荷已在窗前瞅着了，她既烦相亲，又想看来相亲的人长得怎么样，一有动静她就瞅着院子。进来的除了媒人，就是这大叔，没有年轻人，难道他是给儿子来相亲的？何水荷这样猜想。何家女人把他们带到了堂屋。过了一会儿，何家女人叫何水荷过来。何水荷看在来人是个大叔的面子，就去见他。

"大叔好！"何水荷客气地叫道。

"谁是大叔，叫错了吧？"大叔冲何水荷说。

"那叫大伯好？大伯好！"何水荷叫道。

"搞错了吧，我有那么老吗？把我越叫越老了！"大叔很不高兴地说道。

"是叫错了，确实叫错了，怪我没给她说。水荷，叫邱主席，邱哥。"媒人神情紧张地纠正道。

"叫错，也没叫错。凭年龄叫叔没错，冲'来头'叫哥也行。"何家女人冲媒人阴阳怪气地说了这么一句。

邱哥和媒人被何家女人的话惹笑了。邱哥眼睛直勾勾地看着何水荷胸脯，摆手让何水荷坐着说话。何水荷明白了这邱主席大叔般的大哥，比她爹还年龄大，他不是替他儿子来相亲的，是自己来相亲的，这简直就是活生生地在污辱她。她何水荷宁可去死，也不会嫁给这么大年龄的大叔。什么主席，就是个想吃"嫩草"的色鬼。耻辱让何水荷一秒钟也不愿待不下去，她借说身体不舒服走了。随后，大叔说县里有重要的会，叫司机把他接走了。

"你们母女俩对人家邱主席什么态度，一个拉着个死脸，一个叫人家大叔大伯。这哪里是请人家来相亲，是请人家来看你们难堪的！"媒人很不高兴地数落何家女人道。

"你只是给我说相亲的是县里的邱主席，你没说他比她爹的年龄还大。我一见面，以为是给他儿子来相亲的，原来是给他自己相亲的。怎么给水荷介绍比她爹还年龄大的男人呢，水荷可是黄花大闺女，怎么会嫁给个老头子呢？"何家女人压住火气埋怨道。

"什么爹，什么老头子，邱主席长得年轻好看不说，他可是县太爷待遇的大领导，工资又高房子又大，家里要什么有什么……女儿在美国工作，老婆半年前去世，就他一个人，想嫁他的女人排着队呢，可人家就想找个老实本分的姑娘，给他生个儿子，水荷挺合适……"

"你觉得好，你怎么不嫁给他呢？这么大年龄，过上几天他死了，让水荷做寡妇啊？！"何家女人说道。

"我要是在水荷这个年龄，找不上好男人，我肯定嫁他。嫁他多好啊，他当过县领导，上下关系四通八达，可说你何家找了个乘龙快婿，全县的人谁敢欺负你们，在全县办什么事办不成？水荷没工作，水仙没工作，干部没正式工作，你没工作，你男人是临时工，要是跟他结成亲，闺女小子不但有好工作，而且你男人也会有正式工作，那你全家就攀上高枝，过上人上人的日子了……嫌人家年龄大，井九羊年龄小，他不就是个养猪的吗，他能给你何家带来什么，除了白吃他几片猪肉，还能得到什么！嫁好郎不看年龄，邱主席简直就是天上掉下个金娃娃，要不是人家死了老婆，你上哪里求他去？！"媒人眉飞色舞地说道。

"嫁邱主席虽然好，就怕水荷性子倔强，很难说服她。"何家女人被媒人说得口气转了个大弯。

"她嫁不嫁，关键还不是在你，看你怎么去劝。再说了，邱主席刚才看见了水荷，也领教了水荷的脾气，人家到底能不能看上水荷，我心里没底。要是看不上，我得给他说好话……"

"那就有劳您了。事成了，我重重谢您！"何家女人的情绪由怒变成了喜，由喜变成了企盼，求起媒人了。

　　媒人走了，何家女人给何水荷说"大叔"的事。何家女人把媒人说给她的关于邱主席是县太爷，死了老婆一个人，女儿在美国无牵挂，住在县长书记楼，房子又大又豪华，县里没有办不成的事，就是年岁大了点，后面一大堆女人在追，嫁给主席全家人都会有工作等等说了个透彻。何水荷当即说，他比爹还大。男人大了疼女人。何水荷说，嫁给他要不了几年死了，她怎么办。何家女人说，他死了房子存款都是你的，再找个小的也不亏。何水荷说，亏你算盘打得"叮当"响，什么主席不主席，她嫁的是男人，嫁的不是爹。何家女人说，嫁给邱主席多好。何水荷说，要嫁，你嫁给他。何家女人生气地说，妈要年轻，巴不得嫁给他……

　　一幕是，早饭刚吃完，一辆枣红色的宝马车停在了何家门口。媒人和一个至少五十开外的男人下车进了何家。这男人腰粗头小像个枣核，何家女人一看丑成这样，脸上就没了笑容。但这男人手里提着很大的礼品盒，两根指头上的黄金和红宝石戒指，在耀眼的阳光下闪光。也许是何家女人看礼品价钱不少，也许是何家女人看到了他手指上昂贵的戒指，当媒人把礼品盒接过送到她手上的时候，她脸上才有了点笑容，她把他让进了堂屋。聊了不一会儿，不知聊了些什么，不知聊什么聊得让何家女人和媒人嘻嘻笑个不停。紧接着，何家女人一脸喜色地叫何水荷过来见人。何水荷不应声，也不出屋。也许这男人进院时，何水荷就从她屋子窗户看到了他的尊容，也许她压根就不想再见媒人介绍的什么人，何家女人叫她过来见人，人叫不动，去推门门不开。枣核男人好像脸皮厚，既不生气，也不着急，笑呵呵地出门，上他的豪车走了。

送走了枣核男人，媒人问何家女人，这老总怎么样。何家女人说，什么老总，就是个包工头，倒是比井家小子有钱。媒人说，家是乡下的，虽是乡里人，但在县城开公司，楼盖得一片又一片，挣了不少钱，水荷嫁给他，以后要房有房，花钱有钱，衣食无忧……不过他是离过婚的，有两个孩子归女方，没有拖累。何家女人说，怎么又给水荷介绍个离过婚的，还是个乡里人，还长得同猪那么难看。媒人说，男人好看在于能干有钱上。他能干，他有钱，要是他工程干大了，城里的姑娘任他挑着找……趁他还没成大老板，赶紧嫁给他，过几年他成大老板，水荷不就赚了，何家不就赚了……看他屁股下的那车，就值县城一套楼房，指头上戴的黄金和红宝石大戒指，那也是值几套楼房的钱……何家女人说，眼看会成有钱的大老板，想嫁他的人少不了，怎么挑到何家来了。媒人说，不是挑不着吗……不是说过了吗，在人家眼里，虽然水荷是城里户口，那是半个城里人，半个乡里人。何家女人说，不管别人怎么看，水荷是城里人，嫁就嫁城里人，绝不嫁乡里人。媒人说，那也得问问水荷，要是人家愿意嫁呢？何家女人说，还用得着问吗？离过婚的，长得像枣核，一个乡巴佬包工头，只是有几个鸟钱，就想娶城里姑娘，那不是与井家小子一路货色吗？想踩着城里姑娘进城，拉倒吧。媒人问，那还给水荷介绍吗？何家女人说，介绍是你的事，相中相不中不是你的事，多介绍多挣钱，你挣你的钱就是。

…………

何家女人给媒人付了可观的报酬，媒人接着给何水荷介绍对象。

何家女人又见了十个相亲的，其中三个是给何干部张罗的，何干部一个没见。何干部死活不见，来自两方面的因素，一个是与他一样腿有残疾的，一个是半痴半呆的，还有一个是带着孩子在城里打工的乡里女人。何干部一听是这等货色，给她妈说，少烦他。媒人每带一个人来家，何干部都隔窗一瞅，反锁了门不出来。另一个缘由是他心里牢牢地装着井凤鸽，他实在容不下另外一个女人。给何干部介绍一个不见一个，给他白白花了媒人费，何家女人一时不敢再给介绍，便抓紧给两个闺女物色。何家女人怕花了媒人的冤枉钱，更怕漏掉何水荷能看上的如意郎君，逼着何水荷挨个见面。还有，何家女人为节省媒人介绍成本，也逼何水仙跟何水荷一起相亲。何水荷和何水仙心里牢牢地装着她们的人，一个都不愿见。可何家女人不干，硬逼逼不出来，没想到说了句"权当耍猴看"的软话，惹乐了何水仙，也惹笑了何水荷，于是她俩来者不拒，全见了一番。但全见了一番，其中六个不是人家没相中何家姑娘，就是何家姑娘没相中人家。唯独有个叫小柳的，相中了何家二丫头。

小柳是下河乡学校的老师，瘦高的个头，瘦腮，眼眶上挂一副亮闪闪的眼镜，一看就是文化人。小柳从下河乡考上师范，毕业分配到家乡中学当老师十年，往城里学校拼命调了十年，但就是调不进城里学校。调不进城里学校的缘由，是上面的规定，家不在县城，不得调入县城学校。小柳自从考上师范立志不再回乡，分到乡里工作一天也不愿待，而要进城得在城里找个对象结婚，才有理由调到城里学校工作。他为此在城里至少找了有一个加强营之多的对象。县城的人很偏执，姑娘一概不嫁乡里工作的人，哪怕是国家干部也不嫁，也不太愿意嫁父母在乡里的城里人，至于如小柳这般乡里出生又在乡里工作的人更是不嫁。小柳在城里不停地找，好姑娘看不上他，不好的他看不上。他早已是县婚介的常客，媒人自然就把他带到了何家。何家女人一眼就看上了小柳，而小柳就当即夸赞何水荷这好那好，也夸赞了一番何水仙。小柳的长相和说话，没想到何水荷和何水仙没有反感表情，何家女人觉得小柳与水荷和水仙中，也许会有一个有谱。几天后，小柳又来过几次，跟何水荷聊不来，却与水仙聊得欢。这让何家女人猜测，小柳看上了水仙，这让何家女人心里不舒服起来。虽然何家女人很想把水仙也尽快嫁出去，但她还是想把水荷先嫁出去。正如何家女人猜测的，小柳提出来想娶水仙。何家女人让媒人劝说小柳只能娶水荷。可小柳坚持要娶水仙，何家女人无奈，想来虽会伤害水荷，但嫁出去一个少一个跟井家的纠缠，实是上策，她只好让步。虽然何家女人想得好，可何水仙却当着媒人和她妈的面对小柳说，她水仙心里有人，身子也给了那个人，不会嫁别人……

媒人劝小柳，要想进城，别再挑三拣四，娶了何水荷算了。小柳说，她长得太像乡里人，乡里比她漂亮的他都没找，找她太委屈自己了。

媒人把这话传给何家女人，何家女人生气地问媒人，水荷怎么就像乡里人了，她是城里人啊。媒人说，她的户口虽进城了，要文化没文化，要工作没工作，还不如乡里人，所以好赖找一个算了。媒人的话，小柳的话，还有前面相亲的老的丑的当主席的都没相中水荷，把何家女人的自尊心几乎撕碎了。何家女人只好随媒人说，那就好赖物色个人嫁出去算了。

媒人接着找，而找的不是有残疾的，就是没正当职业的，且离婚大龄男人居多，这让何水荷受到巨大刺激，莫名其妙发起高烧，好几天才退。何家男人叫何家女人立马停止了相亲。

何家女人张罗相亲的事，成了一幕幕闹剧，只好停下。而何家女人对何水荷说，病归病，病好了与水仙接着相亲，就不信好男人死绝了，好男人在后头排着队，不愁找不到……

　　何水荷不停地相亲，很快把井九羊对她的一线爱意彻底消解了。虽然村里不断传出何水荷相亲的人，这个她没看上，那个也没看上，但伤的是井九羊的感情。同样，井九羊也是这个没看上，那个也没相中，而伤的是何水荷的感情。相亲，让井九羊与何水荷情感距离一天远似一天。相亲相得他与何水荷一个多月没电话联系了，有三个多月没面对面了。唯一一次面对面，也是深伤井九羊感情的面对面。那是她让他翻墙时在墙头上的面对面，就那么几秒钟的面对面，继而被何家女人发现，即刻从墙头推下摔坏了腰。井九羊怀疑何水荷串通何家女人害他，他要与她断离。尽管井九羊因为摔伤对何水荷有了阴影，但仍没到要彻底断离的地步。可近日何家院里的不停相亲把井九羊的"醋"坛子打了个稀烂，要他妈抓紧给他张罗对象，找好了他就赶紧结婚，一天也不想等了。

　　井家的相亲又开始了。

三十三、相亲的都是丑女

　　井家女人催媒人给井九羊、井九虎和井凤鸽介绍对象，井九虎以复习考学为由不见不相，井凤鸽以"九羊哥相中了她再相"为由，推掉了她妈的张罗，井家女人就一门心思给井九羊张罗。而给井九羊找对象，用媒人的话说"和上天一样难"。尽管井家女人给她交代了愿意者可给巨额彩礼费的许诺，但女方一听是乡里人，有的头摇得像拨浪鼓，有的干脆说"嫁谁也不会嫁乡里人"。满城碰了很多壁的媒人，总算碰到了个愿意见井九羊的女人，那是张锅炉的女儿张翠翠。

　　张锅炉一家也是先前从村民转进城的，进城至少有五年了，闺女张翠翠本来与远乡的小子定了亲，可就在确定结婚之前，随村里一批人"农转非"，户口进了城，张锅炉就把闺女的婚退了。退婚的理由当然是"张翠翠是城里姑娘，要嫁城里人"。张锅炉毫不含糊地给闺女退婚，是由于他在户口进城这事上吃尽了苦头。张锅炉在县城一中烧了几十年锅炉，看到城里的孩子在城里上学，条件又好且老师又好，大多都能考上大中专学校，而乡里的学校缺这少那且缺好老师，很少有考上大中专学校的。压根儿也不想当农民的张锅炉，看到城里人无法预料的好处，再看自己上学又种田的小子闺女，跟城里孩子生活学习环境简直是天壤之别，就找人花钱让小子借读到了城里学校。可借读不久，就因是农村户口被清理出了学校。张锅炉就找人给小子往城里转户口，花了不少冤枉钱，没有办成不说，还差点出事。就在张锅炉的儿子闺女没考上大学，进城打工的时候，全家的户口进城了。天上掉下他盼的大"馅饼",这可把张锅炉兴奋坏了,可要好好挑个好的城里姑娘小伙儿,可他张罗了五年,也没哪个城里姑娘小伙儿愿意。不愿意的缘由,是城里的姑娘小伙儿,压根儿也没把他们看作城里人,用他们难听的话是"打死也不找头顶'高粮'花子的乡里人"。在城里找不上,乡里姑娘小伙儿不愿找,他的儿子闺女自然成了婚介中心的"老大难"。这不,听媒人说井家小子闺女愿意出大彩礼娶城里姑娘小伙儿,犹豫再三,不找乡里人怕是不行了,干脆跟井家要个大彩礼,把闺女小子的婚事"解决"算了,免得"熬"成个嫁不出和娶不上的"烫手山芋"。

张锅炉给媒人提出,闺女儿子每人给五十万元的彩礼钱,一共一百万元,钱到手领结婚证,领了证给井家小子闺女办进城户口。虽然要彩礼"狮子"大开口,但却爽快,这让井家女人有点动心。虽有点动心,但也嫌张锅炉的闺女小子长得确实像个"乡巴佬"。花了一百万元娶嫁了个比乡里人还要"土"的乡里人,实在太丢人了,井家女人一口回绝了。

张锅炉没想到井家女人竟然回绝了提亲,媒人不说缘由,他以为是彩礼费要太多的缘故,就把彩礼钱降到了三十万元。降了彩礼钱井家还是不干,他又降到二十万元,井家还是不干;又降到十万元,井家还是不干。张锅炉纳闷,难道一分钱彩礼不给,白娶他的闺女,白进城里户口?一个进城户口几十万元都找不着买到的门,这明明是井家存心欺负他张锅炉。不行!张锅炉嫁女娶媳心焦,干脆一分钱彩礼钱不要,把闺女嫁给井九羊,把井凤鸽娶进门,井九羊和井凤鸽进城的户口照办不误。户口不花钱进城,这对井九羊和井凤鸽来说,是打着灯笼难找的好姻缘,井家女人虽一时动了心,但仍回绝了。其中有张锅炉闺女小子太土的缘故,想到生出来孩子也会是乡巴佬无疑,即使白给她也心堵。

而恰恰井九羊和井凤鸽更嫌太土，不要说白给，就是张锅炉倒贴几十万元彩礼，兄妹俩都不娶不嫁。井家女人毫无余地地回绝了张锅炉的好意，铁了心要找城里长得像样的人，不然生出来的孩子也会是乡巴佬。井家女人把这个标准交代给媒人，媒人说，长得像样的，能轮上乡里人吗？！但井家女人说，她花钱。媒人说，城里人看不起乡里人，乡里人瞧不起乡里人，这不是钱的问题；钱解决不了这问题，但她会尽全力，尽可能给井九羊找个既正宗又长得不难看的城里姑娘……

张锅炉给井家嫁女分文不要，而井家白给也不娶的窝囊事，何家女人听了抽了一口凉气，她给她的闺女小子说，都醒醒吧，井家女人和那井九羊小子的狐狸尾巴露出来了，人家一要彩礼，她就翻脸：人家一心想嫁闺女，她就拿一"把"，故意不娶，想让张家嫁女又倒贴钱——这把戏不就是对付她何家的一套吗？井家女人和井九羊太阴险了，让他们出彩礼钱，就往后面缩，要么就采取做假结婚证结婚、拐骗私奔的偷鸡摸狗的办法，空手套"白狼"……幸亏她早就识破了他们的诡计，不然水荷、水仙早被他们骗到手，让何家落得个人财两空。尽管何家女人说得兴高采烈，但何水荷、何水仙和何干部听了不以为然。

何家女人催媒人接着给何水荷张罗对象，媒人为难，好久介绍不来一个。

井家女人催媒人接着给井九羊介绍对象，媒人也为难。

媒人给井九羊带来了一个漂亮对象，瘦小的个头，精巧的方脸，精巧的小眼，精巧的小嘴，精巧的马尾巴辫子，外穿精巧的紫罗兰上衣，绣花行呢裤，简直是十足的小美女一个。县城哪有这么艳丽的女人，把个井九羊看得羞红了脸，也把井家女人看得一时不知所措，觉得面熟，却一时想不起在哪里见过。还没等媒人介绍，井九羊忽然想起来了，她叫小红，是县戏剧团的一个角儿，城里很多人知道她，她的风流传说凡看过她戏的都有耳闻。赶紧请进屋，沏茶，端详，说话。

小红一点不害羞，把井九羊瞅了个细致，也把井家女人瞅了个细致。井家女人很快就想起来了，她是戏团的红角小红。她的传闻不少，年龄不小，细看让她吓一跳，脸上粉底下的雀斑密密麻麻。媒人介绍说，这是小红，县戏团大名角，大美女，戏演得"红"，婚姻不顺，至今未嫁，一心想找个老实巴交的人过日子，可满县城没找到，这不听说井九羊是个老实巴交的人，家里条件好，就让我把她请来了；九羊真是有艳福，小红大美人有这个意，可是打着"灯笼"难找的好姻缘……一壶茶工夫，就相完了亲。媒人把小红送出井家，回来听井九羊和井家女人的感觉。井家女人一脸的疑惑，媒人不等井家女人问，就说开了——小红年龄是不小了，四十岁刚过，虽比九羊大十四岁，但看上去也就三十出头；年龄大不是问题，关键她是地道的城里人，长得又漂亮，是县城的"一枝花"，全县领导没她不认识的，办事路子是四通八达；娶了她，不要说井家的猪场会做成"金窝"子，生出的孩子从此不会有乡巴佬的味道……想知道这么红的角，这么漂亮的姑娘，怎么就没嫁出去，怎么就想嫁井九羊呢？小红是个独生孝女，母亲早逝，父亲瘫痪，她对所有求婚的人提了个要求，嫁她必须把她父亲一起"嫁"过来，谁听了这个条件，谁都不敢娶她了。想必九羊没问题吧，井家这么大院子，这么多房子，给她病父亲间屋子，照料他总没问题吧。媒人问井九羊，井九羊不说话。媒人问井家女人，井家女人说，还是让她照顾她爹去，井家娶媳妇不娶爹……

媒人给井九羊又带来了一个祖宗三代都是城里人的姑娘。说是姑娘，井九羊叫大姐都有点委曲，叫阿姨比较确切，是比井九羊大二十一岁的老姑娘。瘦高，瘦脸，瘦的屁股。一看就是个让男人唤不起性欲，是个缺少福气的姑娘。她有个好听的名字，叫月季，可长得一点也不像月季。井九羊见到她一脸的苦相，井家女人见到她一脸的怒云。媒人给井九羊和井家女人夸了半天月季的好，唐诗宋词倒背如流，洗衣做饭样样在行。夸完了，井九羊不说话，井家女人也不说话。不说话，月季很尴尬，她明白井九羊没看上她，井家女人也没看上她。她很识趣，实在坐不住，就走了。媒人脸上挂不住，紧跟着月季后面，说了很多不知什么话，一脸无奈地回来与井家女人说月季的事。媒人说，月季虽然年龄大些，但人家一分钱彩礼不要，白嫁。井家女人说，年龄又大又难看，嫁不出去的老姑娘，怎么就介绍给九羊了。媒人说，人家是眼光高，不嫁看不上的人，所以宁缺毋滥才没嫁出去，就是想找一个老实厚道的人，听了九羊的情况，她很是上心，这不是看上九羊了吗；人家姑娘一片诚心，不要彩礼倒赔嫁妆，还要给井九羊入城里户口，这可是天大的好事，可你和九羊对人家冷惹冰霜，好像白吃的萝卜嫌辣，让姑娘伤心透了。井家女人说，倒贴彩礼怕也没人要，这么大年龄，给九羊当妈都富余，不要说做老婆。媒人说，白捞个便宜还不要，脑子有毛病。媒人说到户口进城，井家女人的心被触动了，对井九羊说，不要彩礼又转户口，倒是井家赚了，要不把月季找上？井九羊说，总不能为户口结婚再离婚吧。井家女人说，先把婚结了再说。媒人说，媒人只管撮合结婚，至于结了婚是过是离，那就跟媒人没关系了。井九羊说，结了就得过，打算离婚就不结，宁可不要这个城里的狗屁户口，也不做没结婚就打算离婚的事。媒人说，想那么多做不成事，凡事图一条，想两全其美，除非异想天开。井家女人说，对井家来说，转城里户口比娶媳妇要紧。媒人说，对了，有了城里户口，不怕找不到好媳妇。井九羊无话，井家女人叹气，媒人拍了一下屁股，走人。

…………

媒人已有好些天没给井九羊物色来对象了，前面见过面的，井九羊一个也不情愿再见面，井家女人也没有办法，毕竟是儿子娶老婆，他耍清高，既要城里户口，又要长相好看的，这两全其美的人上哪里去找，真是愁死当妈的了，也难为媒人了。想到这相亲村里的人在瞅着，尤其是何家女人在等着看笑话，还有水家女人也在等着看洋相。井九羊的亲相不成，丢人不说，那就掉价掉大了，后面不仅找不上城里姑娘，连乡里姑娘恐怕不愿意嫁他了。井家女人继而想，井九羊的亲相不成，会影响九虎和凤鸽的娶嫁。那会坏了井家大事了。想到这儿，井家女人在催媒人接着给井九羊物色对象的同时，也让媒人给前面相过亲的捎话，待井九羊想好了，登门拜访。媒人说，前面见过的几个，她可以把话说"圆"，但后面实在物色不上更好的了；如果实在要她物色，她就物色，如果带来的不满意，别怨她。井家女人说，见人又掉不了块肉，怕什么，不怨。媒人说，她这就张罗。

…………

媒人给井家女人打电话，要井九羊明天午饭后在河边公园相亲。媒人没说让井家女人也来，井家女人怕井九羊看走眼，心里就有了顾虑。随后，井家女人就让媒人还是把姑娘带到家里来相亲，一边相人一边相家，一举两得。媒人只好把姑娘带到井家。她是个一条腿略有毛病的大龄姑娘，不拄拐，走路挺快的。姑娘胖圆的身材，又黑又圆的脸，又大又圆的眼睛。见面就自我介绍，她叫朱燕，三十六岁，属猪的，独生女，祖宗三代城里人，在肉联厂上班，跟何水荷的爹一个车间……一头猪刚才还在叫，进了车间转眼就成了肉……养头猪半年，杀头猪半秒……井九羊是养猪的，她是杀猪的，杀猪的相亲养猪的，真是缘分啊……朱燕说在兴头上，惹得井九羊、井家女人、井家男人苦笑又大笑，更惹得井家女人朝着她瞪白了眼。眼看收不住嘴，媒人赶紧把她嘴捂上，她才闭嘴，不让她说了。她冲井九羊说，她要去看猪，井九羊装作没听见，她又冲井九羊说要去看猪，井九羊仍然装作没听见。她生气地说，她自己去看，也没人应承，她扭着屁股出去了。井九羊赶紧跟上，她却头也不回地出门，没等井九羊反应过来她要去哪儿，她拦了辆出租车走了。

相亲结束。媒人怪怨井家女人说，这闺女有口无心，泼辣能说，不该又瞪眼睛又冷落人家，她生气走了，再约就难了……井家女人说，年龄又大又丑，不见也罢。媒人说，嫌人家又大又丑，人家还嫌九羊是乡里人呢。要不是给一个又一个费尽口舌说好话，即便是城里的丑八怪或老太婆，也会嫌弃乡里人的，何况井九羊既是养猪的猪倌，又是种地的乡里人。井家女人、井家男人和井九羊被媒人的话刺激得忍不住了，尤其是井九羊，火冒三丈地冲媒人喊道："我井九羊比起城里的那些蠢猪男人，要强千百倍！他们凭自己是城里人，城里的姑娘随便挑，乡里姑娘不愿要，连城里的这些'丑八怪'都看不起乡里人，这不是欺负乡里人吗……我虽是养猪种地的，我比城里的哪个小子长得差？！"媒人也火了，冲井九羊喊道："你长得好看管什么屁用，长得再好也是乡里人，明白吗？乡里人就是给城里人种地的，城里有工作有班上有工资，明白吗？乡里人没工作没班上没工资，乡里人要不种地就是无业游民，城里人没工作那是待业人员，明白吗？乡里人没饭吃没人管，城里人没饭吃政府救急，城里人没收入有'低保'，乡里人没收入只能饿肚皮，明白吗？城里人穿皮鞋走的是柏油马路，乡里人穿胶鞋走泥路，明白吗？城里人从生到死国家管，乡里人从生到死没人管，明白吗……"井九羊再也听不下去了，喊道："明白个屁，我不明白！"井九羊喊完，扔下媒人和他爹妈走了。

井九羊给媒人发脾气，吓坏了井家女人。井家女人赶紧给媒人赔不是，骂井九羊不懂事，请她原谅。媒人虽然怒气在脸，但毕竟是干这两头说好或两头挨骂的行当，挨骂也是常有的事，一般不会计较，但井九羊这火她不愿接受，她本来就看不上乡里人，她压根儿不愿意给乡里人介绍对象，给乡里人介绍对象大多白效劳，好在井家女人给她出了几倍的费用，她才愿意为她张罗。本来城里姑娘再丑也不愿意嫁乡里人，觉得嫁乡里人丢人。带到井家的这几个丑女，尽管在城里没人要，或者找不上像样的，但一听说介绍的是乡里人，不但不给她好脸好话，有的还发火说介绍乡里人在污辱她，有的竟然说宁可活守寡也不嫁给乡里人，有的一听是乡里人便赶她出门。为给井九羊在城里物色这几个对象，她简直费尽了心思和口舌，挨了不少骂。好在井家女人给钱大方，不然她才不受这份罪呢。

媒人装出副气愤无比的样子，抬腿就要走，被井家女人急忙拦住了。井家女人从箱子里数了两千块钱，塞给媒人说，这是替九羊给的赔礼道歉费。媒人装作推辞不要，井家女人把钱使劲摁在她手里，她才收下了。媒人把钱装到包里，脸上随即绽出花来，当即表态，她接着在城里给井九羊找，就是不要太挑剔了，乡里人找城里人，就像穷人找富人，毕竟是攀"高枝"的事，实际也是冲着户口进城来的，丑的大的能把小子的户口转进城就行……丑女是块宝，女大抱金砖，大女疼夫赛老母，该低头就得低头，该弯腰就得弯腰……户口进了城，不就成大爷了，明白吗……井家女人赶紧应承说，明白，明白。媒人接着说，有钱能使鬼推磨，尽管放心，她接着在城里给井九羊物色对象……

　　几天后，媒人给井家女人打电话说，有个漂亮寡妇对井九羊有意，但没确定哪天见面，随后又告诉井家女人，她父母不让她嫁给乡里人，除非彩礼"合适"。井家女人问媒人，多少钱彩礼算合适。媒人说，人家没说，但钱多不烫手……

三十四、"后悔哥"又上门

井家的相亲似乎都在何家女人的眼里耳里，但各种传闻出乎她的意料，也让她心急火燎。最让她揪心的是，说县戏团的名角小红相中了井九羊，说一分钱彩礼不要嫁给井九羊。还说，小红城里有大房子，结婚不要井家再买房子，很快就要订婚了，订完婚很快结婚。有的说井凤鸽被一个军官和一个县机关干部相中了，井凤鸽究竟挑哪个，拿不定主意，一旦选定，也会很快订婚结婚。有的说也有城里一个漂亮姑娘，相中了井九虎，当领导的父亲也同意了女儿嫁给井九虎，井家女人正在城里选房子，女方自答应结婚前就把井九虎的户口转到城里的新房下。这些传闻，说得有鼻子有眼，让何家女人不信也难，只能相信。至于何水荷不信也得信，因为从她家和井家给她和井九羊相亲起，她和井九羊虽打电话，也发短信，而她给井九羊要说一个没相中，井九羊不相信；井九羊说他一个也没相中，她同样也不相信。两个人都在相信传闻，都感觉在互相欺骗。这让一心想嫁井九羊的何水荷，面对井九羊不停地相亲，看到井九羊家里来相亲女人，也面对何家女人强迫她相亲，让她处在了极其痛苦的两难境地，究竟她是随便答应个人一嫁了之，还是等待相不上亲的井九羊，她实在很难选择。

面对两难，虽然何水荷千百次地想放弃井九羊，但一想到放弃，想到另一个女人与他入洞房，就像一把把刀子，捅在心里，心在被捅碎，心里流血，很快会流干。她感到井九羊再"相"下去，她会精神崩溃；真要是相中了什么女人，真要订婚结婚，她会去跳河给何家女人和井九羊看。

238

　　至于何水仙和何干部，听了井九虎和井凤鸽相亲的传闻，虽然心里着急得像揣了个兔子，好在何水仙与井九虎打电话，何家女人不阻挡，好在何干部与井凤鸽私下来往，何家女人睁只眼闭只眼不敢太管，她怕搞得他们鸡飞狗跳，打算先相定了何水荷的"亲"，再管何水仙和何干部的事。井家女人一门心思给井九羊相亲，没想到越相越闹心，根本顾不上看管井凤鸽和井九虎与何家小子闺女的偷偷摸摸来往，使得他们彼此感情突飞猛进，热度出乎何家女人和井家女人的预料。而确切地说感情突飞猛进的只是井凤鸽和何干部，确切地说是何水仙一个人的感情在往井九虎身上"突飞猛进"。井九虎对何水仙送上的热唇从来不拒，但他却不会主动把热唇贴到何水仙脸上，这让何水仙成了"一头热"，掉入井九虎越冷她越热的旋涡。何水仙明白，井九虎心里有她也没她。最让何水仙伤心的是近来的相亲，她与水荷一起相亲，故意做给井九虎看，而井九虎好像没看见，更是不吃醋，这让何水仙心里七上八下。井九虎没那么多闲空瞅着何家门口和院子里是什么男人出入，他压根儿也处在对何水仙要和不要之间。是她何水仙死缠硬缠他井九虎的，他也不讨厌她的某些地方，可她如果要主动离开他，他绝对不会追她，更不会为此而难受什么。他坚信他一定会成城里人，一定会把户口转到城里，一定会在城里生活。进了城，有的是比何水仙好看的女人，如今有她正好填补他的空虚和不确定的这段生活，没有她也没什么，他一门心思考学考干部。虽然他抱着对何水仙不上心的态度，但何水仙每天都给他报告相亲情况，她的心牢牢地系在他身上。何水仙反常的举动和何干部的异常约会，被何家女人忽略着，她在以最快的速度解决何水荷和井九羊这块急切的心头病。

　　何家的相亲，接下来是一个不如一个，让何家女人和何家男人一时陷入了难堪的境地。何家女人不停地催媒人给何水荷张罗，可媒人就是迟迟不见动静。何家女人催急了，她便带来了个熟面孔——邱主席。

"咚——咚——咚——"有人把门敲得又粗鲁又响。何家女人生气地问"谁往死里敲门"，没人答应。又是粗鲁又振耳的敲门，何家女人气呼呼地把打开，正要对敲门的人发火，发现对方是邱主席。邱主席满面红光，盛气凌人，看到开门的何家女人，把手背了起来说，大上午的，把门锁这般紧干吗？这架势，这气势，像是她的大爷和老爷什么的大人来了，让正要怒的何家女人转怒为笑了。随后，媒人来了。

邱主席再次上门，是媒人给何家女人说过的，说是邱主席想再看看何水荷长得是什么样子，上次相亲没看到，这次要好好看看她，跟她聊一下，如果他觉得她可以，能聊到一起，再说后面的事情。邱主席是不太愿意找何水荷的，因为他初次来相亲，何水荷高傲且不懂事，让邱主席很没面子。那天邱主席从何家出去，大为恼火地给媒人打电话说，给他介绍的是什么货色，什么城里姑娘，不就是个村姑吗，地道的乡里土豆；土豆上不了席，竟然不把他堂堂的一县主席放在眼里，嫌他老，嫌他难看，他还看她难看呢，要不是她年轻，跟在他屁股后面的女人多的是，真还轮不上她……邱主席的一番气话，说得媒人连忙给他赔不是，他才没有埋怨到媒人身上。

媒人生怕何家慢待了邱主席，而何家丫头还是得罪了邱主席。媒人跟相完亲生气的邱主席说，这是去相亲，又不是检查工作，人家姑娘虽成了城里人，但还是农村人的风格，对男方有点"态度"无妨，何必较真，较真能找到给娃娃的年轻姑娘吗……再说了，找农村进城的何家姑娘多好，她会把她看作乡里人，不怕吃苦，不怕生娃，不怕挨骂；要是找个城里姑娘，这样嫌，那又累，嫌男人年龄大，怨男人疼爱少；花钱大手大脚，穿戴得花枝招展，出去惹眼招人，给自家男人戴绿帽子的事，十有八九会发生。

媒人这张口如刺的话，句句扎到了邱主席的盲穴，这才让邱主席听了媒人的再相亲的念头，才让邱主席感到娶这个乡里姑娘比娶城里女人稳当。邱主席对媒人说，看来娶这何家的丫头，真是比娶城里的女人稳妥，要想办法说成了。媒人说，那丫头倔着呢。邱主席着急地说，成不成全凭"一张嘴"，全看跟她怎么说了……媒人的话点透了邱主席，邱主席的话让媒人有了压力。媒人就对何家女人说，给何水荷在城里又找了几圈，都嫌她是农民进城的，不要说是一般的小子，就是身体有毛病的小子，没一个愿意找；全县城也就只有邱主席合适，但全县城跟在邱主席屁股后面的女人排着队呢，比何水荷又好看又有学历又有工作的多的是，邱主席压根儿也没看上何水荷，是她用她三寸不烂之舌，才把邱主席说动心的，要是丫头再不懂事，要是错过邱主席，恐怕在城里是找不上什么人了，除非嫁个瞎子瘸子聋子呆子哑巴。媒人这么一说，着实让何家女人急出了汗，她赶紧给何水荷做"工作"，好话歹话说了一火车，但何水荷"要嫁你嫁"这句话，气得何家女人跳起来。

眼看媒人约好相亲的时间到了，何水荷仍是油盐不进，死活不干。何家女人就求她，要她配合媒人给邱主席演戏，该见时热情相见，问什么就顺着回答，给金给玉就收下，让邱主席高高兴兴见面，高高兴兴地出门，至于后面嫁不嫁再说。何水荷太明白何家女人的用意了，这是在拉她一步步上套，硬邦邦地扔给了何家女人又一句话："面不见，人不嫁！"搞得何家女人没有一点办法，她只好求何水仙代替她姐，见邱主席大人。没想到，何水仙爽快地答应了。邱主席一进院子，何家女人就紧张了，水荷死活不见他，她让水仙替水荷相亲，如何给邱主席和媒人说今天是妹子替姐相，缘由是什么，难道何家大丫头还是不情愿？要是如实说，邱主席发火该怎么办？何家女人看到邱主席牛哄哄的样子，吓得腿都发软了。

何家女人赶紧叫水仙出来见邱主席，水仙就活蹦乱跳地从她屋里出来了。满院黄菊，水仙一身橙菊色的毛衫毛裙，一头秀美飘逸的披肩乌发上，扎一个美菊发卡，高挑的鼻梁下是玫瑰红的亮唇，青春秀丽，秀色迷人。自从水仙越发爱上井九虎，穿得就越像一朵花，脸上也像朵朵绽放的菊花，这迷人的样子，这迷人的气息，着实让邱主席眼睛一亮，更是让邱主席感到了什么是"秀色可餐"。因为邱主席在眼睛死劲瞅着水仙的同时，那张满是皱褶的手，使劲地擦了一把嘴。擦的是口水，还是掩饰冲动，好像两者都有。邱主席一进屋，把何家女人和媒人支出去，就问开了水仙。

"哎哟，这就是水荷呀，长得这么水灵漂亮，真是'真人'不露相，难怪上次来闭门不见。"

"比我长得好看的多着哪。我长得多丑啊，一定是邱主席看花眼了。"

"我没看花眼，你是乡里姑娘里长得最漂亮的。乡里姑娘见了不知多少，从没见过一个漂亮的。"

"肯定是你老眼昏花，把我看走眼了。"

"哈哈，嘴巴还挺厉害。情人眼里出西施，也许是我高看你了。"

"见面就把姑娘当西施，你眼里的'稀屎'那也就太多了。"

"你这丫头嘴太厉害了，也不看看我是谁，说话这么没大没小。"

"哟，忘了你是大主席。你是来干什么的？"

"相亲呀。"

"跟谁呀，跟我妈？"

"跟你呀。你妈老成一头母猪了，谁要呢！"

"你多大了？"

"哈哈，用时尚的说法，今年两个三十三岁呀。"

"六十六呀，我爹五十六，比我爹还大十岁。我爹得管你叫大叔，我得管你叫爷爷才对头。"

"你爹再小，那我也得叫岳父大人。男人找女人，女人找男人，谁数岁数。你信不信，远乡里十八岁的丫头，只要我不嫌她土，要嫁给我的会挤破门！"

"你都是当爷爷的岁数了，还想娶十八岁的姑娘，真是欺负乡里人！"

"她愿进城，我能让她进城，公平交易。"

"我也是城里人，我俩不公平。"

"别夸了，农转非的人也是城里人？"

"那是什么人？"

"还不是乡里人！"

"老牛吃嫩草，欺负乡里人！"

"欺负你怎么了，就凭你这张刀子嘴，想嫁我还不要呢，给我滚！"

邱主席的高嗓门骂声，让门外的何家女人和媒人吓了一大跳，赶紧进屋。何水仙冲邱主席又扔下句"老牛想吃嫩菠菜"，旋即笑着飘走了。随即，邱主席也扔下何家女人和媒人，气哼哼地出门，背着手走人。媒人赶紧追喊，邱主席不理；媒人追上拉他，他甩开媒人走了。

媒人冲着一身怒气的邱主席的后背，直说"邱主席，对不起"。邱主席头也不回走了。何家女人吓得追到院门口，望着怒冲天的邱主席，不知道怎么办好，一副害怕、木呆的样子。而真正被吓害怕的是媒人，在媒人这里，邱主席不仅是"大人物"，很可能是她利益攸关的人，她冲着何家女人就嚷开了："祸惹大了。要是邱主席记恨上你何家，那你何家就吃不了'兜'着走⋯⋯"嚷完，扔下何家女人，去追邱主席了。

何家女人又被媒人吓害怕了，只能给何水仙发火，但她又不知道水仙怎么惹怒了邱主席，问水仙，怎么回事。水仙说，没有"怎么回事"。何家女人无奈，只好自个儿吞下一肚子害怕，还有刀绞火燎般的一肚子火。

媒人打电话对何家女人说，要是水荷不愿嫁邱主席，那就把水仙嫁给邱主席，要是两个里定不下一个，何家的媒人她不做了，闺女小子爱找谁找谁去，她保证城里的小子丫头哪个也不会找何家丫头小子，她还保证邱主席不会放过何家的人⋯⋯媒人的话，着实让何家女人后背冒起了凉气。但冒凉气解决不了问题，她的俩闺女，哪个也不是顺从她的人，哪个愿意嫁邱主席那死老头子？这老东西也太老了，"老牛想吃嫩菠菜"，缺德透顶，打死她们也不会情愿。她们的心里分别是井家那俩小子，要是井家的这俩小子死了该多好。

媒人的话，也是威胁的话，让何家女人顿时背上了压得她喘不过气来的包袱。邱主席是全县的大爷，更是全县的一尊大"神"，请神容易，送神难，怎么送这个大爷大神呢？媒人让从俩闺女里给主席选一个。选谁呢？选水荷？她心里还装着井家小子，她死也不会干；让水仙嫁给邱主席，水仙的性格比水荷的还要烈，况且她的心里也只有个井九虎，逼死她也不会嫁给那死老头子。一个不嫁，邱主席会不会不放过她何家，把她何家整得在城里待不下去？媒人的话，不得不怕，也不能不听。毕竟水荷爹和何干部还是个临时工，水荷和水仙还没找上工作，要是邱主席真跟她何家过不去，她家的人都会没了班上，不是在街头摆菜摊子，就得到外地打工，甚至会落得个她男人和闺女小子仍到井家猪场打工为生的下场；要落得个城里没工作，乡里没地种，还得靠井家女人给"活路"，那她家这城里人，不就不如乡里人了吗？想到全家将面临的灾难，何家女人的精神支不住了，看她男人怎么办吧。

何家女人把邱主席相亲被水仙言语戏弄后生气离去和媒人说的得罪了邱主席不会放过何家的事，给何家男人描述了一遍，也把媒人要在水荷和水仙中任选一个嫁给邱主席的话说了，也把如果得罪了邱主席何家在城里无立足之地的忧愁说了，也把水荷和水仙死也不嫁邱主席的实情说了，她说这事太大了，她被吓得没了主意，还是他来要么做水荷工作，水荷听他的话，让水荷嫁给邱主席，用一个人的委屈救何家；要么他去跟邱主席送钱送礼赔不是，让他大人不计小人过，求他放过何家一马。

何家女人失魂落魄的诉说，让何家男人头大了不说，也有了得罪了邱主席何家在城里待不下去的感觉。何家男人从来没遇到这么大的事，遇到大事大都是他女人出头做主，他想他不会说服水荷，水荷是执意要嫁井九羊的，他劝她只能跟他闹翻；他哪有那个口才去说服邱主席，他是县里的大领导，不要说跟他说话，见他都腿软。面对水荷和水仙两块难啃的"骨头"，何家男人发怵了。何家女人催何家男人要么去逼水荷让她答应嫁给邱主席，要么赶紧去给邱主席赔礼道歉，免得给何家引来灾祸。何家男人让何家女人催火了：

"……水荷的心里是井九羊，关户口的屁事，你非要把他俩拆开，恐怕是九头牛也难以拉回来。谁要逼她谁去逼，别找我……相亲是你自个折腾的，我压根儿没见过姓邱的长着个什么样，他是人是鬼我都怕……鬼是你招来的，祸是你引来的，你想怎么折腾，就去怎么折腾，我不沾这破事……得罪了姓邱的，在城里待不下去，大不了老子再跟老井杀猪当屠汉，大不了把水荷嫁给井九羊，把水仙嫁给井九虎，拉上何干部在井家做事，免得在城里找不上差事闲待着……"

何家男人的火，一股脑儿发给了何家女人，还把回到乡里接着给井家打工的退路也说了个清楚，着实把何家女人撂在了火"炉"上，也着实把何家女人捅到了最疼处。她是逼不了水荷的，水荷与自己已经结下了深仇大恨，逼她等于逼着吵架，逼她等于逼她跳河；邱主席娶的是她的闺女，不管娶哪个，得给他一个，这事办不到，他祸害何家随手可来。倘若何家被邱主席害得在城里找不上事干，那也不能到井家女人手下讨饭吃呀。何家女人想到要落到这一步，气得喘不上来了，她恨不得去给水荷下跪，要么给水仙下跪，求她们可怜可怜她们妈，嫁给邱主席算了。但想到即使给她们下跪，即使给她们磕头，她能放下井九羊吗，她能放下井九虎吗？那是不可能的。尽管断定不可能，何家女人还想求水荷为何家做奉献，嫁给邱主席，让何家保平安。

"……水荷，邱主席让媒人传过话来，你和水仙得有一个嫁给他，要是不嫁，他说不会放过何家……我们好不容易成了城里人，要是得罪了邱主席，不要说你爹和干部会丢了饭碗，连你和水仙在城里也找不到工作，全家在城里没有饭吃，以后靠什么活呀？要不妈给你下跪，你救救何家，何家大小全靠你了……"

"何家靠我，我能救何家，谁来救我？你当妈的，安的什么心啊，让我嫁快要死的老头子。我要是今天嫁他，他明天死了，你是让我做寡妇呀？！"

"他死了好啊。今天嫁了他，他明天就死，那就更要嫁了……他死了房子存款全归你，你想嫁谁再嫁谁，这不是打着'灯笼'也难找的美事吗？赶紧答应嫁给他呀！"

"说得像真的似的。好像今天嫁给他，他就明天会死？她要嫁给他，他要明天不死，后天不死，几年不死，十年不死，二十年不死，三十年后死，你让我等他死了，我不就成老太婆了吗？！"

"他都成老皮了，他能活那么长吗？说不来没几年就上西天了。那么大的房子，海了去的存款，你当几年县太太，多划算呀！"

"他几年能死，你给我定个时间。你要是定不了他死的时间，免谈。要谈嫁，要救何家，我救不了……你不是爱钱如命吗，人不是你拉来相亲的吗，你赶紧嫁给他好了。你做县太太，不仅救了我们一家，你还能享受官太太的荣华富贵……要嫁你去嫁他，再要逼我，我说过，我跳河给你看……"

又是这么难听的话，又是要跳河死给她看，何家女人被何荷荷撂起来，扔下去，拉回来，踢出去的一套又一套调侃，搞得火往上窜，但又不敢发作。不但不敢发作，还被何荷荷吓住了，忍着气只好服软，不敢再跟她提邱主席了。

媒人又打来电话逼何家女人赶紧确定，是把大闺女嫁给邱主席，还是把二闺女嫁给邱主席，邱主席在等回话呢。催逼完何家女人，媒人又补了几句让何家女人刀子捅心的话："邱主席可不是一般人物，他在全县没有办不成的事情，他要是看上乡里谁家的姑娘，那是她的福分，上赶子爬还来不及呢，谁敢说个不。说不，就是找死，全家在城里不会有好日子过……"

　　媒人逼何家女人，何家女人只能逼水仙了。她知道，尽管逼水仙比逼水荷更让她害怕，但她没有办法可想，虽然水仙脾气烈，她还得去逼水仙。逼成逼不成，总得去逼，说不来她可怜她妈，一逼就逼成了。霸家霸道和固执蛮横，是何家女人的风格，也是长久以来从井家女人身上学到并形成的。但何家女人比起井家女人来，少了很多智慧，也少了多谋划的老到，往往是成事不足败事有余。

　　何家女人把水仙叫到自个屋里，把压在箱子底下的一对大翡翠镯子拿出来，对水仙说，这翡翠是传家宝，很值钱，谁也不给，就给她。水仙早就知道这对镯子，是家里很值钱的宝贝，水荷要了多少次，她都不给，她试探要过很多次，更是不给，这会儿怎么舍得给她了？水仙立马就与逼姐嫁邱主席不成联系在了一起。她妈是想让她嫁给邱主席，她是用镯子为她"开路"呢。果然，她妈先是哭，哭成了一副十分可怜的样子。哭了一阵，又对水仙诉苦，说把她们拉扯大多么不容易，说进了城以后会多么不容易，说她和水荷要是嫁给井家小子多么没有前途，说要是嫁给邱主席享不尽的富贵……邱主席偏偏看上了她，他虽然比井九虎大，但十个井九虎也比不上一个邱主席有能耐……她和水荷得有一个嫁给邱主席，不然邱主席会让何家在城里无立足之地……她逼水荷嫁他，水荷就要跳河，可邱主席天天逼媒人，媒人天天逼她，妈不能把水荷逼得跳河去……也只能求水仙听妈一次话，算是可怜一下妈，可怜一下何家，救一下何家吧……

　　何家女人把翡翠镯子戴在水仙手腕上。看着她妈的又哭又哀和对她说话从没有过的低三下四，她不急不恼，对她妈爽快地说，何家有祸，不能让妈一个人扛着，水仙听妈的话，嫁给邱主席享福去。何家女人一听，破涕为笑，但疑惑地瞅了半天水仙，甚至有些不相信水仙说的是真心话。问水仙，是真心话，还是在说假话。水仙道，嫁，嫁邱主席，她要不嫁不是人，他要不娶她他是王八蛋。水仙这难听且别扭的话，让何家女人心里七上八下。何家女人问水仙，要嫁邱主席，就痛痛快快地嫁，可不能嘴上说嫁心里恨，不能当儿戏。水仙说，要当儿戏不是人，反正豁出去了……新婚之夜，一把杀猪刀，让这老色鬼上西天……

水仙的这话像把刀，捅进了何家女人的心窝，疼得何家女人眼睛翻白，浑身抖了起来。她骂水仙，心比狼狠。骂完，让水仙把翡翠镯子给她。水仙转向就要走，何家女人拉住她，从手腕上使劲撸下了两只镯子……

何家女人对水仙绝望了，对媒人的紧紧相逼绝望了。这绝望不仅是绝望，是来自邱主席对她何家不放过的话。想到邱主席将让她何家在城里无立足之地，她又恨起井家俩小子来。要不是这俩小子把她的闺女勾引得如此魂不附体，哪会有连邱主席这样的大人物也不嫁的事呢？井家俩小子简直是害她何家的魔鬼，怎么不遭天打五雷轰呢？恨到这般地步，热血涌上头的何家女人从案板上拿起一把刀，要去砍井九羊和井九虎。跨出厨房，幸亏她的一群鸡把她拦在了门口，让她有了发泄的对象：她一刀下去，把只老公鸡砍了个血肉模糊……鸡毛拔了一院子，把鸡剁了一板子，炖了一砂锅。狠狠地说，她杀的是井九羊、井九虎，炖的是井九羊、井九虎……

三十五、漂亮寡妇的喜悦

　　漂亮寡妇本来是井家女人找好给井九羊为何家演"戏"用的，因用了水家的姑娘水花，就没请漂亮寡妇过来，没想到却被媒人带到了家里，说是给井九羊介绍的对象，让井家女人哭笑不得。

　　井家女人与漂亮寡妇早就熟悉，她是下洼乡人，几年前嫁给了城里的张瘫痪。嫁给张瘫痪，是漂亮寡妇的父母逼迫而成的。漂亮寡妇的弟弟在张瘫痪父亲的国有企业打工，与同打工的小工妹结婚生了子，都不愿意离城回乡，花了不少冤枉钱，想把女方的户口办进城里，但都成了泡影。眼看孩子要上学，没有县城户口只能借读。借读是二等学生待遇，学校不想要且收费高，在学生眼里是乡下人且受歧视，孩子受气，大人受罪。而这气和受罪，户口一天没进城，那就每天都要面对，且随着孩子借读升级，学校不愿让借读的冷脸越发难看，来自同学另眼相看的眼神越发让孩子自卑。为户口求了校长求老师，大人孩子都怕升级，升级让孩子和大人受气受罪的程度也在升级。乡里的老两口和城里的小两口，天天想的事情就是孩子的户口。自从孩子上了学，想尽办法且求了不少人，还是没有把户口办进城。这焦急，张瘫痪的父亲当然知道，因为漂亮寡妇的弟弟不知道给他送过多少礼，求过他多少次了，但张瘫痪的父亲都以各种理由拖来拖去。其实对于一厂之长的张瘫痪的父亲来说，只要把漂亮寡妇的弟弟或弟媳转为正式工，户口就随之进城了，孩子的户口也就随之进城了，但张瘫痪的父亲就是不办。不办的缘由不是厂里没有临时工转正式工的指标，指标每年都有，要么给了别人，要么干脆闲着浪费，就是不给漂亮寡妇的弟弟。不给漂亮寡妇的弟弟，是因为张瘫痪的父亲给漂亮寡妇的弟弟提出，把他的姐姐，也就是他的漂亮姐姐嫁给他儿子张瘫痪。

张瘫痪从小得了种奇怪的瘫痪病，一直没治好。到了三十几岁，略有好转，但生活完全不能自理，尽管爹是厂长，房大有钱，但没一个姑娘愿意嫁给他。张瘫痪的爹看中了漂亮寡妇姐姐，提出把他姐姐嫁给张瘫痪，转正的事好说。漂亮姐姐的弟弟感到厂长以他姐姐嫁给他瘫痪儿子做交换，简直就是缺德。张瘫痪就不是正常男人，常常屎尿在床，不能自理，要他漂亮得如花似玉的姐姐做瘫痪儿子的媳妇，给他照料生活，给他擦屎倒尿，等于把一朵艳丽的鲜花真正插在了狗屎上，让姐怎么活下去！漂亮姐姐的弟弟坚决不答应，而张瘫痪的父亲厂长就不给他转正，就对他直说，哪天答应让他的姐姐嫁给他儿子，哪天他就给他办转正的事，如果拖延得他厌烦了，他和他媳妇连临时工也没了。

面临丢工作的危险，小两口急了，他媳妇更是急了。要是厂长让他们夫妻双双从厂里"滚蛋"，没了工作，没了收入，全家去哪里？回乡里，去住土房子，去种地，孩子在城里怎么上学？孩子就得回乡里上学。他媳妇就狠逼他，让他逼姐姐赶紧答应，"牺牲"一个人救他全家人。他实在不忍心逼他姐姐跳"火坑"，他媳妇便给他和公婆撂下话来，她是死也不会当农民的，死也不会让孩子去种田的，要是落到她回乡种地和孩子回乡下上学的地步，她就跟他离婚。他媳妇的话，把他逼到了绝境，也把他爹妈和漂亮姐姐逼上了绝境。他父母为了儿孙户口进城不停地闹心，也给他从鸡屁股里掏鸡蛋攒钱让他送厂长，就是一年又一年盼不来儿孙户口进城。

厂长要他们以闺女换儿子转正和户口进城，老两口起初不答应，闺女死活也不答应，僵持了两年，儿媳与儿子闹了两年。在孙子就要升三年级的节骨眼儿上，厂长说他已没了耐心，如果不尽快答应，就让小两口离厂。小两口急了，就逼老人，老人就只好劝说他姐姐。劝说不动，就只好逼他姐。她姐想不开，她是十里八乡人见人爱的姑娘，向她求婚的人排着长队，这么多乡里小子任她挑，可瘫子的父亲就因为是她弟的厂长，就要她嫁给他的瘫子儿子，凭什么？她的爹妈告诉她，就凭他是她弟的厂长，就凭他的儿子是城里人，乡里人嫁给城里人是高攀，何况厂长还能让她弟弟和弟媳转正和户口进城，她侄子户口就能进城，户口进城就不再成为借读生，不成借读生就不再成为别人眼里的乡里人，不再成乡里人，就祖祖辈辈是城里人，成了城里人，就是给祖宗脸上贴金了……他爹妈给她姐姐道理说到了天尽头，可他姐一想到要跟一个毫无感情的瘫子做老婆，要日日夜夜给一个不是正常人的瘫子做饭喂饭和擦屎倒尿，这同做狗做牛做马有什么区别？难道城里的瘫子也比乡里健全人高一等不成！他爹妈看这样劝不通，就那样劝：嫁个再英俊的农民，他还是农民，生的娃是农民，祖祖辈辈是农民，祖祖辈辈得种地……张瘫痪虽然是瘫子，人家躺在床上有宽敞楼房住，躺在床上有钱花，谁嫁给他谁有好房子住，谁嫁给他谁有钱花，谁嫁给他谁享清闲福……一个乡里姑娘，长得再漂亮，脸蛋能出钞票吗，脸蛋能生出楼房吗，脸蛋能种出粮食吗，脸蛋能把自个变成城里人吗……好看的脸蛋就几年间，嫁个瘫子怎么了，自己户口进了城，生的娃娃是城里人，还救了弟弟弟媳工作转正且全家户口又进城，一个人救了弟弟全家……嫁个瘫子怎么了，人家是厂长的儿子，不用苦上班，不用想挣钱，风吹不着，雨淋不到，穿好的，吃好的，乡里丫头谁能享受上这般清福……嫁个瘫子怎么了，照料好了不就不瘫了，不瘫了，那会是个俊小子，是打着灯笼也难找的俊小子……她爹妈这么一说，渐渐让她姐姐心软了，动心了，勉强答应了。答应了，也就很快定了吉日，很快就嫁给了张瘫痪，她姐姐的户口从乡里随之迁到了城里。

既然他的漂亮姐姐嫁给了张瘫痪，张瘫痪的父亲就该把他和他媳妇立马转成正式工，这样立马就可以把全家的户口从乡下转进城里。张瘫痪的父亲说话算数，他姐姐嫁给张瘫痪没几天，就让他和他媳妇填了"职工转正表"。填完表的小两口别提多兴奋，也在盼望儿孙户口进城在即的乡下老两口别提有多畅快。不光是兴奋和畅快，简直就是自豪。一家六口人有四口人成城里人，这在远乡的十里八乡，过去没有一家，今后也不会有第二家。

正当小两口和他爹妈兴奋不已的时候，正当小两口的转正表审批的当儿，张瘫痪的厂长爹出事，被检察官带走了，据说会判重刑，小两口转正的事"泡汤"了。不仅"转正"泡汤了，小两口还受到瘫痪厂长爹的牵连被厂里辞退了。受贪官牵连被辞退，小两口在县城找不到工作。挣不到钱，租不起房，城里待不下去，孩子就借读不下去，只好带着孩子回乡上学，当农民种地。这意想不到的变化，让小两口难以接受，更让他漂亮姐姐把肠子都悔断了，更是让老两口气得痛不欲生了。但老两口好在会安慰人，好在从城里回乡里也是条活路，回到乡里有房子住，孩子上学不再是借读，下到地里能找到"饭"吃，只是成了地道的乡里人，让小两口面对乡亲羞愧得不敢抬头。

小两口当不成正式工当不成城里人，虽然痛哭流涕地断了当城里人的梦想，但想到仍有让孩子成为城里人的希望，便面对残酷现实还不算绝望，很快就认命好好种田了。可他的漂亮姐姐就惨了，张瘫痪的厂长爹一坐牢，贪污的钱被抄家归公，早没有母亲的张瘫子无依无靠了，家底很快空虚，很快多病缠身，病情越来越重，心梗突发离世了，他身怀有孕的漂亮姐姐成了寡妇，为张瘫痪生了双胞胎女孩，张罗改嫁，因双子有拖累，城里人没人愿意娶，没本事的乡里人她不愿嫁。井九羊是有产业的乡里人，又是急于想让户口进城的有本事的人，媒人给她一提，她便觉得实在合适，加上她与井家女人认识，便让媒人把她带到了井家。

　　漂亮寡妇一见面就看上了井九羊。也许是漂亮寡妇守着张瘫痪压抑坏了，井九羊矮小的个儿，井九羊的小嘴小眼小鼻子，井九羊的机灵与诡异，都让她看着满心喜欢。漂亮寡妇对井九羊满心欢喜，是因为井九羊年轻且是个真男人，她和她娃靠得住；他的养猪场是个生钱场，跟着他有钱花没愁事；她喜欢井家女人操家的精明，井家女人喜欢她的长相。井家女人过去每次见到她，都夸她长得俊死了，给她做儿媳妇多好。媒人要把她介绍给井家女人的儿子，她想到井家女人夸她的话，她就顿感与井家女人有缘。尽管媒人把她带到井家，井家女人脸上的笑容很淡，也没有再夸她"长得俊死了"，但漂亮寡妇喜欢上了井九羊，也就没太在意井家女人的表情。媒人看她一见钟情，就赶紧跟井家女人和井九羊撮合，但井九羊直摇头，井家女人不大情愿。

　　媒人当然知道一个摇头和一个"不情愿"是什么缘故，不是漂亮寡妇不是姑娘，也不是漂亮寡妇不再漂亮，漂亮寡妇比姑娘时更成熟好看，是她拖着两个"油瓶"磨炼得更有女人味了。井九羊给媒人说，一想到结婚有两个别人的孩子叫他爹，不是个味儿。井家女人更是觉得他的九羊一表人才，娶个带两个孩子的寡妇，是丢她何家的人。媒人却说，九羊多有福啊，娶了漂亮寡妇"五福临门"，娶了美女做老婆，也娶了两个现成的孩子做闺女，住进了一分钱不掏的大楼房，娶这漂亮媳妇不用花一分钱彩礼等于白捡，还把井九羊自己的乡里户口转到了城里……这里的城里媳妇哪里找去，这样的美事上哪里碰去。经媒人这么一归纳，更经媒人巧舌摆弄，不但把井九羊说了个哑口无言，也说得井家女人面露喜色。

井家女人动心了，她算了个账，除了漂亮寡妇拖的两个油瓶和她是个寡妇，让她难以接受，那四福却也是四大好处，娶了她何家不但不花钱，反而还倒赚，且赚大了。虽然这些大好处，让井家女人心动，但一想到她的大小子娶了个寡妇，觉得儿子吃亏了，便不说答应也不说不答应，干脆让井九羊自个儿拿主意。媒人看井家女人不阻不拦，便让漂亮寡妇跟井九羊来往。漂亮寡妇看上了井九羊，每天都到井家来，但她没故意搭理井九羊，先是围着井家女人转。她要么帮井家女人洗衣做饭，要么操起扫把扫院子，要么操起水桶去河里挑水。本身就是农家出身的漂亮寡妇，又经过了侍候张瘫痪的磨难历练，眼里都是活儿，干活儿眼疾手快，把个井家女人暗自欢喜得如不强忍喜悦，差点心花怒放了。

漂亮寡妇感觉到了井家女人已彻底喜欢并接受了她，她就去帮井九羊干活儿。尽管井九羊拦来拦去不让她干，但她不生气，更不在意他的冷言冷面，不但自己天天来，还带着她的一对女儿来。让女儿找井九羊玩，结果就把井九羊拴住了。拴住了井九羊，她就在养猪场干活儿。要么喂猪，要么打扫猪圈，要么给小猪崽喂奶，要么给井九羊收拾屋子，还把井九羊的衣服什么的洗了个底朝天，眼快手勤得比何水荷一点也不差。

漂亮寡妇的利索能干，本应把井九羊感动得心花怒放，而井九羊却是个怪人，她不但没感动他，反而让他勾起了对何水荷的眷恋和慌乱。自从漂亮寡妇出现在井家后，自从漂亮寡妇把井家当自己家，从满脸喜悦地干这干那的那天起，何家女人高兴得不知道怎么形容好，而何水荷却痛苦得不知道怎么办好。漂亮寡妇对井家一厢情愿的真诚和善良，对井家一腔热情的干活儿，何水荷都看在眼里，全被何家女人添油加醋地"灌"进了何水荷的耳朵里，给井九羊与何水荷本来雪上加霜的情感带来了摧毁性的打击。何水荷对井九羊的爱意，几乎被何家女人的描述摧毁殆尽了。

三十六、枣核男人又上门

　　还是前些天那辆枣红色的宝马车，停在了何家门口，还是媒人和那个至少五十开外的被何水荷叫枣核的男人，下车进了何家。枣核又发福了，腰粗得似大枣核。上次，何家女人一看粗成这样的男人，脸上就没了笑容，而这次虽比上次更粗，但脸上却喜笑颜开。

　　何家女人已经喜欢上了枣核男人。用媒人的话说"大枣核里都是钱"。她听说枣核的房地产最近很火，赚了不少钱。听说这个乡里人不简单，除了缺个城里户口，除了缺个有城里户口的媳妇，什么都比城里人强。听说媒人和他托人在城里找了几大圈对象，就想找个城里的姑娘把户口转到城里，而虽有钱有房有车，可没一个城里姑娘看上枣核，还是觉得何水荷合适，她户口虽是城里人，但人还是个乡里人，没什么高他一头的地方，她有户口他有钱，公平交易，娶她娶定了。何家女人对这些传话，听了一时很是舒坦。

　　枣核给了媒人个大红包，媒人给邱主席介绍了另一个乡下姑娘，解了邱主席对何水荷的套，便对何家女人把枣核说了个天花乱坠，也正巧漂亮寡妇缠上了井九羊，也正是水荷跟井九羊的那丝牵连快撑不住时，何家女人便一口答应把水荷嫁给枣核。何家女人犯愁水荷不干怎么办，没想到水荷根本没问枣核是个什么样人，就答应了何家女人去见枣核。何家女人生怕水荷见了枣核不敬，告诉她"人难看，但有钱"。没料到水荷说"只要不是比爹还要大的老头，是狗是猪我都嫁"，这话让何家女人揪着的心放下了

257

半截。枣核在屋里等着，何家女人叫水荷，水荷叫上水仙一起过来了。

枣核的礼品盒又比上次相亲时多了好几个，摆了一桌子，把个何家女人乐得眼睛都放光了。两根指头上的黄金和红宝石戒指，在耀眼的灯光下闪闪发光。见何水荷一反上次倔强的脾气，大方地坐在了他的对面，脸上的粉和红唇，在胖胖的脸上，恰如其分地衬出了几分美丽。"何水荷胖得有点美丽"，这是井九羊的口头语，也是此时枣核男人的看法。枣核喜欢胖点儿的姑娘，何水荷的胖，让他有了兴奋感。他感到眼前的这胖姑娘，说漂亮又不漂亮，说好看又有几分土气，说是城里户口又是乡里人模样，他胖她胖，放到家里放心，走在一起般配。尤其那大屁股，就是生娃的"坯子"，可以给他放开生。

枣核断定她就是他的女人，他心花怒放地先从那又黑又亮的包里掏出两个精致的盒子，打开一个，是条粗大的光灿灿的铂金项链，标价9万，递给了何水荷，水仙拉了拉水荷，不让水荷接，何水荷没接，何家女人赶紧接到了手里。又打开了另一个盒子，是对又粗又亮的绿翡翠镯子，标价59万，又递给了何水荷，水仙又拉了拉水荷，何水荷仍然没接，何家女人又赶紧接到了手里。这么高价漂亮的项链和镯子，看得媒人和何家女人眼睛都直了。枣核又从包里摸出个银行卡，扔给了何家女人。何家女人没接住，掉在了水仙脚下。水仙捡起来一看，背面写着二十万元，还有密码，当即就嚷着说："我姐就值二十万啊！"便把银行卡扔给了枣核。枣核脸"腾"就红了，急忙说："不够再说，不够再说。"何家女人一听只是二十万块，脸就"变"了，心想这哪是彩礼钱，这是打发"叫花子"的钱。何家女人就地对枣核嚷开了："在你眼里我家水荷不值钱是吗？井家给的彩礼可是六十万块。六十万我

还嫌少，说不嫁就不嫁，给六百万都不嫁！"何家女人的这话让媒人急了，赶紧让何家女人闭嘴。何家女人没有一点消火的意思，对着枣核一副吵架的样子。

没想到枣核也是个直人，更是个粗人，他把何家女人扔过来的银行卡捡起来，装到了包里，朝何家女人发起火来："你会算术吗？绿翡翠镯子差一万块钱就是六十万块钱，铂金项链差一万块就是十万块钱，银行卡二十万块钱，加起来将近九十万块钱了，这个彩礼在全县城找不到第二份……你也太高看你丫头了，不就是个乡里丫头吗，户口进城就成了城里姑娘了？！"这话真损，把个何家女人气得腾地站了起来，要吵架。眼看何家女人对枣核不依不饶，媒人又拉又劝，何家女人把媒人推到一边，把项链和镯子盒扔给枣核说："这破玩艺儿你说是十万块钱，你说是六十万块钱，价是人定的，标签是人写的，说不定是些值不了几个钱的假货呢，蒙谁呢？！"何家女人这话一出，顿时把枣核的脸气了个铁青，装起项链和镯子盒子，顺手提上带来的大盒小盒走了。

媒人赶紧追上枣核，把手里的礼品抢过来，让他把装在包里的项链和镯子盒拿出来，还让他把那张银行卡拿出来，这才让他走。枣核把收在包里的东西交到媒人手里时，好像火气顿时消了，出门时朝站在院里的何家女人和何水荷、何水仙抱拳道别，也是道歉。这动作，何家女人没有想到，但瞅着媒人拿回来的礼品和银行卡，怒气从脸上消了大半。

媒人把礼品放回屋里桌子上，把项链和镯子盒给何家女人，又把银行卡也给了何家女人。媒人对何家女人没好气的说："你也太贪财了，给了二十万块钱的彩礼钱，还买这么多贵重东西，城里哪家的姑娘嫁人，能收到这么多钱和这么重的彩礼？况且你家还是从乡里进城的，比真正城里人家条件差多了，能收到这么多钱的彩礼，真是碰到大方人了……人家是大老板，买项链镯子能买假的吗，你的话也太埋汰人了。幸亏我追回了彩礼，也挽回了你的脸面，不然这桩好事就被你砸死了！"何家女人憋屈地说："他那么大的老板，就给这么点彩礼钱，还没有养猪的井家女人大方。况且他还是个乡里人，也是想踩着我闺女户口进城的货。再说了，私下买个户口也得五六十万块钱呢，他这是拿点小钱既捞户口又得人，真是钻到钱眼里了，小算盘比谁都打得响！"媒人缓了口气说："他是土财神，看钱肯定比看命重，你想从老板手里得到便宜，除非你的脑袋比他大，不然他怎么能当老板发大财，你怎么当不了老板发不了大财呢？！"何家女人失望地说："就他这既会算计又火暴的脾气，谁家的闺女嫁给他，两句话就火暴了，那不是跟着受罪吗？！"媒人轻巧地说："做大事挣大钱的男人哪个没脾气，没脾气的男人没本事。嫁有本事的男人吃肉，跟没本事的男人喝汤，傻子都能想明白，要嫁就嫁有本事的男人。实说了，男人是石，女人是水，水滴石穿，柔能克刚，女人嫁给他就会收拾他，女人有的是办法，你愁什么？！"何家女人说："别看他开着个宝马，就是个赶牲口的粗人。嫁这么个驴脾气男人，还不把水荷气得成天哭！"媒人说："眼下嫁人都时兴宁可坐在宝马车里哭，也不坐在自行车上笑，人家能开得起宝马，就是有钱人。跟着富人和跟着穷人，享的福那是天上和地下！甘蔗没有两头甜，他有脾气却有钱，有钱总比没钱好……跟着没脾气的穷小子望着你喝西北风笑，那比哭还难以忍受！"媒人说得何家女人无话可说了，瞅着水荷，看水荷什么反应。水荷一脸的恼怒，她从何家女人手里拿回了项链和镯子盒，又把银行卡也从何家女人手里拿了过来，把桌上礼品提了起来，一件件塞给媒人，也把银行卡重重地放在媒人手里，对媒人说："还给他，我不是买卖的物件，这样的人我不嫁。我谁都不嫁，我自生自灭，老死在家！"

何水荷把媒人推出了屋子，推出了大门。何水荷鲁莽的举动，把媒人气得鼻子都歪了，气呼呼地走了。

水荷的反常举动也气得何家女人要发火，但又不敢发作，喘着粗气问水荷："你发什么神经，枣核是你答应相他的，你不答应他能来送彩礼吗？！你对媒人态度这般恶劣，你得罪了她，她给你介绍个狗屁对象！"何水荷愤愤地说："宁可嫁给猪，也不嫁猪一样的人！"何家女人愤怒地说："那你就嫁给井家的那个猪吧，这事你做梦也别想，除了我死了。我一天没死，你一天都别想跟那井家的小子在一起！"水荷冲何家女人撂下句"那你就赶紧死"的话，拉着水仙回自己屋了。随后，何家女人气得骂了水荷好些话，何水荷一句也没听见。

被何水荷气疯了的何家女人怎么也回不过味来，水荷这死丫头难道还想嫁井家那小子，她不是对漂亮寡妇缠住的井家小子绝望了吗，怎么对井家小子又想黏在一起了？何家女人不知道，何水荷得到的实情是，井九羊他妈嫌漂亮寡妇有两个孩子，把选择权推给了井九羊。尽管漂亮寡妇对井九羊百般地献好，而井九羊对漂亮寡妇有抵触，还是等待何水荷回头，与她重归于好。这个实情是井九羊告诉何水仙的，是何水荷见枣核男人前，何水仙告诉何水荷的。何水荷听了抹了半天眼泪。何水荷的泪，是痛苦的泪，是带着醋意的泪，还是感动的泪，连她自己也说不清楚。但有一点她清楚，她爱井九羊，她不想离开井九羊。尽管她在何家女人的逼了又逼下相亲，也在九羊妈给井九羊不停介绍对象的刺激下而迷惑，多少次想离开九羊，但她发现她在城里找不上一个比九羊顺眼的人，或者说她除了井九羊，不可能轻易喜欢上另一个男人。她今天的烦恼和痛苦，都归罪于这个王八蛋的城里人户口，归罪于她的妈妈何家女人。要不是这城里户口，要不是她这让她憎恨的何家女人，她与井九羊之间不会有条城里人和乡里人的鸿沟，更不会强行拆开他俩搞这相亲而互相伤害又互相伤心的事……何水荷这转眼间的反常变化，是何家女人没料到的。何水荷反常的后面，还会有什么反常的举动，何家女人不敢想，再想她就害怕。

三十七、漂亮寡妇及其他

　　漂亮寡妇几乎每天都来井九羊家，一会儿帮井家女人做家务，一会儿帮井凤鸽打理猪场，一会儿又在井九羊屋子里做这干那，俨然是井家的媳妇。

　　尽管井家女人对漂亮寡妇的脸色越来越好看，尽管井凤鸽和井九虎对她不热不冷，也尽管井九羊由冷到热，由热到冷，到现在的越发不理不睬，也许很快会讨厌她，但她仍抱着让井九羊真正接受她的满腔信心，在井家该怎么做还怎么做。当然她也在暗自流泪。她暗地里一把又一把泪地提醒自己，她不再是个人见人迷的漂亮姑娘，她是个拖着两个孩子的寡妇，是个在男人眼里快要成"豆腐渣"的女人，要抓住井九羊这个"机会"，她这为了弟弟户口进城逼成的恶心婚姻，才能从恶梦中醒来，才能从泥潭里爬出来。井九羊是个好小伙儿，不管他跟何水荷好了多少年，但他还是个没结过婚的小伙儿，她嫁给他，她是绝对赚了。漂亮寡妇明白，她爹妈和弟逼她嫁给张瘫痪，葬送掉了她青春年华，还让她背上了张瘫痪的两个孩子的拖累。她不能进了狗窝，再进猪窝，这辈子就倒霉透顶了，不能让倒霉跟着她一辈子，她要抓住井九羊这个越发"不可能"的机会，使出最大的力气，追求自己今后的幸福。只要井九羊一天没有不让她进他家的门，她就要做一天的努力。所以，漂亮寡妇拿出了一副甘愿当下人的姿态，盼望能让井家女人在心底接受她，也让井九羊接受她和喜欢她。

　　漂亮寡妇很漂亮，漂亮寡妇很上心，漂亮寡妇很黏人，漂亮寡妇让一些人憎恨。何水荷在憎恨，水花在憎恨。因为她太漂亮，更因为她太发骚，哪有这样想嫁人想疯了的下贱女人。水花每天都在盯着漂亮寡妇在井家的举动。只要漂亮寡妇进了井家院子，水花就会在河边洗东西，一堆一堆地洗，半天半天地洗。她看着漂亮寡妇没羞没耻地给井家干这干那，尤其是没羞没臊地钻在井九羊屋子里好久不出来。不出来在干什么呢？水花不敢想，往远里一想心脏就绞着痛，再往深里想，她就想立刻把漂亮寡妇拉到河里淹死。漂亮寡妇把水花的醋坛子打了个底朝天，漂亮寡妇在井家一分一秒的存在，像是在绞她心头的肉。水花的反常痛苦，只有水家女人最清楚。漂亮寡妇的反常举动，让水家女人坐不住了，她是在明抢井九羊，这还了得，水花怎么办？水花恨不得把漂亮寡妇撕成八片，但她眼瞅着她黏井九羊，却没一点办法。何水荷更是恨不得把漂亮寡妇撕成八片，但她没有办法到井家来，她对漂亮寡妇黏井九羊也没一点办法。何家女人日夜把院门锁得严实，钥匙挂在身上，她别想在门里走出去，这就给漂亮寡妇创造了与井九羊黏糊的机会。尽管有这样的机会，漂亮寡妇知道，井九羊压根儿也不会喜欢上她，更不会娶她；何水荷和水花都恨她，都想把她撕成八片，她觉得何水荷和水花不重要，重要的是她要跟井九羊结婚。

水家女人越来越愁水花和水鱼的婚事，因严重结巴，找一个她嫌弃一个，怕娶上个结巴媳妇，生出来的孩子也结巴。村上就有与水家有过节的人说这样的话，便传开了"结巴母亲会生结巴孩子"。相亲的人听到，在半信半疑里，宁可相信会遗传，也不冒这个险。因为相亲的人一打听，水家女人的母亲就是结巴，这就相信这结巴症会有遗传，也就不娶作罢。

水家女人费尽苦心让水花和水鱼缠着井九羊、井九虎，也苦心给水雷交代缠住井凤鸽，但井家女人也害怕结巴症传给后代，就交代小子闺女，给何家演戏归演戏，不能假戏成真，赶紧匆匆收戏，就不让水家的闺女小子与她的小子闺女多来往了。可水花早已彻头彻尾喜欢上了井九羊，水家女人想等到井九羊相不上对象，实在无奈时，井家女人来求她，先把水花嫁给井九羊，再把水鱼嫁给井九虎，再让水雷娶了井凤鸽。这个构想，水家女人认为她不是胡思乱想，而是绝对地有把握，因为井家女人做梦也在想，尽快让小子闺女成为城里人，井家女人的小子闺女想找一家有两个闺女一个小子的，真是在白日做梦，满县城找不到。水家女人在等待时机，可漂亮寡妇的出现，让水家女人没有料到，她已拉开不嫁给井九羊不罢休的架势，这要把水花急疯了，也把水家女人气疯了。

水花给水家女人发脾气，要是漂亮寡妇把井九羊抢走，她就活不下去了。这话把水家女人吓住了，骂水花笨，跟井九羊热火了那么长时间，怎么就没有把他拴住，让她再想办法。水花说，她没办法拴住他，她做不出来拴住他的事情。水家女人听了就愁，便想了几招，想来能把漂亮女人从井家赶走。

水家女人等待漂亮女人离开井家，可漂亮女人这几天总是走得很晚，帮井家女人做好晚饭才走。水家女人坐在河边把眼珠子都瞅疼了，瞅漂亮女人走了，井家吃完饭，井家小子闺女都离开了伙房，赶紧去找井家女人。她跟井家女人拉了半天村里面的事，把话题自然切入到了漂亮寡妇上。水家女人说，漂亮寡妇克夫。井家女人知道水家女人的来意，是想给水花提亲，便故意问，她怎么会克夫呢？水家女人说，她没嫁张瘫痪之前，张瘫痪好好的，她嫁给张瘫痪半年，张瘫痪就死掉了，是她"克"夫。水家女人还说了漂亮女人克夫的特征，眼是妖眼，脸是狐脸，鼻是鹰鼻，嘴是猫嘴，处处克夫。尤其是说漂亮寡妇之所以比别的女人漂亮，是狐仙变的。乡里姑娘哪有这般漂亮脸蛋的，分明是狐仙变的。水家女人的这近乎胡编乱造的话，没想到井家女人听得有滋味有味，竟然半天说不出一句反感的话来。她是信了水家女人的话，还是压根儿没把这话当回事？是井家女人的事了。

井家女人讲迷信，尤其对狐仙变人的事，能讲出一大串来。她从小就听说漂亮女人的那个乡下，出过狐仙变美女的奇怪事。她问水家女人，漂亮寡妇是狐仙变的，是她自己瞎编的，还是别人胡诌的。水家女人说，是漂亮寡妇老家村上的人说的，全村人都这么说，不信就去打听。井家女人一听，信了。水家女人看井家女人信了，再多一句话不说，立马走人了。井家女人尽管清楚水家女人的恶毒用心，但对克夫的说法，无法不相信，她毕竟嫁给张瘫痪半年，张瘫痪就死了。让儿子娶个死了男人的女人，即使她城里的房子再大，存款再多，人长得天仙般好看，那也是晦气的。井家女人决意下定，即使漂亮寡妇在她家天天来当牛做马，即使她的城里户口是金娃娃，即使井九羊娶个结巴，她是绝对不会让九羊娶她的。

尽管井家女人断了让井九羊娶漂亮寡妇的一丝念头，但井家女人仍觉得漂亮寡妇是个命苦的女人，是个心地很善良的女人，也是对她和井九羊一心一意的女人，她不能不让她来她家干活儿，她更不想伤她，她来井家干活儿高兴，就让她干好了，干到哪天不想来了算了。于是，井家女人给井九羊说，漂亮寡妇克夫，是狐仙变的，要井九羊断了对她的任何心思。井九羊对她妈这倒胃口的话，虽然不信，心里却对漂亮寡妇有了丝阴影，更是对她热情不足，冷淡有余了。漂亮寡妇几乎天天来，来了很开心，干活儿更开心。井家女人装得像是什么事儿没有，漂亮寡妇像将过门的媳妇，有活儿就往手里抢，把井家当成自己家，把井家人快当成自己家人了。

漂亮寡妇在井家的频繁出现，不仅仅是让水花失魂落魄，让水家女人着急恐慌，更让何水荷如在热锅上烧烤，心都焦了。至于井家女人，本来就对漂亮寡妇嫁人要拖两个油瓶很是忌讳，又有了克夫和狐仙说法，又有了尽快给井九羊物色新对象的迫切想法。但漂亮寡妇的见天来，在村里就多了"漂亮寡妇是井九羊快过门的媳妇"的传言，这让井家女人很犯愁。犯愁是再给井九羊到底张罗个对象呢，还是就要漂亮寡妇算了？漂亮寡妇来井家一天，井九羊的新对象就没法张罗。而再张罗，能找上比漂亮寡妇能干的女人吗？她感到太难了。这漂亮寡妇除了拖着两个油瓶，也除了水家女人对她的克夫和狐仙的恶毒胡诌，让她不想要这女人外，她是个心地好得再没有比她好的人，干活儿很少有哪个女人比她卖力，但她实在是让人喜欢的女人，她张不开嘴让她离开她家。尽管井家女人对漂亮寡妇有极大的好感，既不愿伤害她，又不愿她在失望和痛苦中离开井家，但面对井九羊要找新对象这拖不得的事，她不知道怎么办好了。

怎么才能不伤害漂亮寡妇呢？井家女人思来想去，想到了九羊与水荷的这门子事上。尽管给九羊介绍了好多对象，却没有一个相中的，且越相越失望。何水荷也一样，让她相亲不断，却越相让她越痛苦。水荷让水仙给九羊捎话，她要跳河死给她妈看，也是死给他看。九羊心底里还是喜欢水荷，水荷要死要活的话，让九羊更明白她要是不嫁他的严重后果，也证明了水荷已到了非他不嫁的地步。井九羊很感动，井九羊让水仙给水荷带话，他井九羊非她何水荷不娶。这话，井九羊给他全家人都说了。井家女人想到井九羊的这话，就找到了解开漂亮寡妇一门心思要嫁井九羊的迷局。要是九羊娶水荷，水荷与九羊本来就是娃娃亲，娶她顺理成章，量她漂亮寡妇也能接受，准不会对她伤害太大。可拦在九羊和水荷中间的何家女人这堵又臭又烂的墙，有谁能把她推倒呢？外人没有人能推得倒，只有何家的小子能推得倒。何干部与井凤鸽能推倒。井家女人想到了凤鸽能成全九羊的好事，这是自从何家户口转到城里，何家女人万般阻挠水荷与九羊，凤鸽为了让九羊娶到水荷，想出以嫁给何干部而逼何家女人答应他们俩结婚的招儿。

凤鸽流露她想嫁给何干部时，把她吓了一跳，好端端的闺女，想嫁给个瘸子，简直是往火坑里跳，她把凤鸽臭骂了一顿。井九羊知道凤鸽是为了他与水荷尽快成亲，好让他的户口尽快进城，是为他和井家献身的愚蠢做法，他阻拦了凤鸽好一阵子，不让她跟何干部的关系往前走。而随着何家女人铁了心肠要切断水荷与九羊的婚约，每次造成九羊痛苦万状的时候，凤鸽就多了与何干部的来往。尤其是这些天，看九羊相亲一个比一个差，也看水荷越相越寻死觅活的地步，凤鸽与何干部私交越发频繁了。前段时间，正好自来水厂有了住处，何干部就搬到了厂里住，凤鸽晚上去何干部那里，绕开了何家女人阻挠，两个人的关系被凤鸽的主动出击迅速升温，几乎到了要马上结婚，不可等待的地步。

凤鸽与何干部发展到了这般程度，井家女人当然看在眼里，而为了促成九羊与水荷的结婚，也为了九羊的户口尽快进城，她只能睁只眼闭只眼。井九羊对凤鸽与何干部来往的火"热"，心知肚明，但仍装聋作哑。因为井九羊的相亲"相"到了让他失望透顶的地步，甚至产生了对继续相亲绝望的地步。在失望与绝望中，井九羊还是觉得水荷与他般配，即使他俩中间有城乡户口这道沟，即使何家女人跟她和他设了多少道"高墙"，虽然两人的情感有时会离开，甚至离得很远，但又很快会"贴"在一起。当然，井九羊明白，水荷时而离开他，时而又与他"贴"到了一起，有她与他难舍的旧情，也有实在找不上比他井九羊"顺眼"的男人的缘故。对于他而言，虽然他真心爱着何水荷，但面对户口进城这牵扯到他不当农民和子孙后代命运的大事上，他断然把爱情放到了后面，也选择了不停地相亲。如果相中了称心的对象，他会放弃何水荷。

井九羊断定，他的亲再相下去，要想相到城里的女人，除了残疾人，就是老寡妇，再就是死了男人且拖着两个孩子的漂亮寡妇，再就找不着了，再找就是乡里的。找乡里的姑娘，能挑个比何水荷好看十倍的姑娘，但再漂亮也是乡里人，户口永远是乡里人。漂亮不能当户口，找乡里的，还不如找何水荷。

井九羊看清楚了相亲的结果，彻底悟透了何水荷对他的重要性。井九羊清楚，要是他和水荷走到一起，何家女人就是堵死墙，只要她不死，他和水荷推不"倒"她，只有凤鸽嫁给何干部才能推倒。井九羊怕何水荷有三长两短，就让他妈想办法。井家女人明白井九羊的想办法是什么意思，当然是让凤鸽嫁给何干部。井家女人就对井凤鸽与何干部频繁的私会不管不问，凤鸽便心领神会，就与何干部私会无所顾忌了。凤鸽甚至有了一种为九羊哥和井家牺牲的壮烈感，决意牺牲她自己，推倒何家女人竖在九羊和水荷之间的死墙，让九羊哥与水荷尽快结婚，九羊哥的户口尽快进城，以了却爹妈心头的这件大事。

何水仙在担心何水荷出事。何水荷说跳河寻死的话，越发频繁了，人也变得瘦黄且神情恍惚。何水仙非常害怕，要是她妈继续弄这驴唇不对马嘴的相亲接着相下去的把戏，会把水荷逼疯，要是再不答应水荷与井九羊的婚事，会把她逼死。

井凤鸽在担心九羊被漂亮寡妇黏住，失去水荷。九羊如果娶了漂亮寡妇，水荷一定会绝望。水荷如果轻生，九羊也活不好。井凤鸽料到九羊面临的处境，就想到九羊与水荷的成与不成，对井家不是小事，会面临大事情。井凤鸽感到，有这些后怕，九羊和她爹妈心里清楚得很，所以她嫁何干部换取水荷嫁给九羊的牺牲，过去不愿意，现在不仅成了愿意，而且成了盼望。尤其是近来她跟何干部的频繁私会，除了她爹和九虎常常阻挡，她妈和九羊从不闻不问里，透出她与何干部的结婚越快越好的盼望。

井凤鸽给她爹妈提出，她要与何干部结婚。何家男人不同意，井家女人不表态。井九虎不同意，井九羊不表态。况且井家男人愤怒地对井凤鸽说，要是执意嫁何干部，除非不认他这个爹；井九虎也火冒三丈地对井凤鸽说，要是执意嫁何干部，除非不认他这个弟。尽管有她爹和弟的狠话，但她妈和九羊却默认，这就意味着她爹和九虎拦不住这事，他们是支持的。有她妈支持，她家的事谁也拦不住。嫁，嫁何干部。

井凤鸽给她妈说，她要跟何干部结婚。井家女人说，那得等何家提亲再说。井凤鸽说，要是何家不提亲呢？井家女人说，何家女人不提亲，何家的门就进不去。井凤鸽说，那就与何干部私奔。井家女人说，私奔，找死。井凤鸽说，她再逼何干部。井家女人说，让何干部逼他妈去……

井凤鸽听出了她妈的迫切心思，她是巴不得要她尽快嫁给何干部的，井凤鸽就去催何干部，让他再去逼他妈，给她家去提亲。何干部就去逼他妈。何家女人说，她的话都说过千万遍了，全县的乡里姑娘，任凭挑，娶谁也不能娶井凤鸽。何干部说，他谁也不娶，就娶井凤鸽。何家女人说，娶谁都行，娶井凤鸽就不行。何干部看他妈死都不会答应，就想了一招，学水荷与九羊的办法：私奔。用私奔一段时间的办法，形成事实婚姻，不怕她妈不就范。

何干部把私奔的想法告诉井凤鸽，井凤鸽不干，要何干部拿招数逼她妈，让她就范。井凤鸽对何干部接着逼的结果，是何家女人接连给何干部介绍了几个对象。虽然是逼何干部相亲，也尽管何干部对井凤鸽信誓旦旦地说不会对任何一个姑娘动心，但还是把井凤鸽刺激得坐立不安。井凤鸽觉得不用极端的办法，说不准何干部就被他妈逼着相亲相成了真亲。

　　料到这一幕即将出现，井凤鸽反倒叫何干部跟她私奔。可这会儿的何干部，却以腿不方便为由推辞。井凤鸽说，腿不方便不是理由，上车下车她背着他。何干部又找出理由推辞，假难请。井凤鸽说，请到多长算多长。何干部还犹豫，井凤鸽就给何干部变了说法，不是私奔，是旅游，难道不想出去看看名山大河吗？难道就不能带她出去走走吗？缩头缩脑的，哪像个男子汉。对井凤鸽主动向他越发急切的示爱，面对他妈给他的相亲压力和频频领来的乡下漂亮对象，何干部的心里又热又迷，且还有份复杂，但他还是被凤鸽火热的爱意点燃了。把那复杂的一面抛到了一边，想象到与井凤鸽出游在山水花木里的浪漫画面，何干部觉得今日有酒今日醉，何况井凤鸽是他一起玩大的发小，既如亲姐姐，也似亲妹妹，知根知底，娶了她总比娶别人可靠。何干部想到这里，赶紧去请了一周假，跟井凤鸽坐着火车走了。井凤鸽给她妈发了个短信，告诉她，她跟何干部去了远处；也让何干部给他妈发了个短信，告诉她，她跟井凤鸽去了远处。发完短信，井凤鸽把何干部的手机收到包里，把两个手机都关了机，便成了切断任何联系的二人世界。

　　井凤鸽带着何干部去了一地又一地，时间"唰——唰——唰——"地过去，转眼半月过去了，井凤鸽不想回，何干部也不想回。转眼一月过去了，井凤鸽不想回，何干部也不想回。直到转悠到一个半月，井凤鸽开始呕吐，感觉身体不对劲了，才带着何干部回来了。井凤鸽到医院一查，怀孕了。

　　井凤鸽怀孕，怀的是何干部的孩子，何干部害怕，井凤鸽不怕；何干部回家装得什么事也没有，可井凤鸽回家一眼就被她妈看了出来。

　　井家女人与何家女人，又有一场好戏要上演了。

三十八、生出一桩烂官司

　　井凤鸽让何干部给他妈说，她怀孕了，准备新房结婚。何干部害怕井凤鸽挺起大肚子，更害怕厉害的井大妈找他的麻烦，就硬着头皮给他妈说了井凤鸽怀上了他的孩子，他要跟井凤鸽结婚，让她赶紧给他们准备新房和婚礼。何家女人一听这事，火腾地就上来了，抡起手要抽何干部巴掌，何干部把头伸过来让她打，她把巴掌晃了晃，却把手放下了。何家女人没少骂过何干部，但从来没碰过他一指头。这段时间来，井凤鸽跟他偷偷摸摸鬼混，她给他好话说了千遍，骂他骂了千遍，他不听，他发横，她怜他腿残疾，不敢打他，只好忍让着他。这次被井凤鸽骗出私奔一个半月，单纯是骗出去游玩也倒罢了，还引诱何干部给她怀了孩子。怀了孩子，是明摆着学了她哥井九羊拐骗水荷的手段，要以木已成舟逼她就范，跟何干部结婚，通过跟何干部结婚达到户口进城的目的，再通过进何家的门，达到让井九羊娶水荷，更想达到让水仙嫁给井九虎，让井九羊和井九虎户口进城的目的——这丫头片子井凤鸽，在算计她何家的手段上真下功夫呀，这井家女人真让她丫头费尽了心机。这是何家女人听了何干部说井凤鸽怀孕要跟他立马结婚的话，顿时产生的联想。她想到井家女人为了让她的小子闺女户口进城采取的不要脸的手段，何家女人狠狠地对何干部说，怀孕了就让她去打胎，结婚门儿都没有。何干部把他妈这话，告诉了井凤鸽。井凤鸽问肚子里他的孩子要不要，何干部装聋作哑。事情到了这般地步，这是内心纯情而性格豪爽的井凤鸽没有料到的，她只好听她妈的了，跟何家交涉。她妈要找何家女人算账，要么娶人，要么赔偿。

井家女人让井凤鸽把何干部叫来。井凤鸽叫何干部，说来家有话说。何干部一听"有话说"，知道她妈要找他算账，任井凤鸽怎么说，他死活不来井家。

井家女人去找何家女人。井家女人自从因井九羊翻何家的墙，被何家女人推下来摔伤了腰，她把何家砸了，何家女人那次到井家大闹一场之后，井家女人再没去过何家，也再没搭理过何家女人。这次的事，她不得不上何家的门，不得不跟何家女人去吵架，也许会打架。尽管井家女人实在不愿见何家女人，但她从不怕何家女人，更不怕跟她吵架，更不怕跟她打架，因为何家女人从来都是惧怕她的，吵架从来没有赢过，打架不是她的对手。

井家女人去敲何家的门，与其说是敲，不如说是砸。井家女人进何家的门，从来都是砸门，拳头砸，拳头砸不开，用砖头砸门。这杀气腾腾的敲门方式，让何家女人极其恼火，更是极其害怕。尤其是这砸门的方式和声响，会把何家女人吓得浑身酥软，会让何家女人乱了方寸，继而乱了理智。

午饭后，井家女人拿上井凤鸽怀孕的医院检查报告，去了何家。选择午饭后，是井家女人上何家门的一贯时点。这个时点，正是何家女人人困马乏的午睡时点，也是何家女人神情最脆弱的时候，井家女人就选择这个点上门，何家女人对井家女人这个点上门很恼火。井家女人不怕何家女人恼火，她一恼火，必乱方寸。只要她乱了方寸，何家女人她就必输无疑。

何家的门少有的虚掩着，井家女人不敲也不推，而是临门一脚，咚地一声，就把门踢开了。这很大的踢门声，把何家女人吓了出来。何干部在院子里，看到井凤鸽妈带着凶气进来，断定是为井凤鸽怀孕的事而来，吓得钻进了自己屋子。何水荷和何水仙闻声看是井家大妈，断定是来吵架的，缩头在屋不敢出来。姐妹俩都明白，她们都想做井家的媳妇，都不敢跟井家女人发生矛盾。随即，井凤鸽就给何干部打电话，让他躲在屋里，即使她妈吵到什么程度，也不要出声；即使她妈和他妈打起来，也不要出来。何家女人知道井家女人是为井凤鸽怀孕的事来的，来者不善，就站在院里，拦住井家女人不让往里走。

何家女人已经被井家女人的临门一踢，踢上了怒火。

"什么事，大中午的，驴踢门呀，那么恶狠狠的！"

"装什么蒜，何干部要娶井凤鸽，定个日期吧！"

"何干部是城里人，要娶也是娶城里人。不是他想娶谁就娶谁，他娶哪个我说了算！"

"你还装蒜，你敢耍横？！"

"我装蒜了怎么着，我耍横了又怎么着？！"

"那井凤鸽的事怎么办？！"

"井凤鸽的事，井凤鸽自己办！"

"那跟何干部没关系？！"

"那是井凤鸽勾引何干部的。有什么事，也是你井家的事，跟何家有屁关系。再说了，你说井凤鸽有事就有事啊，你的狗嘴什么时候吐出过象牙，少来讹诈骗婚！"

何家女人撒泼的话，把个井家女人按住的火撩起来了。井家女人把井凤鸽的怀孕报告单扔在何家女人脸上，扯着嗓子吼了起来。

"睁大你的猪眼看单子，井凤鸽有没有事？！"

"你们井家的人最会造假证件假单子，我吃饱了撑的，费那个眼神！"

面对又横又泼的何家女人，井家女人顿时涌起了要打官司的

念头，她要把何家女人整服帖了，不娶井凤鸽，由不得她。想到
要把何干部告上法庭，井家女人的气忍住了，拾起单子，走了。

井家女人回家，给井凤鸽说，她要打官司，把何干部告上法
庭，逼何家女人就范。让井凤鸽跟何干部私下说好，把他告上法
庭，不是对着他来的，是对着他妈来的，是逼他妈让他和她赶紧
结婚。井凤鸽怕何干部上法庭被吓着，更怕因打官司而伤了他和
她的感情，不让她妈这么做。井家女人打不定主意，就问井九羊，
这官司打还是不打。井九羊不说打，也不说不打，只是说，要是
打，他有律师朋友。井家女人认定井九羊是支持她打这官司的。
井家女人又问井家男人，这官司打还是不打。井家男人说，有拿
官司逼人家娶媳妇的吗？除非脑子有毛病。井家男人的话，把个
井家女人气得朝她喊了起来，她让他赶紧想办法，凤鸽的身孕一
天比一天厉害，要是何家答应把凤鸽尽快娶了，她打这官司就是
吃饱了撑的。

井家男人被井家女人逼着去找何家男人，何家男人说，何家
的大事，就和他在井家一个屌样，在女人面前说话如同放屁。何家
男人话说得这么难听，井家男人窝了一肚子气回来，给井家女人
发火说，不就是为个城里户口，嫁的人又不是两条腿全的人，逼人
娶闺女，井家丢人现眼……想怎么折腾，就怎么折腾吧，老子管不
了，不管了。井家女人一听这气话，知道他在何家男人那里碰了钉
子，就打足了底气，打官司；不打官司，丢人现眼不说，何家女人
占了便宜还会笑掉牙，即使丢人现眼，官司也要一打到底。

井九羊找来了律师，案子很快上了法庭。

三十九、热闹的官司又上场

"这毕竟是很难堪的事，过去都是喝一河水的乡亲，能私下解决，最好是不上法庭。"法官对井家女人说。

"现在何家是喝井水的，是高人一等的城里人。正因为何家自以为是高人一等的城里人，就可以纵容她小子欺负乡里人，把闺女的肚子故意弄大了，不但挡着他儿子不娶，反而不理不管……我要为闺女讨个公道，我要让何家小子和何家女人受到法律的制裁。"井家女人面对年轻女法官的调解，毫不退让。

"你打这官司的目的，是出口气，还是想得到赔偿？"女法官问。

"给多少赔偿，能赔上我闺女的伤身和名声吗？给个金山银山也赔不上。要的不是赔，要何家女人让她小子把井凤鸽娶了。只要她愿意娶了，这官司我立马不打。"井家女人赶紧给法官补上了真实想法。

"不是导致了女方怀孕，就要娶女方，法律上没有这样的条文。要看男方女方愿不愿意，有一方不愿意，法庭就不能支持！"女法官相当严肃地说。

"何干部愿娶，井凤鸽愿嫁，两个人自由恋爱，谁也没捆绑谁，只是何家女人从中作梗。只要能让何干部娶井凤鸽，井家情愿给何家让步……"井家女人给法官又补了一句，也是求法官来协调。

法官叫来何干部问话。

"……你与井凤鸽，是自由恋爱吗？"

"是自由恋爱。"

"你想娶井凤鸽吗，井凤鸽想嫁你吗？"

"我想娶井凤鸽，井凤鸽想嫁我，但我妈死活不答应。"

"你妈为什么不同意？"

"我妈嫌井凤鸽是乡里人。"

"你不也是乡里人吗？"

"我的户口进城了。我们全家都是城里人。"

"对了，忘了你是城里人了。"

…………

法官叫何家女人问话。

"何干部与井凤鸽是不是自由恋爱？"

"说是自由恋爱，实是井凤鸽有所图谋，是井凤鸽一厢情愿，说更确切点是她对何干部死追勾引造成的。"

"问了何干部说，他和井凤鸽是自由恋爱。他是当事人，法庭是信他的，还是信你的？你自然清楚。"

"我是他妈，我最了解他，他是被井凤鸽逼的，也是被井凤鸽造成怀孕吓得这么说的。你想想法官，我们都是城里人，井凤鸽是乡里人，我城里人怎么会找个乡里人结婚？这明明是井家女人纵容他闺女，为了利用结婚，让她的闺女小子户口进城的险恶手段！"

"你是城里人？别忘了你家祖宗八代都是乡里人。你家'农转非'没几天，腿上的泥还没洗干净呢，就这么鄙视乡里人，这是对祖宗的背叛，知道吗！"

"老娘什么也不知道，只知道我家何干部被井家女人坑害了，只知道我家何干部是被井凤鸽拉下了水，我和我小子都是井家的受害者，你可要主持正义，还我们何家公道……"

"导致井凤鸽怀孕，这是事实。你儿子何干部既认可是自由恋爱，也承认井凤鸽怀孕他负责任，既然何干部愿意娶井凤鸽，女方肚子里怀的是你何家的孩子，你当母亲的拿个城里人和乡里人为由拦他们结婚，真是可笑。"

"法官你男人是城里人还是乡里人？"

"……"

"你不说我也断定他是城里人。你怎么不找个乡里人呢？别给我说好听的，要是让你找个乡里人，打死你也不会情愿！"

法官一听这何家女人的刁钻话，不再说什么，低头准备开庭的卷宗。

官司如时开庭。

井家女人状告何家女人和何干部的官司，理由如下：

其一，（何家女人）朱最香，纵容儿子何干部，以结婚户口转城为诱饵，欺骗勾引（井家女人）王牡丹的闺女井凤鸽，玩弄数月导致怀孕。怀孕后，当事人何干部不负应有的责任，其母朱最香阻挠何干部结婚，并对井凤鸽置之不理。要求法庭依法追究朱最香纵容儿子何干部玩弄女性的罪责，要求法庭依法追究何干部玩弄女性的罪责。如果何干部悔过罪责，诚心娶井凤鸽为妻，放弃要求法庭追究法律责任；如果朱最香不再阻拦何干部与井凤鸽结婚，放弃要求法庭追究法律责任。

其二，如果朱最香拒不接受让她儿子何干部娶井凤鸽为妻，要求追究朱最香纵容儿子何干部玩弄女性罪，赔偿受害人井凤鸽身体伤害和精神损失费共计人民币 50 万元。

…………

法庭依法做出判决：如不建立与井凤鸽婚姻关系，何干部向

井凤鸽赔偿身体与精神损失费 10 万元。

…………

何家女人拒不接受法庭的判决。随之也向法院状告了井九羊和井家夫妻。状告的理由也与井家差不多：

（井家女人）王牡丹，纵容儿子井九羊，勾搭我女儿何水荷，导致怀孕。怀孕后，不负应有的责任，一推了之。要求法庭依法追究王牡丹纵容儿子井九羊玩弄女性罪的法律责任，依法追究井九羊玩弄女性罪的法律责任。要求赔偿身体伤害和精神损失费共计人民币 50 万元。

法庭最终判决：井九羊与何水荷相爱并有婚姻约定关系，井九羊愿意娶何水荷为妻，何水荷为自愿同居，因（何家女人）朱最香强行干涉不能成婚，何水荷怀孕，属何水荷情愿之下不慎怀孕，本人负有主要责任。井九羊不属于玩弄女性所为，不予以赔偿。（井家女人）王牡丹支持井九羊娶何水荷，不存在纵容井九羊欺骗女方感情行为，井九羊与何水荷的同居与怀孕，与王牡丹没有关系，不承担任何法律责任。

…………

井家赢了，何家输了。何家拒不付给井家 10 万元赔偿费，法院调解，何家女人不服判决，扬言上诉。法官不愿面对上诉，不敢强制执行，便继而做调解，劝何家女人放弃"城里人与乡里人"的狭隘偏见，尽快把已孕的井凤鸽娶了。何家女人仍是"何干部是城里人，绝不娶乡下人做媳妇"那个令法官厌恶但又觉得可以理解的话。因为法官的父母都是乡里人，她在面对何家女人的这个又臭又酸的观念上，似乎又看到了她父母与何家女人同出一辙的生硬面孔，而法官真不想让她上诉，继而又调解，一遍又一遍磨破了嘴，但何家女人仍是那句"绝不娶乡下媳妇"的话，法官便没了办法，任她去吧。

判决书成了一张难堪的纸，何家女人扬言坚决不服要上诉，法官不敢强制执行，好在井家女人要的不是 10 万块钱赔偿费，判决归判决，赔偿与否成了何家女人的事，娶不娶仍是何家女人一句话，井家女人拿何家女人没办法，也拿法院没办法，只能想主意逼法官了。

四十、复杂的输赢

　　井家女人跟何家女人在法庭的较量，虽是何家女人输了，但好像何家女人赢了；虽是井家女人赢了，却是没赢。井家女人感到了从来没有过的耻辱，感到了成了城里人的何家女人从来没有过的气粗。井凤鸽怀孕而打官司无果的耻辱感和何家女人不娶又不赔的牛逼感，让井家女人加重了作为乡里人的自卑感。这几种感觉掺和在一起，就有了干脆尽快让井九羊娶了漂亮寡妇的冲动。

　　打官司虽输但感觉没输的何家女人，打官司让井家女人丢尽了颜面且赢了拿她没办法的何家女人，她拒不执行法庭判决，而有点惧她的法官，更加感觉她城里人的身份要比乡里人的井家女人高出一头，也在法官面前明显比井家女人不会惧怕三分。这场官司，让何家女人一洗过去的耻辱，对与井家女人较量添了百倍信心。她催促自己，赶紧把那个老板与水荷"撮合"成，那怕他是乡里人，只要他有钱，总比嫁给乡里人又是养猪的井九羊心里舒坦。

　　何家女人求媒人跟老板多要点彩礼钱，就答应把水荷嫁了。媒人讨厌何家女人的贪心，让她不要彩礼或少要彩礼，赶紧嫁了为上，小心嫁不出去。何家女人不爱听这话，压根儿不相信城里户口的水荷会嫁不出去。媒人说，何水荷是井九羊的媳妇，谁不知道，别看老板是乡里人，可在城里银行存的钱多得吓死人，把水荷白给人家，人家不一定要，还要人家大彩礼钱，况且水荷早不是黄花大闺女了，值得人家出大彩礼钱吗？！何家女人被这话

283

激怒了，但又不敢发怒，给媒人许诺，向老板要到六十万块钱的彩礼，给她十五万块钱的"辛苦费"。媒人对给她分十五万块钱彩礼动了心，就去找老板。老板说，要是一分钱不要，他会将就一下，或者说既往不咎把她娶了。媒人问，什么叫"将就"，什么叫"既往不咎"。老板说，打听了何水荷，也不用打听，一提何家的大丫头，谁不知道她是井家大小子睡在一起还没过门的媳妇，她哪是姑娘，就是个媳妇。娶个不是姑娘的媳妇，花什么彩礼钱，一分钱不掏，还要掂量一下娶她划算程度多少。媒人数落老板嘴损小气眼低，人家水荷是城里户口，把他的户口"带"进城，算算值多少钱，也得"值"五六十万吧。老板说，她不就是个"农转非"的户口吗，进了城也不还是头上顶着猪粪花子的乡里丫头，又不是"地道"的城里人，她的户口进城又没花一分，凭什么让他花六十万块彩礼买户口，娶了她跟娶个乡里女人有什么区别？娶她花一分彩礼钱都亏本。

　　老板的这混账话一摞，把个媒人的嘴堵得什么话也说不出来了，但话她听明白了，何水荷即使白嫁老板，老板还有点嫌弃她呢。媒人把老板的原话一句不落地描述给了何家女人。何家女人听了，差点气昏过去，嘱咐一边的水仙，把嘴管住，别把这话传给水荷。水仙随后就把这些混账话有保留地转给了水荷，让她彻底放弃了找别人的心思，死心塌地嫁给井九羊靠谱。何水荷听了，抹了一会儿眼泪，却忽然笑了。这表情，吓得水仙什么话也不敢说了。水仙清楚，经过她妈对水荷和九羊之间不停地折腾，也经过这一拨又一拨相亲的折磨，水荷姐的心被搅乱了，继而搅碎了，破碎得笑和哭难以分辨了。实质上，老板的这些话，最让她害怕的是，她听出了自己名声已经臭了，在她憎恨老板的同时，着实增厚了一份对她妈，对那个"何家女人"的憎恨。她料到她妈，何家女人不把她毁了不罢休，她对她妈绝望，更对自己的婚姻绝望了。

绝望的不光是何水荷，还有何干部，也还有何水仙。而此时的何干部恨他妈，恨不得她立马消失，或者是她立马从家里消失。井凤鸽肚子里的孩子一天天在长大，井凤鸽一天比一天着急，作为孩子父亲的他也一天比一天恐慌。他妈不管，更不让他管，他妈铁了心不让他跟井凤鸽结婚。可井凤鸽毕竟怀的是他的孩子，井凤鸽的每次电话里的催促和哭泣，无不是插到心里的刀子，捅得他疼痛难忍。何干部终究忍不住了，想到井凤鸽带他游玩的快乐，想到井凤鸽对他贴心贴肉的好来，生出一个办法来，带井凤鸽私奔把孩子生出来，这不就真正成了事实婚姻，他妈还能把孩子掐死，阻拦他们结婚?！想出这个办法，何干部把这想法电话说给了井凤鸽。井凤鸽想了几天，答应跟他私奔生孩子。几天后，他们私奔了。

不停地有何水荷要轻生的气息进入井九羊的耳朵，不停地有漂亮寡妇柔情蜜意地向井九羊抛洒而来。一头是深深的爱情，一头是甜美的爱意，从何井两家张罗相亲以来，把个井九羊的心搅得七上八下，一会儿心里是何水荷，一会儿是水花；一会儿是相亲的女人，一会儿是何水荷；一会儿是漂亮寡妇，一会儿又是何水荷，来回交织在一起，见到相亲的女人把何水荷放到了一边，相亲不中意又把何水荷挂到了心上；何家女人对他和何水荷的棒打鸳鸯，促他与演假戏的水花几乎演成了入情入心的真戏，而水荷对他以死相许，生怕水花结巴症遗传的担忧，又让他把何水荷挂在了心头。他和何水荷都明白，他俩相爱，甚至深爱是存在的。但自从何家户口进城那天起，何家女人让有女不嫁乡里人的城里人的观念给他与何水荷之间，也给井凤鸽与何干部、井九虎与何水仙之间挖了条很深的沟。还有一身屠夫味的何家男人对乡里人的渐渐看不起，也渐渐对乡里人的井家的看不起，对何家女人拆散何水荷与井九羊娃娃亲的反对到不管，城乡这条河在何水荷与井九羊之间越来越宽而深了。一桩桩阻挠与相亲事情的发生，使得井九羊与何水荷，何水荷与井九羊，时而远离相爱，甚至时而会远离那份深爱，但也会因何水荷的某句爱意浓浓和要死要活的话而回归对何水荷忽来忽去的深爱。

这几天不停地听到何水荷轻生的话，这是何水仙给井九羊流露的。何水仙要井九羊最好让漂亮寡妇远离他，不然她姐哪天想不开会出事。井九羊听了火了，让他远离漂亮寡妇，她家相亲的人怎么还一个接一个不断呢？何水仙说，她姐一个也看不上。井九羊太想听这样的话了。这话让井九羊又担忧上了何水荷。井九羊告诉漂亮寡妇，从今以后，就不要来他家了。漂亮寡妇装作没听到，天天照来。她天天来的缘由，是井家女人越来越喜欢她，她对井九羊的冷话，一概不在乎。漂亮寡妇越来越勤，那根拴在何水荷心头有点细如发丝的感情线几乎要被扯断。她和井九羊同居的坏名声让她感到了难以嫁出去的恐惧，却又陷入了漂亮寡妇快要抢走井九羊的恐慌中。她拿出了最大的勇气，也是打算对她妈这个何家女人最后一次哀求和威胁，也是最后的通牒：立刻把户口本给她，她要立马跟井九羊结婚，不然，她就死给她看。

何水荷在与井九羊的事上，不知给何家女人的她妈说过多少遍"死给她看"的狠话，何家女人早已听得习以为常，此时的威胁话，虽然有点异常，但根本没吓唬住何家女人不嫁井家那铁石心肠。何家女人接着她的话茬，就拒绝了何水荷的威胁般的哀求。

何水荷情绪，出现恍惚。

何水荷看到井九羊仍被那个漂亮寡妇缠着，越发有了死的念头。

打定了一死了之的动意，何水荷的脑子里没了井九羊是不是在相亲，井九羊是不是会相中了哪个女人，井九羊跟漂亮寡妇是不是悄悄领了结婚证，井九羊是不是确定了大喜的日子等破事的来回折磨。她想的只是井九羊要跟漂亮寡妇进洞房，就赶在他们入洞房前死了算了，免得这一幕让她无法接受。面临赶快要死的事，何水荷的脑子里装满了死。她在想怎么个死法，想了好多方法，是跳楼，是撞墙，是喝药，是跳河……何水荷最终选好了一个方式。

四十一、一个厉害的手段

漂亮寡妇一清早又来了。井九羊看到漂亮寡妇正过河，赶紧把院门关了，把门销插了。漂亮寡妇被堵在了门外，轻又轻地敲着门，叫井九羊开门，井九羊不开。漂亮寡妇不急不恼地一边轻轻敲门，一边喊叫"井大妈开门"。井家女人推开井九羊，把门打开，让漂亮寡妇进来。漂亮寡妇看到井九羊一脸的不痛快，要转身出门，却被井家女人笑声相迎地使劲拉进了门，拉进了屋子。

今天的漂亮寡妇来井家，不是平常时的漂亮寡妇来井家，是带着户口本来井家的，是跟井家女人商量好，是要跟井九羊先领结婚证，把井九羊户口转进城，再筹划结婚日子的。在井家女人跟漂亮寡妇商量跟井九羊结婚的事上，漂亮寡妇跟井家女人有一点相同，有一点相异。她乐意尽快与井九羊领结婚证并把他的户口转到她的户口本上。至于办婚事，井九羊想热闹一番，她就随从，如果嫌她是拖油瓶的寡妇，领了证和办了进城户口，随井九羊住在猪窝屋也行，他随她住进城里她的大房子也行，他怎么高兴就怎么来。漂亮寡妇的话，让井家女人心里多么舒坦呀，既不要一分钱彩礼，又要先领证转户口，又不让她买这送那，不要求大操大办，几乎是不花几个钱，就能让井九羊娶媳妇又户口进城，真是天上掉馅饼，白捡个媳妇和城里户口，还得了两个孩子，赚大了。井家女人感到娶漂亮寡妇赚大发时，便催促井九羊下午就去跟漂亮寡妇领结婚证。

井九羊说，他娶媳妇，娶谁他说了算。

井家女人说，他的婚事，她得说了算。

井九羊说，死也要娶何水荷。

井家女人说，除非她死了，不死就得听她的。

井九羊说，他不娶水荷，水荷要寻死……总不能眼看她寻短见。

井家女人说，听她吓唬人呢，连她妈都吓唬不住，她只能吓唬傻瓜蛋……她妈给她左相亲，右相亲，要是相到好的，早嫁走了……她相不到好的，就要拉个井九羊做垫背，有本事就拿户口本来办证，拿不来户口本，拿寻短见吓唬人，井家的人不是吓住的，让她寻个短见看。

井九羊被她妈的话说得犹豫无语。犹豫无言，是他预料即使水荷以死对抗她妈要嫁他井九羊，何家女人也不会让她嫁给他。甚至何家女人认为水荷仍是拿死来胁迫她就范，她是不会相信她会轻生的。也可以说，水荷一天没轻生，何家女人一天也不会动摇绝不把她嫁给井九羊的铁一般的心。

料到何家女人不会转变的恶脸，井九羊在她妈的劝说下，同时漂亮寡妇对他又是温情爱意的话语，又是妩媚撩心的微笑，又是给他端上香喷喷的饭菜，又是把他的衣服洗得干净爽身，又是把他的床上地下收拾得温馨清爽，让井九羊对她动心了：她长得脸若牡丹好看，腰如蜂腰秀美，且他妈那么喜欢她，她的两个娃又乖巧，除了她拖两个油瓶，哪一点都比何水荷强，做事手脚都比何水荷爽快……想到漂亮寡妇的这些让他心跳的美丽和妙身妙味，井九羊面对她妈，什么话都没了。

井家女人看井九羊虽对漂亮寡妇动心了，但看他仍是满面愁苦，知道他仍是放不下何水荷。怎么让井九羊放下何水荷呢？井家女人想了个办法。她要彻底让井九羊死了对何水荷的念想，便让井九羊找何水荷三天时间拿户口本来，拿不来户口本，别怪她不等她。井九羊让何水仙当传话筒，传来何水荷的话说，要户口没有，要命给命。为让井九羊对何水荷绝望，井家女人打发井家男人去问何家女人，给她说明白是最后一次问，究竟答应不答应水荷嫁给九羊，不然九羊要娶漂亮寡妇了。

何家女人这次没有马上拒绝，第二天回话说，除非井家免了法院判决何干部给井凤鸽的十万元赔偿费，给何家三十万块钱作为水荷的彩礼钱，就让水荷嫁给井九羊。

井家女人一口回绝了何家女人要免赔偿和再给三十万块钱彩礼的要求，也就是铁了心让井九羊娶漂亮寡妇。

"三十万块钱能让水荷嫁给我，太值了。"井九羊让她妈赶紧拿钱给何家女人。

"一分钱不花的媳妇不娶，要花这么多钱娶个已成冤家的丫头，除非疯了！"井家女人以不容商量的口气说。

一听这话，井九羊不再跟他妈啰唆，决意自己凑钱给何家女人。

井九羊瞒着他妈借凑了三十万块，让何水仙问何水荷，她妈要的三十万彩礼钱准备好了，送不送。何水仙告诉井九羊，她姐说了，想送就送，不想送就不送。这是什么话，到底是送还是不送。井九羊让何水仙再问何水荷。何水仙回话说，她姐说让他看着办。井九羊被何水荷这带着气且不明确的话窝了一肚子火，在到底送或不送想了一番后，还是决定送去。

井九羊把钱装了一提包，硬着头皮去见何家女人。何水仙把井九羊迎进院子，叫水荷出来，水荷不吱声，也不出来。水仙带着井九羊去见她妈。何家女人在屋里择菜，看到井九羊不仅没搭理他，反而脸吊得更长了。井九羊多一眼都不想看到何家女人的脸，多一句话都不愿意跟她多说。把包的拉锁拉开，把包放到何家女人面前说，这是三十万块钱，一分不少。何家女人看到钱，眼睛一亮，但很不高兴地说，送个存折轻巧方便的事，吃饱了撑的提一包。井九羊说，彩礼，彩礼，大包厚重。何家女人没接井九羊话茬，也不说让他坐。井九羊说，彩礼钱三十万块一分不少，那把户口本给他，他跟水荷去领结婚证。何家女人扯起嗓门说，你当是做买卖，一手交钱，一手交货，回家等着，什么时候领证，什么时候办事，等她想好了再说。

井九羊一听，不对味道，生怕是诈，看着包里的钱，要走又不能走，嘴里有话不敢说。水仙快嘴快舌地说，彩礼钱送来了，就把户口本给九羊姐夫，带姐先把结婚证领了，谁都心里踏实。何家女人狠狠瞪了眼水仙，朝井九羊嚷道，要是心里不踏实，把这臭钱拿走！井九羊想提起包就走，但又犹豫不知道怎么办好。水仙看出井九羊心里在七上八下，她也看出她妈这葫芦里卖的有可能是假药，便把包提起来给井九羊说，把这现金拿回去，数起来多不方便，等定好日子了直接打到妈的银行卡上多好。井九羊接过包，要走。何家女人扯起嗓门说，送来的彩礼，抛出去的绣球，哪有说拿来就拿来，要拿走就拿走的事，把她当猴子耍吗？井九羊被何家女人的这话吓住了，赶紧把包放在何家女人面前，什么话也不敢说走了。

给何家女人送彩礼钱，井家没有其他人知道，井家女人请大师算好了让井九羊与漂亮寡妇领结婚证和办户口的吉日，就不停地筹办起了婚事。而家里的筹办婚事越紧锣密鼓，井九羊的心里越是打鼓，何家女人收了他的彩礼钱，一天一天又一天过去，已有好些天过去了，让水仙催问跟水荷领证的事，水仙回话说，她妈要他当面来问。井九羊就去当面问何家女人。何家女人对井九羊说，这三十万块钱是水荷的身体和精神损失费，想要跟水荷结婚，再拿三十万块来说话。真是被她诈了。井九羊要发火，何家女人不急不恼地说，别火，要是给她火，再加三十万块钱，六十万块；再不拿来三十万块，领结婚证的事免谈……要是惹她不痛快，那就再加三十万，一共六十万再谈……何家女人的这话，把井九羊真给吓住了，也稳住了。发火得多掏钱，不发火少掏钱且领证有希望，于是火不敢发作，话不敢多说，只能走人。

待井九羊回家回过味来，知道何家女人把他诈了一把。诈了他这么多钱，要不要给他妈说，井九羊想跟他妈说，但好几次话到嘴边，又不敢跟她说。井九羊在愤怒下彻底转了弯，他要是跟漂亮寡妇结婚，他得找何家女人把那三十万块钱要回来，一分不少地要回来。

四十二、奇丑无比的男人

井家女人看何家有个长得像枣核的男人来得越发频繁了，这男人是那个脖子和指头上挂金戴玉的老板。老板虽是乡里人，奇丑无比，都说他城里有公司，银行有存款，买了大房子，想找个城里姑娘结婚生子，纯城里姑娘没人嫁，媒人就把何水荷介绍给了他。老板嫌何水荷是农转非的城里人，在他眼里实际就是乡里人，再加上知道了她跟井九羊同居的事，更嫌她不是姑娘是媳妇，本来要给的彩礼一分不给，要嫁不嫁随何家女人的便。

老板把何水荷贬损到了一"钱"不值的程度，实际"捅"到了何家女人的软肋。老板这狗娘养的把个水荷一眼看了个到底，这让何家女人既厌恶老板，又恨起了井九羊。水荷跟井九羊的这么多年，不仅把她"睡"成了媳妇，做了人流，坏了名声，还把她"糟蹋"成了个难看的猪倌模样，在城里找了几圈对象，相的亲少说有几卡车，但没一个相成的，落到了让老板这乡巴佬像看废品一样看待水荷，把她嫁水荷提得很高的心理防线踩到了沟里，也把城里人的尊贵感踩得没了感觉。不给彩礼，嫁不嫁？媒人让何家女人给句准话。心里悲摧和自卑的何家女人做了选择，嫁谁都比嫁乡里人井九羊强，嫁谁都不嫁井九羊。尽管何水荷说出"她的嫁日就是她的死日"的警告，但何家女人主意已定，嫁，无条件地嫁老板。她给媒人说，她答应老板的要求，不给彩礼钱也嫁。

何家女人和老板请大师择了黄道吉日，一周后何水荷成亲。

何水荷要嫁老板的消息，井家女人证实后脸上乐成了花，她让井九羊赶紧死了心，跟漂亮女人抓紧张罗婚事，别眼看着何水荷跟老板入洞房自个儿难受，要赶到何水荷之前把婚事办了，要把"巴掌"打在何家女人脸上，不要让何家女人的"巴掌"打到井家人脸上。井九羊对他妈天天催他跟漂亮寡妇领结婚证和转户口的急脸，不急不动。因为他从何水仙嘴里得到的消息是，水荷绝不嫁老板。于是，井九羊就又有了个幼稚的想法，何家女人让他再拿三十万块钱，加上前面给的三十万块钱，六十万块钱就成全他娶水荷的好事。着急之下的井九羊又动心了，他想要不然咬咬牙，再借三十万块钱给何家女人，让她给老板退婚。这想法让水仙跟水荷一说，何水荷骂井九羊"蠢猪一个"。井九羊明白了这话的意思，放弃了借钱的想法，更是对水荷抱定了希望。

面对何家女人抢时间似的在给何水荷张罗婚事的急促劲儿，井家女人就成了热锅上的蚂蚁，一边是天天催促井九羊跟漂亮寡妇领证和办转户口，一边是与漂亮寡妇去这去那办结婚的物品。何家女人放出风来，何水荷与老板的婚事已经定下，结婚时日保密。井家女人一听婚日保密，料定何家女人是要把婚礼抢到井九羊与漂亮寡妇办婚礼的前头，便逼井九羊跟漂亮寡妇领证和办转户口。井九羊仍是一动不动，相信这是何家女人的烟幕弹，何水荷是不会嫁那蠢猪老板的。水荷让水仙告诉井九羊，她嫁谁也不会嫁老板这样的蠢猪。虽有水荷这话，但水仙随后又传给井九羊个不确切的消息，说是她妈私下找人把老板与水荷的结婚证领了。何家女人会瞒着水荷干得出来这事，也只有采取这样手段逼水荷。水仙说，证十有八九是私下领了，听老板在偷偷商量结婚时日。这消息好似五雷轰顶，把井九羊轰得晕头转向。井九羊让水仙问水荷是怎么回事，水荷说谁跟老板领证谁去结，她死也不嫁。这话让井九羊信又不信，几年来发生的好几件事情，让井九羊既相信水荷，又怀疑水荷。那做假结婚证，那私奔到山东远乡，那约翻墙偷见等几件大事，都在节骨眼上出事了。事出得那么奇巧，好像是何水荷与她妈串通一起干的，又好像与她没有关系。不管有没有关系，既是没有直接关系，井九羊也不愿相信与她有半点关系。尽管宁愿相信没有半点关系，但这一桩桩奇巧的事情，在井九羊心里留下了创伤，也留下了对何水荷的怀疑。这次与老板的结婚传闻，从何家女人嘴里传出的再真不过，但听水荷的口气又像是假的；结婚证到底领了没领，是水荷默认同意的，还真是何家女人与老板瞒着水荷领的结婚证，井九羊心里在七上八下。

井家女人与漂亮寡妇把结婚的物品置办齐全，就差领结婚证和办转户口这件事了。这件事简单，只要井九羊同漂亮寡妇去趟民政局，一会儿工夫就会办完，再去公安局办事大厅，说不准也一会儿工夫就办完了。这么大的事情，只用半天就能办成，且出了公安局办事大厅，就成城里人了，这对井家是多大的事呀，是天大的事。

井家女人天天催井九羊，井九羊见催就答应，却就是不动。漂亮寡妇早就看出井九羊在等何水荷，直到何家女人把老板与何水荷新房都布置好了，结婚证都领了，结婚的物品都置办好，几天后就要入洞房了，还在痴心地等，真是个大傻子。漂亮寡妇着急，更怕与井九羊的婚事出岔子，落得个空欢喜一场，那就惨了。她自认为跟井九羊的事输不起，输了再也找不到这么称心如意的好小伙儿。自打张瘫痪死了，找她的男人和介绍她的男人，少说也有几十号，但没一个让她中意的，也就只有井九羊让她着魔似的喜欢。让漂亮寡妇心里极其不安的是，井九羊的心里装满了何水荷。如果何家女人改变主意，井九羊随时会把何水荷娶了，她面对一拖再拖，也是在一等再等何水荷的井九羊，天天在企盼何家女人赶紧把何水荷给嫁了。终于等到了，就这几天，何水荷要嫁给老板，过了这几天，何水荷入了洞房，井九羊的心死干净，那他的心就会转到她身上，再办婚事就踏实了。想到几天后的结局，定会是井九羊对何水荷痛恨和对她难分难舍的时刻，漂亮寡妇反倒对井九羊领不领证不着急了，尽管井家女人见天催领证，她也是一动不动。

老板的车在何家门口等人上车。

何家女人告诉何水荷，老板有大钱有大房子有公司，比嫁井家那浑身猪粪味的小子强百倍，新房布置停当，结婚证也领好了，就等新娘看一眼，看完缺什么买什么，看了满意确定吉日，举办风光的婚礼，嫁得喜喜庆庆，嫁得热热闹闹……结婚证领了，已跟老板成为合法夫妻，嫁也得嫁，不嫁也得嫁……

何家女人不是与何水荷商量嫁不嫁老板，而是以硬邦邦的口气对何水荷宣布。何水荷在她屋里望着窗户愣神，听了何家女人这倒豆子似的结婚安排，脸上毫无表情，好像压根儿没听着似的，该愣神还愣神。何家女人叫何水荷去看新房，何水荷好像压根儿没听着她在说什么，仍是一动不动瞅着窗外。何家女人看何水荷满脸的恨意，让她恼火又让她害怕，正愁不知怎么办好时，媒人在催她上车，她便坐着老板的车走了。

何家女人坐着准女婿的宝马车去看新房，也是准女婿请准丈母娘替准媳妇何水荷看看还缺什么。老板虽没给何家女人一分钱彩礼，却给了十万块钱的银行卡，新房里缺什么，新娘要什么，让她尽管买。不给彩礼，给了十万块钱银行卡，何家女人的心里略显平衡点，也就把这钱当作自己的钱一样，能少花的就少花，能不花的就不花，廉价的布置让老板很不满意，老板把何家女人买的不上档次的东西全扔了，找人另外花钱布置，也是让何家女人去开开眼，更是有意教训一番何家女人去的——"花在女儿女婿身上的钱还贪污，猪狗不如"，这话是何家女人上车前，老板在媒人面前骂的狠话。

何家女人转身一出屋子，何水荷的心就掉到了十八层深渊。此时的她，耳朵里来回都是何家女人那"结婚证领好了"冷冷的话，就勾起她赶紧想死的事情。究竟怎么死，在哪里死、什么时候死，这些日子她想了许多遍这个问题，总是想不出个结果。这会儿，她逼自己必须确定在哪天死，怎么个死法。她想了无数遍这样那样的死法，但确定了的是一定要死，也确定了死的时间，在哪里死，而用什么方法死，她拿不定主意。想到以死惩罚何家女人，以死声讨那张变成城里人户口的纸，也好让井九羊死了对她的那一丝心，好让他与漂亮寡妇无牵无挂地入洞房。

何家女人从老板与水荷的新房回来，那张苦瓜脸上挂上了喜字。简直让她太开眼了，太意外了，老板虽然长得像头猪，但布置新房这事上，一点也不猪，把她买的中低档的电器用品全换了，换上了高档的名牌产品，连她买的崭新的床和被褥，都换成了豪华和真丝的，她这辈子做梦都想享受的新房，水荷享受上了，能不乐得她身上的肉也在笑吗。高兴之下，老板问何家女人，他做事不喜欢拖拉，想尽快办事，早点给他生小子，后天办怎么样。何家女人虽对老板这心急火燎给他生小子的话反感，本想推拖，但想到水荷要死要活的样子，早嫁早了，免得夜长梦多，就当即答应了老板的要求。何家女人的话刚落，老板就把制作好的一沓子婚礼请帖给了何家女人。何家女人一看结婚典礼的日期明明白白早已定好，根本不用跟她商量，根本不存在她有什么想法，只有听从他的份儿，没有多嘴的权利。这霸道中透出对她的"不当回事"，也猜出这猪匆匆"办事"是想少花请人的饭钱，让何家女人顿时心里堵了个东西，感觉受到了欺负，但她只能顺从，不敢言更不敢怒。她知道，尽管他和水荷的结婚证领了，他这头猪，压根没把她这丈母娘当人看，也压根儿没把何水荷当城里人看，若她跟他翻脸，他会当着她面把结婚证撕了，甚至连这婚事都不要了。意识到这个结局，何家女人只好当孙子，强装笑脸，拿上请帖走人请人。

何家女人和何家男人压着一股子火，急忙给亲朋好友发请帖，结果是发出去的太少，连三桌都凑不齐。三桌饭才多少钱，没几个钱，她收的礼金更是没几个钱。这猪养的老板，不给她彩礼，也不让她收礼金，缺德啊。何家女人嘴里骂着老板缺德，但只能忍气吞声地随他了。

老板的这满身抠气，让何家女人感到了更多的不祥。

四十三、漂亮寡妇的喜悦

　　井家女人把一张何水荷与老板结婚的请帖扔在了井九羊面前，掉在了猪的头上，猪把请帖叼在了嘴里。井九羊正打理猪圈，井家女人说，看看吧，人家何水荷跟老板的婚事，后天办完就入洞房了，傻等个屁，总不能让何家女人抢了"风头"，还不赶快跟漂亮寡妇去办结婚证和迁户口，后天上午也在何家办婚事的酒店，包个大厅，那边的婚礼是十一点，这边的婚礼就十点，看是何水荷跟那个猪头老板的婚礼气派，还是井九羊跟漂亮寡妇的婚礼气派……

　　井九羊从猪嘴里抢上请帖，看了个仔细，新郎与新娘的名字打印得齐刷刷，大红色的纸上，金色的"囍"字作底，俨然是一

对拜堂的夫妻，俨然是一对拥抱的情侣，更像是睡在床上的一对……井九羊越端详越手抖……婚礼的时间地点不虚，这婚礼请帖不假，何水荷嫁老板已是板上钉钉的事了……

"这，这东西不会是假的吧？！"

"也只有你井九羊会造假证，真的也会看成假的。何家女人再不是东西，也不会拿闺女做假请帖糟蹋自个儿呀！"

"这请帖是从哪里来的？"

"问哪里来的干屁用，难道是妈做了个假的来骗你，事到如今还不相信何水荷跟她妈在要你，你就是个十足的蠢猪！"

…………

几乎被这请帖气疯了的井九羊，给何水仙打电话，要何水荷听他电话。何水仙说，她姐死活不听他电话。井九羊问水仙，有没有老板和水荷结婚请帖这回事，有没有老板跟何水荷后天结婚这回事。让井九羊很奇怪的是，水仙一向是他跟水荷之间的传声筒，何家女人和何水荷的事，都会一五一十传给井九羊的，可今天的水仙对井九羊的一连串问话，闭口不答。水仙闭口不答，井九羊从这反常的迹象中感觉到，何水荷与老板这结婚请帖是真的，何水荷与老板结婚是真的，后天结婚自然也是真的。

听完井九羊给水仙打过电话的井家女人，看井九羊像泄了气的皮球，更像是惹急了要咬人的公猪，不再给他啰唆什么，用柔和地口气催井九羊去洗脸，去换衣，去跟漂亮寡妇见面，去民政局领结婚证，再去公安局申请户口迁城……

井九羊瞅瞅猪，再瞅瞅他妈，走出猪圈去了他的屋子。井家女人回家把户口本给了漂亮寡妇，让漂亮寡妇去了井九羊的屋子。井九羊已洗了脸，换上了干净衣服。漂亮寡妇把她的户口本和井家的户口本逐个递给井九羊，也把她的身份证递给了井九羊，看井九羊接不接。井九羊不仅很礼貌地接过了两个户口本，也接过了她的身份证。此时的漂亮寡妇感到，井九羊真正接受了她，接受了与她结婚的勉强事情。望着井九羊脸上慌乱表情里露出的笑意，漂亮寡妇的眼泪唰唰地滚了下来。井九羊最见不得他爱的女人在他面前掉眼泪，尤其是何水荷，每当在他面前掉泪，他都心软半截，要么是哄，要么是给擦泪，哄不住就抱。面对漂亮寡妇，这几个月来对他的殷勤、讨好、温柔、耐心、爱意，都展现给了井家，实际是传递给了井九羊，还有委曲、压抑，也忍到了心底，也忍到了井九羊终于接纳她的时候，且还是何水荷嫁了老板，让他彻底死了心才接受她的。漂亮寡妇的眼泪，既是喜悦的泪，也是委屈的泪。井九羊瞅着喜悦和伤心透顶的漂亮寡妇，赶忙把手里的户口本和身份证放下，是要哄她是要给她擦泪，不知道怎么办好。井九羊抽张纸巾递给漂亮寡妇，漂亮寡妇不接，站在井九羊面前一动不动，眼泪流得更密了。井九羊又抽纸巾给她，她还是不接，还是不擦眼泪，眼泪流了满脸，可怜得让人心疼。

井九羊的心彻底软了，他给漂亮寡妇擦眼泪。这一擦不要紧，擦得漂亮寡妇哇哇大哭了起来。漂亮寡妇冲着男人的哭，那比刀比箭还要锋利，瞬间会让男人的心碎了。井九羊的心被漂亮寡妇哭碎了，手忙脚乱地擦了眼睛擦脸上。当擦到嘴角时，漂亮寡妇猛然扑到了井九羊怀里。扑到井九羊怀里的漂亮寡妇，顿时软成了一团泥。井九羊闻到了漂亮寡妇甜润的体香和浓浓的发香，把她紧紧地抱在了怀里……瘫软在井九羊怀里几分钟后的漂亮寡妇，轻轻地推开了井九羊，把脸上的泪擦干净，拿起证件给井九羊，催他一起去民政局办结婚证。

正是政府部门下午上班的时候，井九羊与漂亮寡妇去办结婚证。漂亮寡妇带井九羊先去了县城一家一流的照相馆，照了张立等就拿的双人合影照，还让快洗了三十寸的结婚合影照，然后去了民政局办事大厅。登记结婚的办事员看证件齐全又两厢情愿，不到十分钟就办完，双手递给了女方一张，也递给了男方一张，有点像政府给一男一女郑重颁发什么执业证似的，郑重里表现出的仪式感，仪式感里透出的庄重感，让井九羊和漂亮寡妇感觉到了这结婚证很重的分量和无比的严肃，当然还有红彤彤结婚证的喜味，让井九羊有些从未有过的紧张和沉重。这是一个从没打算跟一个女人结婚，而突然却成了夫妻的紧张感和沉重感。双手捧着结婚证书，并掉下喜悦泪珠的漂亮寡妇，边瞅结婚证，边瞅井九羊的表情。井九羊紧张和沉重的表情，让漂亮寡妇紧张得有点手抖。当井九羊从紧张感和沉重感的脸色由冷转热，由忧虑变为喜悦的样子时，漂亮寡妇高兴得脸上绽开了一朵花，一朵满是皱褶的花朵。这笑，是盼望很久而得到的那种笑，是心里没任何杂念的笑，是内心极度压抑和委屈透顶之后的笑——是她从来没有过的开心的笑。漂亮寡妇亲热地紧紧挽起了井九羊的胳膊，尽情释放着爱意，也尽情享受着爱。这是漂亮寡妇有生以来最幸福的时刻，她相信是她人生幸福的开始。

漂亮寡妇开心的笑声，勾起了井九羊对何水荷笑声的回想。何水荷留在他耳朵的笑声太多太深刻了。那会心的笑，那抿嘴的笑，那甜蜜的笑，那爽朗的笑，那梦中的笑，那哭声里的笑，那开心的笑……此时，何水荷灌在他耳朵中太多的笑声，让他对漂亮寡妇的笑声，在喜悦的瞬间变成了与喜悦背道而驰的刺心痛的声音，变成了既让他反感又难以接受的声音。这种感觉，让井九羊对这张结婚证产生了一种想接受而又不想接受的纠结。井九羊面对漂亮寡妇开心的笑，对她有份反感，但又有份可怜，只好强装着笑和喜悦，走出办事大厅。

　　漂亮寡妇要井九羊一起去照相馆取新房的结婚合影照。取了照片，时间还早，漂亮寡妇要井九羊去看新房。漂亮寡妇一直在与井家女人弄新房的事，新房已经置办好了，就等井九羊看一眼，井九羊一眼也没看；就等着领结婚证这一天，终于等到了。等到了领证的这一天，也等到了三天后入洞房的这一天。叫井九羊看新房，漂亮寡妇叫了他好多次，他总是装着没听见。这会儿又叫他去看新房，这会儿的井九羊虽跟她领了结婚证，但心还在何水荷身上，仍是装着没听见。

　　漂亮寡妇哪知道井九羊的心仍在何水荷身上，以为是难为情什么的，就拉着井九羊去看新房，也是去她家。井九羊的心里很纠结，井九羊心里仍没有与漂亮寡妇领证已成为夫妻的概念，仍在怀疑何水荷可不可能嫁老板，何家女人的请帖是假的。这纠结，让井九羊越发感到无法面对与漂亮寡妇结婚的现实，更感到没有必要看新房，他不想接受这个新房。有了这种感觉，井九羊被漂亮寡妇"拉"到她楼下时，他的脚挪不动了。井九羊不愿上楼，是不愿意去新房，是后悔跟她领结婚证了。漂亮寡妇意识到了井九羊的后悔，红润的脸顿时煞白，包从颤抖的腕上溜了下来，紧接着眼泪又涌了出来。井九羊看到他的纠结被漂亮寡妇看透了，他被漂亮寡妇的表情吓住了，面对颤抖的人和涌泪的双眼，赶忙给她拾起包。漂亮寡妇从井九羊手里拿过包说，不愿看新房，那就各回各家。说完，漂亮寡妇扔下井九羊进楼了。井九羊犹豫片刻，跟在漂亮寡妇后面去了。漂亮寡妇不理睬跟在屁股后面的井九羊，"噔噔噔"就到了二楼的她家门口。漂亮寡妇开门，门上已贴上了结婚才贴的大红"囍"字。进门，漂亮寡妇转生气为喜悦，扔下包，拉了一把井九羊的胳膊，井九羊赶紧进来。

　　屋里的一切，让井九羊惊异：栗色实木地板泛着柔美的光泽，淡淡玫瑰红的壁纸暖意融融，不大的厅里实木沙发和茶几是崭新的，沙发靠背和茶几上是白线红丝钩织的"囍"字盖饰，客厅墙上挂着两个粗壮丝绳纺织的"囍"字同心结，四扇门上是龙凤相抱的"囍"字，连餐桌布上也是绣着大红的"囍"字。漂亮寡妇说，两个小丫头在她妈家，"合适"的时间把她们接回来。她在告诉井九羊，她跟他结婚前的这几天和结婚后的一段时间，她和他是二人世界。瞅着井九羊看到"囍"字的表情和听到她这话是冷淡的，便没把卧室的门，也就是新房的门打开，让井九羊坐，给井九羊沏茶，给井九羊削上苹果，便坐在一旁的沙发上无话了。漂亮寡妇把削好的苹果递给井九羊，她便拿结婚照去了卧室，去挂结婚照。装好相框，用细纱擦了几遍，找好了钉锤和两个钉子，叫井九羊来钉钉。井九羊看红艳艳的床，头就有点晕。想来这是张瘫痪与漂亮寡妇住过的房子，那新房也定是张瘫痪与漂亮寡妇住过的屋子，他就越发头晕，不想进去。

漂亮寡妇料到井九羊在想这些，便又以喜悦的口气叫他，井九羊只好进屋钉钉、挂照片。由于井九羊的心仍在何水荷那里，他压根儿没全接受领结婚证这码事，也就很反感结婚照和挂结婚照这码事。他怎么看这相框里的两个头，像猪头，也像狗头。因他是属猪的，她是属狗的。这两个头，怎么会放到了一起？他盼望这两个头的一个，是何水荷。面对结婚他忙乱如麻，钉的挂钉有点一高一底，挂上的结婚照便一边高一边底。漂亮寡妇不满意，让拔了一头的钉子重钉。井九羊重钉，结果挂上相框还有点高底不平。漂亮寡妇说，挂得不平不吉利，又让拔了重钉。井九羊便拔了重钉，这次好像钉平了，但相框挂上还有点不平。漂亮寡妇仍不满意，但看井九羊有点没了耐心，便罢休。

看到旧墙上崭新壁纸、崭新的家具和下了功夫布置的客厅，看了"囍"字满屋和为结婚买的新电器新物件的井九羊，感到这屋子这"囍"字，跟他没有什么关系，反而冒出这屋子如果是他跟水荷的，这"囍"字如果是水荷为她和他亲手贴和织的该多好。这让井九羊想起了他和何水荷办假结婚证结婚布置新房贴"囍"字的幸福时刻，也想起了挂在婚礼台上的大"囍"字被何家女人用扫把打了个稀巴烂，他没进洞房却进了派出所的可怕情形。此时满屋的"囍"字，让他有点受刺激，更勾起对何水荷的想念。

漂亮寡妇瞅着"囍"字愣神，也瞅着有点痛苦并发呆的井九羊，猜想井九羊是不喜欢这些"囍"字，不喜欢这屋子的摆设，还是真不想跟她结婚，她猜不出来。不是猜不出来，她实在不想往不想跟她结婚这里猜；何水荷就要嫁老板，将成为老板的老婆，刚才两人自愿领了结婚证，法律上已成为夫妻，喜欢不喜欢这屋子这"囍"字有什么用呢。漂亮寡妇瞪了一眼井九羊，问他，饿吗？井九羊说，不饿。漂亮寡妇说，也该做晚饭了，她去做饭。井九羊说，猪饿不得，他得赶紧回去喂猪。漂亮寡妇说，那就骑她车回去喂猪，喂完猪回来吃饭。井九羊说，晚饭没胃口，就不吃了。井九羊的"没胃口"，让漂亮寡妇愣了片刻，似乎生气了，但仍装着笑脸说，喂完猪，就会有胃口，迟点来也没关系，她做好饭菜等他。井九羊没说来，也没说不来，扔下漂亮寡妇渴望与苦恼的笑脸走了。

漂亮寡妇还是做好了一桌饭菜等井九羊来，电话催井九羊快点来，而井九羊说有母猪产崽，过不来。漂亮寡妇不再说什么，把饭菜装到饭盒，去了井家养猪场。井九羊打理完母猪生产，回到他小屋，吃了漂亮寡妇给他做的饭菜。饿极了的井九羊吃得很香，漂亮寡妇看着井九羊吃得又香又多，脸上感觉到从来没有过的发热。

　　井九羊吃完饭，就去忙新生猪崽的事，漂亮寡妇紧跟着去帮忙。干完猪场的事，有些晚了，漂亮寡妇催井九羊试过新郎装，帮打理好婚礼上用的东西，坐在井九羊的床边，等井九羊上床。井九羊坐在一旁的凳子上打盹儿，实是故意打盹儿。漂亮寡妇催他上床睡，井九羊催她回。漂亮寡妇说半夜了不敢回，天亮回。明天上午就要举办婚礼了，忙了一天的井九羊急着何水荷的"事"，即使今晚已晚，他也要知道何水荷怎么样，明天的婚礼去或不去，若是她不去，他也不去。此时，井九羊急于要做的事是给何水仙打电话，要问何水荷的实情。从下午到晚上，他给何水仙发了好些个短信，她没回一条，打她电话没人接听，而漂亮寡妇"黏"着他，急得他身上冒汗。何水仙为何不回短信又不接电话？井九羊的判断是何水仙在回避他，也就是说明她姐明天嫁老板无疑。何水荷一直在骗他？她说没有骗他，但感觉又在骗他。判断出这样的结果，井九羊不知道要让自己相信哪个判断，但他还是相信了"没有骗他"的判断。他相信明早的何水荷，不去酒店，不会穿婚纱，不会跟那个丑陋老板上"堂"。想到这里，井九羊对漂亮寡妇"黏"他很反感，尽管领了结婚证，在井九羊意识里只是一张纸，她不是他的妻子，他还不是她的丈夫。他和她还是不相关的两个人，甚至他不相信他跟漂亮寡妇会举行完婚礼。他不能让漂亮寡妇睡在这张床上，这张床是他和何水荷的床，他俩睡了好多年，床上有他和她的气味与梦，容不下另一个女人的气味，盼望明晚的何水荷与他睡到这张床上。情感的抵触，井九羊赶紧把漂亮寡妇送回家。

　　漂亮寡妇回到家里，一晚上想着井九羊那饭吃得又香又快的样子，更想到后天入洞房很快到来。她想到入完洞房后，这个棒棒的男人每天都和她在一起，每天都会吃她做的饭菜，也许很快会给他生出个宝宝，兴奋得一夜没睡着觉。

············

何水荷与老板的婚礼在酒店已布置完了，婚礼如板上钉钉，如时进行；井家女人与漂亮寡妇在同一酒店不同楼层的婚礼布置，也板上钉钉了，如时举行。何井两家的婚礼，两场好戏，明天就会上演了。

四十四、婚礼，婚礼

　　何井两家的婚礼，都在河边星级酒店举办。何家的婚礼在二层，井家的婚礼在三层。井家女人偷偷看过何家婚礼的大厅，何家女人也看过井家婚礼的大厅，都比着添加出彩的花样，但老板不愿意与井家比，也就是不愿多掏钱，何家的婚礼布置就比井家的低了几个档次，何家女人很憋气，井家女人很快活。但何家女人有比井家女人更快活的地方，那就是她总算没把水荷嫁给井家小子，井家娶的不是大姑娘而是拖两个油瓶的寡妇；大小子为户口进城，娶了个寡妇，村里人的话里都是耻笑。这让何家女人觉得她是大赢，井家女人是大输，她是十足的大傻子。

　　新郎井九羊坐在酒店门口的车里，迟迟不上去。他在等一个人是不是穿着婚纱进酒店，等的不是漂亮寡妇。漂亮寡妇已经上去，在伴娘的相拥下脸笑得如一朵花似的去了婚礼大厅。他等的是何水荷，看何水荷来与不来，她和老板的婚礼有没有变故。不一会儿工夫，来了辆婚车，下来一对新郎新娘，像何水荷，又不像何水荷，细看确是何水荷，还有穿新郎装的老板。他与何水荷好几个月没见面了，她虽瘦得变了个模样，但穿上婚纱，简直如天仙一般美丽。

　　井九羊看到穿婚纱的何水荷，像是炸雷轰顶，头晕目眩了。何水荷骗了他，她是心甘情愿做老板老婆的啊。一股怒火从心里窜起来，恨不得扑上去打何水荷几个嘴巴，恨不得把她的婚纱撕个粉碎。好在陪他的井九虎把他死死拉住，让他的冲动没有变成蛮横。何水荷与老板进了酒店，井九羊马上接受了这个现实，进酒店，上婚礼厅，找新娘漂亮寡妇，不顾周围的人，把她紧紧地抱在了怀里……

婚礼比何家的提前半小时，已恨上何水荷的井九羊，全心归到漂亮寡妇身上的井九羊，越瞅越觉得漂亮寡妇漂亮迷人。当漂亮寡妇挽上井九羊的胳膊，井九羊紧紧地夹着漂亮寡妇的腕，加上刚才当着众人紧抱的火热举动，也是漂亮寡妇盼望已久的"热度"，漂亮寡妇激动得竟然抽泣起来。抽泣的是幸福的泪水，漂亮寡妇赶紧止住，脸上绽出从来没有过的笑容。

漂亮寡妇挽着新郎井九羊走向婚礼的台上，她笑得那么灿烂妩媚，几乎把一生的美丽都绽放了出来。她实在感到此时的她，得到了她被迫嫁给张瘫痪前所梦想的如意郎君，井九羊是她无可挑剔的夫君，是她在张瘫痪这里人生绝望后的希望，也是她从进入井家盼望了无数个日夜得到的馈赠。她感觉自己是最幸福的人。她紧紧挽住井九羊的胳膊，怕他离开她半步。

而越怕失去的，好像越容易失去。就在司仪宣布新郎新娘拜完天地拜高堂，再互拜时，有个人闯入了婚礼台，是何水仙。何水仙好像有点失去理智，把正在夫妻互拜的井九羊拉了一把，接着拉到了一边，失声地说，快，九羊哥，水荷出事了，跳楼了……

井九羊扔下漂亮寡妇，扔下婚礼台上的人，不顾满堂宾客，跟着何水仙走了。

四十五、医院，医院

    井九羊到二层，听到了警车鸣叫的声音，也听到了宾馆外的哭声，婚礼大厅的宾客涌了出来，宾馆门口乱成了一团。待井九羊到出事的地点，也就是宾馆北侧的河边，在一摊血迹前，只有察看现场的警察和围观的人。警察说，人是从宾馆楼顶上跳下去的，跳到河里倒会好些，却偏偏掉到了河边的水泥台上，头破流血……

    "水荷被救护车拉去了医院，我妈让我叫你去医院！"何水仙边哭边心急火燎地说。

    "她的女婿是老板呀，叫老板呀？！"

    "老板不管！"

    "我在结婚呢，婚礼完了去医院！"

    "我姐死你都不管，结你的婚去！"

    这会儿，漂亮寡妇、井家女人、井家男人，还有漂亮寡妇的娘家人等一伙人，来找井九羊，你喊他叫地催井九羊"上楼"。漂亮寡妇拉井九羊进宾馆，井九羊瞅着何水仙一动不动。

    "我办完婚礼去医院！"井九羊冲何水仙喊道。

    "我姐是为你死的，去不去你看着办！"何水仙拦了辆出租车，哭着喊叫道。

    何水仙的这话，让井九羊嘴哆嗦着，说不出话来。

    井九羊不顾漂亮寡妇的死拉硬拽，也不顾井家女人和亲朋的阻拦，一个箭步追上出租车，与何水仙去了医院。

    …………

手术室门口，何家女人和何家男人站在门口，焦急的眼珠子在"瞪"着里面。手术室玻璃门里什么也看不见，但何家女人和何家男人的眼睛死死地盯着门，实际是在听里面的动静。

见水仙带着井九羊来了，何家女人脸上"拉"下一脸的仇恨，欲怒欲吼，但又止住了。井九羊问何家男人水荷有无危险，何家男人抹着眼泪说："头摔破了，腰摔坏了，腿摔断了，这可怎么办啊……"何家女人对井九羊凶狠地说："水荷是为你跳楼的，她的抢救治疗费你掏……她要是活不过来，你也别想活好！"

何家女人把张单子扔给井九羊，让他交费去。井九羊瞅何家男人什么态度，何家男人装着没看见，再看看何水仙，何水仙对她妈喊道，叫九羊哥是让交费来的啊。何家女人骂何水仙"滚一边去"，何水仙无奈，井九羊就去了收费处。

漂亮寡妇的电话不停地响着，井九羊顾不上接，也不敢接。

五万块钱押金，井九羊正好揣着银行卡，正好卡里有钱，足额押给了医院。这钱是结婚用的，今天就得用，但为了何水荷，他不在乎花这钱，他愿意为何水荷花钱，只要能把她救过来，只要让她平安无事，给她花多少钱都愿意。他把五万块钱押了，一点没犹豫。

井九羊交完钱，漂亮寡妇打来的电话，仍一遍又一遍地响着。这是心急如焚的电话，也是愤怒透顶的电话。响得烫手的手机，让井九羊感到漂亮寡妇的心都在燃烧。正好没电了，手机关机了，井九羊的心不为手机狂叫而烦了，把揪着的心全放到了何水荷身上。

"何水荷家属，谁是 B 型血？！"医生冲何家女人和何家男人喊道。

"我是 B 型！"何家女人答道。

"病人大量失血，跟我来，抽血，给病人输血！"医生急切地叫何家女人。

何家女人跟医生走到抢救室门口，站住了说："我记错了，我不是 B 型血！"

"你不是 B 型血，那你男人肯定是 B 型血，叫他赶紧来！"医生生气地说。

何家女人并没叫她男人，而是去叫井九羊："你不是口口声声说，跟水荷是一个血型，那你去给水荷抽血输血！"

"我是 B 型血，我去给水荷输血！"井九羊赶紧跟着医生进了抢救室。

消毒、采血，等候血型化验结果。很快，血型化验出来，井九羊 B 型，抽血。医生看井九羊虽矮，但壮实，问他抽 400 毫升，还是 500 毫升，病人需要大量输血，血浆供不上，极限是抽 500 毫升。井九羊当即说，那就抽 500 毫升。抽。医生说，头晕就立刻说。抽了一管又一管，抽到了第四管，井九羊心慌头晕起来。抽血护士问，如果出现难受，第五管就不抽了。井九羊装着没事的样子说，没事，再抽。护士又抽了 100 毫升。抽完血的井九羊，感到浑身软得像抽了筋似的，门外的水仙把他扶到了大厅的椅子上，从她爹妈手里接过来剥好的鸡蛋和一大杯牛奶，井九羊全吃了也喝了，躺了好一会儿，才渐渐缓过劲来。

医生说，病人输完血，醒过来了，但仍很危险。

四十六、守护，守护

井九虎和漂亮寡妇找到了手术室门口，要井九羊立马回去把没举办完的婚礼办完，宾客都在等着新郎……漂亮寡妇连哭带叫地说，从半截子婚礼跑了，哪有这么对待人的，丢人丢到家了，要是不立刻去，她也跳楼算了……

井九羊没理漂亮寡妇，也不理井九虎，脚像粘在了在手术室门口，就是不动。漂亮寡妇的哭声遭到了医院保安的指责，让她赶紧离开，但她就是不走。井九羊对漂亮寡妇说，婚礼重要，有救人重要吗……井九羊的话，让漂亮寡妇的哭声更大了。

何家女人不干了，上来就往外推漂亮寡妇，并对她骂道，"丧门星"寡妇，在抢救室门口闹什么，人在昏迷抢救，要是抢救有个三长两短，让她吃不了兜上走……何家女人恶毒的叫骂吓得漂亮寡妇只好走人。

井九羊在手术室门口一直看着抢救中的何水荷，一等等了三小时，抢救终于有消息了。医生通报说，头颅骨破裂，胸骨断裂，腰腿骨折，人抢救过来了，但仍在昏迷，随时都有生命危险，需要转重症监护室接着抢救治疗。哭得变了声调的何家女人求医生能用好药就用好药，不管花多少钱，一定要把她闺女治好了……医生说，许多药是自费药，只要把押金押足，用药尽量用最好的药。经济承受能力怎么样？何家女人急忙指着井九羊对医生说，女婿是养猪场老板，有钱，有钱……医生瞅着何家女人有点将信将疑，问井九羊，这西装领带的，是养猪场的老板，还是卖房子的。井九羊赶忙说，是真的，猪场很大，养猪很多，钱没问

314

题……医生说，最怕欠费……

医生只能让一个人进重症监护室看病人，何家女人要去，被何家男人拦住了，他让井九羊去。井九羊穿上防护服，去看何水荷。浑身缠满纱布、口鼻上戴着氧气罩、身上插满管子的何水荷，只有眼睛露在外面。眼睛紧紧地闭着。这样子把井九羊吓得浑身发软，他轻声叫水荷，人像死去一样，没有动静。医生让他继续叫，让他抚摸着她手叫。井九羊的手从轻到重握紧了何水荷的手，并继续叫她，叫了好几分钟，忽然人有了点轻微的动弹，接着眼里流出了清亮的泪水。井九羊瞅着泪水，瞅着何水荷的惨样，也哭了，泪水涟涟，打湿了西装的好大一片……十分钟探视时间到了，井九羊请求医生多给他点时间，医生说病人又昏迷过去了，必须离开，井九羊只好离开。

井九羊站在监护室门口不走，他的一分一秒都牵挂着何水荷，他回想着与她的美好时候。越是想与何水荷在一起的快乐，心里越是痛苦。不管水仙和何家男人一遍遍劝他回去，也不管婚礼现场后来是怎么回事，也不管漂亮寡妇和她家里人怎么回事，此时的他，心里只有何水荷。

从中午到下午，一口饭没吃、一口水不喝的井九羊，守在监护室门口就是不走。他相信他站在门口，水荷会感觉到的。井九羊一直守望到水仙逼他离开，井九虎在不停地打水仙手机，催井九羊赶紧回家，说是再不回来，家里要出事了。水仙逼井九羊回家，井九羊请求医生再看一下何水荷，医生说病人时醒时昏，只给五分钟。水荷在昏迷，井九羊仍是轻轻地呼唤，仍是抚摸她的手，而这次几乎没有一点动静，呼吸机在频繁地工作，发出可怕的一呼一吸的声音；输液管里的药液流得很不情愿，眼睛闭得很紧，手也是凉凉的，井九羊想到了最可怕的一幕，着急得浑身都抖了。五分钟时间很快到了，医生说要上抢救仪器，让他立刻离开。井九羊出了病房，任凭何水仙拉她离开，他仍站在监护室门口，瞅着医生护士在何水荷身上忙乎。医生出来了，说病人暂时醒过来了，仍很危险。井九羊悬了半天的心，一时放了下来，想赶紧回家。想到回家面对"半截子"婚礼离场家人的责骂，面对漂亮寡妇悲愤的眼泪，面对新娘漂亮寡妇和深爱着的何水荷，面对今晚花烛夜的洞房和水荷命悬一线的病房，又饿又累的井九羊，洞房让他揪心，病房更让他揪心，该怎么办呢？想到今晚的水荷一定很危险，干脆一头钻进了医院门口的小饭馆，要了大碗面和大扎啤酒，吃饱了，喝撑了，关着的手机也不充电，又在医院附近登记了个旅馆，转身又去了医院，又守望在了监护室门口。井九羊想好了，他不能回家，回家没法摆脱新婚的漂亮寡妇的纠缠，她是死也不会让他来医院守护她情敌的；没法面对他爹妈的怒吼，他们不会容忍他不守洞房守病人的让井家丢大了人的混账做法。想到这些麻烦，井九羊不敢回家，他要把心都"放"在何水荷这里，何水荷没有脱离生命危险，他得日夜守在医院。他深信，他只要站在这门口，水荷一定会感受到他就在她身边，她就不会绝望，她一定会挺过来的。

有井九羊守候，何家女人和何家男人回家睡觉去了。何家女人好像被井九羊感动了，把她的厚衣服披在了穿得单薄的井九羊身上，又给他削了个大苹果，塞在他手里。井九羊没有拒绝。何家男人把一只刚买来的烧鸡让井九羊拿着，井九羊犹豫了一下，但还是接了过来。井九羊没有拒绝何家女人和何家男人的示好，何家女人瞅着心上放不下水荷的井九羊，眼泪"唰"地落了下来……

井九羊在监护室门口，等待水荷再次醒过来，等着医生叫她进来，进来让他接着抚水荷的手，让他仍然轻声地呼唤水荷，唤醒水荷，等待她紧闭的眼微微动一下，流出眼泪……今天已有两次这样的苏醒了，尽管眼睛动一下的时间很短，流出的眼泪很少，但医生护士无不激动，井九羊更是盼望这激动时刻的出现再出现。

井九羊一刻也不敢离开监护室门口，生怕医生叫他他不在。他一会儿站，一会儿坐，从晚上守候到了天亮，医生也没叫他一次。究竟她是醒过，还是一直在昏迷，他的心提到了嗓子眼。尤其是守望到后半夜，医生不叫他，他看不到她有一丝动弹，加上半夜里水荷旁边的一个病人被抢救一番后，盖上白单子从另一个门推走了；不一会儿又有一个重症病人也在抢救一阵后，被盖上白单子从另外一个门推走了，他们一定是被推进太平间了。重症监护室是生死驿站，生者和死者被推走，前者不盖脸，后者盖脸。这可怕的死亡情景，吓得井九羊坐立不安。井九羊一分一秒地盼望医生叫他进去，可就是不来医生叫他。他提在嗓子眼上的心实在难以忍受，要敲门问医生何水荷究竟是什么情况，但他却不敢问，生怕问到的是不好的消息。陪在他一旁的水仙，一直安慰他，没有消息，就是好消息。水仙的话，也没有让井九羊悬着的心放下来。

监护室又推走了一个女孩病人，是抢救脱离了危险，还是推到了什么地方，也从另外那个门推走了，井九羊的心又被刺痛了一下。他焦急的心再也按捺不住了，他去敲医生的门，医生不高兴地说，在门口候着，需要见病人会叫他。井九羊就守在门口，眼巴巴地望着水荷，一点看不出水荷是好是坏，仍是焦急地等候医生叫他。等到病房没了动静消停了一会儿，医生察看了半天水荷后，让护士叫井九羊一人进来。躺在监护床上的水荷，头和身上的纱布又换成了新的，唯一看到的仍然是眼睛。呼吸机紧张而可怕的声音，仍然散发着死亡的气息。紧闭的眼睛，湿汪汪的，好像除了涌出过泪，除了泪痕，从没张开过。

　　医生仍然让井九羊边抚摸她的手，边轻声呼唤她，还是只限五分钟。井九羊有点用力地抚摸她的手，轻一声重一声地唤着水荷。五分钟早已过去，十分钟也过去了，竟然没有唤出水荷一点意识。医生说，虽然输了血，但病人仍深度昏迷。医生让井九羊离开病房，门口等着。井九羊虽不敢多问一句水荷的病情，生怕医生说"情况不好"，使他接受不了。他给医生说，不怕花钱，用最好的药，他在门口，随时叫他……

　　直到天亮，直到太阳升起，守在监护室门口的井九羊，除了匆匆上厕所，一步也没有离开，而医生再没有叫过他。井九羊猜测了好多种情况，也跟吓得一脸紧张的水仙交流，谁也不敢往坏结果上说，交流让他俩心里更加恐惧。

　　就在井九羊和何水仙猜测何水荷凶多吉少的时候，医生又让护士叫井九羊进去。医生还是让井九羊抚摸手和轻声呼唤。井九羊仍是轻一声，重一声地叫水荷的名字，既抚摸何水荷的手，又轻轻挠她的手心。五分钟过去了，十分钟过去了，水荷的手微微有点抽动，但眼睛仍是闭得一丝不开。医生让井九羊赶紧离开，井九羊求医生再给他几分钟时间。医生虽满脸无望的神态，但还是允许他再呼唤几分钟。井九羊干脆贴近水荷的耳朵叫她，搓了这只手心，又搓那只手心，奇迹终于出现了，何水荷的手抽动了几下，眼皮也动了。井九羊接着呼唤她，何水荷的头动了，有点激动，眼睛睁了一线缝隙，眼泪涌了出来。这情形把九羊一夜悬着的心落了下来，也把医生护士悬着心落了下来。医生说，不能让病人太激动，她还很危险，赶紧离开。井九羊感觉何水荷轻轻拉了拉他的手，示意不要离开她，井九羊就微重地捏何水荷的手，何水荷的手就又抽动起来。医生说，后面的情况不好说，赶紧离开，需要配合叫他。

四十七、何家女人的绝望

　　抽了血只是打了几个盹儿，又没有吃上顿好饭，在监护室门口一刻不愿意离开的井九羊，人像漏气的皮球，几乎无气也无力了。何水荷昏迷不醒，井九羊一夜都在监护室门口守着。何家女人和何家男人回家睡了个好觉，一早来病房看到的是何水荷一夜仍然昏迷不醒，他们绝望了，脸上挂上了丧气。面对抽那么多血也不离开病房半步，一夜都没离开监护室门口的井九羊，何家女人不但装着什么也不知道，反而对他是恨之入骨的眼神。她的精神快崩溃了，她只有怀着对井九羊的憎恨趴在大厅椅子上哭的本事，再没有了其他的能耐了。何家男人身上直哆嗦。他瞅了眼病房里的水荷，看她白纱缠着的头，还是露着黑乎乎的两只紧闭的眼窝，是悲伤，是心痛，是害怕，是绝望，好像更重的情绪是害怕。这天大的灾难，落在他最心疼的女儿水荷头上，比杀猪刀捅了他的心口还疼。他杀猪一刀准让丧命，几十年杀了数不清的猪，从来没为它们的惨叫而掉过一滴眼泪，也从来没有为死亡痛苦过，他看水荷的惨样，好像无数把杀猪刀捅到了他的最疼处，忍不住放声哭起来，生怕让更多的人听到他难听的喊声，躲到了大厅一角哭去了，水仙怎么劝也劝不住。

　　妈号，爹哭，水仙急了，对她妈狂吼："号什么，扯开嗓子号。你是在诅咒水荷姐快点死呢，你是在哭丧呢……城里户口，乡里户口……城里人乡里人，要不是你拿城里人乡里人户口作鬼，哪有水荷跳楼的事情，哪有何干部拖着瘸腿跟井凤鸽私奔的事，哪有我跟九虎的好事难成的痛苦……你就是手拿杀猪刀的魔鬼，你要不把水荷害死，你不把我和干部害惨，你的心口是难平的……"事到水荷生死难料的地步，何家女人对水荷由恨变到了怕：水荷要是死了，要是残废了，那该怎么办呢？何家的天就塌下来了，水荷是她逼死的，他男人不会饶她，水仙和干部会憎恨她，她在这家里怎么活呢？她活不下去。想到这些，水仙骂她算什么呢？倘若她男人抽她大嘴巴，倘若何干部不认她这个妈，她都活该，她都得忍受。因而，水仙冲她"骂"也好，嚷也罢，何家女人只能强忍着内心的痛苦与屈辱，装聋作哑自吞黄连。

痛苦中的何家女人后悔不已，要知道水荷吊在嘴上的"死给你看"是真的，她真要跳河跳楼寻死，摔成了这惨样，她还不如成全她与井家小子的婚事。即使嫁给这乡里人的井家小子，总比死了人没了强啊……何家女人后悔到这里，又把后悔折了回来：不能把水荷嫁给井家小子。要是把水荷嫁给井家小子，要让水荷做井家女人的儿媳妇，要让她跟井家女人做亲家，让吃河水的井家小子吃上井水，让井家女人抱上城里人生的孙子，再让井九虎"踩"着水仙户口进城，再让井凤鸽"踩"着何干部户口进城，继而井家女人和井家男人的户口随子女进城，那就等于井家的人"踩"着她何家全成城里人了，全吃上井水了，子孙后代都成城里人了。井家女人进了城还了得，跟她何家平起平坐不说，保不住她还同过去那副嘴脸一样，不但不正眼瞧她，反而欺负她……要让井家女人变成城里人，她宁可死，不能接受这现实。想到这些，何家女人又恨起何水荷来，恨她寻短见丢人显眼，骂她是何家的灾星……她甚至想到这样的问题：盼望她平安无事，盼望她平安无事了嫁谁都行，绝对不要嫁井家小子……要是出院还死活嫁井家小子，还不如死了算了……

何家女人的痛苦和眼泪，无不是这番后悔不及的重复。

这个不见棺材不落泪、见了棺材才落泪的女人，本身就是个愚蠢女人，进城后成为一个虚荣的女人，继而成为一个可憎的女人，继而成了一个既可怜又可憎的女人。

四十八、独守洞房

　　婚礼上何水荷的跳楼，老板看到跳楼后惨不忍睹的何水荷，叫了急救车后就此散了婚礼来宾，躲得不见了人影。井九羊"半截"婚礼上奔医院救何水荷不归，导致漂亮寡妇在婚礼上尴尬又丢人，难堪到了让她爹妈喝喜酒喝出了老泪纵横，也让井家女人和井家男人面对漂亮寡妇、面对漂亮寡妇的双亲、面对亲朋的怒问、责难、嘲笑、谩骂，好似被扔进了着火的油锅，要被炸焦了，让他们上天无路、入地无门。

　　井家女人实在受不了婚礼场面上的丢人和嘲笑、谩骂，打电话不接而又关机的井九羊，让她在婚礼上下不了台，她要去医院把他拽回来，井家男人拽着她死活不让去，怕她去与何家女人打起来，说，人死了不能复生，婚礼可以再办……井家女人却说，何家死人是何家的事，关井家屁事……井家女人气冲冲地出了婚礼厅，被井家男人和井九虎赶紧拦住了。好在井九虎说他去医院一定把九羊拉回来，这才把井家女人稳住了，才把没有新郎的婚礼进行完了。

　　没了新郎的婚礼是进行完了，可婚礼后的新娘和新娘的家人却让井家女人很难缠。婚礼后的漂亮寡妇本来是与九羊入洞房的，可井九羊守在医院，就是不回来。漂亮寡妇打他电话不接，去医院找他不理又不回，眼巴巴地死守着病房门口，把作为新娘的漂亮寡妇当外人和当陌生人，让漂亮寡妇既醋意大发又恼怒无比，从医院回来哭着朝井家女人讨说法，坐在井家女人屋子一把鼻涕一把泪，并说她也要死给井九羊看，看他是守自己的媳妇，还是管过去的情人。漂亮寡妇的爹妈也在井家闹了起来。

"井九羊跟我的闺女领了结婚证，是真是假？"漂亮寡妇的妈是个厉害女人，指着井家女人的鼻子问。

"盖着政府大红章的证，哪有假！"井家女人用软软的口气说。

"十里八乡都知道，你们井家是做假结婚证的高手，做个假结婚证，如撒泡尿那么轻松。这证要是假的，就实话实说，我这就把我闺女领走，这婚礼就等于放了个屁，不当个事了！"漂亮寡妇的妈刻薄地说。

"你是睁着眼睛问瞎话。证，明明是你闺女带着九羊去领的，是真是假你闺女比谁都清楚！"井家女人忍着要烧起来的火气，还是软软地说。

"既然堂堂正正地到政府领了结婚证，那他们俩就是两口子了，井九羊是不是有妇之夫？！"漂亮寡妇的妈还是火气十足地问。

井家女人忍着火气不作声。

"那有妇之夫，还缠着人家老板的女人，这是什么事？！"漂亮寡妇的妈的话仍是十分难听。

井家女人仍忍着火气不作声。

"我的闺女虽是个寡妇，但她是金贵的城里人，吃自来水住楼房，况且还能让你小子户口进城吃上自来水住上楼房；你不就是图这些吗？我闺女全给他了，他还要什么，难道要脚踩两只'船'？撒泡尿照照，你的小子不就是个喂猪的老农民吗？还想搞东一个西一个老婆的勾当。告诉你，今天是我闺女大喜的日子，要是让洞房落空，要是我闺女有个三长两短，我可跟井家没完没了……"漂亮寡妇的妈这既占势又难听的话，噎得井家女人脸红了又青了，不停地干咽唾液，仍是不敢发作。

这是井家女人从来没受过的数落和谩骂，也是从来没有过的忍着怒火不敢发作的一次。井家女人这般强忍，是井家女人感到理亏，井九羊为旧恋人"半截子"婚礼奔医院，守着旧恋人不回来，并说水荷就在生死关头，医生不让他离开，要随时配合医生唤醒病人，今晚洞房花烛夜也回不来，明天或明晚也回不来……漂亮寡妇去医院找井九羊，井九羊对漂亮寡妇说，何水荷昏迷，医生指定让他呼唤，给她信心，他不能离开……漂亮寡妇想不开，从医院哭着回来，给井家女人大发脾气，说要死给井九羊看。井家女人招架不住漂亮寡妇的哭闹，刚让井九虎去拉井九羊回来，告诉井九羊，今晚洞房花烛夜，如果他不回去，嫂子说要寻死。井九羊还是对漂亮寡妇的那番话，水荷生死关头，他离不开。井九虎料到九羊今晚要是不回去，要真出了事，井家谁也"扛"不住。井九虎只好求何水仙，何水仙求她妈，没想到何家女人对井九虎说，回去告诉井家婆子，水荷是为井九羊跳的楼，他得负责任，水荷要是有个三长两短，她会让井家的人活不安宁……这话井九虎说给他妈，着实把井家女人吓住了。所以，刚才即使漂亮寡妇妈的话多难听，她都忍了，忍得她咬牙切齿，忍得她泪往心里在流。

井家女人这几天最怕晚上的到来，昨晚九羊与漂亮寡妇入洞房，没有新郎就没有仪式，没有新郎就不成洞房，入不了洞房的新娘，受伤害的是新娘，漂亮寡妇能承受住吗？她口口声声也要死给井九羊看，她不会真寻短见吧？昨晚，她陪了一晚，总算平安无事，但漂亮寡妇却哭泣了一夜，还是在说"死给井九羊看"，吓得她好话说了几堆。今晚日已落，在锅台上边洗涮边发愁的井家女人，想到这里，腿打起了战。她得去新房，她得去安抚漂亮寡妇，她不能让她出事。

井家女人这一个下午的右眼皮在急跳，到了日落时跳得越发厉害。"左眼跳财，右眼跳灾"，她心里跳出这句乡言时，心里"嘣嘣嘣"地乱跳起来，朝地上"呸呸呸"吐了三口唾沫。她感觉今晚要出事，有可能要出大事。出事千万不要是新媳妇。想到漂亮寡妇说"也要死给井九羊看"的话，井家女人气都喘不上来了。她扔下没做完的家务，想立马出门。

井家女人打算出门，可她没出成。她刚到院门口，有一个人回来了，让她大吃一惊，把她吓了一跳，她是井凤鸽。井凤鸽手里除了行李箱，什么也没有。井家女人问凤鸽，肚子平平的，怀的孩子呢？井凤鸽闭口不说。

井凤鸽怀孕，何干部逼他妈跟井凤鸽领结婚证，何家女人不给户口本，结婚无门，眼看井凤鸽的肚子一天天鼓起来，井凤鸽就想出个办法，与何干部到外面生了孩子回来，再逼何家女人让他们结婚。半月前她与何干部私奔，没料到在途中下车摔了一跤，导致流产，住了一周医院回来了。

井家女人接着追问，井凤鸽只是抹泪，井家女人明白怎么回事了，肚子里孩子没了。闺女吃了亏，让何家女人耻笑，这又让井家女人心头添了一堵。

井凤鸽回来了，脸黄人瘦，满脸愁苦，还饿着肚子，让井家女人酸楚又心痛。井家女人赶紧给凤鸽做饭，做完饭要去洞房去看漂亮寡妇，可凤鸽又一把鼻涕一把泪，井家女人劝没有时间，走又放心不下她，就陪了会儿凤鸽。可就在陪凤鸽的这会儿工夫，有人急匆匆地在往井家来，正巧井家女人正要出门，堵了个正着。这个人是让井家女人讨厌透顶的女人，也是让井家女人感到很难缠的女人——水家女人。

"有什么事？我有急事，要出去！"井家女人此时火烧火燎的事是担心漂亮寡妇出事，挡着水家女人不让里走。水家女人扒拉开井家女人，径直去了井家的堂屋。水家女人横冲直撞，一脸的怒气。井家女人心里有急事，不敢跟她急，只好跟着她进了屋。

"我是来要钱的！"

"你家死人了，拉着个脸。要什么钱？！"

"要演'戏'钱。我家的水花、水鱼，还有水雷，陪着你的小子闺女给何家演'戏'。'戏'演完了，我家的闺女小子被你的小子闺女爱上了，可你的小子闺女不是娶了漂亮寡妇，就是跟何家的二闺女和小子搞到了一起，把我的闺女小子坑惨了不说，一分工钱都不给，这是什么事？你看看协议，该给我多少，一分钱不能少！"

"要钱就要钱，干吗这般急赤白脸的？！"

"我说实话，这钱我本来是不要的，既然井九羊跟水荷私下有了约定，他要是娶不到何水荷，就娶水花。有井九羊这话，这工钱要不要无所谓。尽管漂亮寡妇缠着井九羊，井九羊给水花说，他不娶漂亮寡妇。何水荷跟老板领了结婚证，这是何家女人给我偷偷看过结婚证的，那他就娶水花，可他'闪电'一样跟漂亮寡妇办起了婚礼……要不是今儿个听到传说，去酒店看，水花还盼着井九羊娶她呢！"

"尽是胡说八道。九羊从来就没说过不娶何水荷，就要娶水花的事，即使他和水花私下说了什么，他从来没给我说过跟水花有什么关系，你少给我无事找事！"

"既然我的闺女小子跟你的小子闺女假'戏'唱完了，真'戏'没的唱，那就把账结清楚，一共六万六千八百块。八百块不要了，给六万六吧，祝你们井家六六大顺，进城顺利，路路畅通，子孙满堂……"

"你这是敲诈，还是勒索啊，怎么算出来的这么多钱？！"

"这协议书上写得明明白白，从我的闺女小子到你井家演'戏'那天起付工钱，你是赖不掉的……我水家可是城里人，不是过去你想欺负就欺负的'乡巴佬'，谁敢欠城里的工资……我们城里人有街道居委会，还有街道派出所，你要是不给少给，他们会给居民出面，把你弄进派出所，别怨我没给你说！"

水家女人的话，点到了井家女人的痛处，也击到了井家女人颜面的脆弱处，早已被水家女人激起的火，压了又压，此时实在压不住的火，却被吓得不得不压住。不但强忍压住怒火，还少有的给水家女人说起了软话。不但答应水家女人一分不少地给工钱，还要把钱亲手送上门去。水家女人知道手里提着包的井家女人烂事缠身，井九羊的婚事不顺，她要急于出门，她在搪塞她。水家女人哪里肯干，她偏是想借着要钱闹她一下，出一口窝在心里的恶气。水家女人很不客气地说，娶了寡妇儿媳又转户口又不花钱，别留着钱往棺材里带，现在就拿，我拿了就走，不给不走。井家女人说，家里哪有这么多现钱，明天取了送过去。水家女人说，骗别人信，骗她不信，今天婚礼上少说收了十多万二十万块，这点工钱算个屁。井家女人被水家女人一语点破了，柜子里确实有十多万块现金。水家女人的点破，却把井家女人点急了，她把手里的包一扔，腾地坐下来，一副不走的样子。井家女人在紧张地想怎么对付水家女人：六万六千块，那是快七大捆百元大钞，就这么数给她，太便宜她了，那她井家女人就太好欺了……

井家女人不拿钱，水家女人不走。眼看越来越晚，漂亮寡妇在洞房那面到底是什么情况，井家女人心里为此在着火，井家男人在猪场还没回来，没人解她的围，水家女人没一点要走的意思，她又不敢扔下水家女人走了，就装着什么事没有的样子，对水家女人恨恨地陪坐着。

井家女人的右眼皮跳得越发频繁了，她生怕漂亮寡妇出事，她得马上去洞房。她给水家女人说，天不早了，她要睡觉，钱明天取了送去。水家女人不干，不信她没现钱，今晚她拿不到钱，就坐这儿不走。正让井家女人无奈的时候，院门"咣当"大响，有女人大喊大叫：井家的人呢，出事了，赶快上医院！在院里大喊的是漂亮寡妇的妈。井家女人问她谁出事了，她火气冲天地说，还有谁出事，去医院就知道了。井家女人的头"轰"的一声，担心漂亮寡妇出事，真出事了。井家女人赶水家女人走人，水家女人不再纠缠，骂井家女人"恶人有坏报"，并扔下"明天拿不到钱就让派出所抓人"的话走了。

………………

医院，急救室。与何水荷同一个医院，还是那个急救室，井九羊在急救室门口焦急地张望着里面，医生正在给做检查的是个头发散乱的年轻女人。漂亮寡妇的妈把井家女人带到急救室门口，不急着问病人怎么样，却哭了起来。井九羊脸上没有一点紧张焦急的感觉，井家女人就知道怎么回事了，漂亮寡妇无大碍。果然是无大碍，不一会工夫，护士出来给井九羊一个单子，让他去交费。井九羊没理正在"呜呜"大哭的漂亮寡妇的妈，对他妈说，吃错药了，没大事。井家女人从门的玻璃窗看到，躺在急救床上的漂亮寡妇正跟护士说话，活得好好的，她妈"呜呜"大哭，不知在哭谁，哭给谁看。

井家女人跟着井九羊交费，井九羊对他妈说，赶紧回家，不用搭理漂亮寡妇，也不用搭理她妈，只是多吃了安眠药，母女俩一唱一和吓唬人，输了液就没事了……水荷摔得很重，时昏迷时醒来，医生让他配合复苏救治，随叫随到；水荷生命关天，再大的事，也没有水荷的命大……

井家女人塞给井九羊一沓钱，而一肚子的火，一肚子的怨，一肚子的担心，全咽在了肚子里，回家了。

交完费，井九羊去急救室，看漂亮寡妇像好人似的，跟坐在床边的她妈说话，已经收拾好出院的物品，把交费单和一沓钱让护士交给漂亮寡妇，去了何水荷的病房。

再没进病房的井九羊，让漂亮寡妇心里有多难受，井九羊还愿不愿意跟她做夫妻？此时心里只有何水荷的井九羊没多想，可心里只装着井九羊的漂亮寡妇，在不停地想，想得难受至极时，想真死给他看，这个铁石心肠的东西……

四十九、千百次的妥协

　　漂亮寡妇瞅着井九羊去了让她憎恨无比的女人的地方。这让她的眼泪又忍不住涌了出来。他怎么对她这么上心，对她却如此薄情寡义呢？井九羊扔下漂亮寡妇去了重症监护室，还是守护他的老恋人何水荷去了，连给她几句装装样子的安慰话都没有，甚至对待她的"死"，好像连伤风感冒都不如，好像她是以故意装死给他添麻烦的，这让漂亮寡妇委屈上加屈辱，气上加气，怨恨上加怨恨。

　　作为一个备受冷落伤害的新娘，漂亮寡妇此时的痛苦远不只是委屈、生气和怨恨，还有更为深刻的痛苦，那便是井九羊让她颜面失尽和无法忍受的感觉——婚礼上扔下她去照料恋人的羞辱感，新婚之夜不入洞房守恋人的抛弃感，吃安眠药吓唬他而反遭冷落的嘲弄感，成了夫妻却没有婚姻的抛弃感，成了夫妻却对她没有男人的欲望感……这些实感，都是漂亮寡妇渴望与失衡，幻想和失望的痛点。痛极了的漂亮寡妇反复想，面对要"死"的她，他又扔下她去守护他的恋人何水荷，难道他对她没有一点怜爱之心，难道他要跟何水荷今后还是难舍难分，难道和她的这结婚证会成一张废纸不成？漂亮寡妇断定自己在这场婚姻上输不起，真是输不起。

　　要出院的漂亮寡妇，打发她妈回去，她去了井九羊去的地方。她倒要看看，他"黏"在了这女人身上，还是那个女人"黏"在了他身上。这"黏"，让她想得有些颠三倒四，像针刺一般扎心地痛。

　　井九羊不在监护室门口，漂亮寡妇猜测他进了病房，已经跟何水荷在一起。她从门的玻璃窗口瞅过去，她本来乱窜的心，被她看到的一幕揪出来了：他的一只手攥着她的手，他的另一只手拿着纱布擦眼睛，还嘴对她的耳朵，在亲热地喊着什么，也在亲热地说着什么。那手攥得紧啊，那纱布擦得好轻啊，那嘴巴贴得好近啊，那叫她的嗓音好柔啊，那手动嘴动不停地摸、擦、喊好有耐心啊……这些亲热的举动，他都会呀，会到了比大多数男人都细致的程度。可这亲热的手和嘴，却从没"沾"过她这漂亮寡妇。这丑不拉唧的何水荷，到底有什么魔力，让这对她冷冰冰的男人，在她身上变了个人似的的。

"精彩"场面还没有完，井九羊又换到了另一只手，又摸又搓，并且把她的手放在他的两只手里，不停地摸着，更是不停地搓着。护士给何水荷换药，全身换药，在从头到身拆纱布，露出了乳房，很快就会露出"那个"部位，竟然没让井九羊回避，竟然让井九羊帮着翻身，简直就把他当作她的丈夫，对他什么隐秘的地方都不忌讳了。井九羊呢，简直把自己当成了何水荷的丈夫，好像何水荷身上的任何地方，在他面前都是司空见惯的地方，不回避不说，那神情里的心疼和手的那个仔细与周到，与她手和身体的亲密抚慰与情感传递，尤其是他眼睛一点也不害臊地瞅她隐秘地方的那似乎发骚的神情，还有他摸着搓着她手脚的"贱"样，还有他摸她脸、摸她耳朵的腻味劲……漂亮寡妇瞅着这扣她心弦的实情实景，让她怀疑自己看错了地方，也怀疑自己在看爱情大片，但又确定她在看井九羊与何水荷的实情"大片"，看到的确实是井九羊为主角的"生死恋情"情景。她长了这么大，她给别人生了两个孩子，没有看见和亲临过男人对她的这般"肉"离不开"肉"的肉麻劲。这情景窜到她心底的那刻起，她的心翻江倒海，按住胸口怕心要蹦出来；她的眼睛越发模糊，模糊得擦了又擦，

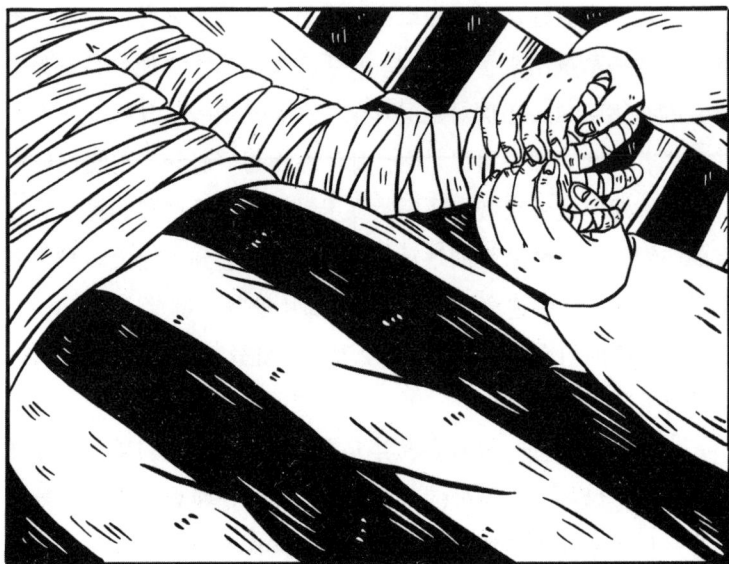

还是模糊得瞬间看清，瞬间又看不清……

　　够了，井九羊，原来对一个喜欢女人的所有情感都有，对一个喜欢女人的爱抚动作都很熟练，想给一个喜欢女人的爱意从不吝惜……这个喂猪的家伙，对女人不是什么也不懂，而且既老练又有"味道"；这个喂猪的家伙和那胖而不俊的女人，他们俩的感情看来正如那句"比大海还要深"呀；他跟她的情感远远不是娃娃亲这么简单，她能为得不到井九羊而自杀，他能为她而不情愿跟她结婚，放下婚礼大事直奔医院守候她，守候这个女人寡情到连洞房花烛夜都扔掉，甚至连情感上把她毫无掩饰地扔掉……她看错了他，爱错了他？也许没有看错，也许没有爱错。如果没有何水荷，如果何水荷离开这个世界，如果何水荷出院真嫁给了老板……漂亮寡妇在极度的吃"醋"和憎恨里，寻找到了对井九羊和她的一线希望。这线希望，让痛苦难耐的漂亮寡妇打起了一丝精神。

　　井九羊还在摸呀搓呀亲热地在她耳边呼唤呀，看来何水荷仍在昏迷……漂亮寡妇不再瞅他，不再有轻生的念头，想立刻回家，打理好新房，打扮漂亮自己，等井九羊回来。他肯定会回来，那大红的结婚证摆在新房，她和他是名正言顺的合法夫妻，她不能这么轻易放弃，他是她后面的人生依靠，也是她委曲求全得来的婚姻，她在井九羊身上输不起，绝对不能输。

　　…………

　　漂亮寡妇每天穿上新娘装，等井九羊回来。一周过去了，井九羊还是不见回来。不见回来，他的电话还是关机。从何水荷在医院抢救那天起，井九羊的手机好像一直在关机。这关机，是给她关的，她知道。她只能等，只能给井家女人打电话，但井家女人也对井九羊一头扎到何水荷病床不回来没办法，有何家女人"何水荷死了会让井家的人活不好"的威胁话摆在那里，她吃药自杀，她独守空房，她大哭大闹，井家女人才顾不过来。井家女人对又闹又寻死的漂亮寡妇说，愿意等他，就好好等，不想等，要想死她不拉着。这话着实把漂亮寡妇狠狠地敲了一闷棍，即使井九羊一天又一天没消息，她也不敢问井家女人。又是一周过去了，井九羊还是没有回来，漂亮寡妇只能以泪抹面地忍着。

　　这一周又一周的分分秒秒，对漂亮寡妇是等待井九羊的煎熬，而对生死便在瞬间的何水荷是挣扎，挣扎中让她不放弃活着的一丝光亮，是让她无数次醒来看到的井九羊。同样，守在监护室门口和配合医生抢救何水荷的分分秒秒，是井九羊从来没遇到过的一次次拷打。水荷命在一线的危机，在拷打他对她的真心；不能离开病房和等候医生随叫随到的耐心，拷打着他对她的诚心；在病床前一次次抚摸与呼唤，在拷打他对她的爱心；那困乏至极也不能离开病房门口的煎熬，在拷打他对她的恒心……何家女人熬了几天病倒在家，何家男人被何水荷的惨状吓出了心梗，对两个病人的照料落在了何水仙身上，何水荷的一切就交给了井九羊，等于把何水荷的生死交给了井九羊。

井九羊一日三餐是面包盒饭，困极了就在椅子上打盹儿，没错过医生的一次又一次唤醒配合治疗，心对心的呼唤，传递给何水荷的是无限的爱，爱是任何药物无法替代的，它穿越死亡的壁垒，它飞向万丈深渊，它溶化铁石冰川，带着另一个心奔向生的彼岸。漂亮寡妇等不来井九羊，哪怕一个晚上也没有等到他回来，不知怎么想的，派人给井九羊送这送那，井九羊心里暖暖的，身上添了不少劲。

又是六天过去了，井九羊的呼唤越来越神奇，何水荷苏醒的次数越来越多。又是六天过去了，何水荷抗争过了重度危险期，昏迷的次数一天比一天少了。又过了一周又一周，没有再出现昏迷了，终于把何水荷从死神手里拉回来了，但颅脑严重损伤造成半身不遂很严重，转到普通病房接着治疗。医生嘱咐井九羊，病情仍很重，病人容易厌世轻生，心理的康复不比身体康复轻松。

就在转病房的时候，漂亮寡妇让人给何水荷送来吃的，叫井九羊赶紧回家，她在等他回去吃饭。井九羊没回去，她一睁眼就叫他，她吃喝拉撒得靠他。井九羊让来人告诉漂亮寡妇，他还是回不去。漂亮寡妇做了饭菜空等了一晚上。何止空等了一晚上，又是天天空等，就是不见井九羊的影子。有一天，等得漂亮寡妇撕心裂肺的时候，她仍是忍不住去了医院，去偷看井九羊在病房里，是不是还同在监护室里那样，摸了这只手，又摸了那只手；搓了这只手，又搓那只手；嘴巴对着耳朵说话，手在亲热地摸脸……

四十九、千百次的妥协

正是午休时候，不见护士，她把他对她看了个够。天哪，这让她看到的何止是在监护室看到的那些肉麻的动作：在只有她和他的单间病房里，井九羊的折叠床就在何水荷的旁边，床跟床贴得那么亲近，要是没有高低之分，那就拼在一起了。精彩的场面正巧让她看到了：他把她的被子掀开，上身的病号服边一面的乳房露着，下面赤条条地一丝不挂，女人的那个部位尽在他眼前。她一动不动，她等待他做什么？他把她身体撑到侧卧，他把她身下的垫物收起来，把新的垫物垫上后，他用雪白的纸给她擦屁股，用粉的湿毛巾给她擦屁股……千万不要发生别的事情，幸亏没发生别的事情……这情景，把漂亮寡妇的心都瞅得跳出来了。她一点不怕他看她的那个地方，他看她那地方好像习以为常且不害臊？这惊奇，转念间就让漂亮寡妇找到了答案：近来听到井九羊与何水荷过去的传言，他俩自从定了娃娃亲，从小在一起玩，大了在一起睡，她给他怀过孩子堕过胎……这些，或者再有别的什么动作，真不算什么。这些仍让她心若刀绞的情景，还有他和她的情爱"传言"，又让她对他失衡了，她想放弃他。

想到放弃，她就彻夜失眠，这让她又想了回来——她这样一个带着两个孩子的寡妇，放弃井九羊，还能找上井九羊这般对女人贴心贴肉好的男人吗？千里难找。再想想自己是个生过两个娃的寡妇，要挑井九羊与何水荷的这个那个纯属多余，他要今后不嫌弃她就谢天谢地了。想到这个要害，她心里在流血。为想清楚这个要害里的利害，让她来回倒腾过千百次了，这次痛苦的"倒腾"，让她的心得到了妥协收场。妥协了的漂亮寡妇，便对看到的绞心痛的情景，全部接受了。接受了，便又打起精神等待他回来。

井九羊侍候何水荷的每一天，都是漂亮寡妇忍受煎熬的每一天，她知道何家男人女人都躺在炕上，瘫痪的何水荷离不开井九羊的照料，离开井九羊康复无望；她企盼她要死就尽快死了算了，要活就赶紧好了出院，嫁给了老板就去找老板，把她的井九羊"还"给她。

倘若何水荷活着，会不会缠住井九羊不放？这让漂亮寡妇的心又悬了起来。

五十、完全崩溃

何水荷活过来了，一百天过一点，头骨腰骨腿骨长好，而仍半身不遂，大小便失禁。医院归结为抢救的奇迹，但医生让尽快出院。医生在报抢救颅脑和腰腿重度损伤病人成功奇迹的材料，护士也报了"死亡救护奇迹"的材料，等着表彰呢。医生护士的报功材料中，只字没提井九羊的存在。而井九羊却让何水荷感动到了无法形容的地步，也让她对他爱到了无法用言语表达的地步。

自从会大哭大叫的那天开始，何水荷总会泪水涟涟地抱着井九羊的头不放，轻咬着井九羊的手不放，爱他的话不知说了多少。当然，说"爱"最多的是井九羊，他不知给她说了多少爱意绵绵的话，还有比爱意的话更多的是细致的守护与照料。与其说这是何水荷在死亡线上的游历，不如说她是以死来表达对井九羊的迷恋。当懂了何水荷这以死表达爱的井九羊，井九羊就把整个心掏给了何水荷，井九羊就一无所有地爱上了何水荷。尽管他和她都清楚，她跟老板的结婚证她不承认，但她与老板是法律上的夫妻；他跟漂亮寡妇的结婚证是自愿领的，已成合法夫妻，而何水荷和井九羊对这桩事闭口不提，好像同对方的结婚证与他俩没关系。临近出院，何家女人不来病房了，何水仙也不来了。何水荷说她不想回家，不想出院，不愿意让他一把屎一把尿地侍候她。

医生对井九羊说，何水荷虽然脱离了生命危险，而半身不遂仍很重，康复不好会导致并发症，并发症会导致重要器官衰竭和死亡。至于多长时间能康复，医生说，如果照料得好，快则几个月，慢则几年。井九羊一听有希望康复，不愁了。

医生催出院，何家不见人来医院，何水荷不愿出院，出院也绝不回家。绝不回家，去哪里？去她跟老板的新房，老板从她跳楼后，说何水荷跟他没关系了，至今不见人影。老板不要她，她就没地方去。她既不回家，又没地方去，去哪里，以后谁照顾她？井九羊不知道怎么办好。井九羊的脸上藏不住这大难题，何水荷的情绪便掉到了沟里，创伤渐渐肿胀，大小便频繁失禁，喂饭不吃，喂水不喝了。

医生开的出院单，过了好几天，护士催，医生催，出院不能拖了。井九羊给他妈打电话，要她准备屋子，他把何水荷先接到家里。井家女人一听暴跳如雷，几个月窝的一肚子气，一肚子难听的话，全给他倒出来了，把井九羊骂了个狗血喷头，说他敢把有夫之妇何水荷拉回家，她就把她拉出去。

何水荷走投无路了，井九羊想到了租房子，也想到了猪场那个小屋，他俩曾经住过的那间小屋。

井九羊悄悄把何水荷拉到了小屋。尽管是悄悄地接到了小屋，在猪场的井家男人是搭了手的。井九羊给他爹电话说了要把何水荷接到猪场小屋，他爹拼命挡住了火冒三丈的井家女人的干涉，叫上井凤鸽把小屋收拾了个干净，帮井九羊把何水荷从出租车上接到了小屋，给了井九羊两万块钱，给他俩买了吃的用的，给他俩在小屋里架了炉灶，置了锅碗瓢盆。

尽管是悄悄地把何水荷接到了小屋，井九羊希望他最担心的人，也是他最害怕的人，他那没入洞房却是夫妻的漂亮寡妇千万不要知道，或者知道了求她睁只眼闭只眼，容他把何水荷照料好了，他会感激她的……

这只是井九羊的害怕和异想天开，至于何水荷哪天出院，她的半身不遂有多重，她能不能康复，她被接到了什么地方，漂亮寡妇都在"盯"着。至于把何水荷接到这小屋，想让漂亮寡妇不知道是不可能的，井九羊前脚把何水荷接到这小屋，后脚就被漂亮寡妇知道并瞅了个清楚。

回到了她和他相爱缠绵的小屋，何水荷痛苦中的高兴，露在了脸上，但转而痛苦又挂在了脸上——又成了井九羊的累赘，吃喝不能自理，得井九羊一口一口地喂……大小便失禁，还得井九羊一把又一把地换呀擦呀，衣服也得井九羊洗呀换呀，多少事呀，多麻烦呀……尽管井九羊没有一点不乐意，没有一点不周到，但不能自理的无奈感、屈辱感、羞耻感、自卑感、厌世感，一阵一阵往上涌，而且还给井九羊发脾气、大吵大嚷，井九羊忍着，更是哄着……

这小屋里的一切，漂亮寡妇偷偷尽收在眼里。眼里看到的这一切，让她的精神要崩溃了。

五十一、小河流水又见底

　　漂亮寡妇去了何家，她要去问何家女人，何水荷是有夫之妇，住院为什么缠着井九羊不放，她的婚礼被搅惨该怎么补偿，井九羊在医院侍候何水荷快四个月的补偿给多少；何水荷出院，要么去她和她丈夫的屋子，要么接到爹妈家，怎么又缠上井九羊了，怎么又去了井九羊的屋子了；井九羊是她丈夫，不是何水荷的保姆，更不允许他做何水荷的情人，要么立马把何水荷从井九羊那里拉走，要么她找人把何水荷拉过来……

　　进何家前憋了好久的一肚子要撒的气，想好了的一连串质问的话，也想好了跟何家女人较量的办法，可一进屋，却被何家女人和何家男人的病样"封"住了嘴：炕上一头躺着何家女人，一头躺着何家男人，男人喘着粗气，女人疼得"哎哟，哎哟"叫，瘸腿的何干部在瞅着他爹妈哭，何水仙在炉子上熬两锅药。漂亮寡妇出现在屋里，把个何水仙吃了一惊，知道她来者不善，赶忙把她拉出了屋，拉到了别的屋子。没容漂亮寡妇张口，水仙就哭了起来，也说了起来："我知道您来是为什么。我爹脑中风，我妈心脏病，我弟弟又是个残疾人，他们的病都很重很重，您都看到了，下不了床，里里外外全靠我一个人……水荷姐又是半身不遂，我家的'天'全塌下来了……"

　　何水仙又痛哭又诉苦，漂亮寡妇当然知道是把她拦住，不让去折腾她爹妈。但漂亮寡妇窝着一肚子委屈和怒火，是来找何家女人"解决"何水荷从井九羊那里离开的事的，哪能凭何水仙的哭和这些话就此罢休。她扒拉开何水仙要走，而何水仙又拉住漂亮寡妇，"扑通"跪在了漂亮寡妇面前。平生以来第一次有人给她下跪，漂亮寡妇不知所措了，腿也软了，就地坐在了身边的椅子上。何水仙跪着不起，漂亮寡妇不搭理她，一个跪着，一个便坐着；何水仙只哭，漂亮寡妇看着她哭。漂亮寡妇在想事情，何水仙就只管凄惨地哭。何水仙的跪和哭，敲击着漂亮女人心，也击"穿"了漂亮寡妇本对何家不依不饶的憎恨心。她瞅了半天何水仙，也抹了几把泪，走了。

漂亮寡妇走了，从何水仙给她下跪的那瞬间起，她觉得何家的人都比她可怜，尤其是婚礼上跳楼的何水荷。她以为自己就是最可怜的人，她一个好端端的妙龄姑娘嫁给了半身不遂的张瘫痪，又成了两个孩子的寡妇，一个没人要的寡妇，又成了结婚丈夫却在别的女人身边的女人；自己是倒霉，但觉得何家女人比她倒霉，瘫的瘫，瘸的瘸，男人病，自己病，况且何水荷住进了井九羊的小屋，事情出在井九羊这里，出在井家女人这里，没有必要跟何家女人争斗，她得找井家女人讨个道理。

漂亮寡妇出了何家门，去了井家。当她到小河桥上，桥下一幕把她吓了一跳：小河河水见底了。小河怎么快没水了呢？这条名叫通官河的小河，她听到了太多的传说，没水了是好兆头，也不是好兆头。河边挑水、洗菜、洗衣服的人嚷开了，叫开了，指着站在桥上的她，不知在说什么；她赶紧下桥，但抬头一瞅，腿没劲了，井家猪场小屋前的一幕让她惊呆了：井九羊正抱着瘫软的何水荷，往折叠床上放呢。这春日的午阳，黄亮得如金水，洒在身穿白色衣服的何水荷身上，也洒在身穿米色衣服的井九羊身上，好一个玉女，好一个金童，好一对如胶似漆的恩爱恋人。他把她抱在小床上，是晒这美阳的。井九羊给何水荷一勺一勺地喂东西，放下勺子，拿纸巾把何水荷嘴角擦了，又拿起个香蕉，扒了皮，给何水荷一口一口地喂。喂到一半，何水荷让井九羊吃一口，井九羊吃了一口，何水荷又吃了一口……这两个人又甜又腻的画面，把个漂亮寡妇看晕了，晕得几乎要摔到河里。

漂亮寡妇定了会儿神，瞅了眼猪场小屋前的两人，瞅了眼干涸的小河，又瞅了一眼井家院门，一步也没往前走。因为她听到老板跟何家女人私下里办的他与何水荷的结婚证被注销了，何水荷已成单身女人。她忽然觉得没有必要找井家女人讨什么道理。即使去吵去闹，她对井九羊有什么办法，她能把何水荷从井九羊小屋赶走吗？把何水荷赶走，她能上哪里，赶走了何水荷，井九羊就能回到她身边吗？这些问题告诉漂亮寡妇，何水荷的瘫痪好不了，井九羊不可能回到她身边。想到这里，她转身走了。

漂亮寡妇在决定转身走的瞬间，忽然冒出一个痛心的决绝念头，有人在拿河水忽然没了在咒骂她，那猪场小屋的两个人拒绝她，她再不想进井家的院门了，她也永世不再去小屋寻井九羊了，她想让这对娃娃亲亲热热到底算了……

五十二、井水与井水

通官河的水是忽然变少的，就在中午还有半河水的流淌，井家村的人照常挑水、洗菜、洗衣服，并没有因一河水成了半河水而惊恐。下午晚饭前照样是挑水、洗菜、洗衣服，而恰恰就在漂亮寡妇走上桥的那会儿，河水忽然变小了，她没走多远，河水快没了，接着河底快朝天了。晾在河泥上的鱼虾恐慌地乱跳。没到傍晚，小河的水成一丝了。

吃河水靠河水的井家村人，没了河水，恐慌得四处找水，最便捷的是求河南转成城里户口的人家，他们家家有井水的自来水。而自来水是要掏钱的，而谁家又情愿掏钱，而要钱谁又愿意掏钱呢？只能去远处挑水。井家湾人对吃井水的城里人羡慕到了眼红和憎恨的地步。

河水流得好好的，为什么断流了？井家村的人都慌了，找不到确切的说法。有人猜测是河水改变了路线，有人说是这河水流到县城大河里，有个女人说是漂亮寡妇过桥晦气的缘故。后一种说法，即刻就被人否定了。不管怎么说，这条河水是不会再从村上淌过了。按曾经流过村庄的河突然断流的结果看，一条河断开两地，靠城的一边，会成为城里人。没了河横在中间，乡里人会成城里人。这河断流，肯定有什么样的好事或坏事会落在村里。井家村的人从恐慌中想到了一线希望——小河北的村民是不是也要转城里人了？但这想法随即被人否定。井家村的后面，都是村，都是乡，都是村挨村的乡里人，没有被一条河分开，政府怎么好划城里人和乡里人呀，或者说乡里人的户口都和城里人一

样了，城里人干吗?！城里人绝对不干。小河很快成了路，又没一丝户口进城的传闻，井家湾的人相信了后一种话，对进城绝望了。没了河水吃，吃不上城里的井水，只能去远处挑水，村人赶紧筹划打井，打算老老实实做个吃土井水的农民，不再做当城里人的梦了。

尽管井很快就打好了，很快吃上用上了井水，可是村民们仍然很自卑：与城里人喝的同样是井水，人家喝的是漂白粉消毒的自来水，流出的水雪白，可村人喝的是没有漂白粉消毒的地下水，流出来的水混浊。还是城里人的水有营养，还是城里人的水喝了不得病。城里人这么说，乡里人也跟着这么说。光这两种不同的井水，就让井家村的人自卑不堪，就对转成城里人的村民羡慕不已。"进了城就能吃上漂白粉消毒的井水"，村人这么一说，更是勾起了村人进城的焦虑。尤其是井家女人，让小子闺女进城的焦虑更重了。因为井九羊尽管跟漂亮寡妇领了结婚证，但户口还没有转到城里，这不怨别人，得怪他自己。他从婚礼上去了医院，三个多月都在侍候何水荷，哪有空去办户口进城的事呢，这让井家女人心急如焚。她对井九羊、井九虎和井凤鸽有又急又窝火的话要说，这话不说一夜都过不去。

井家女人对井九羊有满肚子的气，但她发不出来，因为他侍候瘫痪的何水荷在受苦受累，即使发多大火想让他放弃她，她不敢说这种话，说了也没用，毕竟何水荷曾经是她未过门的儿媳妇，不能见死不救，只能让他赶紧照料好了走人，才能尽快脱身。她只急一件事，催井九羊把户口赶紧办进城。井九羊满口答应，井家女人不再跟他啰唆。

井家女人对井九虎也是越发着急了，何家女人百般阻拦何水仙与他来往，可他又对追他的何水仙爱搭不理，还狂吹"上了大学美丽的城里姑娘随便挑"，搞得何水仙对他好像没了盼头。井九虎心高人狂，能不能考上大学，井家女人心里在打鼓。井家女人敲打井九虎：狂个屁，考了好几年都成"黄粱美梦"，要是"放"走了何水仙，要是再考不上，那就只能找个乡里的"猪"做媳妇。井家女人要井九虎趁何家女人大病在炕，赶紧跟何水仙把结婚证领了，把户口转进城里，成了真正的城里人，考上考不上大学她就不管了。井九虎嘴上答应了，答应后转身走了。

井家女人对井凤鸽是气在心里却不敢张口。井凤鸽在何干部这里吃了大亏，给这瘸子怀了孩子流了产，不但没有跟他领成结婚证，反而让何家女人看了场笑话，给井家丢了八辈子祖宗的人……不过，这是她为九羊付出的代价，她是个好闺女，为让何家女人把何水荷嫁给九羊，好让她哥的户口转进城，这闺女冒了这个险，没逼成何家女人就范，却被何家女人坑了一把。井家女人问井凤鸽，何干部娶她不娶。井凤鸽不说话。井家女人让井凤鸽催何干部，趁何家女人病重，让何干部把他户口本"闹"出来，领了结婚证，把户口办到城里再说。

井家女人一直给井凤鸽说着"把户口办到城里再说"的话，也就是说把户口办进城，至于能不能跟何干部过下去，她就不管了。但井凤鸽很反感这"再说"的话，她对何干部有利用的地方，但后来却渐渐爱上他了。井凤鸽这些天在催何干部，何干部正在为户口本想"办法"。井家女人要的是井凤鸽的户口进城，只要凤鸽的户口进了城，她丢给何家女人的脸面就全"捡"回来了，甚至赚了。尤其是眼下，吃上城里漂白粉消毒的井水，是她最迫切的盼望。

井家女人给她小子闺女的谈话，从来没今晚这么顺畅过，想必是他仨比她还要迫切地喝上城里的井水，对她的训话，嘴里才没冒泡。想到这一点，井家女人会心地笑了，在笑中很快睡着了。

　　而何家女人是不会让井家女人笑的，她绝不会让井家女人在她何家占到任何便宜，不然她会睡不着觉。

五十三、交织在一起的恨

井九羊当然在着急户口进城的事，跟漂亮寡妇的结婚证是领了，户口转城是煮熟的"鸭子"跑不了的，婚后哪天办都行，但因婚礼上何水荷跳楼，井九羊一去医院侍候三个多月，转户口的事放下了，等于婚姻"进"了城，人还是乡下人，谁不着急！着急的井九羊何不想天亮就去找漂亮寡妇，要上她的户口本和结婚证，赶紧去申请办了。可是，三个多月没回新房，刻骨铭心地伤害了她，她跟他已有很大的感情裂缝，甚至于她在恨他。他仍在别的女人身边，怎么好意思给她说出转户口的事呢？没法说。急没用，井九羊便放下了。

井九羊户口进城的事，一直挂在漂亮寡妇心上。她知道他的户口转城，在井家女人眼里比娶她更为重要，让她儿子娶她的目的，当然不是她有多重要，而是户口最为重要。井九羊也是这样的心思，如果不是为了户口进城，打死他也不会娶个拖油瓶的寡妇。她在井九羊眼里，转户口比娶她重要，这是不用遮掩的实情，所以才有了井九羊在半截婚礼上扔下她，去照料老恋人的奇怪事情发生，更有了扔下她这新娘三个多月不回新房的奇怪事情发生。跟井九羊的结婚，仅是一纸结婚证，至今什么也没有，空白的感情，空白的生活，空白的婚姻。这空白的所有，好像除了户口转城有所谓，他对与她的婚姻无所谓。在小桥上她看到的他和何水荷两人的那幕和她偷看到小屋里他和何水荷两人的那幕，还有在医院里他和她的一幕幕，那甜如蜜糖的情景，他的心里装着满满的何水荷，根本没有装进她，甚至以后也没有她的地方；既然这

348

样，她没有必要千盼万盼地等他回来。等他回来，他的心都在何水荷那里，要这样的男人有什么意思呢？没意思。漂亮寡妇思索到这里，再一次下了决心，趁与他没有住在一起，趁现在他和她婚姻"内容"是空白，把那张"纸"废了算了。

放弃井九羊，毕竟不件小事，漂亮寡妇想了几天，也跟她妈"扯"了几天，她妈在这事上来回拉"锯"，最后干脆不管了，让她"自己的大事自己定"，漂亮寡妇便琢磨"废"掉那张"纸"的好坏来。

废了结婚证，她还是"原来"的她，井九羊还是"原来"的井九羊，再各找各的，要是实在没有合适的人，那她就带着两个孩子过，那也比嫁个不爱她的男人好。井九羊的户口没有转进城怎么办？漂亮寡妇想给井九羊把户口办进城，再跟他提出办离婚。而井九羊每天"黏"在何水荷身上，何水荷好不了，他也不回来，还是把户口赶紧办了，跟他当机立断，心里清净。漂亮寡妇想起跟井九羊领结婚证后，他的身份证和户口本在她这里，便心里坦然了。

漂亮寡妇给井九羊申请了办转户口的事，一周后就办好了，井九羊的农村户口上到她的户口本上了，变成了城里人。办好了户口，她没告诉井九羊。她等待契机，跟井九羊把那张"纸"废了。这契机是什么时候，也许是何水荷瘫痪见好的时候，井九羊会主动提出离婚，漂亮寡妇感觉这时间不会太长。

何家女人的病在加重，何家男人再度出现了中风，可何家在为户口本的事，闹得鸡飞狗跳。何干部要跟井凤鸽结婚，要户口本；何水仙要跟井九虎领"证"，也要户口本。

"只要我没死，就别想跟井家闺女小子'沾'边的事……"何家女人对何干部和何水仙说。

"娶井凤鸽，你死与不死，我都得娶她！"何干部的情绪失控了。

"只要我活着，井凤鸽就进不了何家的门！"何家女人拼命地嚷着说。

"你哪天死，说个时间，长了我可等不起！"何干部情绪更加失控了。

"你等着，我明天就死，你后天就去娶井凤鸽……"

"你要明天不死，我死给你看！"何干部的情绪完全失控了。

…………

何干部的话把何家女人噎得喘不过气来，连哭带叫的收不住了。

何干部刚跟何家女人吵完，何水仙一手一碗端着药进来了，左手的药是她爹的，右手的药是她妈的。两个人把药喝了，何水仙给他们说她与井九虎的事，也就是朝何家女人要户口本。何水仙刚才煎药又给井九虎打电话，没听见何干部与她妈说话与吵架，也在为尽快跟井九虎领"证"的事着急上火。因井九虎马上去县防疫站上班了，他考上了防疫员，虽然是试用一年，若一年后平安无事，就会转成正式职工，人入公职，户口进城。刚才何水仙打他电话，井九虎遮遮掩掩地告诉了她。考试是他俩一起去考的，上百人录用一个防疫员，通知了他，肯定就没她的事，她着急了。

让何水仙着急的不是她没考上，而是考上的井九虎一旦有了工作又成了城里人，城里漂亮姑娘追他的多的是，本来对她半冷不热的他，有比她好的姑娘追他，加上她妈在阻挠，他还要她吗？何水仙断定井九虎不会要她。于是让何水仙十万火急要做的事是，趁前些日子井九虎答应，只要她妈不阻挡，他可以与她先领"证"，后"结婚"。她得立马跟井九虎把证领了，免得人进城，一上班，他的承诺成了句空话。

何水仙让何家女人立刻把户口本拿给她。何家女人故意问，要户口本干什么？何水仙说，别装疯卖傻，跟井九虎领证。何水仙把井九虎考上县防疫站防疫员和她之间的厉害关系，给她说了。也等于是给她爹说了。何家男人对何家女人大声吼叫着说，把户口本赶紧给了让她去领证。何家女人也是火冒三丈地叫道，她家的闺女小子跟谁领"证"，老娘都不拦着，唯独跟井家小子闺女不行，那怕他当了皇上皇后也不行。何家女人这话，还是一直以来又横又硬的话，何水仙把她的药碗扔到了地上，冲何家女人撂下句"医院看病自己去，饭自己做，药自己煎，从此不侍候了"，去了井家。

在炕一边躺着的何家男人，中风加重下不了地，实是接连生气，病越来越重。他的病是何水荷跳楼刺激引发的，但他把得病的罪责，全归到了何家女人头上。他骂何家女人是"一头进城的蠢猪"。他听着何干部咒骂她妈死的话，不但不训斥何干部，反而心里也在骂他女人活该。何干部吵完走了，何家男人不顾何家女人哭叫，把沤在肚子气里的邪气全给了发出来。他觉得这个家，被这个蠢猪女人害惨了，他也被这蠢猪女人害得快死了。与其说被她的气憋死，还不如把这气吐出来，宁可气死这蠢猪，也别把他活活憋死。反正朝她这样死抱着户口进棺材的劲儿，不把闺女小子害死，也得把这家搅散。何家男人对何家女人豁出去了。

"……你真是个'丧门星'，抱个城里的户口本，好像抱了个上天的'火箭'，自以为上了天了，自以为高人一等了，看看你比井家村的谁过得好了，比谁都过的差，比谁都过得倒霉……水荷让你折腾成了瘫痪，干部被你折腾成了一条'疯狗'，把水仙折腾成了冤家，把我也折腾成了半个死人……你把那个城里户口看得比亲爹亲娘还亲，你死活要拆散水荷与井九羊的娃娃亲，你上窜下跳给水荷介绍的对象都是些人渣，你把她好端端的婚事给搅了，你宁可逼她去死也不肯成全她……你的心太狠了……要不是你心太狠，水荷能跳楼吗，她能活得这么惨吗？！都是你把她害成了这样。还有，水仙愿意嫁给井九虎，你也拦来拦去，要不是你横来竖去插杠子，证早就领了，也不至于人家考进城了，水仙跟在后面拽他……你看到了，要是井九虎进城把水仙甩了，想过这后果没有……你也真是太狠了，人家井凤鸽那闺女模样好又能干，她想嫁给何干部，何干部死活要娶她，你就是不干。即使她怀上了何家的孩子，你也不干，结果孩子没了，他也被你逼疯了……你就是个丧门星，你跟井家女人斗鸡，你跟井家女人比就是头十足的蠢猪，把闺女小子拉上当垫背的，把我的命也快搭进去了……"

"井家女人才是何家的丧门星呢，你也是丧门星，你要是不跟井家男人做杀猪匠，你要是不把我和闺女小子拉去做井家女人的下人，你要不是把水荷跟井家小子定那狗屁娃娃亲，我会受井家女人那么多欺负吗，我会跟她结下怨恨吗，水荷会跟井家小子纠缠不清又吃亏吗，会有水荷左不嫁右不嫁，嫁了老板跳楼的事吗？……说千道万，谁是这家的丧门星，你就是丧门星，没你在井家种下的祸根，哪有水荷为井家小子跳楼寻短见，哪有水仙贱里巴唧疯追井家二小子的丢人事情，哪有井凤鸽为了户口进城把何干部搞成了咬人疯狗，哪有井家女人教唆她小子闺女踩着我何家人的肩膀进城的事呢，哪有何家成了城里人'混'得不如养臭猪的井家……再说了，户口进城，你不是也夹着的尾巴翘起来不说，也不是看不起乡里人了吗，赶紧扔了臭胶鞋穿上新皮鞋当工人去了吗，你不是也跟称兄道弟的井家男人翻脸不来往了吗，你不是也想让闺女小子找城里的小子姑娘吗？……你想想，何家全家进城，本来比井家高了一头，反过来被井家折腾得要死要疯要傻要病，井家不是丧门星是什么，你不是丧门星是什么……"

何家女人这番话，句句好似穿心的箭，射到了何家男人心头，话落人喘，说不出一句话来，喘了半天，竟然哇哇大哭起来。这个杀猪从不眨眼的男人，被他女人箭箭穿心的话，气得哭得比猪叫还难听。

吵完、哭累的何家女人和何家男人，接下来怎么对付井家，是把瘫痪的水荷接回来，彻底砍断水荷跟井家小子的关系，还是接着给何干部和何水仙介绍对象，把井凤鸽和井九虎彻底拆了，跟井家彻底断了？何家女人在怒想这些问题，何家男人也在苦想这些事情，结果是怒想也罢，苦想也罢，都想出了同一个结果：她和他病重在炕，何干部腿瘸，这几个月全靠何水仙忙里忙外，拿不到户口本的水仙撂下他们不管了，再把瘫痪的水荷接回来谁侍候，水荷后面的大笔治疗费谁来掏？何干部虽然是城里人，但毕竟是个瘸子，在城里找不上媳妇，会有巴不得进城的乡里丫头嫁给她，但能嫁他的有井凤鸽长得好看吗，嫁给他能有井凤鸽对他那么好吗？考进城的井九虎真要是把水仙蹬了，水仙想不开会不会走水荷自绝的路……

何家女人越想这些难题越害怕，怕到了感到哪个事情弄不好都会要了她的命；何家男人越想这些事对他女人越恨，也恨那转成了城里人的户口本。

五十四、离去的绝笔

　　井九羊收到了一个纸袋，是井凤鸽转给他的。刚是落幕时分，给何水荷喂完香油香醋香酱油拌的鸡蛋糕，小屋满是香气，满屋的暖意，何水荷满脸的笑意，还有一缕霞光打在房子里，打在他和她的身上，小屋和人洋溢着无限的温情和甜蜜。

　　出院已经三个多月的何水荷，在这样的甜蜜里瘫痪症恢复得很快，肢体能轻微动弹了。能够动一点的何水荷，不是拉着井九羊不松手，就是抱着井九羊的胳膊不放，还让井九羊搂着她入睡。就在刚刚，何水荷抱着井九羊头说，她不希望她的瘫痪慢慢好，要他天天无时不在地陪伴在身边，一辈子不离开她。这些情感的加深和依赖，让井九羊越发感到了恐惧——他已是别人的丈夫，总要回到漂亮寡妇身边，她的身体恢复好了，她要离不开他怎么办？他要回到漂亮寡妇那里，她会不会还寻短见？何水荷说，他如果不要她，她还去死。这个恐惧，折磨得他心神不安。在他无法摆脱这恐惧的时候，他想到了与漂亮寡妇离婚。与漂亮寡妇离婚，也许是没有办法的办法。井九羊打开纸袋一看，是他家的户口本，里面夹着他的身份证，还有三张纸：一张是他的户口转入漂亮寡妇户主下的常住人口复印件，他已经被她转成了城市户口；一张是法院离婚判决书，判决她与他离婚；一张是漂亮寡妇写给他的信。井九羊看何水荷瞅着他手里的东西，他借故去了猪场，去了个墙角，仔细地看这些纸上的内容。

　　井九羊看完判决书，又把信一字一句看完了：

九羊：

生活的煎熬，我已经写不出来一份信了。我找了个"笔杆子"同学给她口述，替我写了这封信，给你说的事应当说清楚了。

交给你的信封里，有几个重要东西：一个是我们领结婚证用的你家的户口本，还有你的身份证。那天领完结婚证，你在新房待了总共一小时十分钟，就借故有事走了。新房也是你的家，以为你还会来，你家的户口和你的身份证就没急着让你带走，一直放在我这里，全还给你。一个是你的户口转到我户口本上的复印件。把你户口转进城，这是你爹妈的梦想，也是你的渴望。正好你的户口本和身份证在我手上，我替你写了农村户转为城镇户的申请，找了个熟人，简化了让你到场的过程，把你的户口转到了我和孩子的户口本上。你已经成城里人了，再也不会为自己是乡里人而苦恼和自卑。你从此在城里找工作也好，找对象也罢，可以与城里小子平起平坐了，再也不会有人挑你是乡下人了，而且凭你的聪明能干，找什么样的工作，都会如愿以偿，凭你长得结实黑俊，找个城里漂亮姑娘不成问题。一个是离婚判决书。你看到这个一定很奇怪，我们结婚半年怎么就离婚了，离婚怎么没征得你同意，怎么上了法院，怎么没有让你到法院，怎么没让你签字就离了？请你原谅我的心"狠"，这是我想了好几个月，也是好几个月彻夜失眠想周全的事情。离——离了对你对我是个解脱，也能成全何水荷嫁你的心愿，也能成全你放不下何水荷的七上八下的心。

我早看出来了，何水荷虽然在她妈张罗下左找一个对象，右找一个对象，实际上她是不想找对象的，她想嫁的人是你。你也是，你妈给你左张罗个对象，右张罗个对象，也经人介绍了我这个对象。但你妈给你张罗对象，是想刺激水荷的妈就范，把水荷嫁给你，你也是通过相亲刺激水荷尽快嫁给你。你俩是娃娃亲，你跟她同居过好多年，她给你怀过娃娃，你俩感情很深，村里的人谁都知道，我听说了描述你俩好成什么样的很多故事。从感情上，你俩谁也离不开谁，这在我来你家很快就看出来了。要说，我当时就应该多考虑到这一点，可说实在话，我看上了你。你聪明，能干，朴实，是个好小伙儿，是我愿意嫁的人。我后悔当时知道了你和何水荷旧情很深，就应该看看再说，但又怕自己是个带着两个孩子的寡妇，别人背地里都叫我"漂亮寡妇"，你们家的人也在背地里叫我"漂亮寡妇"。我对我成为寡妇很耻辱，也渐渐会成个老寡妇。拖一天老一岁，拖一年老半截，不把你抓紧，错过去再找不上个"差不多"的男人，只能找老头子了，死我也不想嫁给老头子，这就对你有点低三下四地穷追不舍，我感到我追你很耻辱，很下贱。我成了个寡妇，把我嫁给张瘫痪让我耻辱，这不是我的选择，这是城里户口逼我爹妈和弟弟继而逼我，逼成了我的人生悲剧。当年我是高考只差几分没考上大学的好学生，我的作文年年都是班里第一，我也是十里八乡难找的一枝花，我看了很多世界名著，我想成为一个老师，成为一个作家，可为了我弟弟转城里户口，逼我嫁给了张瘫痪，就因为我是个乡里人，就逼我去侍候城里的瘫痪，我把我爱情的权利埋葬了。

我以为遇到你，我可以好好爱一个人了，可你爱的是何水荷，看来你为她甘愿放弃一切，放弃我更不用说了。我从医院，在你的小屋附近，看到了你不可能完全爱上我的实情：你侍候何水荷那是任何男人做不到的，给她擦大小便，给她洗身上，给她换衣服，给她喂饭喂药喂水喂水果，给她讲故事哼乐曲，太多了，我都写不过来了。你让我看到的，感觉到的告诉我，你不喜欢我，我就不勉强了。

有好多话要写，不写了。你是个重情重义的好小伙儿，我把爱情还给何水荷，也把你还给何水荷。她很可怜，没有你我能活得很好，她没有你恐怕活不下去，我退出了。再说，听说老板与何水荷解除了婚姻关系，她现在是单身女人，她会随时嫁给你。

给你说一下，废了结婚证法律规定必须两个人到场，本来可以从哪里领的证到哪里去离，要这样你我得见面，但我左思右想，怕你受刺激，也怕我受刺激，也怕你难堪，也怕我难堪，更怕你我留下不愉快的东西，我选择了到法院解除，我给法官撒了谎，说婚后找不到你，就在法制报上登了要求你出庭的公告。料想你不会看到那张法制报，登报两个月后果然你没反应，法院就依法判了离婚。我瞒了你，也骗了法官，请你原谅。我骗了法官，是我的错，与法官无关，你不要找法官，相信你是不会找她的。

我俩只领了个证，婚姻是一片空白。我没有借你一分钱，你也没有给过我一分钱，你也没给过我任何东西。你在我家里，也就是曾经的新房，除了还给你的证件，没有你一样东西，我们俩没有财产问题。所以，你不欠我的，我也不欠你的。情感上也是一片空白，没有交流，没有内容，只是认识而已，这多好，废了那张证，没有怨恨，没有牵挂，很快会什么事没有发生过一样。

我把这些东西亲手交给井凤鸽后，我的手机换了新号，新号不给你留了，从此不再联系了。

你也别来找我，房子已经换了主人，我把房子卖了，我带着孩子去省城亲戚家，给我找了份工作，不再回来了。

感谢你跟我领了结婚证，让我曾经狂喜和甜蜜地失眠了好多个日夜。

你们都背地里叫我漂亮寡妇，那我落款就不写名字了。无姓无名，会很快彻底忘了。

漂亮寡妇

2018 年 4 月 2 日

这一张张纸，好似烫手的山芋；这纸上一个个字，好似支支穿心的箭，尽管寒风刺人，但把井九羊看得浑身冒汗，浑身发麻，浑身发抖。尤其这信，这离婚判决书，卖了房子，从此不见面，不回来……看一遍让他心乱跳一番，看到三遍，他的心就跳到了嗓子眼上。此时的井九羊的心像被这几张纸掏空了似的，是感激，感激得让他心落不了地；是愧疚，愧疚得让他无地自容；是恐慌，恐慌得让他无法面对……井九羊一屁股坐到墙角，禁不住泪流满面，且眼泪越流越多。这是他有生以来忍也忍不住的眼泪，是被一个女人感动得无法控制的眼泪。

井九羊的心被漂亮寡妇掏空了。

五十五、回头又低头

　　小河干涸得连一滴水都没了。干涸了没些日子，政府把河里填满了沙石，变成平地了，变成了个巷子。城里的小河南和乡里的小河北连在一起了，也给小河北的井家湾通上了自来水，村民都吃上井水了。随后就传来了消息，县城的户籍放开了，乡里人只要花五块钱的办证费，就可以成为城镇户。这个消息传了一阵后，就成了真的。

　　这个消息从传闻到成真，何家女人从害怕便到了失魂落魄的地步，乡里人都可以随便进城，那她这城里户口还有什么金贵的？她的闺女小子能嫁给谁，又能娶到谁呢！井家的小子闺女都变成城里户口，井九羊还"要"水荷吗，井九虎还"要"水仙吗，井凤鸽还愿意嫁给她瘸腿的何干部吗？这些问题，让何家女人感到掉到了苦海，她一时找不到抓手了。井家女人恰恰相反，多少年来的一块心病，就地没了不说，也决意让小子闺女把何家的闺女小子全扔了，哪个好找哪个。

　　井家女人花了五块钱工本费，把全家人户口办成了城镇户口。尽管井九羊的户口被漂亮寡妇落到了城里，也尽管漂亮寡妇出于好心跟井九羊废掉了婚姻那张"纸"，井家女人没觉得漂亮寡妇这些事做得太怎么样，她看上了她的井九羊，她是让井九羊冲着她城里户口，还井九羊单身，谁也没占便宜没吃亏，无所谓。井家女人只盼何水荷赶紧好了离开九羊，给他在十里八乡挑个最好看的姑娘，何家的闺女白给她小子都不要，何家的小子给凤鸽百万也不嫁。

　　井家女人奇怪，自从何水荷住到猪场这小屋，猪场的猪长得又快又肥，母猪下的猪崽又多又壮，猪肉和猪崽卖的价钱越来越好，忙得要雇人干活，出的工钱很可观。水家女人来求井家女人，让她的水花、水鱼和水雷再来猪场做事，一句没再提还前面六万多块演"戏"钱的事。井家女人一口拒绝了，说宁可给她那六万多块钱，也不用她的闺女小子在猪场做事。水家的闺女小子没文化，职难求，工给打，挣不到钱又受罪，看好了在井家猪场上班简单好干又不受累。于是，水家女人给井家女人又是赔不是，又是哀求。井家女人怕软不怕硬，见水家女人没了城里人那股牛逼劲儿，甘愿当孙子，听了她闺女小子打工受的罪心酸，就把前面欠她的六万八千块钱给了不说，还收她闺女小子又来猪场上班了，工资给的很高，让水家女人感激得给井家女人连磕了三个响头。

　　水家闺女小子到井家猪场上了班，工资又很高，让何家女人听了心里来回"翻江倒海"，她何家比水家的日子还要难过，她男人中风半年多，躺在床上半年多，本来就是临时工，病倒后没了一分钱收入，还得从家里贴钱治病；水荷的瘫痪症治疗费虽是井九羊掏钱，那要是留下后遗症，往后的治疗费哪来的钱，井九羊还会娶她吗？还有何干部在水厂挣那几个钱，养活不了自己，更娶不了媳妇；城里户口已经不值一分钱，本想要是城里的姑娘找不上，乡里的姑娘任凭挑，这已经成泡影，谁会嫁给个瘸子呢？井凤鸽要是不嫁他，谁会嫁给他？还有何水仙，井九虎会要他吗？她和她男人不赶紧去挣钱，这个家怎么支撑下去呢？想到这些难受的地方，想到何家在井家猪场有点股份没给，何家女人也想以此为借口，去井家猪场干份差事了，也想让她男人去跟井家男人接着当下手去，但她判断井家女人是不会让她和她男人在猪场接着干的。

　　陷入生活困境中的何家女人，又是面对城里户口在井家女人这里已是一钱不值的何家女人，想了几个日夜，也是跟她男人唠叨了几个日夜，觉得卖菜和打工的差事吃苦受累又挣不到钱，不如去井家的猪场挣钱稳妥。何家女人瞅着井家猪场眼红得心焦啊：如今井家的猪场，一头猪竟然能卖一千多块钱，一头小猪竟然卖五百多块钱，简直把猪场开成了印钱厂，井家女人近来恐怕数钱数得手抽筋了。唉，难怪精明的水家女人一改对井家女人牛逼起来的嘴脸，给井家女人低三下四说好话，让她的闺女小子端上了这香喷喷又热腾腾的饭碗。

　　井家的猪场确实是"香喷喷"又"热腾腾"的"饭"碗，猪圈虽然臭味熏人，但不用跑远路，能挣到可观的钱，又能白吃到肉。何家女人在困境和实惠面前，终于选择了实惠，也向实惠低了头：去求井家女人，她和她男人，还有水仙，去猪场上班，给一份比水家闺女小子要高的工资。

　　何家女人左思右想，实在拉不下脸，就让何水荷给井九羊说。井九羊给他妈去说，井家女人就直说，让何家女人亲自来说。井家女人不给何水荷面子，自有井家女人的想法，让何水荷尽快离开井九羊，是她的想法。井家女人的想法，何家女人心里清楚得很。何家女人更明白，水荷能不能嫁给井九羊是她眼下头号心病；要想把水荷嫁给井九羊，她得给井家女人低上一头才行。这正是井家女人要的感觉。

　　井家女人想好了，要是何家女人上门来求她，只要何家女人见她面的态度同过去在井家打工那样乖顺，感觉她已认怂，她想在井家猪场干活，让她的男人在猪场重操旧业，要她的何水仙干兽医，要她的何干部在猪场做事，她的请求她会全接受，她会把她家所有的人工钱给高了，再把她家过去的股份续上。况且井家猪场和菜地，实在需要何家女人和何家男人干活在行的人，也需要何水仙做兽医添补井九虎走了的缺儿，也需要何干部这般饲养在行且干活儿像驴一样卖力的人。何家的人能不能在井家重操旧业，端上井家这"香喷喷"又"热腾腾"的"饭"碗，就在于何家女人对井家女人的态度了。

于是，何家女人拉下老脸，拿出一副愧疚的样子，去见井家女人。井家女人当然知道何家女人不求她，她已经做好了没了脸面的准备，但她对上门的何家女人一句拒绝的话没说，更没说半句有怨有仇有恨的话，爽快地答应了她的要求。让她和她的男人也来猪场上班，也给何水仙和何干部安排了个很好的差事，给何家女人、何家男人和闺女小子，定了最高的工钱。井家女人的痛快接纳，何家男人和何家女人感觉自己的病好了一大截。

过了几天，井家男人去了何家，这是自从何家转成城里人后，井家男人第一次上门。说是去串个门，实际是请何家男人来猪场跟他再做搭档，也是请何家女人和闺女小子来猪场上班。随后，何家男人和何家女人，还有何水仙和何干部，都去了井家猪场，加上能干轻活儿的何水荷，两家人又干起了猪场过去相互搭档的活计，再加上水家闺女小子眼里有活儿，肥猪疯长，母猪猛生，又是过去那番猪欢人笑的情形。

二〇二二年三月三十一日完稿于北京阳光花园
二〇二二年七月十五日定稿